WUNDERKIND

WUNDERKIND by Nikolai Grozni
Copyright © Nikolai Grozni, 2011
Korean translation copyright © Dasan Books 2014
All rights reserved.

This Korean edition was published by
arrangement with the original publisher, FREE PRESS,
A Division of Simon & Schuster, Inc., New York through KCC.

이 책의 한국어판 저작권은 KCC(한국저작권센터)를 통해
FREE PRESS, A Division of Simon & Schuster, Inc., New York과 독점계약한 (주)다산북스가 소유합니다.
신 저작권법에 의하여 한국 내에서 보호를 받는 저작물이므로
무단전재와 무단복제, 전자출판 등을 금합니다.

니콜라이 그로츠니 장편소설

최민우 옮김

한 천재 피아니스트
소년의 이야기

분더
킨트

다섯
책방

일리야에게

"지옥이란 무엇인가? 나는 그것이 사랑할 능력이 없는 데서 오는 고통이라고 주장하는 바이다."

_『카라마조프 씨네 형제들』, 도스토옙스키

차례

프롤로그 … 11

1장 • 라흐마니노프, 「보칼리제」 … 23

2장 • 쇼팽, 스케르초 B단조 … 51

3장 • 쇼팽, 에튀드 C장조 … 74

4장 • 브람스, 인터메초 E♭장조 … 103

5장 • 쇼팽, 에튀드 E♭장조 … 111

6장 • 쇼팽, 피아노 소나타 2번 B♭단조 … 132

7장 • 쇼팽, 발라드 2번 F장조 … 155

8장 • 바흐, 바이올린 소나타 4번 C단조 … 187

9장 • 쇼팽, 스케르초 3번 C#단조 … 204

10장 • 쇼팽, 「영웅」 폴로네즈 A♭장조 … 223

11장 • 베토벤, 피아노 소나타 21번 「발트슈타인」 C장조 … 246

12장 • 베토벤, 피아노 소나타 23번 「열정」 F단조 … 260

13장 • 바흐, 바이올린과 하프시코드를 위한 소나타 1번 B단조 … 271

14장 • 쇼팽, 「화려한 왈츠」 A♭장조 … 285

15장 • 쇼팽, 에튀드 A♭장조 … 315

16장 • 쇼팽, 에튀드 G#단조 … 332

17장 • 쇼팽, 즉흥환상곡 C#단조 … 347

18장 • 쇼팽, 마주르카 1번 B장조 … 353

19장 • 쇼팽, 피아노 소나타 2번 B♭단조 3악장 … 362

20장 • 쇼팽, 피아노 소나타 2번 B♭단조 1악장 … 380

21장 • 브람스, 발라드 op.35 … 390

22장 • 바흐, 바이올린 소나타 5번 F단조 … 404

23장 • 무소륵스키, 닭발 위의 오두막 … 429

24장 • 무소륵스키, 지하묘지 … 438

25장 • 쇼팽, 에튀드 C단조 … 451

옮긴이의 말 … 459

프롤로그

소피아*의 하늘은 화강암이다. 아침에는 어스레하고, 오후에는 더 어두워지며, 밤에는 새까맣다. 하지만 그 어둠 속에선 루비 빛깔의 희미한 불꽃이 단단하고 까끌까끌한 표면에서 은은히 일렁인다. 깜박거리는 신호등, 환하게 불 밝힌 시가 전차, 잠 못 이루는 아파트 건물, 텔레비전, 네온사인이 점화한 불꽃. 청동으로 주조한 무지갯빛 러시아 병사들과 뚱보 당 정치국원이 『레닌 전집』 사이를 몽유병자처럼 헤매며 꾸는 붉은색 꿈이 점화한 불꽃이다.

여기에선 비행기가 날지 않는다. 이 화강암 돔 아래에서는 시간도 탈출하지 못한다. 오후가 되면 폰츠키**의 달콤한 냄새가 소

* Sofia, 불가리아의 수도.
** pączki, ponichki, 커스터드를 채운 폴란드 식 도넛.

11

피아의 오래된 하수구들, 도시 밑을 흐르며 비잔틴 제국의 폐허와 트라키아의 무덤과 핵 대피소를 씻어내고, 오스만 제국의 묘지에서 뼈들을 솎아내는 수천 줄기의 강으로부터 풍기는 땅 밑 악취와 뒤섞인다. 그 위 낡아빠진 아파트 굴뚝에서 유황 연기가 솟아오른다. 진흙 기와를 덕지덕지 이은 지붕들 위로 나지막이 깔린 암회색 구름이 끝없이 퍼져가면서, 엄청나게 증식중인 텔레비전 안테나와 뒤얽혀 있다.

자이모프 대로의 원형 교차로에서 꽃을 파는 집시 여자 옆에는 바로 이곳이 오스만 제국이 기독교 반란자들의 목을 매단 장소임을 표시하는 기념비가 서 있다. 거기엔 "우리는 시간 안에 있고, 시간은 우리 안에 있다"라는 말이 적혀 있다. 술탄을 타도하려는 음모를 꾸민 죄로 교수형을 당한 수도사가 남긴 풀리지 않는 역설이다.

울타리를 넘어 골목으로 들어가 담배꽁초와 빈 맥주병이 널린 안뜰을 지나면 철망 아래를 기어가기 전에 넘어야 할 높은 벽돌담이 나오고, 어느새 나는 다시 학교로 돌아와 있다. 저기 운동복 바지를 입고 두꺼운 안경을 쓴 남자는 체육 선생인 '뽕나무'인데, 나중에 강간범이 된다. 정문에서 나오는 군복에 훈장 차림의 남자는 교련 선생이다. 그는 우리에게 수류탄을 던지는 법과 제국주의자들을 총검으로 찌르는 법, 칼라슈니코프 소총 분해법을 가르친다. 그의 입에서는 똥내가 난다. 비뚤어진 코에 머리칼이 칠흑처럼 검은 작달막하고 허약한 중년 여자는 수학 선생이다. 그녀는 양쪽 손목에 각각 정확히 스물여덟 개의 놋쇠와 구리 팔찌를 차고 있는데, 피타고라스 학파에 따르면 28은 스스로의 약수의 합과 같은 완벽한 숫자이기 때문이라고 한다. 내가 보기엔 그녀에게 내린 저주일 뿐이지만.

영재들을 위한 소피아 음악학교는 여러 가지 의미에서 내 집이다. 나는 일곱 살 때 피아노와 청음 시험을 통과한 이후로 쭉 이 학교를 다녔다. 복도에 발을 디디면 마치 다른 우주로 이동하는 듯하다. 퀴퀴한 공기, 땅딸막한 동네 주민들, 청동으로 만든 우상들이 사라지고 모든 것—벽, 색채, 사람들—이 소리로 이루어진 무한한 천상의 도시가 나타난다. 수십 명의 소프라노 음성이 지하실 타악기과에서 흘러나오는 드럼과 팀파니의 우렁우렁하는 소리와 충돌한다. 비브라폰, 튜바, 트럼펫 소리도 있다. 그랜드피아노 위에서 반음계 화음 진행을 연습하는 누군가가 공간의 경계를 구부려 새로운 차원을 열어젖힌다. 다른 어떤 곳과도 다른 이 소리의 도시에서는 진입할 수 있는 차원의 수에 어떤 제한도 없다. 현악 파트는 브라스의 협주곡을 내달린다. 첼로와 더블베이스가 새로운 태양을 조각하고 블랙홀을 직조한다. 오보에와 연약한 플루트 소리가 상대성의 법칙을 파괴하며 작은 유리공처럼 소리의 도시를 구른다. 공간의 중력이 사라진다. G장조 음계가 푸른색, 암녹색, 연한 호박색으로 폭발하기 시작한다. 당신이 이곳 학생이라면 어두침침한 복도를 밤낮없이 서성이는 동안 곧 자기 귀에 의지하는 법을 배우게 된다. 눈은 여기서 그리 중요하지 않다. 거리도 몸도 소리로 이루어져 있다. 이것이 눈으로 보는 세상의 사물보다 훨씬 더 생생하다. 심지어 쉬는 시간에 다락으로 섹스를 하러 달려가서도 우린 눈을 감고 그짓을 한다. 클라리넷 소리에 귀 기울이면서, 발소리를 들으면서, 음정을 맞추면서.

정문 왼쪽, 철판을 용접해 만든 창 없는 칸막이방에는 학교 수위가 앉아 있다. 푸른색 커버올*을 입은 칠십대 대머리 노인인 그의 주 업무는 열쇠를 나눠주는 것이다. 숫자가 적힌 쉰 개 남짓의 열쇠가 뒷벽 나무판에 걸려 있다. 오른쪽 구석 맨 밑에 걸린 유난히 길고 반짝이는 은색 열쇠는 1번 체임버 홀의 스타인웨이 피아노용이다. 그 옆에 걸린, 은색 열쇠와 거의 길이가 비슷하지만 덜 반짝이는 금색 열쇠는 2번 체임버 홀의 야마하 피아노를 여는 데 쓴다. 가장 우수한 학생만이 콘서트홀용 그랜드피아노로 연습할 기회를 얻는다. 나도 나중에 그들 중 하나가 된다.

두 그랜드피아노의 소리를 분간하는 건 어렵지 않다. 스타인웨이의 소리는 날카롭고 차가우며 꾸밈이 없다. 화음을 짚을 때마다 새하얗게 빛나는 오라aura가 실려 나와 모차르트와 리스트, 스크랴빈의 곡에 세상 것이 아닌 듯한 낯선 존재감을 부여한다. 반면 야마하의 음색은 따뜻하고 축축하며, 모든 햇살이 두꺼운 벨벳 커튼에 걸러지는 거대한 공간을 만들어낸다. 거기서는 쇼팽의 화음에 마호가니색이 감돈다. 베토벤의 군인 정신은 와인에 푹 잠긴

* coverall, 상하가 붙은 작업복.

다. 드뷔시가 눈처럼 흩뿌리는 고음이 흑진주처럼 빛난다.

중앙 로비는 높고 화려한 천장과 테라초* 바닥을 깐 널찍하고 어두운 복도로 트여 있다. 복도 왼쪽은 3번 체임버 홀로, 러시아제 업라이트 피아노를 구비하고 있으며 주로 작은 앙상블 콘서트를 여는 곳이다. 오른쪽은 2번 체임버 홀이다. 3번 홀보다 약간 크고 소규모 피아노 리사이틀용으로 쓰인다. 묵직한 접이문 한 쌍을 지나면 계단통과 1번 체임버 홀로 이어진다. 300석의 의자와 목재 패널, 대편성 오케스트라가 서기에 충분할 정도로 큰 무대가 있는, 음향학적으로 방음 처리가 된 공간이다. 한 달에 두 번, 그리고 특별한 경우에―이를테면 10월혁명 기념일―1번 체임버 홀은 붉은 깃발, 오각형 별, 마르크스와 레닌의 이미지를 도배한 공산주의자들의 사원으로 변신한다. 선생들은 무대 위를 행진하고, 경례를 붙이고, 비밀스러운 주문을 나눈다. 교장을 비롯한 우수한 전도사들이 메시아적 열광으로 가득한 한 시간짜리 강론을 펼친다. 마지막으로 한 무리의 열여섯 살짜리 아이들이 공산당이라는 성체聖體에 입회하고자 무대 위로 걸어 나온다.

5층 건물 중앙을 관통하며 솟아오르는 넓은 나선형 계단이 만들어낸 원통형 공간은 일종의 댐퍼 페달** 기능을 한다. 여기서는 모든 소리가 커지고 길어지고 흐릿해지는 느낌이다. 트럼펫의 메아리가 바이올린의 메아리와 합쳐진다. 4층 어딘가에서 소리를

* terrazzo, 대리석을 골재로 한 콘크리트.
** damper pedal, 피아노의 페달 중 하나. 밟으면 음이 길게 울린다.

지르는 역사 선생의 목소리가 거의 오페라 수준으로 과장되게 들린다. 계단을 오르다 보면 층계참의 옻칠한 나무 난간에 박힌 크고 흉물스러운 나사못들에 시선이 안 끌릴 수가 없다. 이 나사못들은 어느 10학년생이 난간에 걸터앉아 미끄러져 내려가다가 2층과 1층 사이에서 균형을 잃고 곤두박질치면서 목이 부러진 뒤 관리인이 박아놓은 것이다.

학교 행정과 사무실의 대부분은 3층에 있다. 수업 시작 전과 후에 선생들은 교무실이라는 명패가 달린, 어떤 학생도 출입할 수 없는 내부 성소聖所인 커다란 방에서 많은 시간을 보낸다. 교무실 맨 구석, 밤부터 다음날 늦은 오후까지 내내 잠겨 있는 커다란 목재 캐비닛 안에는 학교에서 가장 가치 있는 유물이 잠들어 있다. 각각 비닐로 포장된 채 일렬로 늘어서 있는 커다란 일지, 혹은 일기라고도 알려져 있는 150페이지 두께의 책들은 모든 학생에 대한 완벽한 기록을 담고 있다. 학급마다 일지가 있고, 선생들은 거기에 출결, 성적, 지적 사항, 교칙 위반 사항을 기록할 뿐 아니라 개별 학생들의 인성 등급을 매겨둔다. 등급은 4단계. 탁월, 우수, 만족, 미흡. 예를 들어 '탁월'한 학생이 수업을 세 시간 빼먹으면 '우수'로 강등된다. 담배를 피우다 걸리면 두 계단 하락한다. '미흡'에 이르면 퇴학당한다. 일지는 학교생활의 유일한 공식 기록이므로 누군가 기적이라도 일어난 듯이 사라져야 할 경우, 해당 페이지에 기록된 학생은 성적이 모두 말소되고 교칙 위반 사항이 자동 삭제된다. 두말할 필요도 없겠지만 이런 기적은 일 년에 최소 한두 번은 일어나며, 이에 대한 학교 행정당국의 반응은 언제나 험악하다. 탐정들이 지문을 채취하고 용의자를 심문하듯이 선생들은 모범생들을 반란 분자들과 맞붙이기 위해 공포 전략을 구사한다. 책임질 일을 저지른 학생들은 사실상 청소년용 감옥이라 할 수 있는 노동집중교정원으로 간다.

4층은 피아노 강사들의 서식지이다. '무당벌레'라는 별명을 지닌 내 담당 강사 카티야 G.는 49번 연습실 열쇠도 갖고 있지만, 대부분 왼쪽 복도 거의 맨끝에 있는 48번 연습실에서 학생을 받는다. 49번 연습실은 건물 구석의 널찍한 공간을 차지하고 있으며 커다란 창을 통해 국립도서관과 닥터스 가든*이 내려다보이는 방으로, 그녀는 자기가 아끼는 학생들을 거기로 보내 레슨 전후에 연습시킨다. 내가 빛바랜 건반에 세번째 페달이 빠진, 낡았지만 제법 쓸 만한 야마하 베이비 그랜드피아노로 프로코피예프의 「머큐시오」의 중심 테마, 시간의 관습적인 흐름을 긁어대도록 설계된 당김음의 악몽을 처음 깨부순 곳이 바로 거기였다. 그곳은 또한 내가 다섯 시간 동안 물도 못 마시고 화장실도 못 간 채로 연주한 끝에('무당벌레'는 내가 만족스러운 연주를 할 때까지 밖에 못 나가도록 문을 잠그는 버릇이 있었다) 리스트의 「분수」, 아마도 피아노를 위해 작곡된 가장 아름다운 작품일 이 곡을 완벽히 쳐낸 장소이기도 하다. 소피아 음악 영재학교의 49번 연습실에서

---

* Doctors' Garden, 제6차 러시아-투르크 전쟁에 참전한 병사들을 기리기 위해 조성한 공원.

「분수」처럼 신성한 작품을 연주한다는 것은, 아이러니라고 여기지만 않는다면 실로 딱 들어맞는 일이다. 왜냐하면 이곳에 원래 있던 사람들이 신의 종복들이기 때문이다. 교장이라면 분명히 4층에서 일하는 예순 살 먹은 세탁부 노파의 기억을 싹 지우고 싶겠지만, 공산주의자들이 2차 대전 직후 이 도시의 주요 부동산을 몰수하고 재개발하기 전, 이 건물은 기도실, 성직자, 촛대, 십자가가 있는 가톨릭 수도원 노릇을 하고 있었다. 이는 거의 알려지지 않은 사실이다. 상상력이 아무리 변변찮은 사람이라도 잠시만 재적응의 시간을 갖는다면, 지배 이데올로기의 지루한 미학으로 손상된 이 오래된 건물이 그림자로부터 벗어나 온전한 형태로 떠오르는 걸 볼 수 있을 것이다. 속삭임과 희미한 발소리로 가득한 어두운 복도, 계단마다 대리석 성자와 천사들을 불러 앉힌 아치형 벽감, 1번 체임버 홀의 제단, 제단 오른편 우묵한 벽의 고해소. 뒷벽 가장 높은 지점에서 스테인드글라스를 통과한 빛이 제단 뒤 조각에 다채로운 색으로 떨어진다. 로마 외곽의 마돈나 델 로사리오 수도원에서 오 년을 보냈던 리스트라면 신께서 임하심이 허용되었던 그 옛 시절에 이곳을 집처럼 편하게 느꼈으리라. 벽감은 이제 텅 비어 있다. 제단은 팀파니 때문에 보이지 않고, 스테인드글라스 위에는 두꺼운 베이지색 페인트가 칠해져 있다. 과연 무신론자들이 「분수」를 연주하는 법을 배울 수나 있을까?

5층에 올라 바이올린 강사들이 학생들을 가르치는 복도를 지나면, 기우뚱한 천장에 구멍투성이 채광창이 곰보 자국처럼 나 있는 삼각형 방들과 좁은 통로로 이루어진 신비로운 장소, 즉 다락으로 이어지는 곧게 뻗은 나무 계단에 도착하게 된다. 다락은 플루트와 오보에 연주자들이 악기를 연습하는 공간이자 우리 중에 인성 등급이 낮은 애들이 즐겨 찾는 아지트이다. 여길 방문하는 신참 중 다락 맨끝의 특이하게 생긴 벽의 일부가 실은 두 개의 다른 방으로 이어지는 작은 문이라는 사실을 아는 애들은 많지 않다. 첫번째 비밀의 방에 있는 나무판자 중 하나를 열면 건물 전체를 둘러가는 좁다란 공간이 나온다는 사실을 아는 사람은 더욱 소수다. 좁은 공간 바닥에 버려진 허섭스레기들—담배꽁초, 쓰고 버린 콘돔, 술병, 에스프레소가 묻은 조그만 플라스틱 컵, 찢긴 교과서—이 여기서 어떤 일들이 벌어지는지 말해준다. 10학년 교과서인 『도덕적 행위와 시민의 권리』(이 책은 한 문장이 두 페이지에 걸쳐 이어지는, 사랑에 대한 마르크스주의적 정의로 유명하다)가 지붕보에서 튀어나온 못에 꽂혀 있다. 누군가 이 난장판을 정리하고 청소할 생각으로 4층 관리실에서 훔쳐왔을 빗자루와 쓰레받기가 먼지 더미와 일지를 불태우고 남은 망사 모양의 검정 플라스틱 잔해 옆에 누워 있다. 교장실에서 가져온 의자 하나가 채광창 아래 놓여 있다.

밤이 되면 수위를 제외하고 학교에 남은 사람은 계속 연주를 해야 한다는 비이성적인 충동에 사로잡힌 대여섯 명의 피아니스트뿐이다. 그들은 다섯 시간 동안의 연습으로 인한 굶주림과 탈수에도 불구하고, 다리의 경련과 만성 건초염의 찌르는 듯한 통증에도 불구하고, 자신이 유년시절을 경험해본 적도 없이 죄수나 느낄 법한 씁쓸함과 일곱 살 어린애의 유치찬란한 내면이 공존하는 사춘기의 전장으로 들어가야 한다는 사실을 깨달았음에도 불구하고, 앞으로 품을 기대라곤 더 많은 연습과 더 많은 공연과 더 많은 경연대회와 무대공포증으로 인한 수많은 굴욕적인 일화들뿐임에도 불구하고, 피아노를 친다. 그런 밤에 나는 내가 제일 좋아하는 다락 연습실에 있는 차이카 업라이트 피아노 의자를 딛고 좁은 채광창을 빠져나간 다음, 지붕 위에 올라가 담배를 피운다. 닥터스 가든 옆 거리에는 밤나무가 늘어서 있고, 그중 가장 높은 나뭇가지들이 지붕 모서리를 스치듯 어루만진다. 서쪽에 보이는 산꼭대기에서 희미한 불빛이 맥동한다. 오른쪽으로는 넵스키 대성당의 황금 돔, 끝이 오각형인 당사의 탑, 모스크 첨탑, 전 코민테른 서기장인 게오르기 디미트로프가 유리로 된 관에서 방부 처리된 채 잠들어 있는 웅장한 무덤으로 이루어진 소피아의 중심가가 있다.

어느 흐리고 안개 낀 12월 아침에 나타샤 지모바, 일명 '올빼미'인 교장의 시신을 운구하던 검정색 볼가 관용차량이 철제 포도나무 장식이 달린 아르누보 스타일의 교문 옆 연석에서 멈추는 모습을 본 것도, 4학년부터 12학년까지 학생들이 모두 나와 수백 송이의 꽃을 들고 대열을 이루어 거리를 행진하는 광경을 내가 본 것도 바로 여기다. 꽃과 화환은 무수히 많았고, '올빼미'는 그중 어느 것도 받을 자격이 없었다. '올빼미'는 죽어 마땅했다. 사람들은 사인이 암이라고 했지만 나는 이리나가 그녀를 죽였다는 사실을 알았다. 어떻게 했는지도 알았다. 이리나는 나이프도, 총도, 독도 쓰지 않았다. 그애는 말로 교장을 죽였다. 이리나는 언어를 다루는 법을 언제나 잘 알았다. 또한 그애는 학교에서 가장 뛰어난 바이올린 연주자이기도 했다.

사람들은 쉽게 잊는다. 언젠가 그들은 고위 관료가 되고, 경례를 붙이고, 권력을 과시하고, 틀에 박힌 일장연설을 뿌리다가 유순한 닭대가리가 되어 예전의 적들이 되는 대로 던져주는 부스러기에 감읍하리라. 하지만 잊힌다 해서 과거도 죽음도 묻히는 건 아니다. 시간 안에 시간이 있고 과거는 현재를 품기 때문이다. 죽은 자들은 다시 죽을 테고, 저주받은 자들은 다시 저주받을 것이다. 설름발이를 제조하는 체제는 예견된 붕괴가 일어나기 전까지는 또 다시 그렇게 작동할 것이다.

"니체를 읽어!"

나의 실내악 선생이었던 '백조' 이고르는 내가 베토벤의 바이올린 소나타 「봄」에다 대고 남색질을 한 걸로 추정된다며 F를 주고 나서는 그렇게 말했다. 이제 그는 해지고 낡은 스웨터와 파자마 바지를 입은 채 거리를 떠돈다. 혼자 중얼거리고, 나무를 껴안고, 비둘기에게 발길질하고, 무대에서 지휘하듯 두 손을 휘두른다. 그가 나를 못 알아본다면, 그건 그가 미쳤기 때문이라기보단 우리가 안면만 있는 사이였던 시절로 돌아갔기 때문일 것이다.

다른 이들 또한 그 시절로 돌아갔다. 지모바는 학교에 근무하면서 지시를 내리고 경례를 하고 8, 9, 10학년들에게 러시아어를 가르치고 있다. 예순일곱 살의 역사 선생은 5층까지 계단을 오르면서 「환희의 찬가」를 휘파람으로 부르고 길쭉한 지시봉으로 난간을 톡톡 두드린다. 문학 선생인 '쥐얼굴'은 정문 옆에 가위를 들고 서 있다. 머리가 긴 남학생들을 즉석에서 이발하라는 지시를 받았기 때문이다. 물리와 음향학 선생인 밴코프는 담배 피우는 학생을 잡으러 닥터스 가든으로 향하고 있다. 그게 1987년의 일이다. 나는 열다섯 살이었고, 베를린 장벽이 무너지기까지는 이 년이 남아 있었다.

1장

라흐마니노프, 「보칼리제」, op.34, no.14

1987년 11월 3일

    러시아 난쟁이는 세상에서 가장 크고 러시아제 시계는 세상에서 가장 빠르다는 농담이 있다. 모스크바 국립음악원에서 리사이틀을 한 뒤에 샀던 내 시계 스푸트니크도 그런 평판에 값했다. 평균 일주일에 두 시간 정도 빨랐는데, 모든 수업과 모임에 늦는 내 치료 불가능한 습관을 감안하면 꽤 유용한 물건이었다. 나는 스푸트니크를 갈색 가죽 숄더백 앞주머니에 넣고 다녔다. 손목에는 아무것도 찰 수 없기 때문이었다.

    "열시 반에서 열한시 사이야."

    나는 암적색 로진*으로 바이올린 활 털을 문지르고 있는 이리

---

* rosin, 현악기의 활에 바르는 송진.

나에게 말했다. 이리나는 창가에 비스듬히 기대어 있었는데, 오른발을 문 쪽으로 향한 채 약간은 도발적이면서도 유혹적인 진녹색 눈으로 나를 보고 있었다. 우리는 매주 화요일마다 그랬듯 수업을 빼먹고 5층의 59번 연습실에 문을 잠그고 들어앉아 있었다. 우리 아래쪽과 좌우남북에서는 빨간색이나 파란색의, 또는 콤소몰* 타이를 맨 근면한 노예들이 멘델레예프의 주기율을 외우고, 변증법적 유물론의 신을 향한 찬송가를 부르고, 4성 인벤션을 악보에 옮기고, 마야콥스키의 시를 낭송하고 있었다. 때로 역사 선생인 네그드닉의 목소리가 음정이 엇나간 바순처럼 계단통 바깥으로 메아리쳐 울렸다.

"이번엔 이길 거야." 이리나는 바이올린 활로 내 교복 바지에서 셔츠 자락을 뽑아내려고 애쓰며 말했다. "이번 판이 끝나기도 전에 넌 학교 안을 홀딱 벗고 뛰어다니게 될걸."

"아까 했던 소리네."

나는 그녀에게 상기시킨 뒤 가방 안의 내용물을 다 꺼내 피아노 위로 올렸다. 쇼팽의 프렐류드, 에튀드, 발라드, 스케르초. 프로코피예프의 「로미오와 줄리엣」. 스크랴빈의 소나타. 리스트의 초절기교 연습곡.

"네가 먼저 해." 이리나는 그렇게 말하고 유진 이자이**의 바이올린 소나타 4번의 악보를 펼쳤다. "알라망드 악장 첫 일곱 줄을

---

* Komsomol, 공산주의청년동맹.
** Eugène Ysaÿe, 벨기에의 바이올리니스트이자 작곡가.

악보에 나온 템포대로 오른손만 써서 연주해."

"실수하면?"

"서관 화장실까지 속옷 바람으로 뛰어가는 거지."

이리나는 길고 검은 머리카락을 뒤로 젖히고 배를 부여잡으며 아이처럼 웃었다. 나는 피아노 앞에 앉아 예순네 개 반음계의 지그재그에, 첫 페이지부터 사람 넋을 빼놓는 개미 군단 같은 음표를 훑어보았다. 바이올린 파르티타를 피아노로 초견* 연주하는 건 진짜 까다롭다. 바이올린 지판으로는 가까운 듯 보이는 음표가 건반으로는 종종 몇 마일씩 떨어져 있기 때문이다. 하지만 난 겁먹지 않았다. 단지 그녀를 원할 뿐이었다.

"이건 멍청한 짓이야, 이리나." 나는 일어나 그녀에게 다가가며 말했다. "난 너 때문에 학교에서 내쫓길 거라고. 이딴 대결이나 스트립쇼 따윈 건너뛰고 다른 걸 하자."

그녀는 다리를 들어 나를 멈춰 세웠다. 그녀의 부츠가 내 늑골을 파헤쳤다.

"알라망드 연주하라니깐."

나는 피아노로 돌아가 앉아 악보를 다시 한 번 보았다. 더블 샤프, 셋잇단음표, 5연음표, 7연부, 하이 B, B플랫, 보표 위 사선과 오선 사이에 위치한 A플랫, 오르락내리락하며 끈처럼 이어진 위험한 여섯번째 마디, 손가락을 한껏 뻗어야 하는 화음. 나는 충분

---

* a prima vista, 준비 없이 악보를 보자마자 연주하는 것.

히 연습한 에튀드를 치듯 빠르고 확신에 차서, 악센트를 준수할 시간까지 내가며 전체 페이지를 연주했다.

"너 진짜 밥맛이다." 짜증 난 이리나가 화를 터뜨렸다. "세상에, 너 실수란 걸 해본 적이나 있어?"

기쁨을 감출 수가 없었다. 젠장, 난 잘 쳤다. 진짜로 잘 쳤다. 거기에 더하여 이리나를 위한 완벽한 곡도 준비돼 있었다. 「로미오와 줄리엣」 중 '어린 줄리엣'.

"있잖아요, 자기야. 너 옷을 벗기 시작하는 게 좋겠는데. 이 곡은 못 켤 테니까."

"어른한테 말하는 꼬라지 보라지."

이리나가 내게 활을 겨누며 말했다.

"너 나보다 겨우 한 살 더 많잖아요."

"그야 그렇지. 하지만 난 지금 정신연령 얘길 하는 거라고, 멍청아."

그녀는 보면대에 악보를 놓고 입술을 잘근잘근 씹으며 종잡을 수 없이 튀는 까다로운 음계를 연구했다.

"만약 내가 망치면?"

나는 눈을 감고 내가 시킬 수 있는 온갖 일들을 음미했다.

"그러면 말이지, 난 네가 천천히 3층을 걸어가며 교무실을 지나는 걸 보고 싶네요. 맨발에, 교복 단추를 풀고, 밑에는 아무것도 안 입은 채."

나는 발로 바닥을 탁탁 두드리며 '어린 줄리엣'을 연주할 템포를 알려줬다. 이리나가 나를 죽일 듯이 쏘아봤다. 그녀는 화가 날 때 제일 예쁘다. 집시 혈통에 깃든 열정과 마술적인 충동으로 인해 피부는 더 짙어지고, 눈은 더 반짝거리고, 근육은 더 긴장한다.

이리나는 내가 본 가장 훌륭한 보잉을 선보이며 환상적으로 시작했지만, 여섯 번째 마디에서 갑자기 음을 몽땅 놓치더니 피아노 옆에 놓인 의자에 무너지듯 앉았다.

"좋은 생각이 있어."

그녀가 바이올린을 무릎에 놓고 말했다.

"빠져나갈 생각은 하지도 마."

"아냐. 일단 들어보라니까! 판을 더 키우는 거라고. 내가 널 울릴 곡을 연주할게."

"픽이나."

"내가 만약 성공 못 하면 학교 전체를 다 벗고 걸어다니는 거야. 어때? 하지만 성공하면, 보자…… 네가 바지를 벗은 다음에 너네 반 교실에 창문으로 들어가는 거지. 정신병자처럼 말이야."

그녀는 흥에 겨워 킬킬거렸고, 나는 거기서 이리나가 갈망하는 비밀스러운 쾌락으로 인해 불이 붙은, 불꽃처럼 솟아나는 보랏빛 음을 감지했다.

"내가 정확히 어떤 식으로 창문을 넘어서 교실로 들어가야 하는데?"

"이 방 창문으로 나가서 난간을 돌아 걸어가야 돼."

"걸으라니! 저 난간에는 발가락도 못 디딘다고. 당연히 매달릴

데도 없고."

문제의 난간이라면 잘 안다. 얼마 전 어떤 놈이 5층 배수관 뒤로 던져버린 내 성적표를 찾으려고 난간에 올라선 적이 있기 때문이다.

"그래서?"

"너 미쳤구나, 이리나. 진짜로. 하지만 좋아. 절대 날 울리진 못할 테니까."

이리나는 웃으며 바이올린의 줄감개를 조정했다. 활로 솔, 레, 라, 미를 길게 켜면서 헤어핀으로 양쪽 머리를 묶어 감추고, 감청색 교복 드레스의 위쪽 단추 세 개를 풀었다. 그러고 나서 다리를 쫙 벌린 다음 라흐마니노프의 「보칼리제」를 연주하기 시작했다.

나는 그녀를 보고 있을 수가 없었다. 보기만 해도 심하게 발기가 되기 때문이었다. 대신 창밖을 바라보며 모든 것에 얇은 얼음장을 덮어씌운 간밤의 싸늘한 비를 생각했다. 황갈색 이파리가 조금 남은 밤나무가 깨지기 쉬운 유리 조각 같은 11월의 흐릿한 태양 속에서 반짝거렸다. 건너편 거리의 닥터스 가든 연못 옆에 자리한 들장미 덤불은 수정으로 만든 브로치 같았다. 진홍색 열매가 루비처럼 반짝였다. 아파트 건물 정면에 칠해진 회색 벽토가 은박으로 뒤덮여 있었다. 창턱은 은빛 눈물 같은 이슬로 치장돼 있었다. 이리나는 몰락한 영웅 같은 하강음계와 마주칠 때마다 경의를 듬뿍 담아 장례식 화환을 엮어가듯 곡을 연주하고 있었다. 사람을 쥐락펴락하는 이 연주야말로 슬라브적 영혼의 근본 특징 아닐까. 소용돌이치는 급락, 어둠, 멜랑콜리가 느껴지다가도 모든 것들을 놔버리는, 붉은광장의 성 바실리 대성당의 거대한 문이 열리는 듯한 연주.

나는 나라는 비참한 존재를 너무 오래 붙들고 있었다. 마치 기계처럼 피아노를 연주했고, 나를 약하게 만드는 것에만 집착했으며 1등이 되기 위해 다른 사람들과 싸웠다. 내가 신경 쓰는 모든 것을 언젠가는 놔버려야 한다는 사실을 알았다. 나는 그 위로 딛고 일어서서 잠시나마 더 행복해질 것이다. 시, 도, 미, 솔, 라로 이어지는 선율이 새처럼 날아올랐다.

나는 7학년 때 이리나와 내가 독수리 다리의 연못 옆에서 노 젓는 작은 보트를 하나 빌려서 그 위에서 나눈 첫 키스를 생각했다. 이탈리아에서 열린 연주회를 위해 방문했던 도시들을 생각했다. 볼로냐, 베네치아, 나폴리, 로마. 학교의 애들과 내가 다른 점이라면, 우리가 가짜 현실에 갇혀 있다는 사실을 내가 확실히 알고 있다는 점일 것이다. 나는 벽 너머를 엿보았고 거기에 무엇이 있는지도 보았다. 증거도 있다. 날 입양하고 싶어했던 남부 이탈리아의 한 가문이 공연이 끝나고 내게 선물로 줬던 은빛 파커 만년필.

이리나는 도입부로 돌아와 중심 주제를 다시 연주하고 있었다. E단조에서 F장조로 이동하는 동안, F에 붙은 제자리표가 이렇게 고통스럽게 들린 적은 없었다. 마치 지하세계에서 날아오른 불새가 찾아온 듯이. 이 곡이 이토록 정신이 번쩍 들고 가슴 저린 곡이라니. 지난번 학교 앞 거리에서 '백조' 이고르를 만났을 때 그가 했던 말이 불현듯 기억났다.

"우린 모두 이상주의자로 창조됐어!"

그는 하늘을 손가락질하면서 특유의 허세로 단언했다.

눈이 따끔거렸지만 이리나의 「보칼리제」 연주와 큰 관계가 있는 건 아니었다. 최소한 그게 전부는 아니었다. 실내악 선생의 그 선언에는 뭔가 통렬한 게 있었다. 만약 우리가 모두 이상주의자로 창조되었다면 삶이란 결국 가혹한 실망에 불과하지 않겠는가. 하지만 그렇다 해도 음악이 있었다. 우리는 한손으로 배운 거짓말들을 애써 잊고, 다른 손으로 그 거짓말들을 되풀이했다.

나는 이리나 쪽으로 몸을 돌렸다. 그녀는 연주를 멈추고 기쁨과 동정심이 뒤섞인 표정으로 나를 바라보고 있었다. 이리나가 정말 그런 멍청한 짓을 하라고 시킬까? 당연히 그럴 것이다. 내기는 내기니까. 어쨌거나 그녀는 날 울렸다.

나는 신발을 벗고 흉측한 교복 바지와 양말도 벗었다. 다행히 난간엔 얼음이 끼지 않았다. 나는 신발을 하나로 묶은 다음 한쪽 어깨에 걸치고 바지는 다른 쪽 어깨에 걸쳤다. 그러고 나서 창문에 올라가 치장 벽토를 바른 벽을 마주하며 오른발을 난간에 뻗었다. 이리나는 내 뒤에서 손을 입으로 가린 채 키득거렸다. 이게 엄청 재밌는 모양이다. 아니면 내가 두 손 들 거라고 생각했거나.

오른쪽으로 두 걸음을 옮기자 더는 발을 디딜 데가 없었다. 건물 모서리까지의 거리는 10미터 정도였다. 우리 반 창문까지는 거기서 또 10미터가 떨어져 있었다. 창문이 닫혀 있으면 어쩐다?

나는 어깨 너머로 1번 체임버 홀까지 뻗어 있는 양철 지붕을 내려다보았다. 지붕에는 교과서, 빗자루, 청소용 스펀지 들이 널브러져 있었다. 이러다 죽으면 진짜 웃기지 않겠어? 뭐, 그래봤자 화강암빛 하늘 아래, 빨간 난쟁이들이 지배하는 타르타로스*에 갇힌 이 인생보다 더 터무니없진 않겠지. 하지만 지상 5층 높이에서 발끝으로 살금살금 게걸음으로 움직이고 있고, 내 하얀색 속옷은 옆방의 누님이 맡아든 지금은 공황에 빠져들 형편이 아니었다. 나는 대규모 청중 앞에서 연주하는 동안 갑자기 자신을 의식하는 느낌이 어떤 건지 안다. 쇼팽의 발라드를 한참 연주했는데도 아직도 종결부에 못 다다랐다는 사실을 깨달으면, 몸과 마음이 반쯤 공황상태에 사로잡힌다. 연주 중간에 정신이 들면 다시 자신을 잊어야 한다. 그게 무대 위에서, 그리고 아마도 인생에서 가장 힘든 일이다. 나도 언젠가 실수할 것이다. 그거 하나는 확실히 안다. 언젠가는 추락할 것이다. 그게 오늘이 아닐 뿐이지.

내가 서 있는 곳에서는 5층 아래의 2번 체임버 홀에서 흘러나오는 야마하의 고음이 들렸다. 누군가 쇼팽의 프렐류드 A단조를 뻔뻔스러우리만치 야만스럽게, 화성의 진행 자체에 내재된 추한

* Tartarus, 그리스 신화에 등장하는, 바닥이 없는 지옥의 연못.

면을 잔뜩 부풀리며 연습하고 있었다. 내 의지 말고는 그 무엇도 의지할 게 없는 건물 난간에서 균형을 잡으며, 나는 열두 살 생일 때 '무당벌레'가 프렐류드 전곡이 실린 악보를 주고는 피아노에는 손도 못 대게 한 채 밤새도록 A단조의 악보를 읽으라고 시켰던 기억을 떠올렸다. 실제 연주를 듣기도 전에 나는 이 곡을 마음속에서 이런 방법으로 들었던 것이다. 나는 날것 그대로인 왼손의 반음계와 오른손의 황량하고 단호한 목소리를 들었다. 그 목소리와 반주가 서로 멀어지다가 마침내 목소리만 완전히 홀로 남아 아무 목적지도, 어떤 의미도 없는 독백으로 바뀌는 걸 들었다. 악보를 읽는 동안 내가 듣지 못했던 것은 왼손의 리듬이었다. 그 리듬은, 잿빛 하늘에 얼음 샹들리에가 매달려 있고 수증기가 피어오르는 맨홀 뚜껑 위에 길 잃은 개가 잠들어 있는 영원한 겨울 한복판의 파리 또는 바르샤바의 거리에서 울리는 망가진 손풍금 소리를 떠올리게 했다. 왼손 악보에서는 흙과 벌레, 먼지의 맛이 났고 낙엽과 유향乳香 냄새가 났다. 오른손 악보에서는 삶의 덧없음과 숙명에 대한 깨달음이 빛을 발했다. 세 개의 평온한 장화음은 죽음을 뜻했는데, 왜냐하면 죽음이란 달콤한 것이기 때문이다. 죽음은 우리의 진짜 고향, 예전에 떠났으나 계속 돌아가려 애쓰는 곳이었다. 그것은 우리가 예전에 지나쳤고 앞으로도 지나갈 것이며 사고의 무게를, 죽어버린 우주에서 거주하고자 하는 의지의 무게를 유예하는 진실의 순간이었다.

모퉁이를 돌아 우리 반 교실 창문으로 조심스럽게 이동하는데

3교시 수업 벨이 울렸다. 다행히 창문은 열려 있었다.

"수학 선생님 오신다."

릴리가 교실 안에서 애들에게 알리는 소리가 들렸다.

"모두 기립!"

6미터 내지 7미터가 남았다. 나는 내 손가락이 자석이라서 엄청난 힘으로 벽에 달라붙어 있다고 상상하며 천천히 옆으로 움직였다. 오보리쉬트 가의 행인들이 겁먹은 눈으로 나를 보고 있는 걸 느꼈지만 나는 아래도 뒤도 보지 않았다. 한 걸음만 더 가면 안전했다. 나는 넓은 창틀 안쪽에 편안히 앉아 바지를 입고 신발을 신었다. 이제 두려움은 메스꺼움과 더불어 사라졌다.

나는 커튼 너머로 교실 안을 엿보았다. '큰까마귀'가 안젤과 리가프를 양옆에 끼고 쉰여섯 개의 팔찌를 흔들며 문으로 들어온 다음, 교실 중앙으로 다가가 컴퍼스와 일지와 손가방을 커다란 교사용 책상 위에 삼각형으로 늘어놓은 참이었다. 그 자체로 권력의 도구인 교사용 책상이 수평으로 새긴 다섯 줄짜리 하얀 글귀로 더럽혀진 얘기는 따로 언급할 가치가 있다. 그걸 볼 때마다 사포로 문질러 지우려 했던 지난 과제가 떠오르는데, 그 낙서는 나무를 나이프로 파낸 뒤에 잉크를 채워 넣은 것이다. 작자 미상의 다섯 줄짜리 선언은 작성자가 데이트하는 프로 여성 음악가에 대한 진실을 또렷이 발설하고 있었고, 내용은 다음과 같았다.

'레즈비언은 피아노를 친다. 창녀는 바이올린을 켠다. 멍청이는 플루트를 분다. 미련곰탱이는 첼로를 켠다. 가수는 뇌가 없다.'

심지어 우리 반 여자애들조차 반박할 수 없는 일말의 진실이 그 낙서에 깃들어 있음을 인정할 수밖에 없었다. 물론 그애들은 곧바로 음악 하는 남자애들은 사회적으로 덜떨어졌거나 완전히 정신박약이거나 엄마랑 연애하는 계집애 같은 놈이거나 아니면 셋 다라고 지적하긴 했지만. 그 역시 맞는 말이었다.

안젤이 다시 당번을 자청했다. 당번 일을 한다는 건 흑판에 잡티가 하나도 없고, 양동이에 깨끗한 물이 담기고, 청소용 스펀지가 창틀 앞 나무판자에 놓이고, 미국이 우리에게 폭탄을 떨어뜨릴 때까지 쓸 분필이 충분한지 확인하는 책임을 진다는 뜻이었다.

나는 가운데 열에 앉은 모범생들을 흘끗거렸다. 바이올린을 켜는 릴리, 첼로를 켜는 도라, 두 명의 마리아, 그리고 쌍둥이 형제 리가프와 마젠. 둘 다 프렌치 혼 주자로는 재능이 없었고 언제나 예순 살 먹은 학자인 척했다. 턱에 손을 올린 채 고개를 끄덕이고, 이마를 찡그린 채 산수 속에 숨겨진 삶을 바꾸는 지혜에 관해 숙고하고, 프랑스혁명이 실은 기원전 72년 남부 이탈리아에서 시작되었으며 이를 이끈 사람은 마르크스와 엥겔스의 저작을 읽어본 적도 없었으나 책 속 내용을 무척 잘 이해했던 타고난 공산주의자 스파르타쿠스였다고 역사 선생이 가르치면 '아하!' 하고 답할 태세를 갖추곤 했다.

보통 나는 비안카와 이사벨 뒷자리인 오른쪽 줄 끝에서 두 번째 걸상에 혼자 앉았다. 비안카의 부모는 헝가리 출신 유대인이었는데, 이건 꺼내선 안 되는 화제였다. 그애는 그닥 괜찮은 피아니스트가 아니었고 나로서는 편하게 지내기가 좀 어려운 애였다. 7학년 때 살짝 짝사랑을 한 적이 있어서였다. 심지어 9학년인 지금도, 나와 이리나 사이에서 벌어진 온갖 일들에도 불구하고 나는 여전히 비안카에게 호기심을 품고 있었다. 특히나 그애가 야심만만한 어린 정치국원이었으므로 적과 그짓을 하는 기분이 어떨지 상상하는 재미가 있기 때문이었다. 가끔 우리는 수업 시작 전에 만나거나 오후에 같이 시간을 보냈다. 저녁 리사이틀이 진행되는 동안 나란히 앉아 있었고, 닥터스 가든을 걸었다. 이 년 동안 내내 이랬을 뿐 손 한 번 안 잡아봤다. 내 친구 알렉산더— 왼쪽 줄 맨끝 걸상—는 그게 다 비안카에게 젖꼭지가 없다는 사실과 관계가 있다고 주장했다. 언젠가 다락에서 꽤 오래 농땡이를 치면서 담배를 피우는 가운데 내게 말해준 바에 따르면 젖꼭지가 없는 여자애들은 성욕이 제로라는 것이었다. 난 쥐뿔도 안 믿었다. 그놈은 학교 화장실에서 10학년생들이랑 일을 치르는 것 말고는 여자랑 제대로 된 관계란 걸 맺어본 적이 없었으니까.

'큰까마귀'는 말도 안 되게 키가 작았고—난쟁이 소리를 들을 정도는 아니었지만—검정 스커트에 스틸레토 힐을 신고 소매가 팔꿈치 위로 말려 올라간 울 카디건을 걸쳤다. 검게 염색한 물결치는 머리칼은 사자 갈기를 따라한 듯 보였다. 턱은 삼각형으로 뾰족했고, 지나치게 크고 빨간 염증이 가시지 않는 삼각형 코는 항상 히스테리 폭발 직전이라는 인상을 주었다.

"선생님과 동지 여러분." 안젤이 즐겁게 의무 보고를 시작했다. "9학년 B반은 기하학 수업 준비가 완벽히 돼 있습니다. 오늘 결석한 학생은 2번, 10번, 14번입니다. 이상 1번 보고였습니다."

"저 결석 안 했는데요!"

나는 열린 창문에서 미끄러져 내려와 선생의 등 뒤에 서서 말했다. 억눌린 웃음소리가 교실에 파문처럼 번졌다.

'큰까마귀'가 순간 뒤돌아서서 머리부터 발끝까지 나를 관찰했다. 교복을 입은 내 꼴은 우스꽝스러웠다. 파란색 폴리에스테르 재킷과 거기에 맞춘 바지는 너무 꽉 끼었고, 흰 셔츠는 언제나 더럽고 주름져 있었다. 학교 배지(하프시코드와 펼쳐진 책을 말도 안 되는 꼬락서니로 결합한)를 소매에서 떼어내는 바람에 재킷에는 구멍이 나 있었다. 배지는 거리를 순찰하는 정부 요원들에게 보여주기 위해 주머니에 넣고 다녔다.

"내가 들어왔을 때 어디 있었지?"

'큰까마귀'가 엄지손가락으로 컴퍼스의 뾰족한 끝부분을 누르며 분노에 차서 물었다.

"저기요."

나는 지붕의 물결 위로 낮게 걸린 암회색 하늘을 가리키며 대답했다.

릴리가 손을 들며 앞으로 나섰다.

"콘스탄틴이 좀 전에 창문으로 들어왔다는 사실을 밝히고 싶습니다. 필기도구도 없고요!"

그녀는 나를, 그다음엔 비안카를 흘끗 돌아보며 네가 이제 어쩌나 보자 하듯 얼굴을 찡그렸다.

"인사해야지!"

'큰까마귀'가 릴리의 고자질을 무시하고 소리쳤다.

"안녕하세요, 선생님!"

학생들이 되받아 외쳤다.

"앉아! 이 말은 14번한테는 해당 안 된다. 14번은 지난 시간에 공부했던 공리를 증명하도록. 가서 분필 잡아."

"어젯밤에 리사이틀이 있었어요." 나는 대답했다. "공부할 시간이 없었다고요."

'큰까마귀'가 골초다운 바리톤으로 웃음을 터뜨렸다.

"그래서? 우린 모두—"

"공산당 소속이고, 국립 유전공학연구소와 산림자원부가 포함된 고위 권력 계층에 속해 있습니다!"

알렉산더가 자리에서 튀어 올라 군대식 경례를 붙이며 소리를 질렀다. 작고 살집이 두툼한 알렉산더의 얼굴은 희멀건한 색이었고 천사처럼 푸른 눈은 잔인한 성격을 숨기고 있었다. 피아노 전공이었지만 오페라 가수 교습을 받고 있었다. 우린 4학년 때부터 친구였다.

"앉으라고 했지!"

'큰까마귀'가 명령했다. 그녀의 얼굴이 분노로 달아올랐다.

"알렉산더, 한 번만 더 끼어들면 내쫓길 줄 알아! 내가 말했지. 이 학교에 다니는 모든 학생이 악기를 연주하고 대중 앞에서 연주하지만, 그렇다고 해서 존경받는 노동계급의 일원이 되도록 가르치는 과목들에서 약해져선 안 돼. 물리학, 생물학, 화학, 수학─특히 수학을 배우지 않으면 넌 아무것도 아냐. 반쪽짜리 인간이라고. 제아무리 다들 널 특별한 듯 대한다고 해도 말이지."

언제나 확고한 경험주의자였던 '큰까마귀'는 소피아 음악학교 학생들이 물리학, 생물학, 화학, 대수, 기하를 9학년 때만 배운다는 사실이 항상 못마땅했다. 언젠가 우리가 소리의 마법에 푹 빠져서 과학이란 게 존재했는지조차 깔끔히 잊어버릴 거라는 생각을 접을 수가 없었다.

"바흐와 쇼팽은 그저 기본 수학 원리를 음악의 영역에 옮겨놓았을 뿐이야." '큰까마귀'가 계속 말했다. "여러분이 생각할 수 있는 모든 게 수학으로 설명돼. 심지어는─"

"제14차 당대회에서 만장일치로 결의한 선언문은 우리의 즉각적이면서도 장기적인 목표가─"

"알렉산더!"

"군비 축소, 통화 안정, 개인숭배의 철폐라는 견해를 표명합니다. 하지만 '개인'이 누군지는 언급하지 않았는데, 이 '개인'이 누군지 명명하는 것 또한 개인숭배를 뜻하기 때문이고, 이는─"

"공책 제출하고 교실에서 나가!"

'큰까마귀'가 비명을 지르며 주먹을 쥐고 교탁을 세게 내리쳤다. 곧 안젤이 그녀에게 물 한 컵을 가져다줄 것이다.

알렉산더는 오른손을 경례 자세로 올리고 머리는 왼쪽으로 돌린 채 '큰까마귀'를 행진하듯 지나쳤다. 그 얼굴은 마치 국경일에 유명인사의 묘 앞을 행진하는 천치 같은 사관학교 군인처럼 얼빠진 미소로 꼬여 있었다. 알렉산더가 내 앞을 지나갈 때 나는 고개를 끄덕여 감사를 표했다. 저년을 물먹여줘서 고마워, 자식.

교실 밖으로 나가기 전에 알렉산더는 몸을 돌려 꾸벅 인사를 했다. 그러고는 아래층 홀에서 연습하던 소프라노와 피아니스트가 조용해지고 화가 난 선생이 여기가 음악학교인지 서커스단인지 큰 소리로 따져대기에 딱 좋을 만큼 문을 힘주어 쾅 닫았다.

'큰까마귀' 옆에 가까이 서 있으면 누구든 그녀의 코허리에 나 있는 커다란 털투성이 반점과, 작은 연필뿐 아니라 종이 클립 몇 개쯤은 숨길 수 있을 만큼 두꺼운 텁수룩한 눈썹을 뜯어보고 싶은 충동을 절대 억누르지 못하리라.

"그냥 F 받고 말래요."

나는 그렇게 말하고 내 걸상으로 갔다. 릴리의 목을 잡고 뺨을 후려갈긴 다음 개 물건들을 죄다 바닥에 팽개치고 싶었지만, 1번 체임버 홀에서 모든 현악 전공 학생들이 참석한 방과 후 오케스트라 정기연주회를 참관해야 했던 날의 기억이 되살아났다. 내 생각에 개들은 슈베르트를 연주하고 있었던 것 같은데, 그날 지휘자는 릴리가 자기 파트를 혼자 연주하는 소리를 듣기 위해 모두에게 연주를 멈추라고 했다. 그녀의 연주에 담긴 방사능 같은 독성이 모두를 진짜로 아프게 했다. 하지만 재차 말하건대, 릴리가 농부로 태어난 게, 악어 같은 음악 성향을 갖고 있는 게, 그리고 당원인 아버지와 진부함으로는 일등을 먹고도 남을 공산당 체제의 도움으로 마침내 영재들을 위한 음악학교에 입학한 게 그녀 탓은 아니지 않겠는가. 상을 받으려고 다른 음악가들과 경쟁해본 적이 있는 사람이라면 완벽함에 이르기 위해선 인생을 온전히 바쳐야 한다는 걸 안다. 음 하나만 틀려도, 마디 하나만 꼬여도 정신병원에서 인생이 끝날 수 있고, 더 나쁘게는 손목을 긋고 욕조에 들어앉을 수도 있는 것이다. 완벽함이 규범인 곳에서 범상함이 판치는 꼴을 본다는 것, 이건 그냥 불쾌한 정도가 아니라 고문이었다. 하지만 난 릴리가 가여웠다. 그녀도 자기가 쓸모없는 애라는 사실을 알았으니까. 재능 없는 애들은 자기 가치가 어느 정도인지 언제나 잘 안다. 그것이 그애들의 비극이다.

"칠판으로 돌아와서 공리를 증명하라니깐." '큰까마귀'는 일지를 휙휙 넘기며 내게 조용히 말했다. "F라도 받으려면 말이야. 만약 날 무시하기로 마음 먹는다면, 난 널 교실에서 내쫓고 일지에 결석이라고 표시할 거야. 여기 보니 결석을 한 번만 더 하면 인성 등급이 '만족'으로 떨어지게 돼 있네. 거기부터는 아주 쫙 미끄러진다는 것 알지? 소피아 음악학교에서 쫓겨난 다음에 어떤 피아니스트가 될지 몹시 궁금하네."

교실에 있는 대부분의 양들—리가프, 마젠, 안젤, 릴리, 엷은 금발에 주근깨투성이의 피아노 전공생 에밀—이 웃음을 터뜨렸다. 그깟 강등 따윈 상관없었다. 학교에서 구 년, 불량 아동들의 파란색 제복에 검정 딱지를 붙여 집으로 돌려보내는 정부 탁아소에서 사 년을 보내자, 나는 사실상 무대에서 연주하는 동안 일어나는 상황을 제외한 모든 형태의 굴욕에 면역이 돼 있었다. 무대 위에서 어떤 사람이 되느냐 하는 것이야말로 진정 중요하다. '큰까마귀'와 저 어린양들은 피아니스트 콘스탄틴을 절대 상처 입힐 수 없었다. 여기 칠판 옆에 건들거리며 서서 손에 분필을 쥐고 있어도, 그 인간들은 나로 인해 스스로를 소인배라고 느꼈다. 그들과 같이 웃을 때 나는 그들의 빈궁한 상상력을 비웃는 것이었다. '큰까마귀'에 대해 말하면, 쉰여섯 개의 팔찌를 찰랑거리고 다니는 그녀는 복수에 대한 만족할 수 없는 탐욕으로 가득해 한 점의 은총도 찾을 수 없는 저주받은 늙은 유령일 뿐이었다. 그녀의 눈은 유령을 품고 있었다. 이 땅에는 헐뜯기 좋아하는 타락하고 오래된 영혼들이 득실거렸다. 트라키아와 몽골의 전사들, 로마의 노예들, 눈이 뽑히고 참수당한 세르비아인과 불가리아인들, 추방된 그리스 철학자들, 터키인들과 일리리아인들 모두가 이 땅에서의 탄생은 저주라고 말하고 있다. 내 영혼 또한 저주의 그림자를 품고 있다.

'큰까마귀'와 나의 반목이 정확히 어떻게 시작됐는지는 기억할 수 없었다. 오 년 전 처음 만난 순간부터 날 싫어했을까? 아니면 몇 년 뒤, 허리까지 내려오는 긴 머리에 엄청나게 손가락이 짧았던 이류 피아니스트인 그녀의 조카가 미심쩍은 상황에서 학교에 입학하고 나서야 날 미워하기 시작했을까? 아니면 내가 6학년 때 학부모회의에 마지막으로 나타났던 아버지가 나 따위는 단념했다고 '큰까마귀'에게 말했을 때 시작된 걸까?

"삼각형을 정확히 그리고 각도를 적어 넣어."

'큰까마귀'가 내 쪽으로 몸을 돌리지도 않고 말했다.

"선생님, 저기요……"

문 옆 맨 앞 걸상에 앉아 있던 슬라브가 말했다. 펜 끝을 물고 있어서 입술과 혀가 검은색 잉크로 얼룩져 있었다. 파가니니와 눈에 띄게 닮은 바이올린 전공생인 슬라브는 펜의 잉크를 빨아먹는 버릇으로 학교에서 유명했다. 그는 자기가 이러는 이유가 화장실로 도망가기 위해서라고, 단 몇 분이라도 선생들에게서 벗어나고 싶어서라고 주장했다. 주중이면 언제고 슬라브가 잉크로 범벅된 얼굴과 손과 셔츠와 재킷으로 백년은 돼 보이는 망가진 바이올린 케이스를 들고 학교 건물 주위를 돌아다니는 꼴을 볼 수 있었다. 슬라브와 이반—교실에서 슬라브 옆에 앉은 바이올린 전공생—은 무척 재능 있는 아이들이었고, 특히 이반이 그랬다. 둘 다 종종 재능 있는 음악가들은 어떤 식으로든 어질더분하게 마련이라는 통념에 대한 증거로 입에 올랐다. 예를 들면, 이반은 4성 푸가를 딱 한 번 듣고 첫 열 마디를 악보에 옮겨 적을 수 있었다. 거의 병이나 다름없는 천재적인 재주였다. 학교에서 가장 잘 훈련된 귀를 가진 학생도 단선율을 한 번 듣고 옮겨 적을 수 있는 건 일곱이나 여덟 마디 정도였기 때문이었다. 그애는 리사이틀을 하러 (오른손에 활을, 왼손에 악기를 들고) 무대로 걸어 나오다가 발을 헛디며 넘어지자, 인간이라면 누구나 지닌 자기 보호본능에

굴하지 않고 양팔을 등 뒤로 날개처럼 쫙 폈던 걸로 유명했다. 코가 부러지고 눈썹이 찢어졌지만 이반은 활과 악기를 바닥에 떨어뜨리지 않았고, 나중에 설명하기를 만약 그런 일이 벌어졌다면 "엄청난 실수"가 됐을 거라고 했다.

슬라브는 얼굴과 머리에서 물을 뚝뚝 흘리며 화장실에서 돌아왔지만 입술은 여전히 잉크 때문에 까맸다. 나는 어느덧 칠판 앞에 십 분을 서 있었고 삼십 분을 더 버틸 준비도 돼 있었다. '큰까마귀'는 내가 모욕감을, 마치 무대 위로 올라갔을 때 갑자기 그날 칠 레퍼토리의 음을 죄다 까먹은 듯한 기분을 느끼길 원했다.

"아무거나 쓰라고!"

릴리가 불평했다.

"쟤가 우리 시간을 낭비하고 있어."

쌍둥이 형제가 재킷 소매에서 먼지를 털며 중얼거렸다. 나는 반 아이들의 얼굴을 보는 게 그다지 거북하지 않았다. 걔들은 다 최소 한 번씩은 내 뒤통수를 친 적이 있었다. 비안카와 알렉산더만 빼고. 하지만 그건 중요한 게 아니었다. 여긴 무대가 아니었고, 기하학은 내 인생과 아무 상관이 없었다. 삶은 '큰까마귀'와 그녀의 못돼먹은 스파이들보다, 그녀가 찬 피타고라스 팔찌보다, 팔찌의 의미 없는 개수보다 더 큰 무엇이었다. 삶은 나를 노려보는 반 애들의 얼굴들보다, 겨자색 교실보다, 다 떨어진 리놀륨 복도보다, 래커가 벗겨지고 뚜껑이 사라진 차이카 업라이트 피아노보다 더 큰 무엇이었다. 인생은 백 년은 됐음직한 잠금장치와 놋쇠 손잡이가 달린 7피트 높이의 창문들, 점토 타일을 붙인 지붕들, 넵스키 대성당의 황금 돔 지붕, 얼음의 무게로 축 늘어진 나뭇가지들, 교통량을 통제하고 소수의 사람들만이 일터에 갈 때 전차와 버스를 타도록 한 규칙들보다 거대한 무엇이었다. 삶이란 황색 자갈이 깔린 거리, 한겨울에 신선한 체리를 먹는 기름진 뚱보 정치국원이 탄 볼가 관용차, 솜으로 배 속을 채워 잠자는 미녀처럼 유리관에 안치된 디미트로프의 미라보다도 거대했고, '개인'이 뭔지 누구도 감히 말할 생각조차 못하는데 개인숭배를 철폐한다고 선언하는 현수막이나, 파란 타이를 맨 3학년생, 빨간 타이를 맨 5학년생, 콤소몰 타이를 맨 9학년생, 윗부분이 오각형인 모자를 쓴 경찰이나, 매년 학교에 찾아와 우릴 발가벗긴 다음 우리가 탐욕스러운 제국주의자 주적들에게 먹여도 될 만큼 맛깔스러운지 판단하기 위해 신체검사를 하는 군 사령관들보다도 거대한 무엇이었다.

삶은 이 모든 것보다 거대했다. 삶이란 수업, 실내악 연습, 피아노 레슨, 이외의 온갖 연습들이 끝나고 어둠이 내린 뒤 소피아 음악학교에서 나와 차르 쉬쉬만 가衝 쪽으로 가는 도심을 배회하는 것과 관련이 있는 무엇이었다. 삶이란 국회와 러시아 고등학교를 지나고, 케이크 가게를 지나고, 희미한 불이 켜진 계단과 싸구려 커튼으로 장식한 비좁은 부엌이 있는 낡은 아파트 건물을 지나고, 물 위에 뜬 죽은 생선과 게들로 가득한 커다란 물탱크가 있는 더러운 생선 가게를 지나고, 국가안보부 건물과 칼라슈니코프를 갓 태어난 아기처럼 끌어안고 있는 멍청한 경비병들을 피해 거리를 가로질러 '잔디를 밟지 마시오!'라는 푯말이 있는 잔디밭을 건너고, 찌를 듯한 악취가 올라오는 공중 화장실을 돌아, 연못과 버드나무와 불쌍하게 생긴 비둘기와 취객과 파자마를 입은 암환자와 정신병자와 집 잃은 개와 머리에 스카프를 뒤집어쓴 미망인이 있는 작은 공원으로 들어가서, 버드나무 아래 앉아 담배에 불을 붙인 뒤 시간, 중력, 그리고 만물의 멈출 수 없는 변형 과정을 깨닫는 것과 관련이 있었다. 그것은 또한 공원 주변에 위치한 예스러운 일곱 성인 교회의 문에서 새어나오는 따뜻한 황금색 빛을 알아차리는 것이고, 이 교회에 조그만 신을 섬기는 검은 옷의 정통파 성직자들이 있음을 깨닫는 것이기도 했다. 그들이 섬기는 것은 귀먹고, 말 못 하고, 눈멀고, 팔다리가 없는 무력한 신으로, 품행이 불량하다는 이유로 과학, 프롤레타리아, 경험주의 사상가들의 왕국에서 추방되었다. 낮은 인성 등급을 받은 조그만 신.

삶이란 쇼팽의 프렐류드를 나 자신을 위해 연주하는 것과 관련이 있는 무엇이었다. 체리나무가 꽃을 피우고 소년소녀들이 손을 잡고 닥터스 가든의 벤치나 빈 자동차 뒷좌석에서 불을 끄고 사랑을 나누는 봄, 수많은 사춘기 소년소녀들이 짐을 꾸리고, 할머니의 다락방에서 목을 매거나 욕조에서 자기가 흘린 피에 가라앉거나 고등학교 옥상에서 뛰어내리는 소피아의 쭉 뻗은 변덕스러운 봄을 기대하고 거기서 살아남는 것과 관련된 무엇이었다. 자살하는 아이들은 대개 종이 쪼가리 한 장 남기지 않았다. 유서라는 게 무미건조하고 빤하다는 이유에서였다. 그들은 언제나 자연적인 종말을 기다리는 데 최적화된 자들의 지성을 우습게 봤다.

삶이란 결국 위대한 완성을 이해하는 것이었다. 그것을 알맞은 자리에 두고, 음미하고, 그 속에 녹아드는 것이었다. 위대한 완성으로서의 죽음. 최후 거주지로서의 죽음. 달콤한 치료약인 죽음. 유일한 진실로서의 죽음. 쇼팽의 프렐류드 A단조 종결부에 나오는 으뜸음, 딸림음, 다시 으뜸음으로 이어지는 세 개의 장화음.

안젤의 시계에 따르면 지금은 열한시 오분이었다. 수업이 끝나기까지 이십 분 남았다는 뜻이었다. 비안카는 무척 귀여워 보였다. 머리칼을 세 줄로 땋아 넘겼고, 머리를 손으로 괸 채 슬픈 눈으로 창밖을 보고 있었다. 그녀의 눈은 슬플 때 가장 예뻤다. 나한테 실망한 걸까? 아마도. 나는 간단한 공리도 증명하지 못했다. 피아노, 발성, 실내악, 대위법을 뺀 모든 과목에서 D나 F를 받았다. '큰까마귀'에게는 엿 먹으라는 말이라도 할 정도의 존경심조차 없었다.

나는 선생과 학생이 벌이는 이런 게임이 피곤했다. 피아노 연주, 사람들이 내게서 최고로 치는 연주조차도 이제 내게는 절망을 드러내는 행동이었다. 나는 이길 수 없다는 사실을 알았다. 범속함의 맹공을 당해낼 수가 없었다. 하루에 열 시간을 연습하고, 완벽한 성적을 받고, 들은 대로 똑같이 해내는 로봇들을 이길 수가 없었다. 고집불통 역도선수의 손과 감각을 가진 프롤레타리아 귀족들의 피후견인들을 이길 수가 없었다.

하지만 나는 계속 연주했다. 계속해서 반음계와 온음계를, 아르페지오와 화성 진행을, 나만의 목소리를 계속해서 완벽하게 가다듬었다. 나만의 목소리야말로 모든 것이었다. 천 명의 연주자 중 겨우 하나나 둘 정도만 자기 목소리를 갖고 있었다. 그런 애들은 심지어 열 살이라 해도 라흐마니노프를 치는 법을 배울 수 있었다. 오로지 목소리만을 요구하는 가장 어려운 곡들은 느린 작품들이었다. 녹턴, 프렐류드, 스케르초와 발라드의 나직한 악절들. 아침, 오후, 심지어 한밤중에도, 나는 건반 하나를 누르고 세포 하나하나를 모두 사용하여 그 소리에 귀 기울이고 허공에 울리는 소리의 반향에 맞춰 내면의 존재를 조율하며 그 목소리의 비밀스러운 원천을 찾아 헤맸다.

다시 비가 내리기 시작했고, 나는 내겐 아무 쓸모 없는 분필을 들고 칠판 앞에 선 채로 행여 담배가 젖지는 않을까 궁금해했다. 매일 아침 등교하기 전 나는 학교 정문에 인접한 좁은 문으로 숨어들어가, 이끼 낀 높은 벽돌담으로 사방이 둘러싸인 널찍한 뒷마당인 '황무지'에 담배를 숨겼다. 담배 숨기기는 인성 등급이 낮은 학생들에게는 중요한 일이었다. 정문에 들어갈 때마다 수색을 당했기 때문이다. 한번은 알렉산더가 긴 휴식시간이 끝날 무렵 정기 점검을 돌던 체육 선생 둘과 밴코프에게 걸린 적이 있었는데, 그는 무릎을 꿇고는 소매 속에 숨겼던 담배 여섯 개비를 순식간에 삼켜버렸다. 우리는 국가와 전쟁을 벌였으며, 담배와 술,

디아제팜*을 무기로 선택했다. 공산주의 돼지들은 우리 삶을 소유했다. 우리 손과 손가락, 재능을 차지했다. 우리의 유년과 마음을 소유했고, 지고한 사회적 질서의 여명을 예견하는 신비로운 주문과 구호들을 계속해서 꽉꽉 쑤셔 넣었다. "건강한 몸에 건강한 정신!" "사랑이란 건강한 프롤레타리아 세포를 구성하기 위한 단 하나의 노동 개체에 대한 책임이다." "운동은 노동계급의 모든 아들딸들이 수행해야 하는 기본 의무다." "젊음이란 공산주의적 이상이 자라나는 옥토다." 그들은 노동을 사랑하는 건강한 개체를 원했다. 행진하고, 경례하고, 자녀를 낳으면서 더욱 건강하고 더욱 노동을 사랑하는 개체들, 넘치는 밝은 미래라는 유일한 목표를 충족시키는 개체들을. 우린 그들에게 아무것도 주지 않을 것이다. 그들의 가장 소중한 자산을 파괴할 것이다. 썩은 육체에 영원히 죽은 정신으로. 사랑이란 공공장소에서 섹스를 하고 우연히 생긴 아기들을 죄다 낙태시키는 것이었다. 운동이란 하루에 담배 두 갑을 피우고 긴 휴식 시간에 돈두코프 거리의 선술집에서 맥주를 8파인트씩 퍼마시고 양호실에서 진통제를 훔치는 것이었다. 젊음이란 일흔 살 노인처럼 느끼고, 염세적으로 굴고, 열다섯에 죽을 준비가 돼 있다는 뜻이었다.

교실의 순한 양들은 걸상에 앉아 '큰까마귀'가 오직 애들이 하품하는 사태를 막을 심산으로 내놓은 퀴즈를 푸느라 열심이었다.

---

* diazepam, 진정제의 일종.

아마도 '무당벌레'가 온다면 나를 이 악몽에서 꺼내줄 것이다. 전에도 그런 적이 있었다. 그녀는 교실 문을 노크하고, 방해해서 죄송하다고 사과한 다음, '큰까마귀'에게 내가 리허설에 참석하게 해줄 수 있는지 물어볼 것이다. 아, 둘 사이에 전기가 번쩍번쩍 흐르겠지. 서른한 살 먹은 나의 아름다운 피아노 선생은 학교의 음악적 지진아들 앞에서 자신의 우월함을 내보일 기회가 오면 그것을 절대 놓치지 않았다. 그 순간 나는 쫓기는 부랑자에서 누구도 능가할 수 없는 특권을 보증 받은 유일무이한 재능을 가진 아이로 탈바꿈하곤 했다. 그들을 가장 짜증스럽게 하는 게 바로 재능일까? 천부적인 재능을 갖고 태어난다는 것은 정말로 불공평하고 정말로 마르크스주의적이지 않으며 프롤레타리아적이지도 않을 테니까! 만약 우리가 모두 평등하게 태어났고 재능은 그저 노력의 소산일 뿐이라면, 어째서 어떤 사람들—예를 들면 바딤 같은 애들—은 조금도 연습하지 않고서도 자연스레 완벽함을 획득하는가? 어떤 애들이 그저 피아노를 연주하는 법을 기억하는 반면, 어떤 애들은 그걸 배우는데, 이에 대해 경험적 유물론은 무슨 설명을 할 수 있나?

"선생님. 저기……"

슬라브가 자리에서 우물쭈물 일어나 걸상에 받쳐놓은 바이올린 케이스를 두드리며 말했다. 그는 '큰까마귀'의 책상으로 다가갔다. 손과 코에서 잉크가 뚝뚝 떨어지고 있었다.

"제가 아무래도…… 다시……"

"도대체 너 뭐가 문제니?" '큰까마귀'가 소리치며 문을 가리켰다. "내 눈앞에서 사라져! 꺼지라고! 수업 시간에 잉크나 빨아대고! 짐승 새끼처럼!"

누군가 복도에서 큰 소리로 웃음을 터뜨렸고, 우린 모두 알렉산더가 동물은 일반적으로 잉크를 흡입하진 않는다고 말하는 소리를 똑똑히 들었다.

이제 '큰까마귀'의 목소리는 더 낮은 바리톤으로 바뀌어 있었다.

"쓸모없는 애새끼들. 너희들 모두 노동집중교정원에 가도 싼 놈들이야. 14번, 아주 잘했어. 넌 F야. 널 이번 학기에 낙제시킬 수 있도록 최선을 다할 테니까. 내 약속하지."

나는 분필을 칠판 틀에 내려놓은 다음 내 걸상으로 여유 있게 돌아갔다. F를 받고 기분이 좋았던 적은 한 번도 없었다.

2장
쇼팽, 스케르초 B단조, op.20, no.1
프레스토 콘 푸오코

1987년 12월 14일

49번 연습실은 크기가 작았다. 의자, 피아노 의자, 베이비 그랜드피아노, 철제 쓰레기통. 구석에 있는 구겨진 모자까지 더하면 그림이 완성됐다. 문은 진홍색 비닐로 싸서 모서리마다 무지 큰 검정 압정을 박아 팽팽하게 당겨놓았는데, 호기심 많은 인간들이 안에 든 방음용 고무의 구조를 연구하겠답시고 비닐을 째놨다. 야마하 피아노 한 대가 들어가면 방이 꽉 찼는데, 건반은 6피트 높이의 이중창을 마주 보고 있었고 뒷부분은 언제나 맹꽁이자물쇠로 잠겨 있는 벽장에 맞닿아 있었다. '무당벌레'는 거기에 자기가 모은 광범위한 악보들을 보관했다. 창 바로 아래 은색 라디에이터에서는 잡음이 당김음으로 쉭쉭거리며 뿜어져 나왔다. 뼈대 반쪽은 싸늘했고 반쪽은 몇 도 정도 따뜻하긴 했는데 그래봤

51

자 체온에도 미치지 못했다. 베이지색 카펫 위에 검은 동그라미 두 개가 그려져 있었는데 그곳은 수강생들이 댐퍼 페달과 소프트 페달을 밟을 때 발뒤꿈치를 고정하는 지점이었다.

나는 창가에 기대어 4층 아래에서 길을 건너고 있는 학생들을 바라보았다. 꾸역꾸역 운행하는 바이올린 케이스, 비올라 케이스, 첼로 케이스, 기타 케이스, 프렌치 혼 케이스, 트럼펫과 오보에 케이스들. 플루트 케이스가 그 중 제일 작았다. 더블베이스 케이스는 차 안에도 못 들어갈 정도였다. 더블베이스를 버스에 싣기 위해서는 초인적인 노력이 필요했다. 더블베이스를 연주하는 애들은 사춘기에 이르기 훨씬 전부터 체격이 거대했다. 이를테면 이고르는 열여섯 때 벌써 6피트 6인치*였다. 국립도서관 정류장에서 하차할 때면 케이스를 끈으로 묶어 등에 지고 있었는데, 꼭 거대한 거북이처럼 보였다.

바딤은 여전히 피아노 앞에 앉은 채 너덜너덜해진 쇼팽의 스케르초 악보 책을 대충 훑어보았다. 그가 맸던 암청색 콤소몰 타이는 바닥에 놓인 교복 재킷과 가죽 케이스 위에 있었다. 2차 대전 이전 물건인 그의 시계와 은제 시곗줄은 건반 왼쪽 구석에 정돈돼 있었다. 바딤은 나보다 훨씬 나은 피아니스트였다. '무당벌레'가 우리 둘이 가장 뛰어난 제자라고 주장해도, 이는 내게 너무나도 분명한 사실이었다. 하지만 난 그에게 눈곱만큼도 질투를

* 약 198cm.

느끼지 않았다. 바딤은 다른 인간이었다. 그는 한 작곡가가 우연찮게 시간이라는 거울을 통해 들여다본 자신의 경험 전체를 요약한 선율구를 써내려갈 때의 순수함과 순박함으로 곡을 연주했다. 그는 음 몇 개를 잘못 짚거나 손가락이 부서져라 움직여야 하는 악절을 뭉개는 일도 두려워하지 않았는데, 왜냐하면 그는 연주할 때 작곡가가 되었기 때문이다. 바딤이 진짜로 신경 쓰는 건 선율의 호흡을 열정적으로, 확고하게 따르는 것이었다. 첫 마디에서 숨을 들이쉬고 오백 마디째에서 숨을 내뱉음으로써 반음계 하강과 카덴차를 꿰뚫는 맥락을, 폭발과 고요의 순간이 이어지는 가닥을, 마치 지구 표면을 뒤덮을 정도로 사과 껍질을 얇고 길게 깎는 고행 수도자처럼 추적함으로써. 바딤은 화음을 잊어버린다 해도 신경 쓰지 않았다. 그 자리에서 새 화음을 만들어 작품의 나머지와 연결되도록 조를 바꿔버렸다. 다른 연주자들이 실수를 저지를 땐 아무리 하찮은 실수라도 짜증스러운 기침과 의자 끄는 소리와 커다란 귓속말이 모욕의 급류처럼 연주회장을 휩쓸었지만, 바딤이 드물게 손을 헛짚으면 경외심에 찬 탄식이 흘러나왔다. 그의 즉흥연주 솜씨는 정말 굉장해서 '무당벌레'는 불만을 꺼내지도 못했다. 그저 머리를 흔들고 입술을 오므리고 미소를 꾹 참을 뿐이었다.

나는 바딤의 재능이 부럽지 않았다. 그보단 그의 구레나룻이 부러웠다. 바딤은 나보다 두 살 많았고, 되는 대로 다듬은 긴 구레나룻은 성숙을 암시했다. 그 성숙함 때문에 학교의 질서를 가장 공격적으로 수호하는 이들조차도 그를 존중하고 주의하며 대할 수밖에 없었다. 그는 말수가 적었다. 다락이나 옆 건물 마당에 나와 둘이서 서 있을 때조차도 기껏해야 서로 담뱃불을 붙여주고 1번 체임버 홀에서 같이 연주할 때까지 며칠이나 남았는지 세어볼 뿐이었다. 사실 우리가 정확히 친구라 할 만한 사이는 아니긴 해도, 나는 학교에서 그와 알고 지내는 몇 안 되는 사람 중 하나였다. 그리고 '올빼미'가 교내 방송을 통해 학기마다 사회적 기생충들을 맹비난하는 연설을 할 때 바딤의 이름 다음에 내 이름이 불린다는 사실에 나는 항상 은근한 자부심을 느꼈다.

바딤은 스케르초 1번의 도입부를 느린 템포로 연주하며 씨름하는 중이었다. 핑거링을 달리해보고 왼손의 급격한 점프를 연습했다. 이 곡의 공부를 시작도 안 했다는 게 빤히 보였다. '무당벌레'가 틀림없이 지난 9월에는 맡겨놓았을 텐데. 하지만 이게 바로 전형적인 바딤의 모습이었다. 그는 몇 주씩 뭉그적거리다가 연주에 들어가기 직전에 밤을 새워가며 레퍼토리를 달달 외우곤 했다.

"선생이 날 죽이겠지."

바딤이 손으로 머리를 쥐어짜며 말했다. 그때 4층 서관 복도로 통하는 문이 쾅 하고 닫히더니 하이힐이 바닥을 똑똑 두드려댔다. 발소리는 처음엔 낮게 어렴풋이 들리다가 점점 커지더니 문밖 몇 피트 앞에서 갑자기 딱 멈췄다. 바딤은 화음 몇 개를 누르고 스케르초의 폭발적인 도입부를 다시 열심히 연주했다. 만약

'무당벌레'가 문밖에 서서 듣고 있는 거라면 농땡이를 피우고 있지 않다는 사실을 보여줘야 했다.

"네가 이 작품을 얼마나 준비했는지 듣고 싶어서 못 기다리겠네."

'무당벌레'가 우리 둘에게 따뜻한 미소로 인사하며 문을 열고 들어와 말했다. 그녀는 모자걸이에 손가방을 걸고 카모마일 차가 든 플라스틱 컵을 바닥에 놓으며 방 안에 하나 있는 의자에 앉았다. 검정 스커트와 검정 타이즈, 색 바랜 분홍색 스웨터를 입고 있었다. 나는 그녀가 립스틱, 마스카라, 부드럽게 반짝이는 청록색 아이섀도를 산뜻하게 펴 발랐음을 금방 눈치챘다. 그녀는 항상 학교 지하실에 있는 뷔페식당에서 평소보다 진한 화장을 한 채 돌아오곤 했다. 젊은 선생 중 하나와 눈이 맞았나? 음악원에서 실습을 갓 마치고 온 새 대위법 강사가 확실히 잘생기긴 했다. 하지만 오직 나와 바딤 때문에 화장을 했을 가능성도 충분히 있었다. 어쩌면 우리가 자기에게 매력을 느끼길 바랐는지도 모른다.

그녀가 상체를 뒤로 젖히고 다리를 어색하게 꼬는 바람에 타이즈 안쪽이 드러났다. 총애하는 두 소년이 자기가 뷔페식당에서 돌아오길 초조하게 기다리고 있었다는 사실을 알면 기분이 어떨까? 땀과 오드콜로뉴 냄새를 풍기는 재능 있는 제자들이 그녀의 인정을 얻지 못해 좌절하고 있음을 알게 된다면? 선율이 주도하는 악장에 숨은 미묘한 뉘앙스를 보여주기 위해 우리 옆에 붙어 앉아 손을 만지고 어깨로 몸을 기울이는 걸 비밀스럽게 즐겼을까? 우리 숨결에서 풍겨 나는 담배, 에스프레소, 또는 솔잎향의 흔적을 감지했을까? 내 목에 난 키스 자국을 주의 깊게 살폈을까? 아니면 가끔씩 내 입술이 평소보다 빨갛고 부어 있고, 내 셔츠에서 싸구려 향수의 꽃내음이 난다는 사실을 알아챘을까? 그걸 알았다면, 질투심을 느꼈을까? 나는 서른한 살 먹은 그녀가 여전히 처녀라는 사실을 알고 있었다.

바딤은 첫 번째 화음을 두드릴 준비를 하며 등을 쭉 펴고 심호흡을 한 다음, 손을 고음부 쪽으로 옮겼다. 스케르초 1번은 완전한 절망의 외침과 함께 시작된다. 악몽에서 깨어난 뒤 꿈속의 모든 것이 현실이라는 사실을 발견하는 것이다. 모래 한 알까지, 피안의 헤아릴 수 없는 견인력에 이끌려 아무 의미 없는 기억의 무더기 위로 떨어져 내리는 것이다. 비상구도 지평선도 없다. 그저 현재만이 있을 뿐인데, 심지어 그것 또한 환상이다.

두 번째 화음은 더 현명하면서도 더 분노에 차 있다. 이 모래시계 모양의 감옥에서는 오로지 기다림뿐이다. 시간의 안팎에 붙들려 있으면서 시간의 끝을 생각하는 것. 그러면 광기가 찾아와 창문이란 창문을 죄다 부수고 모든 벽을 두드리고, 의식은 탈출구를 찾아 회오리치며 돌아간다. 비밀 비상구가 있지 않을까? 바닥이나 천장에 숨겨진 문이 있지 않을까? 만약 이것이 악몽 속의 악몽이라면, 내가 꿈을 꾸는 중이며 한 단계 높은 각성상태가 존재할 가능성이 열려 있다. 어떤 속임수가, 직관에 정면으로 반하는 해결책이 있을 수도 있다. 진짜 내 손이 무엇을 느끼는지 기억할 수 있다면, 진짜 내 몸이 어디 거하는지 기억할 수만 있다면.

십 분 전만 해도 바딤은 이 곡을 초견으로, 익숙지 않은 음 덩어리에 자기 손가락을 맞춰가며 절뚝절뚝 치고 있었다. 지금은 각 피아노 줄의 색채와 진동 패턴뿐 아니라 우주에 있는 모든 입자들을 통제할 수 있는 자만이 가질 수 있는 자신감으로 기교투성이 패시지들을 꿰뚫고 날아다녔다. 음색의 투명함이 부족하긴 했지만—그건 수없이 많은 시간을 고통스럽게 연습하고서야 얻을 수 있는 것이었다—바딤은 그걸 모든 멜로디, 부주제, 그리고 스케르초 전체에 잘게 흩어진 기억의 매듭을 상상을 통해 서로 연결함으로써 메웠다. '무당벌레'는 의자 가장자리를 꽉 붙든 채 바딤이 몰입해서 점점 더 빠르게 연주하는 모습을 지켜보았다. 그의 어깨는 소리의 엄청난 무게에 눌리기라도 한 듯 쫙 펴져 있었고, 오른발은 댐퍼 페달을 게걸스레, 변덕스레 밟아대고 있었다. 건반을 내리칠 때마다 공기에서 잉크와 리넨 냅킨과 곰팡이와 낡은 가구 냄새가 나고, 저 멀리 서서히 사라지는 사륜마차와 편자의 메아리가 피아노 소리에 뒤섞이는 쇼팽의 세계와, 우리의 세계를 가르는 장막이 점점 더 넓게 찢겨나갔다.

바딤이 연주할 때 옆에 서 있다는 건 엄청난 속도로 공중을 나는 일과 같았다. 그의 연주는 주변의 상태를 바꿔버렸다. 바닥은 한쪽으로 기울어진 듯했고, 천장은 손에 닿지 않는 곳까지 올라가버리고, 창문은 먹구름에 가려진 양 컴컴해졌다. 자신이 위대한 음악가의 면전에 있다는 경험을 비슷하게라도 모방할 수 있는 녹음은 없다. 심지어 마이크가 방 안의 모든 배음과 공명과 반향을 잡아낼 수 있다 하더라도, 테이프에 담을 수 있는 것은 고작 소리일 뿐이다. 진짜 음악적 경험을 뺀 소리 말이다. 5학년 때 청음 교사는 "선율이란 시간이 흐르며 풀리는 일련의 음들이야"라고 주장한 적이 있었다. 장미 향기는 즉시 맡을 수 있다. 이미지는 단숨에 눈에 들어온다. 반면 음악은 시간이 흐르는 동안 경험된다. 지금 당장도, 나중도 아니다. 시간이 흐르면서다. 하지만 누군가를 시간이 흐르는 동안 다른 세계로 보내버리는 힘은 누가 가졌는가. 로봇은 분명 아니다. 야망에 찬 인간 또한 아니다. '무당벌레'가 내게 경고한 적 있었다. 경주에서 제일 먼저 탈락하는 건 재능 있는 아이이고, 두 번째로 떠나는 건 야망 있는 아이라고. 오직 로봇 같은 아이만 끝까지 버틴다고. 그게 대부분의 피아노 음반이 견딜 수 없이 형편없는 이유라고. 재능 있는 동시에 야망에 넘칠 수는 없다고 '무당벌레'는 말했다. 그게 바딤과 내가 자신을, 우리를 앞으로 밀어주면서도 우리 자신으로부터 우리를 보호해줄 사람을 필요로 하는 까닭이라고. 야심가들은 사기꾼이라고. 그들은 야심만만하게 굶으로써 사기를 친다고. 바딤과 나는 서로 달랐다. 우리는 각자의 목소리와 외부 세계에 저항하는 각자의 본능을 갖고 있었다. '무당벌레'는 우리가 자신을 순수하고 타락하지 않은 상태로 유지하는 본능은 바로 완고함과 타고난 냉담함이라고 말한 적이 있었다. 하지만 만약 우리의 본능이 실패하라고 명령한다면 '무당벌레'는 우리가 계속 해나갈 수 있도록 지켜주기 위해 곁에 있을 거였다. 그녀는 결코 나를 포기하지 않을 것이다. 넌 패배자가 아냐, 콘스탄틴. 내가 7학년 때 그녀의 집에서 주말 레슨을 받던 도중 '무당벌레'가 말했다. 나는 드뷔시의 프렐류드 1번을 치는 내내 반쯤 얼어붙었고, 거의 한 시간 동안 말하기도 움직이기도 거부했다.

왜냐하면, 계속 치는 것이 무슨 소용이 있는가 싶기 때문이었다. 이 모든 일이 무슨 의미가 있나. 회색 하늘, 멀리 보이는 음침한 산맥, 도래할 사회 질서에 대한 끊임없는 찬양, 팸플릿과 슬로건들, 뇌에 매독이 걸린 수염 난 소비에트 난쟁이*를 묘사하는 현수막들, 행진하는 덜떨어진 군인들, 생각 금지령, 전쟁에 대한 역겨운 매혹, 뚱뚱보 정치국원들의 승리, 범속한 인간들의 환희, 마치 악마를 봉인이라도 하듯 죽은 자의 무덤을 수호하는 빨갛고 녹슨 별 모양의 오각형들이. 이 저주받은 현실을 영속하는 게 무슨 소용인가? 다른 사람이 만든 음악을 연주하는 이유는, 그 사람의 생각과 두려움을 체험하며 자신을 드러내는 이유는 도대체 뭐란 말인가? 만약 이런 행위가 공감 능력을 키우는 거라면, 타인을 사랑하고 자신을 잊어버리는 법을 배우는 거라면, 어째서 음 하나하나를 짚을 때마다 주변의 모든 사람과 모든 것들 속에 있는 추악함을 더욱더 견디기 힘든가?

지금 포기할 수는 없어. '무당벌레'는 그날 피아노 의자에서 내

---

* 사인(死因)이 매독이라는 설이 있는 레닌을 가리킨다.

옆에 앉아 팔을 내 어깨에 두르며 말했다. 그 사람들은 널 절대 상처 입힐 수 없어. 설사 그들이 널 학교에서 내쫓아도 넌 계속 앞으로 나아가야 해. 재능 있는 사람은 아무도 좋아하지 않아. 그 사람들이 널 숨 막히게 하려 애쓰는데, 그건 자연스러운 일이야. 넌 계속 연주해야 해. 그녀는 그렇게 말했다.

하지만 난 그녀를 보지 않았고, 부스스한 머리에 결핵까지 걸린 우리의 신, 프레데리크 프랑수아 쇼팽의 연필 그림을, 커다랗게 튀어나온 눈과 살짝 비뚤어진 코를 올려다보았을 뿐이었다. 쇼팽의 초상은 조그만 액자에 든 네 장의 그림 중 하나였다. 바흐가 묻힌 라이프치히의 성 토마스 교회, 지휘하는 베토벤의 초상, 들라크루아가 그린 쇼팽의 미완성 초상 복제품, 쇼팽 사후에 주형에 넣어 만든 그의 왼손을 찍은 석판 인쇄물. 그림은 황갈색 건반에 납이 묵직하게 덧달린, 백 년은 되었을 뵈젠도르퍼 피아노 위쪽 벽에 걸려 있었다. 사람들이 쇼팽의 손을 청동 복제품으로 만들었다는 사실이 얼마나 이상했던지. 마치 그의 손목, 손가락, 손바닥, 손톱을 정확히 측정해 보존함으로써 천재의 비밀을 수호하기라도 하겠다는 듯이.

이제 바딤은 스케르초의 느릿한 중반부로 진입했고, 첫 부분 내내 숨을 참고 있었던 '무당벌레'는 몸을 떨며 숨을 내쉬었다. 정말 마법 같았다. 단조로운 하이 F샤프가 박자가 어긋나며 등장하더니 정적인 메아리에서—한 옥타브 아래의 선율과 맞물려가며—하나의 가락으로 바뀌었다. 이것이야말로 쇼팽의 특별한

점이었다. 그는 2성 내지 3성으로 짠 가장 단순한 구조에서조차
도 긴장을 창조할 수 있었고, 각 성부는 자체의 독특한 귀결을 얻
어내려 노력했다. 그러고 나서는 조용한 방백이, 설명이 찾아왔
다. 쇼팽의 작품에는 항상, 그가 만년필을 내려놓고 손수건을 들
고 창가로 걸어가 어떤 애매함도 장식도 속임수도 없이 모든 것
을 있는 그대로 설명하는 순간이 있었다. 인간이 처한 조건을 한
순간에 훵뎅그렁하게 드러내는 예상치 못한 정직의 순간. 모든
낡은 질문에 대한 무언의 대답. 내 눈이 따가워졌다. '무당벌레'
도 울기 직전이었다. 바딤은 무엇을 건드렸던 걸까? 어떻게 한낱
음조에 불과한 것이 모든 실존적 곤혹스러움을 달래고 모든 역설
을 풀어헤칠 수 있었을까? 바딤이 건드렸던 것은 쇼팽의 방백을
통렬히 드러내는 동시에 철저한 카타르시스를 느끼게 했다. 음
악에 담긴 진실의 순간은, 존재하는 것과 죽어가는 것, 물질적인
것과 영원한 것 사이의 전투가 그저 음조일 뿐이며 양자의 긴장
을 선율로 표현한 데 불과하다는 사실을 보여주었다. 아마도 존
재를 뒷받침하는 딜레마들 속에는 어떤 언어도 포함되지 않을 테
고, 그 딜레마들은 더 높은 의미를 얻기 위해 고투하지도 않았으
리라. 그것들은 순수한 운동이자 조화로운 중력이 부리는 변덕이
었다. 학교의 계단통에서 메아리치는 목소리들, 고음을 뽑아 올
리는 여자 오페라 가수, 간헐적으로 분출하는 튜바 소리, 이 모든
것이 쇼팽의 음악에 의해 지워졌다. '큰까마귀'와 그녀의 졸개들,
내 손가락에 묻은 분필 가루, 무의미한 수학 퀴즈, A학점을 받은

학생들의 자부심, 비안카의 검정 스타킹과 매력적일 정도로 교만한 미소, 당의 최근 지시사항들을 교내 방송으로 설명하는 지모바 교장의 싸늘한 바리톤 음성, 몇 시간이고 따르릉거리는 1층의 공중전화, 더하여 사방에 널린 불협화음에 대한 절망의 기미까지, 모두가 쇼팽의 음악 안에서 용해되었다. 더 이상 굶주림도 없었고, 비뚤어진 현실의 전달자들을 두려워할 필요도 없었다. 나는 벌어진 상처로 쏟아지는 미지근한 물과도 같은 무언의 대답을 들었다. 바딤은 창백하고 딱딱하게 굳은 얼굴로 거의 숨도 쉬지 않았다. 펠트를 씌운 해머가 피아노 줄을 때려댔다. 쇼팽은 우리의 신이자 지고한 현실이었다. 그의 곡은 우리의 기도였고, 우리는 그것을 끊김 없이 암송했다. 그의 곡들은 우리의 마음과 손가락과 꿈에 깃들어 있었다. 매일매일 시간을 들여 기억을 더듬고 음악 속에 녹아들면서 우리는 쇼팽의 삶을 다시 살았고 그의 의식 속에 있는 어두운 복도를 걸었다.

바딤이 연주할 때조차 나는 마음속에서 스케르초를 그려보고 있었다. 리타르단도와 아첼레란도*, 악구들의 내부 논리, 빠른 악절에 필요한 박진감을 부여하는 악센트들, 리듬을 벗어난 서정적 순간들, 초인적인 정확성을 요하는 부분들(이를테면 도입부의 조바꿈에 나오는 마지막 하이 E음이 그랬다. 그걸 치기 위해서는 100분의 1초 안에 흰 건반 열 개 높이를 뛰어올라야 했는데, 바딤은 악마

---

* 악곡을 연주할 때 속도변화를 뜻하는 말로, ritardando는 '점점 빠르게', accelerando는 '점점 느리게'라는 뜻이다.

같은 행운에 계속 씌기라도 했는지 매번 정확히 건반을 짚었다. 역시나 미소까지 지으며)에 주의를 기울였다. 왜냐하면 나 또한, 지금껏 바딤이 숙달한 모든 곡들, 즉 마주르카, 폴로네즈, 왈츠, 녹턴, 에튀드, 발라드를 공부하듯이 머잖아 스케르초를 공부할 터였으니 말이다. 형의 색 바래고 늘어난 신발과 옷을 물려받은 동생이 물려받은 물건들의 독특함을 존중하면서도 그걸 자기 것으로 만들려 노력하듯, 나는 바딤이 이미 다듬어놓은 레퍼토리들을 취하면서 내 그릇에 넣을 수 있도록, 내 손가락 길이와 호흡의 패턴과 절망과 분노의 무게와 고통의 깊이에 들어맞도록 개선했다. 바딤은 「안단테 스피아나토」를 처음 사랑에 빠진 십대가 품은, 새틴 천으로 감싼 듯한 갈망을 담아 연주했다. 나는 젊음이 저지르는 죄에 이미 익숙해진 사람이 품은 욕정과 고뇌를 담아 연주했다. 바딤은 달콤하고 소곤거리는 장면들을 곡에서 아직 음미되지 않은 부분 가까이에 섬세하게 세공했다. 나는 순수를 환멸로 변형하면서 곡에 어두운 분위기를 만들어냈다. 그는 E단조 프렐류드를 죽어가는 친구에게 부르는 자장가처럼 연주했다. 그의 연주는 부드러웠고 차분했으며, 각각의 음들은 은빛 해변으로 향하는 발걸음이자 망각의 강 레테에 떨어지는 기억의 방울이었다. 나는 그 곡을 영원히 저주받은 자들이 낡은 질문을 몇 번이고 크게 외치고 나서 빤한 대답을 조롱할 때 드러내는 끊임없는 분노를 담아 연주했다. 바딤은 에튀드 12번 「혁명」을 단숨에, 전념하여, 마치 열린 창문으로 들어온 바람이 피아노 위의 악보를 헝클어놓고 흩어진 페이지들을 허공으로 날려 보낸 뒤에 쾅 하고 문을 닫으며 방을 빠져나가듯 연주했다. 나는 그 곡을 맹렬한 속도로, 벼랑 끝에 매달린 사람이 가질 법한 집중력을 담아 연주했다.

콘서트에서 나는 항상 맨끝 순서로 연주했고 바딤은 내 바로 앞에서 쳤다. 그게 '무당벌레'가 원하는 바였다. 연기와 물 뒤에 땅과 불이 등장하는 것 말이다. 먼저 죽어가는 몽상가가 읊조리는 즉흥적이면서도 내성적인 음조가 출현했다. 그다음에 육신을 가진 아름다움이 내뿜는 날것의 고통과 실패한 초월이 나타났다. 아, '무당벌레'는 분명 우리를 사랑했다. 하지만 그녀가 무슨 수로 우리를 우리 자신으로부터 구원할 수 있겠는가. 우리가 늙을 때까지 손을 잡아주기라도 할 것인가. 우리에게 『어린 왕자』에 나오는 양과 장미 얘기라도 들려줄 것인가. 우리 앞에서 옷을 벗고 우릴 누구도 가본 적 없는 곳으로 데려가기라도 할 것인가. 나는 언젠가 그녀가 옷을 모두 벗고 침대 가에 앉아 있었을 때 그녀의 눈에서 뭔가를 느꼈다. 매년 가야 했던 수많은 음악 페스티벌 중 한 곳에서 연주를 마친 다음 그녀와 함께 묵었던, 엄청나게 큰 샹들리에와 깨진 천장이 있는 낡은 호텔에서 있었던 일이다.

"보지 마."

그녀는 그렇게 말했지만 나는 당연히도 내내 다 보았다. 그녀가 칸막이 뒤로 걸어 들어가 팬티를 발목까지 끌어내린 다음 손에 하얀 실크 가운을 들고 벌거벗은 채 걸어 나올 때까지 모두. 그녀는 왜 칸막이 뒤에서 가운을 입지 않았을까? 그녀가 마침내

야간등을 끄고 담요 아래로 미끄러져 들어갔을 때 '무당벌레'의 다리가 내 다리에 닿았고, 나는 그녀가 내 쪽으로 손을 뻗기를 바라마지 않았다. 그녀와 나는 비 내리는 한겨울에 까마귀로 가득한 도나우 강변의 어느 황량한 마을에 단둘이 있었다. 그녀는 당시 스물여덟이었고 나는 열두 살이었다. 잘못된 거라곤 없었다. 그녀는 내게 온기를 좀 나눠주려 했던 것이리라. 그래야 말이 됐다. 피아노 선생과 학생 사이에서는. 그것이야말로 음악이 뜻하는 바이기도 했다. 돌과 금속, 바래진 색채, 걸어다니는 해골들, 갑갑한 연주회장으로 이루어진 세상에 존재하는 작은 온기.

내가 그 페스티벌에서 연주했던 그랜드피아노는 끔찍했다. 고음부는 깡통으로 만든 확성기처럼 징징거리고 딱딱거렸다. 저음부는 마을의 모든 창가에 망보듯 앉아 있는 검은색과 회색 깃털의 까마귀들처럼 깍깍 짖어댔다. 체류 둘째 날 마지막 연주가 끝난 뒤, 그녀와 나는 식당에 갔다. 나는 흰 셔츠와 검은 벨벳 보타이 위에 턱시도를 걸치고 있었다. '무당벌레'는 녹색 드레스와 하이힐 차림이었다. 슈니첼*을 반으로 자르려고 악전고투를 하던 중 포크가 미끄러졌고, 내 접시 안에 있던 내용물 전부가 테이블을 가로질러 '무당벌레'의 무릎에 떨어졌다.

"토마토소스는 안 지워지는데."

놀란 정신을 수습한 그녀가 옷을 살펴보며 말했다.

---

* schnitzel, 송아지 고기를 튀겨 만든 커틀릿.

"난 진짜 피아노 치는 것밖에 몰라요." 내가 대답했다. "엿같은 슈니첼 따위 자를 줄 안다고 말한 적 없다고요!"

그녀가 웃었다. 그날 밤도 그녀는 내 앞에서 옷을 벗었지만 이번에는 슬프고 두려워 보였다. 침대로 들어가기 전에 그녀는 한밤중에 몸이 안 좋아질 경우를 대비해 약과 물컵을 협탁 위에 올려놓았다.

"절대 늙은이처럼 연주하지 않겠다고 약속해."

그녀가 내 옆에 누워 조용히 말했다. 오페라하우스 꼭대기의 스포트라이트가 길을 가로질러 와서 창문 옆에 놓인 칸막이에 닿아 빛났다.

"건반 위에서 눈물을 닦으면서 엄마를 불러대는 한심하고 찌질한 남자들처럼 연주하지 않겠다고 약속해. 음악엔 자기연민이 설 자리가 없어. 네 의지를 다 써내려간 것처럼 연주해야 돼. 인생의 마지막 순간에 도달해서 더는 증명할 것도, 승리하거나 패배할 것도 없는 사람처럼 연주해야 해. 할 말을 다 하고 할 일을 다 하면 네 마음이 몸에서 찢겨나가서 그 둘이 유리병 안에 따로따로 보관되리라는 확신을 품고 연주해야 해."

그녀는 잠시 말을 멈췄다.

"왜 쇼팽이 자기가 죽은 다음에 심장을 몸에서 제거해달라고 요청했는지 아니? 전기 작가들이 주장하는 것처럼 산 채로 묻힐까 두려워서가 아냐. 추함과 아름다움 사이를 잇는 끈이 영원히 끊어졌다는 사실을 확실히 해두고 싶어서였지."

"무슨 말인지 모르겠어요."

"언젠간 알게 될 거야."

그녀가 말했다.

바딤은 상승 반음계로 건반을 쫙 휩쓸어 올린 다음 종결부 카덴차를 쾅쾅 두드렸다. 갈채를 기대하기엔 너무 겸손해서 그렇지, 그는 자신이 아주 뛰어난 연주를 뽑아냈음을 알았다.

"시간 무지하게 들여서 노력했어요."

그가 손을 바지에 문지르며 말했다.

"거짓말쟁이!" '무당벌레'는 짐짓 화난 듯 외치며 그의 등을 장난스레 때렸다. "연습 하나도 안 했지, 그치? 네가 처음부터 끝까지 초견으로 쳤다는 데 내 목을 걸겠어. 아니라면 왼손을 어디 놨는지 설명해봐. 스카타토 점프, 베이스 라인, 전부 다 실종됐네."

복도 밖에서 오후반 1교시 끝을 알리는 벨소리가 울렸다. 두시 십오분이었다. 이게 바딤이 부러운 또 다른 점이었다. 그는 11학년이었기 때문에 오후에 등교해 한시 삼십분부터 일곱시까지 수업을 들었다. 반면 4학년부터 9학년까지는 아침에 등교해서 일곱시 사십오분부터 한시 십오분까지 수업을 받았다. 이걸 '오전반을 듣는다'고 불렀다. 1학년, 2학년, 3학년, 10학년, 11학년, 12학년은 '오후반'을 들었다. 그들의 마지막 교시는 일곱시에 끝나는 셈이었다. 일곱시! 난 이 사실을 아무렇지 않게 넘길 수가 없었다. 어둠 속에서 벌어지는 일들. 어둠은 우리의 친구였다. 그게 우리 중 낮은 인성 등급을 받은 아이들이 근처에 있는 가로등을 죄다 깨부순 이유였다. 한겨울에 다섯시가 되면 무척 어두워지기 때문에 학생증과 성적표를 보자고 사람을 불러 세우는 선생들, 또는 경찰들 걱정을 하지 않고도 담배를 피우며 학교를 나설 수 있었다. 여자친구를 껴안을 수도 있었고, 그녀를 벽에 밀어붙여 옷의 단추를 풀고 속옷을 내린 다음 벌거벗은 가슴에 키스할 수도 있었다. 누가 뭐라겠는가? 역사책을 불태우고 소비에트 난장이들의 사진에 침을 뱉을 수도 있었다. 설사 일이 꼬여서 모범시민들이 쫓아오기 시작한다 해도 담장 몇 개만 넘으면 그만이었다. 그러면 마을의 다른 곳으로 갈 수 있었고, 숨은 좀 찼지만 자유로워졌다. 방치되어 우거진 뒷마당들로 이루어진 이 끝없는 미로야말로 낡은 도시 소피아의 영혼이었다. 19세기에 지은 아파트 건물에는 각각 뒷마당이나 울타리가 쳐진 공터가 있었고, 그것들은 모두 옆 건물의 뒷마당과 공터로 이어졌다. 몇 년간에 걸친 실습과 탐사 끝에, 나는 도시의 모든 비밀을 알게 되었다. 해야만 한다면 국가안전국 인간들 한 무더기가 몰려와도 도망갈 수 있었을 것이다. 나는 2미터 높이의 벽을 도움닫기로 뛰어 벽 위를 잡고 측면으로 돌아 한 발을 넘긴 다음 다른 한 발도 넘겨서 착지하는 법을 훈련했다. 상상 속에서 몇 마일씩 달릴 수도 있었다. 나는 나무, 벤치, 원예도구를 보관한 헛간, 장미 덤불, 고장 난 러시아제 자동차의 녹슨 차체, 얼어붙은 분수, 말라붙은 연못, 망가진 그네와 무너진 미끄럼틀, 빨랫줄이 어디 있는지 훤히 알았다. 벽의 높이, 지름길, 막다른 골목, 철조망에 난 개구멍, 다른 뒷마당으로 이어지는 옆문을 가진 건물들이 어디 있는지 죄다 알았다. 나는 내가 창문을 깨거나, 공중전화에서 수화기를 뜯어내거나, 1940년대 초반 나치와 연합한 정부에 맞서 싸운 공산주의 게릴라들이 살해당했음을 탄식하는 대리석 명판을 박살내는 장면을 목격한, 덕망 높은 프롤레타리아적 양심을 지닌 수많은 시민들과 경찰관들에게 쫓겨 다녔다. 그리고 오래된 건물들 사이의 숨겨진 영토 덕분에 절대로 잡히지 않았다. 내 친구들 중 몇은 시내 곳곳에 걸려 있는 대리석 명판을 파손하길 좋아하는 내 취미에 반대의 뜻을 밝혔다. 그들은 내게 말했다.

"그것들 부수지 좀 마. 그래도 당시 공산주의자들은 나치와 싸웠다고."

나는 대답했다.

"악마와 싸우다 보면 악마가 돼. 승자들은 언제나 패자들의 죄를 품고 있단 말이야."

내 열세 번째 생일 때 '무당벌레'는 생텍쥐페리의 『어린 왕자』를 한 권 선물했다. 안에는 이렇게 적혀 있었다. 내 가장 재능 있는 제자에게. 양이 꽃을 먹어치울까 걱정하는 일을 그만둘 수 있기를. 피아노를 가르치면서, '무당벌레'는 그야말로 순진무구한 마음을 요구했다. 그래서 내 성적 편력과 흡연과 못된 친구들과 어울리는 일에 대해 끊임없이 설교를 늘어놓았다.

"넌 꽃을 잊어버리게 될 거야." 그녀는 내 손을 잡고 말했다. "종이에 그린 양이 걷는 길을 놓치게 될 거야. 네 주변의 온갖 부패에 익숙해지겠지. 그러면 절대 다시 연주할 수 없게 돼."

그녀가 옳았다. 아무리 노력해도 어른들은 녹턴을 연주할 수 없다. 그들의 연주를 따라해보라. 루바토, 말문이 막히는 화성 해결, 거짓된 좌절, 연출된 신랄함. 토악질이 나온다. 학부에서 연중 내내 열리는 필참 연주회 중 하나에 가서 B단조 녹턴이나 프렐류드 4번을 프로그램 책자에서 볼 때마다 식은땀이 솟았다. 제발 녹턴을 가만 좀 놔두라고! 멍청한 로봇들. 그게 그들의 본질이었다. 어쨌거나 거의 대부분이 그랬다. '무당벌레'는 예외였다. 그녀는 내가 아는 가장 뛰어난 음악가였다. 하지만 처녀이기도 했다. 내 보기에 그녀는 처녀로 계속 남아 있어야 했다. 그녀가 가장 좋아하는 책은 『어린 왕자』와 『보바리 부인』이었다. 나는 왜 '무당벌레'가 그 꼬마 왕자를 좋아하는지 도통 이해하기 어려웠다. 다들 걔를 좋아했다. 반면 엠마 보바리는 완전히 다른 생물이었다. 만약 '무당벌레'가 자신을 엠마와 동일시했다면, 그건 분명 엠마처럼 시골에서의 삶에 염증을 느껴 남편을 속이기 때문은 아니었다. '무당벌레'는 수녀처럼 살았다. 돈두코프 거리 아래 조용한 골목에 숨은 그녀의 어두침침한 집에서는 중세 수녀원 느낌이 났다. 나는 '무당벌레'가 자신이 좋아하는 남자를 차라도 마시자고 처음이자 마지막으로 초대했을 때, 그녀의 어머니가 남자의 뺨을 때리고 다시는 자기 딸과 얘기하지 말라고 경고하며 문밖으로 내쫓았다는 사실을 알고 있었다. 은퇴한 피아노 선생인 그 할망구는 키가 6피트나 됐고, 꼬장꼬장한데다 힘이 황소처럼 셌다. 그녀는 세상 모든 남자는 살아남기 위해 여자에게 의지하는 가증스러운 약골이라고 믿었다. 나는 그 소리를 수도 없이 들었다. '무당벌레'의 아버지가 가문의 유산을 날려먹고 술을 마시다 죽어버린 사연도 들었다. '무당벌레'는 아버지가 죽고 나서 태어났고, 아버지에 대한 모든 기억은 어머니와 언니인 마야에게서 얻어들은 것이었다. 마야는 축축한 눈에 금발의 유치원 선생이었는데, 키가 6피트 2인치였고 내게는 사모디바, 즉 희생자를 유혹한 다음 죽여버린다는 트라키아 숲속의 유령처럼 보였다.

거대한 세 여인이 사는 검은 집, 내가 일곱 살 때 처음 '무당벌레'의 집을 방문했을 때 든 생각이었다. 나는 거기 있는 모든 것에 겁을 먹었다. 더러운 커튼, 나프탈렌, 동물, 그을린 나무에서 나는 퀴퀴한 냄새. 흐릿한 그림자 같은 방들을 돌아다니는 고양이들. 바로크 스타일 가구의 어두운 침묵. 수많은 문들과 침울한 잿빛 벽지. 겨우겨우 째깍거리는 대형 괘종시계. 거의 완벽한 암흑 속에서 사는 데 적응하다 보니 거대한 세 여인들은 마치 두더지처럼 길을 찾았다. 캐비닛 표면을 만지고, 의자 꼭대기에 달린 나선형 장식을 붙들고, 티 테이블을 슬쩍 피하고, 길쭉한 도자기 꽃병 옆을 스치고 지나가면서. 신발 얘기도 있다. 그 집 자매들의 부츠 사이즈는 무시무시하게도 11이었다. 내가 만약 이 거대한 여인들을 내 피아노 연주로 감동시키는 데 성공하지 못한다면 그들이 날 커다란 가마솥에 넣어 삶아 저녁거리로 삼을 거라는 느낌을 떨칠 수가 없었다.

바딤은 은색 시곗줄을 왼손 집게손가락으로 끼워 넣어 손목시계를 찬 다음 타이로 손을 뻗었다.

"에튀드는 어떻게 할 거지?"

'무당벌레'가 물었다. 바딤은 어깨를 으쓱하고 아무 말도 하지 않았다. 그는 스케르초 악보를 가죽 상자에 넣은 다음 교복 재킷을 입었다. 마치 권투경기라도 뛴 것처럼 부스스하고 피곤해 보였다.

2교시를 알리는 벨이 울렸다.

"서둘러야 할 거야. 안 그러면 결석 처리될 테니까. 내일 두시 십오분에 1교시 끝나자마자 여기로 들러서 에튀드 연주할 수 있지?"

'무당벌레'는 그가 반드시 정각에 와야 한다는 사실을 강조하려고 자기 시계를 톡톡 두드렸다. 바딤은 고개를 끄덕이며 씩 웃었다. 그리고 나를 보더니 다시 고개를 끄덕였다. 어이, 친구, 이게 뭔 일이라니, 하고 말하듯. 바딤은 냉정했다. 냉정하고 비밀스러웠으며 친구라곤 없었다.

나는 피아노 의자 높이를 눈에 띄게 낮춘 다음, 반음계 연습을 하며 몸을 덥히기 시작했다. 건반은 바짝 말라 있었다. 바딤 다음에 연주할 때 누리는 이점이었다. 그의 손가락에선 땀이 나질 않았다. 그의 터치는 외과의사의 손길처럼 안정되고 정확했다. 앙상블 시간에 피아노 듀엣으로 라벨의 「어미 거위」를 한 여자애와 친 적이 있는데, 그애가 어찌나 심하게 땀을 흘리던지 내내 스케이트라도 하는 기분이었다. 간단한 화음 하나 칠 때마다 손이 미끄러졌다.

"빠른 부분부터 바로 시작해."

'무당벌레'가 지갑에서 작은 약병을 꺼내며 지시했다. 그녀는 병뚜껑을 열고 작은 알약을 꺼내 혀 밑에 집어넣은 다음 차를 한 모금 마셨다. 창문으로 들어오는 12월의 희미한 빛 속에 앉은 그녀는 16세기 이탈리아 그림 속 모델 같았다. 고전적인 턱, 높은 광대, 불그스레한 고수머리, 믿을 수 없을 정도로 길고 잘 다듬어진 손가락. 나는 그녀가 걱정스러웠다. 그녀는 스물한 살 때 차이코프스키 콩쿠르에서 연주하기 일주일 전 심장 발작을 일으켜 석 달 동안 옴짝달싹도 못한 채 있어야 했다. '무당벌레'의 경력은 그렇게 끝났다. 그녀의 청춘 또한 그랬다.

3장
쇼팽, 에튀드 C장조, op.10, no.1

1988년 2월 17일

나는 한밤중에 홀로 다락에서 끔찍하게 낡은 차이카 업라이트 피아노로 쇼팽의 첫 번째 에튀드의 당당하고 풍부한 아르페지오를 펼치고 있었다. 피아노 건반은 내 취향에는 얄팍하고 너무 가볍게 느껴졌다. 왼손의 선율선, 내 존재의 핵심으로 침잠하는 동시에 심장을 쐐기처럼 파헤치는 듯한 예언적인 솔-파-미-레를 열정적으로 두드리는 동안 나는 행복에 넘쳐 현기증이 일었고, 혼란에 빠졌으며, 공기, 삶, 더 많은 환상, 더 많은 거짓과 영웅적인 종말에 굶주렸다. 곡을 수없이 반복하자 각 아르페지오의 형태가 손가락 주변에서 석고 모형처럼 틀이 잡히기 시작했다. 피아노 건반은 더 크고 널찍해 보였으며, 내 손은 무한히 길쭉해졌고, 피아노 모서리는 반대 방향으로 멀어진 것 같았다. 별안간 엄청나게 탁 트인 공간이 생겨났고, 거기서는 음을 잘못 짚거나 건반 전체에 쭉 뻗은 채 완벽하게 정렬된 진주 목걸이를 끊기가 사실상 불가능했다. 나는 점점 더 빠르게 연주했고, 그러자 내 손목, 특히 오른쪽 손목에서 시작된 열기가 팔과 가슴과 어깨로 번지며 심장을 뒤덮고 배 속에 불을 질렀다. 에튀드를 끝까지 치자마자 나는 조금도 주저하지 않고 처음부터 다시 연주를 시작했다. 멈출 수가 없었다. 이 악마적인 아르페지오에서 풀려날 수가 없었다. 나는 저음부와 고음부를 관통하며 퍼지는 마법 같은 화음의 소리를 갈망했고, 냉혹한 속도 위에서 각각의 옥타브를 정복하는 쾌감을 갈망했으며, 심지어 그러느라 생길지도 모를 건초염을 갈구한 나머지 손가락이 완벽의 사다리를 올라 나를 이 비참한 세계에서 빼내게 되기 선에 손가락을 마비시키려고 노력하기까지 했다. 내가 만약 계속 연주를 할 수 있었다면, 창공의 경계선을 밀어낼 수 있었다면, 모든 세속적 속박이 결국 사라지고 나는 형체가 없는 다른 세계에 나타나고, 음악과 빛의 자식이 되리라는 느낌이 왔다.

쇼팽을 연주할 때 나는 존재하지 않았다. 오로지 음악만이, 음악의 환영만이, 음악의 환영이라는 환영만이, 기억된 소리와 주제와 과거를 떠다니다가 다른 주제와 다른 화음으로 모습을 바꾸는 음조의 붓놀림들로 이루어진 흐름만이 있을 뿐이었다. 내가 손가락으로 무언가의 형태와 윤곽을 아름답게 세공하려 하자마자 그것은 바스러져 사라졌다. 살아가야 하는, 날마다 흐르는 우둔함과 슬픔과 모욕과 경멸의 급류를 견뎌야 하는 이유가 있다면, 그건 분명 이 황홀한 상태 속에서 시간을 보내기 위해서였다. 이 상태 속에서 내 숨결은 쇼팽의 숨결에 동조했고, 신성함을 드러내는 비밀 암호가 허공에 쓰였다. 내가 해야 할 일이라곤 손가락을 건반 위로 옮겨 그 안으로 들어가는 것뿐이었고, 그러면 문들이 활짝 열렸다. 만약 피아노 음반을 듣는 일이 사람들이 와인 마시는 모습을 바라보는 것이라면, 콘서트에 참석하는 일이 와인 냄새를 맡는 것이라면, 직접 피아노를 연주하는 일이 와인을 마시는 거라면, 그렇다면 마시고 취해야 한다고 나는 생각했다. 유령 같은 세상은 뒤에 버려두고.

에튀드의 반복 부분은 항상 죽을 만큼 고통스럽다. 그 부분에서 타오르는 과장된 불꽃, 의기양양한 절망, 맨 밑바닥에서 올라오는 우레 소리 같은 도 음정, 내 육체를 태운 불꽃을 태워버리고 모든 원자와 기억과 예견된 미래의 모든 순간을 절멸하는 그 도 음정. 수없이 부탁했음에도 불구하고 이상하게도 '무당벌레'는 내 레퍼토리에 에튀드를 포함하는 걸 절대 허락하지 않았다. 아마도 곡이 감정 처리가 너무 쉬워서 도전할 가치가 없으며 곡의 색깔도 단조롭다고 생각했을지 모르겠다. 맙소사, 엽총이 발사되는 소리는 단순할지 몰라도, 내 심장을 확실히 멈출 수 있단 말이다.

나는 일어서서 피아노 뚜껑 모서리에 걸쳐 놓았던 반쯤 피운 담배에 불을 붙였다. 채광창으로 고개를 삐죽 내밀며 차가운 공기를 들이마셨다. 물리 선생 밴코프를 위해 한 모금. 지모바 교장을 위해 한 모금. 아마 제 아버지의 거처로 돌아가 저녁을 다 먹었을 알렉산더를 위해 한 모금. 국회 건너편에 있는 발칸 호텔 옥상의 네온사인 글자가 깜박였다. 전차가 끼익 소리를 내며 도서관 바깥에 있는 정류장에 섰고, 승객 몇몇이 불 꺼진 차량에 올라탔다. 나는 생각했다. 다음 달이면 열여섯이 될 텐데 내가 아직도 안 죽고 살아 있네. 이건 음모가 분명해. 나는 담배꽁초를 채광창 밖으로 톡 튕긴 다음 어둠 속으로 사라지는 작고 빨간 담뱃재를 지켜봤다. 시계를 보니 콘서트 시작까지 십오 분 남았다. 나는 불을 끄기 전 뭔가 놓고 나오지 않았나 확인하기 위해 돌아서서 방을 꼼꼼히 둘러보았다. 복도를 지나다가 누군가 바이올린을 연주하고 있는 방 쪽으로 걸어가 문밖에 잠시 서서 연주를 들었다. 그런 다음 문을 열고 살그머니 들여다보았다. 아는 여자애였다. 바덤과 같은 반이었다. 왼쪽 눈 바로 아래 신비로운 주근깨가 난 예쁜 얼굴이었다. 그녀의 연주 톤을 좋아한다고 말하고 싶었지만 어쩌다보니 말을 못 했다. 오늘밤 다락에는 우리 둘뿐이었다. 다들 집에 갔다. 그러니까 평범한 부모와 음악학교 밖에도 인생이 있는 사람들 모두 말이다.

어떤 면에서 젊은 전문 음악가들은 사실상 모두 피아노, 바이올린, 첼로 선생이 키운 고아나 다름없다. 하지만 다른 애들에게는 대개 부모가 있고 그애들이 한때나마 부모를 본받으려고 노력한 반면, 내게는 다복하게도 피아노 수련 과정에서 내가 창조하려 애썼던 가장 본질적인 개성을 박살내려고 공모한 두 마리 괴물이 있었다. 그들은 내가 별나게 사는 걸 싫어하면서도 내가 열여덟 살이 되기 전에 세상에서 가장 위대한 피아니스트가 되길 기대했다. 내가 학교에 가서 올 A성적표를 가져오는 천재인 동시에 보통의 아이가 될 수 없다는 사실을, 내가 거둔 나만의 성취를 파괴하려는 성향이 어쩌면 재능을 안고 태어났기 때문이라는 사실을 이해하지 못하는 듯했다. 아홉 살 때 처음, 다음에는 열한 살과 열세 살, 그다음엔 열네 살 때 이탈리아와 독일의 국제 피아노 콩쿠르에서 받은 상들에는 아무 관심도 가질 수 없었다. 머리를 반만 써도 알 수 있듯, 콩쿠르란 음악과 아무 관계가 없다. 박제 기술과 관계가 있을 뿐이다. 심사위원들을 수천 년 동안 바쁘게 하는, 꽉 찼으나 공허하며 완벽하게 기워진 피조물들은 주변에 차고 넘친다.

오늘밤 내 부모는 열여섯 번째 결혼기념일을 축하하고 있었다. 그들은 오늘 집에 와서 자기들을 보지 않으면 앞으로도 아예 발을 들이지 않는 게 좋을 거라고 경고했다. 내가 신경이라도 쓰는 줄 아는 모양이다. 몸 하나 누일 곳이야 언제 어디서든 찾아낼 수 있었다. 연습실 바닥이나 라콥스키 가의 할머니 집, 대도大盜 페피의 은신처 중 하나에 갈 수도 있었고, 사정이 최악으로 치달을 경우, 정말로 비참한 이들이 가는 피난처인, 도시의 미로 같은 지하 터널과 누추한 핵 대피소가 있는 지하 묘지도 있었다. 나는 지금껏 일주일에 고작 이틀 밤 정도 부모의 집으로 돌아갔고, 거의 대부분 예외 없이 성적과 학교에서의 행실과 머리 길이, 또는 자유의 개념에 대한 내 이해를 가지고 밤새 싸움을 벌였다. 대학 철학 교수인 아버지는 자유에 대해서라면 뭐든 다 알았던 반면, 쥐를 이용한 실험을 감독하는 화학자였던 어머니는 통제 전문이었다. 그 둘 사이에 놓인 거라면 그들은 뭐든 답을 가지고 있었다. 그 중에서, 자유의 조건적 본성을 이해하는 예외적 지혜를 타고난 나만이 실험실 쥐가 되기를 거부했다.

주근깨가 있는 바이올리니스트는 날 거들떠도 보지 않고 그냥 계속 연주했다. 스카를라티의 곡일까? 파가니니? 엘가? 2층 도서 관에 가면 거기서 일하던 멋진 부인이 온갖 위대한 바이올린 협주곡 음반들을 꺼내주던 시절이 있었다. 그러면 나는 창가에 앉아 헤드폰을 끼고 그 곡을 열 번씩 들었다. 바이올리니스트에게 말을 걸 때 바보가 된 기분을 다시 느끼지 않기 위해. 이리나와 있을 때마다 나는 쥐뿔도 알지 못하는 것들을 이해하는 척해야 했다. 반면 알렉산더는 그런 사기행각에는 도가 텄다고, 발밑에서 흔들리고 삐걱거리는 좁은 목재 나선계단을 내려오며 나는 생각했다. 알렉산더는 읽어본 적도 없는 책이나 공부해본 적도 없는 작곡가에 대해 족히 한 시간은 떠들 수 있었다. 아마도 알렉산더가 나보다 좋은 성적을 받고 이리나와도 더 잘 어울릴 수 있는 것도 그 때문일 것이다. 알렉산더와 이리나가 잤을까? 다락에 있는 책상에서 하는 섹스를 같이 잔 걸로 친다면 확실히 그랬을 것이다. 난 신경 안 썼다. 이리나는 천재였다. 그런 애는 미친 짓이든 위험한 짓이든 해도 됐다. 가끔 그애는 나와 대놓고 시시덕거렸다. 내 귀에 음란한 말들을 속삭였고, 내 머리카락을 갖고 놀았고, 내 담배를 뻐끔댔고, 내 주머니에서 돈을 뒤졌다. 때로는 나와 사랑에 빠진 양 굴기까지 했다. 그럼에도 그애는 거의 대부분 거리에서 다른 방향을 보며 나를 지나쳤다. 마치 만날 수 있는 행운을 내가 절대로 누릴 수 없는 신비로운 이방인처럼.

나는 교무실이 잠겼는지 보려고 3층 남관으로 들어갔다. 잠기지 않았으면 일지를 몇 권 훔칠 수 있었다. 그다음 모범생답게 콘서트에 가서 열정적으로 박수를 친 뒤, 그 빌어먹을 종이쪼가리를 공원 쓰레기통에 넣어 태워버릴 수도 있었다. 내가 최근까지 긁어모은 결석, 질책, 최근 공지 사항들을 다 없애버린다 해서 해가 될 건 분명 없었다. 잠기지 않았다고 안전하게 결론내릴 수 있는 곳은 복도를 통해 스며드는 외풍 때문에 흔들리고 삐걱거리는 쌍여닫이문 쪽 길이었다. 나는 왼쪽 문에 발을 갖다 붙이고 문 사이의 작은 틈을 들여다보았다. 손잡이만 달려 있었고, 열쇠가 달린 부분은 뽑혀나가 있었다. 막 안으로 들어가려는데 복도 끝 화장실 문이 열리더니, 암청색 앞치마와 갈색 무릎 양말, 검정색 갈로시* 차림의 서관 관리인 부인이 달려 나왔다. 나는 문손잡이를 쥔 채 얼어붙었지만 당황하지는 않았다.

"교장선생님께 보고하겠어!"

그녀는 내게 검지를 흔들며 새된 목소리로 소리쳤다. 저기서

* galosh, 비올 때 신는 고무 덧신.

외풍이 불었던 거구나. 나는 생각했다. 칠십 먹은 마녀가 청소를 마치고 나서 화장실 창문을 그냥 열어둔 것이리라. 3층 서관 관리인은 '올빼미'의 눈과 귀였다. 교무실뿐 아니라 문서보관실, 경리부, 교장실, 교감실, 입학관리처를 포함하는 이 전략적 요충지를 몇십 년간 관장해오면서, 마치 자신이 공산당 중앙위원회의 선출위원이라도 된 양 행동했다. 나는 그녀가 누군가의 인성 등급을 낮출 수 있는 힘이 있음을, 심지어는 학교에서 내쫓을 수 있는 힘이 있음을 의심하지 않았다. 하지만 난 그녀가 두렵지 않았다. 서관 관리인에게는 최소한 두 가지 주요 약점이 있기 때문이었다. 첫째, 그녀는 일과 시간에 술을 마셨다. 둘째, 피아노 전공인 그녀의 손녀가 8학년이었다. 서관 화장실 사물함에 숨겨진 그녀의 술병을 처음 발견한 건 알렉산더였다. 알렉산더는 암시장에서 산 경찰용 문따기 도구를 갖고 있었고, 양호실에서 진통제를 훔치고 사물함과 벽장을 뚫기 위해, 방과 후에 교장실을 방문하기 위해 정기적으로 그걸 사용했다.

"오늘은 보드카 잘 감췄어요, 마리아?" 나는 관리인에게 차분히 물었다. "손녀는 어떻게 지내요? 얼음에 미끄러져 손이 부러지기라도 한 건 아니죠?"

나는 늙은 마녀 쪽으로 두 걸음을 내디뎠고, 별안간 잔뜩 겁을 먹은 그녀를 보자 즐거웠다. 나는 이 마녀가 일러바치지 못할 거라고 확신했다. 그녀는 겁쟁이였다. 나는 그 여자 손녀의 소중한 손가락 중 어느 하나라도 부러뜨릴 생각 따위 하지도 않았다. 폭력 사건들이 일어나긴 했지만 그중 어디에도 끼어든 적이 없었다. 가까이 다가가면서 나는 마녀의 눈을 들여다보려고 했지만 그럴 수 없었다. 그녀의 눈은 마치 해골 속에 파묻힌 듯했다. 아니면 불빛이 너무 흐릿했는지도 모르겠다. 그도 아니면 이 마녀가 재능 있는 자들의 영혼을 먹어치우는 흡혈귀라서 그런지도 모르고. 그녀가 수년간 나를 상처 입혔던, 그리고 이반과 슬라브와 이리나와 바딤을 비롯한 모든 애들을 괴롭혔던 다양한 방법을 생각해본다면 말이다. 나는 그녀가 쓰는 비열하고 얄팍한 음모를 모두 기억하고 있었다. 하지만 그녀는 더 이상 날 괴롭힐 수 없었다. 내가 자기 비밀을 아니까.

나는 다시 계단을 내려갔다. 2층, 1층, 접이문을 지나고 복도를 왼쪽으로 가로질러 수위의 칸막이방을 지나쳐서—"왜 그렇게 뛰어다녀?"라고 그가 내 뒤에서 소리쳤다—얼음이 낀 바깥 계단 위를 조심스레 걸어 내려가 학교 운동장을 빠져나갔다. 2층에서 맹렬하게 콘서트 리허설을 하고 있는 학생들의 연주가 들렸다. 나는 이런 학교가 좋다. 비음악 과목 선생들이 모두 집으로 돌아가고, 아름다운 뭔가를 경험하려는 열망에 불타는 사람들로 1번 체임버 홀과 2번 체임버 홀이 꽉 차는 밤의 학교. 이 한밤의 콘서트에는 별의별 인간들이 다 있었다. 어떤 이들은 연주자의 친구나 친척들이었고 어떤 이들은 음악 선생이었다. 하지만 많은 사람들이 음악학교와는 아무 관계가 없었다. 그들은 딱히 할 일이 없는 노인, 학교를 지나다 우연찮게 포스터를 보고 처음 찾아온 방문자, 세련된 모자를 쓴 미망인, 다 자란 다운증후군 자녀를 데려온 어머니, 꼼꼼하게 다린 셔츠를 입은 대머리 독신남, 알코올 중독자, 엉망인 헤어스타일에 각종 틱 장애를 앓는 철학과 대학원생, 훈장을 달고 다니는 퇴역 군인, 대머리를 감추기 위해 머리를 올려 빗고 회색 슈트와 가증스러운 신발로 거드름을 피우는 기관원, 손을 꼭 잡고 있는 젊은 커플 들이었다. 밤이 내리면서 학교가 편협한 독재자와 덜떨어진 이데올로그, 세뇌당한 학생들 천지인 정신병동에서 음악과 완벽의 사원으로 변신하는 것은 얼마나 놀라운지. 심지어 벽에 슬로건과 소비에트 정치국의 단체 사진이 걸린 로비마저도 초대 이집트 왕조의 물품을 전시하는 박물관처럼 비현실적이면서도 은은하게 시대착오적으로 보일 정도였다. 붉은 오각형 별의 저주는 밤이 되면 확연히 약해졌고, 나는 그걸 눈으로 볼 수 있었다. 사람들은 다르게 보였고 다르게 말했다. 나무들이 생명을 얻어 비밀을 속삭이고 아직 일어나지 않았던 일들을 기억했다. 거리의 불빛이 질서에서 벗어났다. 바람이 멀리서 인간의 음성을 실어왔다. 음악 영재들을 위한 소피아 음악학교는 다시 한 번 예배와 신성한 묵상의 장소가 되었다. 마치 음악으로 가득한 형태 없는 존재와 무한한 공간이라는 다른 차원으로 진입하는 문처럼, 어둠 속에 솟은 이 거대한 5층 건물에는 신비롭고 유혹적인 무언가가 있었다. 학교 운동장을 둘러싼 철망에 난 틈으로 빠져나가 2미터 아래 있는 인도로 뛰어내리면서, 뒷문을 에워싼 금속 막대도 덜 불길해 보인다고 생각했다. 얼어붙을 듯 추웠지만 내 손과 팔은 여전히 에튀드로 인해 불타오르고 있었다. 나는 교복 재킷 위에 걸친 아버지의 낡은 군복 스타일 방한외투의 깃을 올리고 서둘러 뒷골목으로 내려가 어두침침하게 불이 밝혀진 대로로 나왔다. 렙스키 기념비가 있는 원형 교차로와 마주하는 건물에 달린 시계가 여덟시 삼십오분을 가리키고 있었고, 이는 내 스푸트니크 시계가 또 죽어버렸다는 뜻이었다. 이미 콘서트에는 늦었다.

"장미 세 송이 주세요."

나는 대리석으로 감싼 수수한 기념비로 향하는 계단에 서 있는 깡마른 집시 여자에게 말했다. 나는 가장 성성해 보이는 장미가 든 철제 바구니를 가리키며 여자에게 내 하루 용돈을 몽땅 건넸다. 꽃들을 살 돈을 마련하려고 종일 굶었다.

"여자친구 주려고?"

여자가 돈과 꽃을 교환하며 내 손을 꼭 잡고는 물었다. 그러더니 날 보며 생각에 잠기다가 눈을 크게 뜨고는 자기 쪽으로 나를 가까이 끌어당겼다.

"네게 저주가 내렸어, 꼬마야. 표식이 보여. 가까이 오려무나. 여자 둘이 보이는구나. 어머니와 딸이네. 좀 더 살펴보자, 아가야. 내가 저주를 떼어내볼 테니까. 내가 방법을 좀 알아. 부정을 떨치는 주문도 읊어줄 수 있지."

"이제 돈 없어요." 나는 그녀의 손에서 내 손을 빼내며 말했다. "약속에도 늦었고요."

"하지만 그 여자애는 안 좋아, 아가야. 가까이 오려무나. 내가 널 좀 들여다봐야겠어. 뭔가 받기 위해서는 뭔가를 줘야지, 그렇지? 그게 세상 돌아가는 이치란다. 많은 걸 부탁하는 게 아냐. 넌 유령이 아냐. 난 알 수 있지. 넌 그들과는 달라. 저길 봐. 차에서 내리는 남자 말이야. 저건 유령이야. 진짜가 아니지, 아가야. 그 사람들은 그저 자리만 차지하고 있을 뿐이란다. 하지만 그들이 널 끌어당길 거다. 이리오렴, 널 좀 살펴봐야겠다."

"안녕히 계세요."

내가 말했다.

"달을 조심해, 아가야. 초승달 양 끝이 아래를 가리키면 악마가 돌아온 거야."

하지만 초승달은 절대 아래로 향하지 않아. 나는 거리를 건너 학교 부지와 연결된 컴컴한 뒷마당으로 방향을 틀며 생각했다. 엄마와 딸. 이상한 일이었다. 딱 일주일 전에 공원에서 날 멈춰 세운 다른 집시 여자에게서도 똑같은 의견을 들었기 때문이다. 어쩌면 꽃장수 여자에게 담배라도 줘서 정보를, 가능하면 저주를 깨는 주문을 얻었어야 했는지도 모른다. 그 저주가 심각한 건초염을 뜻하는 게 아니라면 이 시점에 저주에 걸렸다고 해서 크게 걱정되진 않았다. 손이야말로 내 모든 것, 범상함의 후계자들에 맞서는 유일한 무기인 동시에 최초이자 최후의 피난처였다. 손 없이는 나도 없었다.

"돌아왔네?"

수위가 로비에서 내게 인사했다. 2번 체임버 홀 밖에는 대여섯 명이 서서 다음번 박수가 나오는 동안 슬쩍 들어가길 기다리고 있었다. 수위에겐 바쁜 밤이었다. 방문객들을 입장시키고, 계단을 점검하고, 그랜드피아노를 잠그고, 쓸고, 닦고, 불을 꺼야 했다. 이날 밤의 콘서트는 몇 시간이고 이어질 수 있었다. 피아노 선생 한 명당 열다섯 명의 학생들이 있었고, 각 학생들이 십 분에서 십 오 분씩 연주한다면 콘서트는 자정이나 되어서야 끝날 터였다. 그 말은 최고의 연주를 듣기 전에—최고의 연주는 언제나 맨끝에 나오니까—체르니, 모차르트, 멘델스존, 초기 베토벤의 헛소리 같은 연주들이 쇄도하는 상황을 견뎌야 한다는 뜻이었다. 그 곡 의 사형집행자들은 그랜드피아노 저음부의 천둥 같은 울림에 겁 을 집어먹고, 자신의 감정을 전달하기 위해 어깨를 들썩이고, 머 리를 흔들고, 「백조의 호수」에 캐스팅되기라도 한 듯 손으로 화 려하게 피루엣* 하는 것밖에 모르는 삼류 음악가들이었다.

나는 1번 체임버 홀의 무대 쪽 출입구로 걸어가, 스타인웨이에 앉아 있는 애가 뭘 치나 보려고 무거운 이중문을 살짝 열었다. 슈 트에 보타이를 맨 열두 살짜리 소년이 뒤에서 다가와 역시 문틈 으로 고개를 들이밀었다. 무대 입구는 나무로 만든 작은 방 쪽으 로 통했고, 그 방은 포도주색 벨벳 커튼 두 장으로 지휘대와 분리 돼 있었다. 지휘대는 바닥에서 정확히 네 계단 위에 있었는데, 오

---

* pirouette, 발레에서 한쪽 발로 서서 빠르게 도는 것.

른발을 네 번째 계단 위에 올려놓기 위해서는 (부정을 타지 않고 지휘대에 오르는 유일한 방법이었다) 계단을 오르기 시작할 때 왼발을 먼저 올려야 했다. 학교의 모든 음악가들이 종교적인 열의로 따르는 규칙이었다. 3학년과 4학년 때 나는 연주하기 전마다 복도를 행진하듯 오르락내리락했는데, 그러는 동안 1층에서부터 상상 가능한 온갖 이정표를 찍어보며 거기서 스타인웨이까지 똑바로 걷는 데 몇 걸음이나 나오는지 계산해보곤 했다. 예를 들어, 만약 중앙 계단 옆 회전문 옆에 서 있는데 내가 무대에 설 차례가 돌아오면 무대 출입문까지 열한 걸음을 걸어야 했고, 나무 방을 지나가는 데 두 걸음, 계단을 오르는 데 네 걸음, 피아노 의자에 도착하기까지 또 네 걸음을 옮겨야 했다.

"선배, 비안카 보려고 왔죠, 그죠?"

보타이를 맨 소년이 다 안다는 듯한 미소를 지으며 말했다. 나는 그애를 무시했다. 6학년은 9학년한테 여자 얘기를 하는 게 아니었다. 그러니 얘기 끝. 나는 돌아서서 조그만 창들을 아치형으로 이어붙인 스테인드글라스로 걸어갔다. 어떤 창은 원형이었고, 어떤 창은 직사각형이거나 삼각형이었으며, 나뭇가지처럼 갈라지는 장식이 창들 사이로 번져 있었다. 꽃 따위 산다고 유난떨지 말았어야 했는데. 나는 그렇게 생각하며 꽃다발을 방한외투 안에 감췄다. 다들 이걸로 날 놀려먹겠지.

마침내 박수가 터져 나왔다. 나는 홀 안으로 살짝 들어가 두꺼운 모피 코트를 입은 노부인 둘을 따라가며 재빨리 뒷좌석으로 갔다. 두 번째 줄에 앉아 있는 비안카의 어머니가 보였다. 앞줄에는 침울한 표정의 피아노 강사 대표단이 앉아 있었다. 왼쪽 열 가운데 부분에 눈에 띄지 않게 앉아 있는 '하이에나'도 발견했다. '하이에나'—안토아네타 게쉐바—는 9B반 담임이었고 따라서 날 으뜸으로 괴롭히는 존재였다. 각 반에 지정된 담임은 자기 반 학생들의 행실이나 학습 진도를 감독하고 보고서를 작성하여 교장에게 적절한 체벌을 제안할 책임이 있었다. 그녀는 4학년 첫날 자신을 소개한 다음 모범생의 이점을 길게 늘어놓은 뒤 내게 교실 앞으로 나와 한 번도 읽어본 적 없던 『젊은 공산주의자 설명서』를 한두 페이지 암송하도록 했고, 이후 내 삶을 지옥으로 만들었다. '하이에나'의 딸인 루바 또한 우연찮게 9B반이 되었다는 사실은 상황을 더 악화시켰다. '하이에나'는 내가 자신의 소심하고 가슴 큰 딸을 타락시킬까봐 겁을 먹었던 걸까? 내가 그녀에게 흡연과 두 번 증류한 라키야*를 마시는 법을 가르쳤다고, 그녀에게 불법 피임법과 긴 휴식 시간 동안의 즉석 섹스를 소개해줬다고 무서워했던 걸까? 사실 루바는 누가 타락시키기에는 너무 멍청했다. 개성이 없었고, 존재감도 없었으며, 생각이란 게 거의 없다시피 했고, 바이올린 연주는 보잘것없는, 한마디로 기계 같은 애였다. 그러나 루바 같은 기계조차도 자기 어머니가 근본적으로 사악하다는 사실을 알았다. 그녀의 어머니가 7학년 때 내 인성

---

* rakia, 유고슬라비아 산 브랜디.

등급을 낮춘 다음, 루바는 내게 와서 자기도 어머니의 행동을 이해할 수 없다고 했다.

"이해하고 말고 할 게 뭐 있어." 나는 그녀에게 말했다. "너네 엄마가 좆 같다는 것 말고. 심지어 이젠 거의 인간도 아니라고."

나는 맨 마지막 줄에 앉았다. 몇 좌석 옆에 도시에서 제일가는 피아노 조율사가 앉아 있었고 그의 딸이 방금 하이든 소나타 연주를 마친 참이었다. 내게 비안카 얘기를 꺼낸 열두 살짜리 소년이 무대 위로 걸어 나와 허리를 숙였다. 아무도 박수를 치지 않았다. 나는 꽃다발을 바닥에 내려놓고 의자에 비스듬히 앉아 고문을 견딜 준비를 했다. 하지만 소년은 잘 쳤다. 처음 친 곡은 왼손을 위한 체르니 연습곡이었고 다음 곡은 슈만이었다. 나는 '하이에나'가 날 보고 있음을 알았다. 곁눈질로 그녀의 얼굴을 볼 수 있었지만, 계속 앞만 똑바로 응시하며 무대와 훌륭한 스타인웨이 피아노와 그 위에 매달린 거대한 크리스털 샹들리에를 바라보았다. 나는 그 높은 천장을 무척이나 사랑했다. 마치 유령으로 가득 찬 대성당에 앉아 있는 기분이었다. 내가 보기에 '하이에나'는 유령이었다. 그녀에겐 뭔가 세상과 동떨어진 것, 차가움, 다른 질서에서 오는 합리성이 있었다. 왜 나만 지켜보고 있는 걸까? 콘서트홀 반대쪽에서 지금 당장 내게 전달해야 할 만큼 중요한 게 뭐가 있다고. 나는 '하이에나'의 눈에, 그녀의 논리 패턴과 주파수에 독살당하고 싶지 않았다. 그들이 세상을 정복하는 방식이 결국 그런 것이다. 사람들을 노려봄으로써, 자기들의 차가움을 전염시

킴으로써, 복종이라는 기생충을 퍼뜨림으로써.

"복종이란 최상급 일류들이 지닌 미덕이야!"

언젠가 '하이에나'는 진짜로 그렇게 말한 적이 있었다. 복종이란 모두 인간을 그림자로 바꿔버리고 개인을 지워버리도록 고안된 연금술 공식을 위한 것이었다. 나치스, 공산주의자들, 자본주의자들, 그들 모두 내가 보기엔 악령에 사로잡히고 최면에 걸린 인간들이었다. 『공산당 선언』은 하나의 유령, 공산주의라는 유령이 유럽을 떠돌고 있다는 선언으로 시작된다. 얼마나 딱 들어맞는 소린가.

역사 선생 보리스 네고드닉은 『공산당 선언』을 달달 외우고 다녔다. 때로는 교실에 들어와 그 책을 열정적으로 암송했고, 그러면서 지시봉으로 교사용 책상을 쾅쾅 찧고 발을 구르며 허공에 주먹을 휘둘렀다. 그는 올려 빗은 머리를 설탕물로 고정한 초라한 꼬락서니의 남자였고, 딱 두 벌의 슈트를 입고 다녔다. 밝은 회색과 어두운 회색. 네고드닉은 자기가 사십삼 년 동안 교직 생활을 하다가 맹장 파열로 병원에 입원하는 바람에 딱 한 번 수업을 못했다는 사실을 상기시키길 좋아했다. 우리는 미국인들이 우리 머리 위에 폭탄을 떨어뜨린 뒤에도 그가 방사능을 차단하기 위해 흰 침대보로 몸을 감싼 채, 폐허가 되어 연기가 피어오르는 1번 체임버 홀에 서서 『자본』의 불같은 구절을 인용하며 제국주의자 적들을 비난하는 모습을 상상하기까지 했다. 5학년 때 이반과 슬라브, 나는 무지 폭력적이고 시끄러운 할복 연기를 벌임으로써 네고드닉의 장광설에 대한 우리들의 감상을 보여주는 버릇이 생겼다. 네고드닉이 교실로 걸어들어와—걸음을 옮길 때마다 목이 앞으로 홱 하고 움직이면 낙타 같았고 뻣뻣한 몸은 막대벌레 같았다—"지금으로부터 팔십육 년 전 오늘, V. I. 레닌은 시베리아의 마을 슈셴스코예의 오두막에 앉아 있었다" 따위의 말을 하면 이반, 슬라브, 나는 망가진 라디오 안테나를 뽑아들고는 접히게 돼 있는 그것을 복부에 대고 꾹 부르면서 극적으로 바닥에 넘어진 다음 발길질을 하고 침을 흘리며 "제국주의자들을 쓰러뜨리자!" "붉은 오각형이여, 영원하라!" 같은 구호들을 외쳤다. 네드고닉은 우리가 의식에 쓴 무기를 즉시 압수한 다음 우리를 복도로 끌고 나와 아래층 교장실로 데려갔고, 우리는 전능한 '올빼미'에게 우리가 뭔 짓을 벌였는지 발언할 기회를 얻곤 했다. 그럼에도 5학년 때 우리는 여전히 애들 취급을 당했다. 선생들은 일본식 자살법에 대한 우리들의 열정을 예술적 기질이나 외국 문화에 대한 호기심 때문이려니 했다. 하지만 우린 빨리 자랐다. 6학년 때는 이미 청소년 취급이었고, 7학년이 되자 정부를 뒤엎을 수 있는 어른이었다.

이제 내 미운오리새끼가 무대에 나타났다. 검정색 긴소매 드레스와 검정 스타킹, 검은색 구두를 신은 그녀는 상기되어 있었고 불안정해 보였다. 인사는 하지 않았다. 그녀는 곧장 스타인웨이로 갔다. 우리 사이에 장벽이 놓인 이유는 뭘까? 그애의 부모와 오빠가 시골로 내려가는 바람에 우리가 그애가 사는 아파트 건물의 울타리 두른 황량한 뒷마당에서 만나 철제문과 담쟁이덩굴로 뒤덮인 높은 벽돌담 옆 벤치에 나란히 앉았던 오후, 내게 위층으로 올라오라고 말하기 직전에 그애가 멈췄던 이유는 뭘까? 그애는 누구 때문에 몸을 아끼고 있는 걸까? 나는 그애가 호기심 많은 애라는 사실을 안다. 또한 비밀스럽게, 금지된 과일을 대하듯이 날 사랑한다는 것도 안다. 일곱시 이십분에서 삼십분, 그애가 피아노 수업을 쉬는 십 분 동안 그애를 만나려고 프랑스어 학교와 오래된 빵집이 있는 골목에서 기다리던 숱한 밤들. 그애의 이웃집을 가로질러 자갈이 깔려 있는 좁은 거리를 함께 걷는 동안 침묵과 고통의 기대로 가득했던 십 분. 우리의 그림자는 점점 가까워지다 불 켜진 가로등 아래를 지날 때마다 하나로 합쳐졌다. 하지만 때로 우리가 멈춰서 서로의 눈을 들여다볼 때조차도, 첫 키스를 향한 자석 같은 끌림에서 겨우 1인치가량 떨어져 서 있을 때도, 그애는 닿을 수 없는 존재로, 슬픔과 실망으로 가득한 덧없는 피조물로 남았다. 언젠가 우리 사이의 가장 격렬했던 순간에 나는 그애에게 사랑한다고 말했다. 그 말을 해버리면, 아무렇지도 않은 듯 늦었다거나 졸립다는 말을 하듯이 해버리면 보이지 않는 장벽을 부술 수 있으리라 생각했다. 그애는 그냥 내가 영화를 너무 많이 봤나 보다고 대답할 뿐이었다. 내가 거짓말쟁이란 걸 그애는 알고 있었다.

도-도! 도-시-도-시! 도-미-레-도-도! 비안카의 해석에 따른 리스트의 「헝가리안 랩소디 2번」은 마치 절뚝거리며 추는 왈츠 같았다. 쇼팽과 다른 작곡가들 사이에 차이가 있다면, 그는 1인칭으로 작곡을 하고 다른 이들은 3인칭으로 작곡하는 거라고 나는 생각해왔다. 베토벤, 모차르트, 리스트, 라벨, 슈만, 드뷔시, 그들 모두 다른 사람, 나라, 사회에서 벌어진 일에 대해 말했다. 오직 쇼팽만이 자기 자신에 대해 이야기했다. 그거야말로 쇼팽의 악절에 깃들어 있는, 그를 나머지 모든 작곡가와 따로 떼어놓는 적나라하고 뜨거운 정직이었다. 하지만, 음악에서 그렇게 정직하기란 얼마나 힘든 일인가! 피아노에 앉아 화음과 진행을 가지고 놀다가, 외부에서 온 무언가가 아니라 건반과 자신의 손가락이 바로 영혼의 가장 깊숙한 본질인 양, 모든 생각과 감정이 솟아오르는 비밀스러운 장소인 양 어떤 가식이나 조급함 없이 곡을 써내려간다는 것. 이런 직접적인 표현력을 얻으려면 무슨 일이 있어야 하는 걸까? 가식, 선동, 자기 변명에서 벗어나려면 결핵으로 죽어가기라도 해야 하는 걸까?

「헝가리안 랩소디」의 느린 부분은 리스트의 가장 아름다운 음악이지만 여전히 3인칭이다. 사랑하다가 싸우다가 헤어지는 익명의 두 사람 이야기. 곡은 바다를 묘사하고, 멀리서 들리는 갈매기 소리를 묘사한다. 하지만 진실한 것은 전혀 말하지 않는다. 그저 슬픔의 골짜기를 겉핥기처럼 스칠 뿐이다. 죽음의 시선을 회피하고, 묘비명에 이미 새겨진 '곧 죽을 자'의 이름들을 읽기를 거부하고, 신선한 흙과 잔가지들의 냄새를 맡는 기쁨을 거부하면서 은총의 문 곁에 멍하니 서 있을 뿐이다. 곡은 아이 옆에 어머니가 있고 일몰 위에 하늘이 떠 있는 것처럼 아름답고 장엄하게 펼쳐진다. 19세기 프랑스 문학에 몰입하고자 찾아 읽었던 구절에 따르면, 조르주 상드는 비밀 일기에 리스트를 일컬어 '선량하고 조그만 기독교인'이라고 썼다. '무당벌레'는 쇼팽이 살던 시대의 삶이 어땠는지 경험해볼 수 있도록 위고, 발자크, 상드, 플로베르 같은 대가들의 책을 모두 읽게 했다. 그녀는 19세기야말로 인간 문명의 정점이라고 믿었다. 이어서 나타난 것들은 모두 세상의 종말이라는 불길에 부채질을 해왔을 뿐이었다. 사람들은 생각하고 창조하는 능력을 잃었고 신을 잊어버렸다. 그녀는 1848년 프랑스혁명 이전, 즉 전화와 내연기관, 다이너마이트를 발명하기 전의 프랑스에서 살 수만 있다면 현대적인 물건들을 모두 기꺼이 포기할 거라고 말하곤 했다. 영화, 전차, 비행기를 업라이트 피아노, 만년필, 벽난로, 촛불이 있는 시골의 작은 집과 바꾸고, 라디오와 전축을 구불구불한 길을 천천히 내려가며 멀어지는 사륜마차의 소리와 매 시간 울리는 교회 종소리와 바꾸고, 현대의 의약품을 봄에 피는 벚꽃 향기와 과학이 키우지 않은 과일의 맛, 폐결핵으로 인한 이른 죽음과 맞바꿀 거라고 말하곤 했다.

연주가 끝나면 비안카는 내가 드레스 단추를 풀게 해줄 거야. 나는 생각했다. 혼란스러워하고 당황스러워하겠지만 내가 원하는 대로 하게 놔두겠지. 언젠가 상드는 쇼팽의 가장 친한 친구 중 하나에게 남자로 하여금 자신의 성적 욕망을 부끄럽게 느끼도록 하는 여자는 교수형을 당해 마땅하다고 쓴 적이 있었다. 비안카와 '무당벌레'는 둘 다 이런 종류의 여자처럼 보였다. 열정으로 만들어진 이리나와는 달랐다. 상드는 또한 몸과 마음이 분리되면 수도원이 생겨나고 매춘이 발흥한다고 쓴 적도 있었다. 아마도 옳은 말이겠지만, 이런 관찰은 어째서 쇼팽과 같은 영적인 존재가 항상 육체적 욕망에 대해 의문을 품었는지에 답하는 데는 실패했다. 몸과 마음의 분리가 일어나는 까닭은 마음이 모든 면에서, 그러니까 행복, 지고의 포옹, 그리고 마침내 죽음에 이르기까지 몸에게 속아 넘어가기 때문이라고 할 수 있지 않을까? 쇼팽이 상드와 첫 키스를 하고 나서 같이 자기를 거부한 까닭은, 범상함이라는 감각에 다시 실망하고 속고 싶지 않아서였다고 할 수 있지 않을까?

비안카가 랩소디의 빠른 부분을 맥없고 냉담하게 연주하는 바람에 객석에서 터져 나온 하품과 기침이 홀에 전염병처럼 퍼졌다. 아침 여섯시부터 뱃속을 조이던 허기가 마침내 진정되었고, 나는 아버지의 따뜻한 방한코트에 감싸인 채로 다리를 앞좌석으로 쭉 뻗었다. 몽롱해지기 시작했다. 졸음으로 인한 달콤한 마비로 손발이 둔해졌고 감각이 마취되었다. 소리들이 메아리치면서 공간 속에서 흐릿한 하나의 음으로 뭉쳤다. '하이에나'는 이제 멀리 있었다. 그녀의 눈은 더 이상 나를 보고 있지 않았다. 반쯤 깨어 있고 반쯤 잠든 이 상태에서 나는 곡의 숨겨진 면들을 느낄 수 있었다. 저음은 땅속으로 들어가 지구의 굉음을 증폭시키는 천둥소리였다. 선율은 사람들이 지닌, 아직 탐지되지 않은 꿈꾸는 마음으로 슬쩍 숨어들어가 미래의 사상과 미래의 꿈의 색채가 품은 씨앗을 전송하려는 비밀 메시지였다. 내 주위에 자리한 유령들도 감지할 수 있었다. 두 종류의 유령이 있다는 사실이 생각났다. 영혼도 육체도 없는 유령과, 육체는 있지만 영혼은 없는 유령. 인체실험은 후자의 유령 덕에 가능했다. 국가國家와 국가國歌, 전쟁과 신, 독재자와 웅장한 무덤을 만든 것도 후자였다. 비굴함이라는 질병과 잘못된 질서를 퍼뜨린 것이 바로 이 영혼 없는 기계들이었다. 하지만 지금은 그것들이 두렵지 않았다, 정말로. '하이에나'의 눈은 공허로 통하는 두 개의 텅 빈 구체나 다름없었고, 나는 두려움 없이 그 안을 들여다볼 수 있었다. '하이에나'는 껍데기뿐인 인간이었다. 누구에게도 해를 끼칠 수 없었다.

박수소리에 정신이 들었다. 바닥에서 꽃다발을 들고 코트 안에 숨긴 다음, 비안카가 두 번째로 절하는 동안 문 쪽으로 달려갔다. 정문을 통해 학교에서 빠져나와 철제 대문 옆에 자리를 잡고 바람 한 점 없는 2월의 밤에 바들바들 떨었다. 진짜로 춥진 않았지만 떨림이 멈추지 않았다. 하늘이 다시 붉어졌다. 피로 물든 달에 비친 호수 표면처럼 하늘이 붉었고 타는 듯 빛나고 있었다. "아프리카에서 불어온 붉은 모래구름일 뿐이야." 7학년 지리 선생이 소피아의 이상한 밤하늘의 색에 대해 그렇게 말한 적 있었다.

비안카가 건물 외부 계단 맨 윗단에 나타났다. 드레스 위에 베이지색 레인코트를 입고 있었는데 날 보자마자 웃음을 터뜨렸다.

"왜 내가 절하는데 복도를 막 뛰어갔어? 진짜 황당했어!"

그녀는 계단을 내려와 내 코앞에 섰다. 따뜻한 숨결이 뺨에 느껴졌다. 머리카락 향기를 맡을 수 있었다. 지금이 바로 그 순간, 뭘 해도 괜찮은 때임을 나는 재빨리 깨달았다. 그녀는 행복했고 약간 어질어질한 상태였다. 내게 용기가 있었다면 키스했을 것이다. 지나가는 자동차의 전조등에 그녀의 사랑스럽고 긴 목이, 그리고 입과 눈이 드러났다. 갑자기 그애가 뒤로 물러섰다. 내 흐트러진 외양에 깜짝 놀라기라도 한 것처럼. 내가 그저 자기의 보물을 훔치러 온 도둑일 뿐이라는 사실을 완전히 알아버린 게 분명했다. 프롤레타리아 지식인을 위해 남겨두기로 결정한, 달콤하면서도 신중하게 보호받는 보물을.

"이런 거 필요 없어." 비안카가 재빨리 말했다. "난 네가 나한테 꽃을 사줄 때가 싫어. 너도 알잖아."

"산 거 아냐."

나는 꽃다발을 대문 빗장 틈에 쑤셔 넣었고, 2번 체임버 홀 창문에서 떨어지는 희미한 빛 속에서 아직 뜯겨나가지 않은 새 부고 기사가 문 뒤의 벽토를 바른 벽에 붙어 있음을 알아차렸다. 가까이 들여다보자 기사 속 소년의 얼굴이 기억났다. 뇌막염으로 겨울에 죽은 열다섯 살 남자애였다.

"하프 연주하는 9학년 여자애랑 같이 다녔던 애 맞지?"

비안카는 몸을 돌려 길을 건넜다. 나는 그녀를 따라 울타리와 연못을 지나 닥터스 가든으로 갔다. 그녀는 공원 중앙에 있는, 오래된 대리석 석판들과 부서진 트라키아 식 기둥들이 흩어진 낮은 둔덕을 올라 정자 안으로 들어갔다. 늦봄이면 인성 등급이 낮은 학생들이 배배 꼬인 담쟁이와 포도덩굴로 된 커튼을 방패 삼아 담배를 피우고 술을 마시러 모이는 곳이었다.

"나한테 왜 이러는지 모르겠어. 원하는 게 뭐야?"

비안카는 벤치 등받이에 걸터앉아 다리를 꼬며 말했다. 나는 그녀 옆 자리에 앉아 담배에 불을 붙였다.

"그러는 넌 원하는 게 뭔데? 네 부모를 행복하게 하는 거야? 그럼 엿 같은 부모한테 돌아가든지."

"넌 왜 그렇게 스스로 용감하다고 생각하는지 모르겠어. 늘 남들 위에 있는 것처럼 굴고. 그래서 아무도 널 안 좋아하는 거야."

"걔들은 내가 자기들 장단 맞춰줄 생각을 안 하니까 날 싫어하는 거야. 너희들 모두 짝짜꿍이나 하고 있잖아. 경례하라면 경례하고. 깃발에 키스하라면 키스하고. 자기가 들은 헛소리들을 토씨 하나 안 틀리고 외우지. 개똥같은 것들."

"그럼 똑똑한 게 뭔데? 증기 롤러가 지나는 길에 서 있다가 찌부러지는 거야, 아니면 비켜서서 옆으로 굴러가게 놔두는 거야?"

"물론 찌부러지는 거지. 조만간 그리될 거야. 죽어서야 여길 빠져나가겠지만 티끌만큼이라도 자존심은 지킬 수 있지 않겠어?"

나는 길 건너 국립미술관 근처에 있는 과자 가게를 바라보았다. 알렉산더와 나는 거기서 방과 후에 담배를 샀다. 가게 안 금전등록기 바로 위에서 네온 불빛이 깜박였다. 자존심 따윈 없어. 나는 생각했다. 만약 내게 자존심이 있었다면 할 수 있는 한 힘껏 체육 선생의 불알을 걷어찼을 것이다. 다시는 열네 살짜리 소녀에게 접근 못 하게. 재즈는 제국주의자 원숭이들이 발명한 것이기 때문에 음악이 아니라고 말하는 음악사 선생의 면상을 후려 갈겼을 것이다. 선생들이 나치와 다를 바 없음을 알리기 위해 교무실 문에 페인트로 하켄크로이츠를 그렸을 것이다. 네고드닉이 모두가 보는 앞에서 이리나를 멍청한 창녀라고 불렀을 때 그애를 변호했을 것이다. '올빼미'가 매년 지껄이는 독백을 끊고 소비에트의 난쟁이들은 모두 살인마라고, 권력자는 모두 살인마라고, 그 점에 관해서라면 러시아인이나 미국인이나 매한가지라고 소리쳤을 것이다. 그들은 우리 머리 위에 빌어먹을 폭탄들을 떨어뜨리길 원할 뿐이라고. 매해 말이면 학교에 와서 군복무에 부적합한 동성애나 다른 질병들의 징후를 찾으려고 우리들의 몸과 은밀한 부위를 검사하는 대령이 차고 있는 9밀리 마카로프 피스톨을 탈취했을 것이다. 그에게 총을 겨눠 똥색 군복을 벗고 그의 상관인 뚱보 멍청이 정치국원 앞에서 열병식을 한 다음, 아래층 복도로 내려가 길거리로 꺼지라 했을 것이다. 내게 자존심이란 게 있었다면 이 모든 일을 다 하고 그 이상도 했을 것이다. 비안카에게 널 좋아하는 것보다 훨씬 더 심하게 널 싫어한다고 말했을 것이다. 나는 비안카가 그들 중 하나이고, 우리 부대의 지휘관이고, 중요한 행사 때 사춘기 지휘관들과 함께 1번 체임버 홀 무대로 거들먹거리며 올라가고, 주름진 인디고 스커트와 거기에 맞춘 조끼와 흰 셔츠와 붉은 스카프로 구성된 웃기는 제복을 입고 운동장을 행진하는 게 싫었다. 그런 순간에는 비안카를 경멸 어린 눈으로 지켜보았고, 무엇보다 체제 안에서 잘 기름 쳐진 톱니바퀴처럼 당의 노예 역할을 하는 그애를 보는 동안 그애를 욕실로 데려가 선 채로 섹스하길 원하는 나 자신이 혐오스러웠다. 섹스를 하며 비안카의 지휘관 제복을 벗겨내고, 어린 정치국원이 매는 부드러운 붉은 스카프를 이로 물어뜯어 가늘고 긴 끈으로 갈가리 찢은 다음, 마치 붕대처럼 그애의 넓적다리에 묶고, 순백색 버튼업 셔츠를 바닥에 깔아 비안카를 무릎 꿇린 뒤 계속해서 더, 콘 푸오코*로 쑤셔 박고, 노예근성에 찌든 그녀의 마음을 섹스로 타락시키고, 수치와 자책과 울분과 절망으로, 또 모든 것이 헛되다는 쇠약한 감각과 자살에 대한 낭만적인 환상을 불어넣음으로써 비안카를 더럽히고, 마침내 그녀를 체제에 부적합한 기능을 가진 인간으로 만들길 원한다는 사실에 나 자신이 혐오스러웠다. 내게 자존심이 있었다면 비안카를 다시 인간으로 만들었을 것이다.

"넌 내 연주 별로지?" 그녀가 시무룩하게 말했다. "너에 비하면 나는 그렇게 빨리 치질 못해, 그렇잖아? 아니면 내가 재능이 없는 거겠지. 그게 무슨 뜻이건 간에."

"난 네 연주 진짜 좋아." 나는 거짓말을 했다. "넌 훌륭해. 진심이라니까. 속주 갖고 누가 뭐라고 해?"

비안카가 바짝 다가와 날 보았다. 하지만 '키스해줘'라는 식의 눈길은 아니었다. 힘과 우월함을 담은 눈길이었다. 내가 자기를

---

* con fuoco, '정열적으로'라는 뜻.

즐겁게 하는 데 관심이 있다는 사실을 알아챈 모양이었다. 그게 비안카가 날마다 날 죽이는 방식이었다. 냉혈한 인류학자처럼 행동하는 것. 그녀는 항상 말짱한 쪽이었고 나는 항상 취해 있었다.

"어제 네 친구 바딤이 발라드 2번을 연주하는 걸 들었어. 네 말이 맞아. 걔는 진짜 특별해. 다만 그런 식의 연주로 성공할 수는 없을 것 같아. 하고 싶은 대로 쳐버리니까! 게다가 지저분하고."

"바딤은 천재야. 물론 제멋대로 연주하기야 하지. 한 곡을 똑같은 방식으로 두 번 연주한 적이 없으니까."

"천재 따윈 없어, 콘스탄틴. 난 심지어 그게 무슨 말인지도 모르는걸. 넌 천재란 말 하나면 모든 게 설명된다는 식으로 말하는구나."

"천재는 특정한 무언가에 대한 지식을 타고난 사람이야. 봐, 바딤은 연습을 할 필요가 없어. 들어본 적도 연주해본 적도 없는 곡들을 기억한다고. 에튀드 악보를 보자마자 실제 템포로 연주해. 젠장, 마음만 먹으면 「미완성 교향곡」도 다 칠 수 있을걸. 농담이 아냐. 앉은 자리에서 녹턴의 반복구를 다르게 칠 수 있어. 다른 시대에서 와서 여길 여행하는 사람 같아."

"그거야 네 생각이고. 사실 걔는 나나 너보다 더 재능 있진 않아. 그저 우연찮게 다른 식으로 연주하고 있을 뿐이야."

"네가 틀렸어. 틀렸다고. 우린 절대 똑같지 않아. 네고드닉이 지껄이는 건 모두 헛소리야. 사람들은 홀로 벌거벗은 채 이름 없이 이 세상에 도착한다. 따라서 우리 모두 평등하다. 그딴 건 덜떨어진 마르크스주의 헛소리란 말이야! 우리가 같은 종種의 일부이고 같은 행성에 사는 것처럼 보일 순 있겠지. 하지만 사실, 우린 각자 완전히 다른 존재의 차원에서 살고 있는 거야. 우린 다른 시간에 태어났고 다른 장소에서 왔어. 정말 놀라운 사실은, 우리가 '물 좀 주세요' 같은 말을 할 수 있고 거의 대부분의 경우에 이 말을 똑같은 의미로 이해할 수 있다는 점이야."

"물 좀 줘!"

비안카는 그렇게 명령한 다음 킥킥거리며 웃어댔다. 나는 담배에 불을 붙인 다음 그녀의 숨결을 얼굴에 느끼고 싶어 좀 더 가까이 다가갔다.

"물 좀 달라, 라."

그녀는 낮은 목소리로 그 말을 되풀이했다.

"진짜 우습지."

"누가 네 머리에 그런 걸 채워 넣었니?"

"미친 사람을 만난 적이 있거든."

"이 얘긴 더 듣고 싶지 않아. 그리고 내일 아침 등굣길에 날 데리러 오지 말아줬음 좋겠어. 저번에 아빠가 우릴 본 다음에 십대의 임신이 얼마나 위험한지 한 시간 동안 설교를 해댔다고."

"알았어."

"물이나 줘!"

4장

브람스, 인터메초 E플랫장조, op.117

1988년 3월 6일

화창한 토요일이었다. 고드름이 녹는 소리를 듣자 보리스 가 든으로 산책을 나가고 싶었다. 거긴 자전거를 탄 아이들과 유모 차를 미는 어머니들, 벤치에서 키스하고 담배를 피우고 기타로 키노*의 곡을 치는 소년소녀들로 꽉 찼겠지. 하지만 나는 '거대 한 세 여인이 사는 검은 집' 안으로 끌려들어가 일곱 살짜리 소년 이 E플랫장조 인터메초 중간에서 매번 똑같은 실수를 저지르는 걸 보고 있었다. 나는 이미 '무당벌레'의 엄격한 지도 아래 세 시 간 동안 연습을 하고 난 뒤였고, 다시 연습할 차례를 기다리는 중 이었다. 그러다 소년이 제시부 끝에서 양손으로 불길한 옥타브를

---

* Kino, 한국계 러시아인 빅토르 최가 이끈 러시아 록 밴드.

연주하자, 나는 불현듯 십 년 전으로, 노란 전차의 문이 열리고 사람들이 전차 계단을 쌍쌍이 내려오던 순간으로 돌아갔다. 소녀가 먼저, 그다음엔 소년이. 특별한 날이었다. 내가 다니던 유치원 반이 건국의 아버지를 기리는 웅장한 무덤에 견학을 가고 있었다. 나는 대도 페피의 손을 잡고 있었는데, 그애의 이마에는 커다란 반창고가 붙어 있었다. 내가 모래놀이통에서 놀다가 그애에게 벽돌을 던진 뒤부터 붙이고 다니는 것이었다. 그의 진짜 이름은 대도 페피가 아니었지만 우린 다들 그렇게 불렀다. 우리 중 하나가 좋은 물건을 갖고 유치원에 올 때마다 그게 사라졌고, 웬일인지 그것이 페피의 감청색 교복 주머니에서 나타났기 때문이었다. 페피는 우리 반 대부분의 아이들에게 두려움의 대상이었고, 나와는 거의 항상 쌈질을 했다. 하지만 나는 그애를 친구로 여긴다. 그애를 딱하게 생각하기 때문만은 아니다. 페피의 아버지가 죽고 나서 엄마는 재혼했고, 페피는 유치원에서 그리 멀지 않은 곳에 있는 할머니의 작은 아파트에 독일산 셰퍼드와 함께 남겨졌다. 유치원은 찰스 다윈 가 13번지에 있었고, 커다란 운동장에는 미끄럼틀과 그네와 트럭 타이어와 청동 사슴 동상과 말라붙은 분수대 두 개가 있었다. 우리 반은 열여덟 명이었고 선생은 둘이었다. 체벌하기를 좋아하는 이바노바와 전차를 통과하기 힘든 분홍빛 머리의 거대 괴수 메츠코바. 이바노바는 매일 우리를 미술용 책상에 앉힌 다음 여러 종류의 색종이에서 동그라미를 잘라내게 했는데, 나중에 이것들을 우리 교복 옷깃에 핀으로 붙였다. 가장 모범적으로 행동한 아이는 옷깃에 파란색 동그라미를 달고 집에 갔다. 중간 정도 행실의 아이들은 빨간 동그라미를, 가장 불량한 아이들은 검정 동그라미를 달았다. 나는 보통 검정 동그라미를 옷깃에 달고 집에 돌아갔는데, 한번은 엄마 생일 때 검정 동그라미를 하나도 아니고 두 개나 단 적이 있었다. 이바노바가 한눈을 파는 사이 파란 색종이를 훔쳐 직접 파란 동그라미를 만들었기 때문이다.

우리는 바닐라와 딸기로 장식한 생일 케이크처럼 생긴 러시아 정교회 건물을 행진하듯 지나간 다음 중앙광장을 가로질러 무덤 쪽으로 갔다. 중앙광장은 비가 오면 미끄러지기 쉬운 반짝반짝한 노란색 자갈로 포장되어 있었는데 그날도 예외는 아니었다. 이바노바는 우산을 한 개만 가져왔고 그걸 메츠코바와 나눠 썼다. 나머지 우리들은 빗속에서 홀딱 젖은 채 걸어야 했다.

대도 페피는 묘 안에 있는 죽은 사람의 콧수염이 계속 자라는 바람에 모자에 오각별을 달고 라이플에 은 총검을 끼운 군인들이 매달 유리로 된 관을 열어 가위로 그의 엄청난 콧수염을 면도할 거라고 말했다. 나는 죽은 사람을 본 적이 한 번도 없었지만 대도 페피는 죽은 사람들을 많이 봤고 그래서 자기가 무슨 말을 하는지도 아주 잘 알았다. 그는 특히 죽은 자의 눈을 보지 말라고 경고했다. 죽은 자의 세계에 갇혀 죽을 때가 되기도 전에 그곳을 여행하게 될 수도 있다는 것이었다.

우리는 무덤 입구로 통하는 대리석 계단을 올라 현관에 집합

했다. 무덤 안은 말도 안 되게 추웠고 썩은 꽃과 치과의사 진료실 냄새가 났다. 바닥, 벽, 천장까지 사방이 대리석이었다. 창문 하나 없었다. 문제가 생긴 게 분명했는데, 안내데스크 뒤에 앉아 있던 여자가 고개를 절레절레 흔들며 자기들이 지금 시신 유지 작업을 하고 있기 때문에 다른 날 와야 한다는 말을 되풀이하고 있었기 때문이다. 이바노바는 완강했다. 그녀가 말했다. 우린 제165유치원에서 먼 길을 왔어요. 비에 다 젖었고요. 지금 건국의 아버지를 잠깐이라도 뵙지 못하면 우리 모두 정말 실망할 거라고요. 약간의 말싸움을 벌이고 난 뒤, 이바노바는 우리 이름을 방명록에 쓴 다음 안내데스크 여자에게 코트를 맡겼다. 메츠코바도 똑같이 했다. 모자에 깃털을 달고 라이플에 총검을 단 군인 두 명이 우릴 어둡고 비탈진 복도를 지나 내실로 데려갔다. 우리는 유리 관 위쪽에 원형으로 지은 넓은 발코니의 난간에 매달렸다. 건국의 아버지는 회색 슈트와 회색 타이를 입었고, 붉은 훈장들이 그를 등딱지처럼 뒤덮고 있었다. 기울어진 하얀색 단 위에 누워 있는 그는 피부가 고무로 만든 가짜처럼 보인다는 점을 빼면 정말로 살아 있는 사람 같았다. 반면 냄새는 진짜였다. 정말 지독했다. 대도페피가 코를 쥐고 우스운 표정을 짓기 시작했다. 나도 코를 감싸쥐고 비슷한 표정을 짓기 시작했다. 건국의 아버지에게선 썩은 달걀 냄새가 났다. 총검 라이플을 맨 군인들은 우리가 짓고 있는 원숭이 같은 표정에 특별한 인상을 받지 않은 듯 보였다. 하지만 당시엔 누구도 중앙광장에서 보초를 서고 있는 군인들을 웃길 수 없었다. 그들은 코끝만 응시했고 아무것도 못 본 척했다.

"왜 저분은 배에다 담요를 둘렀어요?"

여자애 중 하나가 건국의 아버지를 불쾌하게 하지 않기 위해 속삭이듯 물었다.

"시신 유지 작업을 하고 있으니까 그렇지. 아님 뭐겠니?"

이바노바가 대꾸했다.

죽은 사람에게도 분명 의사가 필요했다. 바로 그때 하얀색 앞치마를 두른 남자 둘이 유리관으로 다가가 검정색 서류가방을 바닥에 놓고 관 뚜껑을 열었다.

"이제 가거라!"

군인들이 우리에게 명령했지만 대도 페피와 나는 꼼짝도 할 수 없었다. 우리는 손을 꼭 쥐고 의사들이 죽은 사람의 배에서 담요를 걷어낸 다음 셔츠 버튼을 푸는 모습을 응시했다.

"움직이라고!"

군인들이 다시 명령을 내렸고, 이바노바가 발코니 쪽으로 꺾어지는 복도에서 우리 이름을 부르는 소리가 들렸다. 반 아이들은 모두 떠났고, 대도 페피와 나만이 의사, 군인, 거대한 콧수염을 갖고 있으며 끔찍하게도 솜사탕 같은 폭신하고 흰 충전재를 빼꼼 벌어진 뱃속 구멍에 채운 죽은 사람과 함께 자리에 남았다. 갑자기 죽은 남자가 내가 자기를 보고 있음을 안다는 끔찍한 느낌이 들었다. 그는 죽었지만 살아 있기도 했다. 그는 죽음 안에서 살아 있었고, 그가 영원히 머물러야 하는 집의 모든 모퉁이와 구석진 곳에서 비밀스럽게 나를 감시하고 있었던 것이다.

밖에서 우리는 줄을 섰고 이바노바는 왔다 갔다 하며 우리 자세를 점검했다. 비는 그쳤고 중앙광장에 점점이 생긴 물웅덩이에 느릿느릿 움직이는 먹구름이 비치고 있었다. 무덤 맞은편에는 한때 왕의 거처였던 3층짜리 노란 건물이 있었다. 이제 그곳은 그림으로 가득한 미술관이었다. 왼쪽에는 끝이 오각형으로 뾰족하게 솟은 탑이 있는 국립은행과 당사가 보였다. 오른쪽에는 공원을 가로지르는 조용한 거리 위에 대음악당이 있었다. 엄마와 내가 매주 일요일마다 피아니스트의 연주를 들으러 가던 곳이었다.

"다들 오늘 건국의 아버지에게 경의를 표한 다음에 뭘 느꼈는지 선생님한테 말을 해주면 좋겠어요." 이바노바가 뒷짐을 지고 말했다. "마야, 너부터 시작해보자. 오늘은 네 인생에서 가장 중요한 날이란다. 뭘 배웠니?"

"저는 건국의 아버지가 우리 마음속에 영원히 살아 계실 분이시란 걸 배웠어요."

"좋아요. 다음? 라다가 말해볼래?"

"다른 사람을 돕고 제국주의자들과 싸운다면 설사 더 이상 살아 있지 않다고 해도 사람들이 기억해주고 꽃을 가져다줄 거라는 사실을 배웠습니다."

"넌 이게 우습나 본데, 페피? 반 친구들에게 네가 뭘 깨달았는지 말해볼래?"

"저는 건국의 아버지에게서 지독한 냄새가 나지 않게 하려면 솜사탕을 채워 넣어야 한다는 걸 알았습니다."

이바노바는 물웅덩이를 조심스럽게 가로질러 페피의 앞으로 가서 고개를 아래로 향했다. 마치 그애의 커다란 갈색 눈과 분홍빛 입술과 검은 눈썹을 조사하기라도 하듯. 페피의 눈썹은 사실 좀 이상해 보였는데, 왜냐하면 그의 긴 고수머리는 검은색이 아니라 어두운 금발이기 때문이었다. 예상치 못하게 뺨을 얻어맞는 바람에 페피는 옆으로 나동그라졌다. 넘어지면서 라다의 교복을 붙잡았지만 소용없었다. 이바노바의 손이 페피의 얼굴에 더러운 화상 자국처럼 찍혔다는 사실을 확인하기 위해 굳이 그애를 볼 필요도 없었다.

"콘스탄틴, 넌 뭘 배웠니? 아니면 교정원에 가야 할 네 쪼끄만 범죄자 친구처럼 여기 와서 건국의 아버지에게 경의를 바치는 게 농담거리라고 생각하니?"

"집에 가고 싶을 뿐이에요."

나는 그렇게 대답하고는 이어질 사태를 예상하고 발치를 내려다보았다. 이바노바가 뺨을 올려붙이고, 귀가 윙윙거리며 어질어질해지고, 사물의 윤곽선이 흐릿해지고, 내 뺨은 내 것이라는 확신과, 내 몸이 그저 바깥세상에서는 탁자나 의자와 마찬가지로 언제든 처분될 수 있으며 방에 쑤셔 넣고 걷어차고 비웃고 가둬버릴 수 있는 사물일 뿐이라는 현실적 상황 사이의 경계가 희미해지는 것. 아마도 이바노바는 내 귀를 잡아당길 수 있었다면 매우 만족스러워했으리라. 그녀가 내 귀를 잡아당기는 데는 세 가지 방식이 있었다. 하나는 위쪽으로 잡아당기는 것이었다. 다른 하나는 내 머릿속에 있는 뭔가가 쪼개질 때까지 귀를 잡아 비트는 것이었다. 마지막은 손톱으로 귀를 꼬집고 피부가 찢어질 때까지 쥐어짜는 것이었다.

하지만 이바노바는 그냥 내게서 떠났고, 나는 갑자기 그녀가 내 뺨을 때리고 귀를 잡아당기고 소리를 지르고 날 범죄자라고 불렀으면 했다. 그러면 대도 페피는 얼굴에 시뻘건 손자국이 찍힌 채 눈물이 그렁그렁해서 중앙 광장을 가로질러 군인들과 정장을 입은 사람들 앞을 지나는 유일한 아이가 되지 않을 텐데.

나는 집에 가서 피아노를 치고 싶었다. 엄마가 어렸을 때 할아버지가 사주신 엷은 빛깔의 아우구스트 포스터 피아노로 브람스의 인터메초를 공부하기 시작한 참이었다. 아우구스트 포스터의 가장 좋은 점은 열쇠가 있다는 것이었고, 나는 밤에 연습을 마친 다음에 피아노를 잠가 주머니에 열쇠를 보관할 수 있었다. 보통은 열쇠를 학교에 가져갔고, 이바노바가 벽을 보고 한 시간 동안 서 있으라고 명령할 때는 주머니에 있는 열쇠를 가지고 놀면서 상아로 만든 매끄러운 열쇠와 그들이 열 수 없는 소리의 우주를 생각했다. 대도 페피는 내 열쇠를 절대 훔치지 않겠다고 맹세했다. 그는 열쇠 따위엔 관심이 없었다.

5장

쇼팽, 에튀드 E플랫장조, op.10, no.6

우리는 시작도 하기 전에 끝냈다. 말 한 마디도 나누지 않고 서로를 보지도 않았다. 그냥 멈췄고, 이 순간을 대비해왔던 모든 것들—깨진 창문을 스치던 새하얀 벚꽃, 테라초 계단에서의 차가운 포옹, 제라늄과 낡은 지붕 판자의 강렬한 냄새, 그녀가 내게 키스했을 때 바른 분홍색 립스틱의 뒷맛, 그녀의 피부에서 풍기던 희미한 담배 냄새, 땀에 젖은 그녀의 넓적다리와 불타오르던 숨결, 그녀의 허리를 감싸던 내 팔, 우리 심장이 뛰면서 몰아치던 생각의 급류, 낭만파 음악을 옹호하려고 지껄이던 말도 안 되는 소리들—은 기차처럼 우리를 쌩 하니 지나쳤다. 우리는 입술이 말라붙고 머리는 텅 비고 약간 멍한 채로 뒤에 남겨졌다. 우리는 늙은 난쟁이가 다락을 돌아다니며 비닐봉지를 구기고 신문을 접는 소리를 들을 수 있었다. 난쟁이가 우리가 그것을 하는 와중에 나타나서 우릴 목격할 가능성은 늘 있었다. 나는 계단 꼭대기, 붉은 꽃들이 만개한 두 개의 커다란 화분 사이에 앉아 있었고, 스텔라는 드레스를 엉덩이 위까지 걷어 올리고 주먹에 팬티를 쥔 채 내 무릎 위에 앉아 있었다. 난쟁이가 뭔가를 하진 않을 것이다. 그냥 거기 서서 우릴 지켜보겠지. 그는 전에도 수요일마다 우릴 지켜봤다. 수요일이면 스텔라의 수업은 열한시 이십오분에 끝났고, 그녀는 고전문학 학교에서 나와 음악학교 뒤의 아파트 건물에서 날 기다렸다. 하지만 아마 우릴 멈추게 한 것은 난쟁이도, 2층에 살면서 시내에 있는 약수터에 물병을 채우러 갈 준비를 하고 있을 그의 어머니도, 아파트 건물을 돌아다니는 급한 발걸음 소리와 이상한 소음도, 대도 페피가 정문 바깥에 서서 담배를 피우며 골목으로 접어드는 좁은 길 입구를 감시하고 있다는 사실도, 심지어는 스텔라와 내가 이미 그것을 너무 많이 해서 서로에게 싫증을 내기 시작했다는 점도 아닐 터였다. 우린 분명 섹스를 즐겼고, 심지어 매번 열정적이었지만, 그걸로는 세상이 덜 가짜처럼 보이기엔 충분치 않았다. 심지어 난 이 여자애를 좋아하지도 않았다. 라틴어로 오비디우스를 인용하고 그리스어로 암송하는 도도함이 싫었다. 죽은 언어에 대한 집착은 환장할 지경이었다. 그녀가 자길 가르치는 '놀라운' 라틴어 교수와 어떻게 자게 됐고 그게 얼마나 굉장했는지 얘기했는데 그런 대화도 참을 수 없었다. 질투가 났다는 얘기가 아니다. 우린 섹스 말고는 공통의 화제가 아무것도 없었다. 섹스와 음악 말고. 그녀는 성악가가 되길 갈망했다. 처음 우리가 페피의 침실에서 섹스를 했을 때—그러는 동안 페피는 부엌에서 자기 새아버지를 두드려 패고 엄마를 창녀라 부르고 있었다—그녀는 내 귀에 대고 푸치니의 곡으로 여겨지는 노래를 조용히 불렀다. 나는 그녀의 목소리가 놀랍다고 말했고, 그건 사실이었다. 그녀는 항상 소피아 음악학교 남학생과 데이트를 하고 싶어했고, 나는 항상 고전문학 학교 여학생과 데이트를 하고 싶었다고, 왜냐하면 거기 여학생들이 제일 예쁜데다 하루에 여덟 시간씩 악기를 연주하느라 맛이 가지도 않았기 때문이라고 대답했다. 물론 새빨간 거짓말이었다. 스텔라의 쌍둥이 자매 안나도 고전문학학교에 다녔는데, 둘 다 죽여주게 예뻤다. 우리 학교 여학생 누구보다도 예뻤다. 하지만 둘 다 성적으로 헤펐다. 페피 어머니의 아파트에서 스텔라와 내가 만났던 날 밤, 안나는 방에서 안 나가겠다면서 옆 침대에 누워 담배를 피우며 우리가 하는 소리와 자신의 정신 나간 남자친구가 부엌에서 유리잔을 박살내는 소리를 듣고 있었다.

아, 견딜 수가 없었다. 나, 대도 페피, 사악한 쌍둥이. 이 괴이한 4중주에서 내가 어떤 파트를 맡게 될지 알 수가 없었다. 나를 쌍둥이에게 처음 소개시켜준 건 페피였다. 페피는 국기에 오줌을 쌌다는 이유로 바스티유(제7고등학교라고도 하며, 범죄 행동을 한 아이들이 교정원으로 이송되기 전 마지막으로 가는 곳이었다)에서 쫓겨난 뒤로 시간이 남아돌았다. 당시 그애가 하던 일이라고는 술을 마시고, 시내에 있는 엘리트 고등학교에 다니는 여자애들을 사냥하는 것뿐이었다. 사실 스텔라와 안나 모두 처음부터 페피와 사랑에 빠졌다. 나는 그저 그들의 아늑한 삼각관계를 조금 더 흥미롭게 만들어주기로 돼 있는 사람에 불과했지만, 그게 잘되질 않았다. 스텔라가 페피와 자기 시작하고 안나가 갑자기 내 여자친구처럼 굴기 시작하자 난 도망갔다. 그러자 그애들은 역할을 바꿨고, 이제 우리는 모두 친한 친구인 척하고 있었다.

스텔라가 내 셔츠 밑에 팬티를 쑤셔 넣은 다음 일어나서 작은 창문을 열었다. 무슨 말을 해야 할지도 모르겠고 뭘 해야 할지도 모를 때면 우린 담배를 피웠다. 심지어 나는 스텔라가 창문 손잡이에 손을 뻗는 모습을 보면서―한쪽 발은 화분에 올려놓고 다른 쪽 발은 쭉 뻗어 얇은 선반 위에서 균형을 잡고 있었는데, 왼손으로는 장난스럽게 교복 드레스를 치켜 올리고 있어서 그녀의 엉덩이가 잘 보였다(그녀도 내가 보고 있음을 알았다)―그녀에 대해 한 번도 걱정해본 적이 없었던 이유가 뭔지 궁금해하고 있었다. 우리가 서로를 원했다는 것만으로는, 우리가 게임을 했고 무의식의 순간에 가 닿을 수 있도록 서로를 도왔다는 것만으로는 충분하지 않은 걸까? 하지만 섹스는 그저 화학적 개입, 만성적인 고통을 한순간 진정시켜주는 아스피린일 뿐이었고, 효과는 재빨리 사라지고 금방 잊혔다. 이제 나는 이상한 갈망이라는 주문에, 한 번도 온 적 없었으나 절망적으로 고대했던 봄에 대한 향수라는 주문에, 내 마음에 끝없이 번지며 붉은색과 황금색과 호박색 낙엽들을 흩뿌려대는 쇼팽의 여섯 번째 에튀드의 왼손 반음계 반주부라는 주문에 사로잡혀 있었다. 이제 시간이 다 됐고, 종말은 이미 강력한 마취제를 투여했다. 단념과 무관심을 혼합한 마취제를. 계단 꼭대기에서는 음악학교의 높은 벽돌담을 건너다볼 수 있었다. 4층에 있는 지모바 교장실이 보였다. 하지만 그녀는 날 볼 수 없었다.

마침내 스텔라가 작은 창을 여는 데 성공했고, 즉시 계단은 바이올린, 피아노, 오보에 소리로 가득 찼다. 그녀는 창 아래 서서 담배를 피우며 욕망과 적의가 뒤섞인 눈길로 날 내려다보았다. 모든 게 연기였다. 도발적인 포즈, 잿빛이 도는 물결치는 금발로 얼굴의 반을 가린 채 담배를 쥔 손의 팔꿈치를 다른 쪽 손목으로 받치는 방식. 하지만 그녀와 만난 지 넉 달이 지났는데도 그 연기에 나는 즐거웠다.

"페피가 너한테서 날 훔쳐갈까봐 겁나니?"

그녀가 킥킥거리며 화분에 담뱃재를 털었다.

"대도 페피가 내 여자친구를 훔친다! 참신한 생각이네."

"걔가 자기 개 죽인 것 알지?"

"독일산 셰퍼드?"

"키우던 개는 그거 하나뿐이잖아."

"몰랐어."

"어느 날 밤 취해서 들어왔는데 개가 펄쩍 뛰어와서 반기니까 부츠로 머리를 걷어찼어."

방한외투를 입은 만취한 페피가 죽은 개를 타고 넘어가 할머니 아파트의 소파에 무너지듯 주저앉는 모습이 떠오르자 역겨웠다. 하지만 다른 한편으로 나는 그가 필요했다. 알렉산더가 내게 즐겨 상기시키듯 그는 중요한 자산이었다. 페피는 우리가 할 수 없는 일들을 실행하고 주선했다. 양심이 없었고 붙들리는 걸 두려워하지 않았다. 알렉산더와 내가 부탁만 한다면 기꺼이 누군가의 손가락을 부러뜨리거나 두들겨 팰 수 있었다. 하지만 옳고 그름에 대한 선천적인 분별력이 부족했고, 그래서 예측할 수 없는 존재였다. 그는 언제든 날 공격하거나 염탐꾼들에게 찔러버릴 수 있었다.

"불타는 커플이군!" 우리가 아파트 건물을 나오는데 페피가 소리쳤다. "말이 좀 그렇긴 한데, 무슨 마라톤 섹스라도 했냐? 너희들 한 시간도 넘게 위에 있었어! 피아노라도 친 거야? 띠리리리리, 땅땅땅!"

"아냐."

페피는 우리 둘을 번갈아 보더니 깜짝 놀란 얼굴을 했다.

"안 쳤다고? 하나도? 우리 사랑스러운 친구는 진짜로 우리의 이 짧은, 뭐라 해야 하나, 랑데부를 낭비하질 않는구나? 너도 알겠지만 스텔라랑 나는 진짜 좋은 친구, 친한 친구거든. 그래서 가끔 마주 앉아^{tête-à-tête} 얘기만 한다고. 그렇지, 스텔라? 그래야 자연스럽지."

"맙소사, 앤 태어나서 책을 펼쳐본 역사가 없는데." 스텔라가 비웃듯이 말했다. "그런데 갑자기 프랑스어를 하고 있네?"

나는 재킷 주머니 안쪽에서 공식적인 도장이 찍혀 있는, 아무 것도 적혀 있지 않은 진단서 한 묶음을 꺼내 페피에게 건네줬다. 페피가 도시의 모든 학생들에게 파는 짭짤한 상품이었다. 그럴싸한 증상에 의사 서명이 솜씨 좋게 위조돼 제대로 채워진 진단서가 있으면 오 일 동안 결석이 허용되기 때문에, 세 번 결석하면 자동적으로 인성 등급이 낮아지는 시스템에서는 목숨을 건지는 데 그만이었다. 하지만 진단서가 통과되려면 학교 양호선생과 담임(내 경우는 '하이에나')이 살펴본 다음 서명을 해줘야 했다. 말인즉, 잡힐 위험이 언제나 크다는 얘기였다.

"겨우 열 장?" 페피가 버럭했다. "난 열다섯 장을 구해달라고 했는데."

"이번엔 열 장밖에 구할 수 없었어." 내가 말했다. "나머지 다섯 장은 일요일까지 가져올게."

"뭐가 문젠데? 네 할머니는 엿 같은 의사 아냐. 원하는 만큼 진단서를 얻을 수 있잖아."

"말했잖아. 일요일에 주겠다고. 계획이 이래. 일단 시계랑 손전등이랑 드라이버를 준비해. 첫 번째 리사이틀이 여덟시에 시작돼. 사십오분까지 와서 사람들이랑 같이 학교 안으로 들어가. 다락으로 올라가서 새벽 두시까지 기다려. 그때쯤이면 수위가 잠이 들 거야. 3층으로 내려와서 드라이버로 잠금장치를 떼. 아니면 지렛대로 왼쪽 문 경첩을 밀어도 되고. 들어가서 일지를 갖고 나오는 거야. 4학년부터 12학년까지 몽땅 다. 그다음에 2층으로 가. 왼쪽에 12번방이 있는데 거기에 발코니가 있어. 그렇게 높지 않으니까 쉽게 뛰어내릴 수 있어. 이 건물에서 나갈 때 누가 보지 않나 확인 잘하고, 2층 남자가 경찰서에서 일하거든."

"날 엿 먹이기만 해 봐, 두 배로 엿 먹일 테니까. 알지?"

페피가 내 얼굴에 손가락을 겨누며 말했다.

나는 그가 안 무서운 척했지만 실은 무서웠다. 페피를 볼 때마다 왜 그 잘생긴 얼굴이 그토록 망가져 보이고 비뚤어지고 돈에 환장한 것처럼 보이는지 알아내려고 노력하며 관상을 연구했다. 핏기 없는 입술의 거무죽죽한 색깔 때문일까, 아니면 웃을 때 입술이 말려 올라가는 방식 때문일까. 입 오른쪽에 있는 작은 점 때문일까. 구릿빛 머리칼과 색 바랜 개암나무빛 눈동자와 거무스레한 피부색이 이상하게 결합돼서 그런 걸까. 물론 이런 특징 중 그 무엇도 결정적이진 않았다. 그의 존재 자체, 서 있는 위치, 겸손하게 짓는 미소의 타이밍, 긴 손, 특히 동요하지 않는 약지가 움직이는 싸늘한 방식 때문에 그렇게 보였을 것이다.

골목 끝에서 나는 몸을 돌려 뒤를 돌아보았다. 페피가 스텔라의 허리에 손을 두르고 귀에 뭔가 말하고 있었다. 그녀는 냉담하고 무관심한 태도로 땅바닥을 응시하고 있었다.

"개 죽었다는 얘기 들었어."

나는 그렇게 소리치고 페피의 반응을 기다리며 머뭇거렸다. 아무 대답도 없었다. 나는 계속 걸었다.

닥터스 가든 연못가에 서 있는 남자의 실루엣이 내 주의를 끌었다. 나는 길을 건너가 좀 더 자세히 그를 보았다. 지저분한 베이지색 레인코트, 닳아빠진 가죽 서류가방, 낡을 대로 낡은 신발, 회색 중절모가 눈에 익숙하게 들어왔다.

"일리야 삼촌?"

나는 조용히 물었지만, 그때는 이미 그 남자가 내 먼 친척이자 정신적 스승, 영어 개인교사이자 수호천사인, 내가 항상 삼촌이라 불렀던 남자 이외의 다른 사람일 리 없음을 확신하고 있었다.

"좀 걷자."

삼촌은 그렇게 말하더니 내 대답을 기다리지 않고 음악학교에서 방출되는 소리의 급류로부터 떨어진 자갈길로 내려가기 시작했다. 일리야 삼촌과 같이 있을 때 나는 세상 최고의 행운아가 된다. 삼촌은 비밀의 보고였고, 나는 그의 유일한 전수자였다. 나는 삼촌이 가는 곳마다 뒤따르는 군중들이 없다는 사실을, 번뇌와 기대에 차 그의 대답을 간절히 원하는 군중들이 없다는 사실을 언제나 믿기 어려웠다. 물론 그가 어떤 사람인지 아무도 몰랐다. '하이에나'도, '올빼미'도, 알렉산더나 이리나도, 오가는 사람들과 거리를 순찰하는 사복 요원들도, 심지어는 내 부모도. 이곳에서 일리야는 익명의 인간, 소피아 시내의 미국 대사관에서 일하던 기품 있는 통역, 우연찮게 시간의 터널로 미끄러져 들어갔다가 사십사 년 뒤 다른 편 끝으로 빠져나온 사람이었다. 추레하고, 구겨지고, 실직 상태였지만 그는 결코 굽히지 않았고, 눈에서는 예전과 똑같은 금욕적 광채가 번득였다. 그는 지옥에서 고문당했는데도 천국의 정원은 힐끗 보지도 못한 채 집으로 돌아온 늙은 불가지론자 단테와도 같았다.

일리야는 1911년에 태어났다. 1944년 공산주의자들이 쿠데타를 일으켜 그를 스파이 혐의로 체포했을 때는 서른세 살이었다. 그가 로베츠에 있던 강제수용소에서 풀려난 해는 1966년, 나이 쉰다섯 살 때였다. 그는 십일 년 뒤인 1977년, 예순여섯 살 때 다른 수용소에서 가석방으로 풀려났다. 지금은 1988년이고 일흔일곱 살이었다. 이 숫자들은 내게 마법 같았다. 11, 33, 44, 55, 66, 77, 88. 일리야의 삶은 십일 년 주기의 강력한 우주적 순환의 지배를 받기라도 하는 듯했고, 새 상처가 생기는 순간에 옛 상처가 아무는 것 같았다. 아니면 그저 하나의 순환, 정확히 지름이 십일 년인 정원으로 된 길이 있고, 일리야는 그 길을 따라 몇 번이고 여행했으며, 여행이 끝난 바로 그 장소에서 다시 시작하는 것인지도 모른다. 그래서 그는 언제나 서른셋이고, 도시는 1943년 미국이 폭탄을 떨어뜨린 뒤 방금 막 재건되었고, 왕이 죽고 독일 연합정부가 축출되었고, 가을이고, 스탬볼리스키 대로에 늘어선 밤나무에서 마지막으로 떨어진 황갈색 낙엽들이 인도 주변에 흩어지고, 일리야는 성 네델리야 광장 건너편에 있는 과자점에서 두 딸에게 주려고 산, 갈색 종이로 포장한 다크 초콜릿 바를 들고 집으로 돌아가고 있으며, 도시는 마치 놀라서 당황한 듯 기묘하게 조용하고, 태양신 헬리오스의 따스한 애무가 전쟁에 대한 생각을 하지 않아도 되는 좋은 나날들을 약속하는 듯하고, 일리야는 집으로 가는 중이지만 서두르지는 않고, 해는 아직 중천이라, 스탬볼리스키와 보테브 사이 모퉁이에서 터키 식 커피를 마시며 신문을 읽을 시간도, 알라빈 가에서 면도하고 머리를 깎을 시간도, 유대인 지구에 있는 고등학교 동창을 방문할 시간도, 모스크 밖에 있는 시장에서 과일을 살 시간도 넉넉한데, 아이들은 인도에 깔린 대리석 위에서 놀고 있고, 우유 배달부가 여전히 배달을 돌고 있고, 교회 종소리가 막 열한 번 울리고, 일리야의 팔짱을 단단히 낀 다음 그를 자갈 깔린 거리 아래에 있는 지하 감옥으로 홱 채어 갈 준비를 마친 사복요원들이 여전히 한 블록 떨어진 곳에 서 있는 것이다.

"절 얼마나 기다리신 거예요?"

내가 물었다.

"한 사십 분쯤 됐다." 일리야가 시계를 보며 대답했다. "늘 하던 대로 일곱시 반 기차를 탔지."

우리는 공원 가장자리로 가 어린 오크나무가 덮개처럼 우거져 있는 곳에 놓인 벤치에 자리를 잡았다.

"내가 너한테 그 마에스트로 얘길 해준 적이 없다는 생각이 들었다. 그가 누구인지 기억하기에 넌 너무 어리지. 그 사람은 1957년에 로베츠에 왔어. 정치범들이 두 번째로 떼거지로 잡혀왔던 뒤였지. 공산주의자들이 나라를 접수하기 전부터 다들 그를 알았어. 사십대 초반에 로열 심포니 오케스트라에서 연주했으니까.

제1바이올린 말이다. 진짜 거장이었지. 1944년에 빨갱이 정부가 오케스트라를 해체한 다음에 바와 레스토랑에서 연주를 하기 시작했단다. 놈들은 그가 연주하는 동안 총리에 대해 지저분한 농담을 하는 버릇이 있다는 이유로 체포했어. 그는 성격 자체가 실존적인 인간이었단다. 무슨 말인지 알겠지? 내가 본 누구와도 달랐어. 심지어 처음으로 독방에 오랫동안 갇힌 다음에도 계속 농담을 하고 사람들을 웃겼지. 독방은 굴뚝만큼이나 좁은 감방이었다. 무릎이나 팔꿈치를 굽히지 못했고, 선 채로 잠을 자야 했고 , 입술이 벽에 닿고 등껍질이 벗어질 정도로 좁았지. 가끔 우리는 채석장에서 이틀 밤낮을 쉬지 않고 일했어. 그는 돌이 든 자루를 내동댕이치고 바닥에 주저앉아 자기에게 날아올 주먹을 기다리곤 했지. 그 사람 손은 그런 일에 적합하게 만들어지질 않았지만 그놈들은 다른 죄수들보다 두 배는 더 일을 시켰지. 그가 고생하는 걸 보려고 말이야. 처음에 우린 간수가 보고 있지 않을 때 그를 도우려고 했어. 하지만 그놈들은 그를 정말 증오했어. 그가 부서지길 원했지. 한때 그는 파리 음악원을 졸업한 다음 로열 심포니 오케스트라의 제1바이올리니스트로 연주했고, 그다음엔 레스토랑에서 광대 짓을 하다가, 이제는 강제노동 수용소에서 노예로 살았다. 그놈들은 그 사람 인생의 마지막 장을 쓰고 싶어했어."

일리야는 말을 멈추고, 온통 검은색으로 차려입은 호기심 어린 표정의 중년 여자가 우릴 지나쳐가는 사이 시계를 보았다. 하지만 그녀는 지나가지 않았다. 잠깐 길 한가운데 서서 망설이더니 옆 벤치에 앉았다. 일리야는 헛기침을 한 다음, 러시아 투르크 전쟁 동안 목숨을 잃은 병사들을 기념하려고 지은 피라미드형 기념비 쪽을 엄격한 얼굴로 바라보았다. 일리야의 마음을 읽기란, 눈가에 웃음기 하나 없고 어떤 질문도 하지 않는 남자의 마음을 읽기란 불가능했다. 그는 내게 아무것도 물어본 적이 없었다. 잘 지내냐, 학교는 잘 다니냐, 앞으로의 인생 계획은 뭐냐 하는 상투적인 질문으로 성가시게 한 적도 없었다. 신문을 살 때나 구두를 닦을 때도 가격을 묻지 않았다. 심지어 기차가 취소됐을 때도 역무원에게 루코보로 떠나는 다음 열차편이 언제인지 묻지 않았을 정도였다. 오직 다른 이들이 자발적으로 제공하는 정보만 받아들였다. 그리고 조금도 웃지 않았다. 삼촌이 미소 지은 것은, 내가 신을 믿느냐고 물어봤을 때뿐이었다. 그는 그 질문에 대답하지 않았다.

이런 방어심리는 수용소에서 생겨났을까? 아무것도 묻지 않아야 살아남으리라는? 인간에 대해 깊은 불신을 품고 있다는 신호일까? 혹은 더는 답을 추구하거나 미지의 것을 두려워할 필요가 없는 데서 생겨난 하나의 육체적 상태였을까? 심지어 이렇게 늙었는데도 그의 얼굴은 세련되게, 거의 고귀해 보였다. 그의 억센 턱과 뾰족한 아래턱, 엷은 입술과 단호한 광대뼈에는 엄청난 위엄이 있었다. 때때로 그의 얼굴을 보면, 유토피아적 공산주의 질서의 최종 단계에 대한 대중적 기대에 의도하지 않은 주석을 달았다는 이유로 정부가 상연을 금지하기 직전에 나붙어 있던 「고도를 기다리며」의 포스터에 나온 베케트의 사진이 생각났다. 나는 일리야가 돌이 든 60킬로그램짜리 자루를 등에 맨 채, 얼음장 같은 바람이 얼굴을 때리고 도나우 강의 검은 물결이 물가를 채찍처럼 후려치는 와중에 페르진 섬*의 습지 위를 디디고 있는 모습을 상상할 수 없었다. 그가 이가 부러지고 코가 뭉개지고 입에 피를 머금은 채 거꾸로 매달려서 오물통에 처박혀 희망의 마지막 제방이 산산이 부서질 때까지 숨을 참고 있는 모습도 상상하기 어려웠다.

나는 피부가 도마뱀 같은 일리야의 커다란 손에 신경을 집중했다. 채석장을 파헤치고 산더미 같은 돌덩이를 옮기고 무덤을 파고 페르진 섬의 난폭한 돼지들에게 인간의 시체를 먹이로 준 손, 습지를 메우고 죽어가는 친구의 얼굴을 어루만진 손, 밧줄에 묶이고 금속막대로 주리를 틀리던 손, 수신자에게 결코 닿지 않은 수많은 편지를 쓴 손. 그는 왜 이런 이야기들로 내 마음을 무겁게 하는 걸까? 언젠가 내가 자기 편에서 복수를 하길 바라는 걸까, 아니면 그런 얘기를 할 때마다 과거로부터 온 공포가 사라지기 때문인 걸까?

"그놈들은 그가 파리를 본 적이 있다 해서 그를 증오했어."

일리야가 계속 말했다. 나는 고개를 돌려 조금 전 그의 얘기를 방해했던 여자를 보았지만, 여자는 가버린 뒤였고 그녀가 앉았던

---

* Persin Island, 벨레네 섬(Belene Island)이라고도 알려진, 도나우 강 옆에 있는 불가리아에서 가장 큰 섬. 강제수용소가 있던 곳으로 악명 높다.

자리에는 까마귀 두 마리가 있었다.

"그는 오래 못 버텼어. 열흘 아니면 열이틀 정도였지. 그들은 그를 오입쟁이 노릇을 했다고, 소피아 최고의 창녀들을 이집트 대사관에 공급했다는 혐의로 고발했어. 사실 그 마에스트로는 세속적인 인간이었어. 그런 것들을 즐기기도 했고 방종하게 살기도 했지. 하지만 그게 범죄인가? 공산주의자들에겐 그랬지. 사악함은 언제나 윤리라는 금빛 체제에서 오는 거야. 빨갱이들이 고전음악과 견고한 형식과 퇴폐적인 무도회장을 장식하는 키치 예술에 대한 변태적 욕망을 가진 새로운 청교도가 될 줄 누가 알았겠냐 이거지. 하지만 난 놀라지 말았어야 했어. 누구도 놀라지 말았어야 했다고. 사람들을 통제하는 시스템은 달라지지 않았어. 있는 거라고는 그뿐이었던 거야. 이름만 계속 바꾸고 있었지."

"그래서 그 마에스트로는 어떻게 죽었나요?"

"사람들이 늘 당하던 대로 죽었지. 수용소의 보안 책임자였던 가즈도프가 우리보고 줄을 서라고 명령한 다음 연병장 한가운데로 걸어가서 자기 부츠로 흙밭에 원을 그렸어. 우리 중 하나를 골라 죽인다는 신호였지. 자기 이름이 불리길 예상하고 있다가 갑자기 자기 이름이 반드시 자기 이름인 게 아니고 자기 몸이 자기 자신과 같지 않다는 사실을 깨닫게 되면 무척 이상하단다. 이름도 몸도 시간에 속하지만, 그건 아주 조용한 시간이지. 그러더니 가즈도프는 우리 중에 바이올린을 연주할 수 있는 사람이 있냐고 물었어. '내가 할 수 있을 것 같습니다.' 마에스트로가 뒤에서 소리쳤어. 그는 자기가 사형 판결을 받았다는 사실을 알았고 끝까지 살아남으려고 했지. 하지만 아마 죽을 준비가 됐던 것 같아. 여름이 시작될 때 손가락 끝과 혀 밑에서 가을이 오고 있음을 느낄 수 있는 때가 있지. 운명이 사다리에서 내려와 다른 세상을 슬쩍 보여줄 때도 있고. 지리, 화학, 중력의 법칙투성이인 이 짐을 뿌리치기가 얼마나 쉬운지, 영원이라는 따뜻한 물에 잠기기가 얼마나 쉬운지 그냥 알게 되는 때도 있어. 아! 알아채지 못하는 사이에 또 다른 순간이 슬쩍 지나가버리는 거지!"

일리야가 시계를 보더니 일어서서 팔 아래 있던 서류가방을 집어들었다. 루코보로 가는 한시 삼십분 열차를 타려면 서둘러야 했던 것이다. 그는 소피아 외곽에서 사십 분 정도 걸리는 작고 거의 버려진 산골 마을에 있는 작은 집에 살며 소박한 양봉장을 건사하고 있었다. 나는 일리야가 매일 아침 자기 집에서 기차역까지 이십 분씩 꾸준히 하는 산책이 수용소 막사에서 채석장까지 매일 새벽 걷던 일과를 바꾸어 재현하는 건 아닌지 종종 궁금했다. 매일 기차를 타고 와서 소피아의 구시가지 주변을 목적 없이 맴도는 것이 부분적으로나마 자유에 대한 감각을 일깨운 걸까? 자유롭다는 기분을 느끼기 위해서는 어느 정도의 자유가 필요한 걸까? 산에서 내려온 시원한 물을 담은 컵에 호박색 꿀을 한 스푼 넣거나 테라스에 줄기를 드리운 포도 한 송이를 딴다고 해서 잃어버린 수십 년 세월이 보상될 수 있는 걸까?

"가즈도프가 하는 의식이 있었어." 도서관에 접근해 음악학교에서 나오는 피아노, 클라리넷, 합창 소리가 들릴 때쯤 일리야가 말했다. "그는 군용 코트 주머니 안에 조그만 거울을 하나 넣고 다녔지. 사형을 선고받은 죄수가 열 밖으로 불려나와 연병장에 그려진 원 안으로 들어오면 가즈도프는 죄수에게 거울을 건네주면서 마지막으로 거울 안을 들여다보라고 말했어. 물론 가즈도프에게 이건 또 다른 변태적인 농담, 인간의 존엄성에 대한 마지막 조롱일 뿐이었어. 하지만 사형수에게 그 거울은, 뭐라고 해야 하나, 형이상학적인 의미를 갖고 있었지. 각기 다른 사람들이 각기 다른 걸 보았다. 어떤 사람들은 놀랐지. 어떤 사람들은 무너졌고. 어떤 사람들은 안도했어. 거울 안에서 신성한 걸 본 사람도 있었지. 나와 같이 초기에 페르진 섬으로 끌려간 가톨릭 신부들 중 하나는 가즈도프가 '파리 대왕*' 노릇을 처음 시작했을 때 내게 말하길 거울을 보니 진실이 보이더라는 거야. 그 사람 말에 따르면 탄생은 이원론의 시작이고 죽음은 끝이지. 바깥을 보는 내면의 눈, 육체와 육체가 없는 상태, 우리 안의 시간과 우리 밖의 시간, 나 자신의 얼굴과 얼굴 없는 영원, 그런 것 모두가 근원을 잊은 자들의 마음에서 생겨난 악몽이라고. 그는 그렇게 말했어. 놈들은 막사로 돌아가는 길에 신부의 목을 쐈어. 난 그를 변소로 끌고 갔지. 최근에 죽은 시체들을 돼지들에게 던지기 전에 하룻밤 놔두는 곳이었어. 사망증명서에는 보통 폐렴, 심장마비, 결핵이라

* Lord of Flies, 윌리엄 골딩의 소설. 무인도에 표류한 소년들 사이에 벌어지는 폭력적인 상황을 그렸다.

고 적었지."

"마에스트로는요? 그는 거울에서 뭘 봤대요?"

"마에스트로는 자기 본성에 충실했어. 거울을 받아들고 작은 연극을 했지. 머리를 뒤로 빗어 넘기고 양 손가락에 침을 묻힌 다음 눈썹 끝을 다듬고 콧수염을 꼬고 나서 미소를 지었어. 그게 마지막 공연이었어. 아무도 실망해서 돌아가지 않도록 한 거야. 채석장으로 가는 길에 놈들이 그를 때려눕혔지. 가즈도프의 애완견 중 하나가 말에서 내려 그를 급습했어. 곤봉으로 그의 뒤통수를 후려갈겼지. 첫 방으로 끝났어. 그가 땅에 쓰러져 있는 동안 다른 놈들이 와서 두들겨 팼지만 이미 가망이 없는 상태였다. 내가 그날 밤 변소 밖에서 그를 봤을 때 그는 간신히 숨을 쉬고 있었어. 머리는 풍선처럼 부어올랐고 더는 눈을 뜨지 못했지. 다음날 아침에 돼지들 먹이가 됐고."

3월 말의 싸늘하고 흐린 봄이었다. 우리가 수줍은 밤나무 아래를 걷는 동안, 나는 사람들로 붐비는 인도에서 낯익은 얼굴을, 일리야를 보고 이 모든 것이 죄다 악몽임을 깨달을지도 모를 음악학교 학생을 계속 찾고 있었다. 그들이 할 일은 오직 일리야를 보는 것뿐이었고, 그를 보면 단번에 이해할 터였다. 중단된 기억, 시간의 지형, 로봇의 여정, 유령으로 가득한 비밀스러운 세계를. 하지만 누구도 삼촌을 보지 않았다. 그는 그림자이자 사람들 시선의 맹점이었다.

이분께 물어보라고! 나는 행인들에게 소리 지르고 싶었다. 이분은 다 알고 있단 말야! 그는 한때 음악학교의 복도를 걷던 수녀들을 기억한다. 왕을, 나치를, 적그리스도를, 빨갱이들을 기억한다. 황폐해진 소피아와 무거운 하늘에 쐐기처럼 끼어들던 미국 폭격기들을 기억한다. B24 리버레이터, B17 플라잉 포트리스, B25 미첼을. 그는 페테르 되노프*의 태양 숭배자들을, 신지학자들을, 기독교도들을, 훗날 태양 숭배자가 되어 태양 광선에서 내려오는 예수의 환상을 받아들인 소피아의 랍비장ᵗ을, 로터리클럽에서 저녁식사를 하던 독일 군인들과 제조업자들을 기억한다. 새로이 등장한 과대망상증 환자들이 건망증 유도기계의 스위치를 켜서 모두가 자신이 누구였고 뭘 위해 일했는지 잊어버리게 되기 전과 후, 그 사이에 무슨 일이 있었는지 기억한다.

하지만 모두가 죄수인 나라에서 산다는 건 얼마나 편안한 일인가. 하루 24시간 일주일 내내 무엇을 해야 할지, 어떻게 해야 할지 지시를 받는 달콤한 부담. 공익을 위해 살고, 공익을 위해 먹고 일하며, 공익을 위해 섹스를 하고, 물러터진 흙 속에 편안히 눕는 것. 그리고 구름처럼 자욱한 차가운 네온 불빛들과 더불어 종말이 왔을 때, 우리를 종말로 인도하는 것들은 바로 이런 로봇 같은 인간들, 체제가 확실히 작동하도록 보장하는 인간들이자 법을 준수하고 그들에게 퍼 먹인 모든 거짓말들을 믿는 인간들일 것이다. 내가 꿈에서 본 광경처럼, 납빛 체펠린 비행선들이 도착

* Peter Deunov, 불가리아 출신의 신비주의자로, 종교단체 '백형제단'의 창시자이다.

하여, 우주 전체의 무게로 지구를 압도하는 그 거대한 화강암 돔이 사고를 정지시키는 낮은 굉음과 거짓말쟁이 종족을 근원적 진공 속으로 삼켜버리기 위해 타르타로스의 철문이 열리는 소리를 발하고, 그 소리로 모두의 머리가 가득 찰 때까지 그들은 차례로 미소 짓고, 비굴하게 행동하고, 온순하게 고개를 끄덕일 것이다.

일리야가 탈 전차는 톨부인Tolbuhin과 돈두코프 대로 구석에 딱 붙어, 낡아빠진 겨자색 농업은행 뒤에 모습을 감춘 채 끽끽거리며 으르렁대고 있었다. 나는 학교 말고는 돌아갈 곳이 없었다. 내 유일한 집, 사춘기의 냄새와 순수한 음악적 형식이 있는 나의 저주받은 집. 학교에서도 다락 말고는 갈 곳이 없었다. 혼자 있을 수 있고, 담배를 피울 수 있고, 몸속을 태우는 허기 때문에 올라오는 신물과 싸우고, 마지막으로 딱 한 번만 치고 끝내고 싶은 갈망과 싸우며 밤까지 에튀드를 칠 수 있는 곳.

다락에 있는 동안, 피아노를 마주하고 내 오른발이 댐퍼 페달을 밟는 동안만은 내 육체에 퍼진 독이 나에게 듣지 않았다. 나는 다섯 살 때, 그리고 다시 아홉 살 때, 그리고 그 이후로 쭉 눈에 보이는 세상이 온 우주의 작은 일부에 불과하다는 사실을 깨달았다. 비참함 저편에 뭔가 다른 것이 있다, 이는 너무나도 분명했다. 마치 우리가 미와 순수한 형식이 있던 곳에서 추락했으며 그곳으로 돌아가는 길을 잊기라도 한 듯이, 깨어 있을 때나 잠들어 있을 때나 우리는 결코 지치지 않고 우리의 근원에 대한 흐릿해진 기억을 찾아 헤맸다. 금지된 기억의 빗장을 풀려고 필사적으로 노력하면서, 우리는 문과 공식과 열쇠와 귀신이 나오는 공간을 직접 만들어냈다. 우리를 지평선 너머로 데려갈 수 있는 탈것들을 꿈꿨다. 하지만 이 탈것들 중 소수만이 인간 조건인 중력에서 벗어날 수 있었다. 아마도 피아노는 그렇게 만들어진 도구들 중 최고일 것이다. 심지어 내 다락방에 있는 망가진 차이카 피아노조차도 자아에 집착하는 인간들은 절대 가 닿을 수 없는 곳으로 나를 최소한 반쯤은 데려갈 수 있었다. 태양을 향해 한 발만 더 뛰어오르면 나는 불을 붙잡고 타오르기 시작하리라. 처음에는 밀랍으로 붙인 날개가, 다음에는 손가락과 손과 얼굴과 목과 심장과 기억이 타오를 것이다. 모든 것을 정화하는 불길 속에서 내 전체가 소각되어 마침내 다른 세계에서 나 자신을 완전히 드러낼 때까지.

하지만 누가 마지막 걸음을 옮길 수 있단 말인가? 이카루스의 후예들인 평범한 존재들은 언제나 바다로 추락했다. 나는 몇 시간씩 연주하고 나서 항상 추락했고, 빛에 가까이 걸음을 옮길 때마다 음침해지고 야비해지는 유령이라도 된 듯이 나 자신이 비참하고 무가치하다고 느꼈다.

6장
쇼팽, 피아노 소나타 2번 B플랫단조, op.35
2악장 스케르초

1988년 3월 24일

구름들은 소피아에 죽으러 왔다. 북서쪽 베오그라드와 도나우 강 방향에서 흘러와 도착한 구름들은 도시 외곽에 있는 중앙 묘지 위에서 검댕과 푸르스름한 녹으로 뒤덮인 볼품없고 더러운 배들의 함대처럼 열을 지었다. 그런 다음 낡은 아파트 옥상에 세워진, 끝이 여러 가닥으로 갈라진 안테나에 걸려 찢기고 아파트보다 높이 솟은 교회의 녹슨 반구형 지붕을 감싸면서 '사자의 다리'와 여성 시장*과 모스크와 시나고그와 터키 식 목욕탕 위에서 흔들렸다. 닥터스 가든과 음악학교에 도착할 때쯤 구름들은 넝마처럼 변한 채 낮게 날았고, 자신들의 종말을 예감하며 유황과 목탄

* 여성용 물건들을 많이 파는 소피아 최대의 시장.

냄새를 풍겼다. 그리고 닥터스 가든 주변에 흩어진 트라키아 식 묘지의 잔해 위에서 하나씩 스러졌다. 나는 학교 근처의 울타리가 쳐진 공터에서 이런 광경을 모두 볼 수 있었다. 나는 담배를 문 채로 축축한 아침 공기에 떨었고, 지독하게 뜨거운 에스프레소 잔을 후후 불면서 1교시 종소리를 기다리고 있었다. 빈속에 커피와 담배가 들어가자 욕지기가 나왔지만 그러고 나서는 괜찮아졌다. 이미 점심값을 에스프레소 사는 데 써버린 후라서 밤늦게 부모의 거처에 돌아가기 전까진 아무것도 먹지 못할 터였다. 물론 소피아 대학의 붐비고 악취 나는 카페테리아로 아무 때나 밥을 먹으러 갈 수 있었지만 아버지와 우연히라도 마주치긴 싫었고, 더군다나 거기 음식은 순수하고 완전무결한 똥덩어리였다.

나는 교련 선생 피로즈킨이 일곱시 사십분에 국립도서관 모퉁이를 돌아가는 모습을 보고 놀랐다. 내 스푸트니크가 정확하다면 수업 시작까지 오 분밖에 남지 않았다. 퇴역 대령인 피로즈킨은 매주 목요일 3교시에 수업을 했고, 사격장에 가는 것이 교육적 행동이라고 확신하는 인물이었다. 그 사람 덕에 나는 칼라슈니코 프를 십오 초 안에 분해하고 조립하는 법을 배웠고, 제국주의자들의 탱크에 수류탄을 던지고 RPG를 겨냥하는 법을 배웠다. 수류탄은 사실 그에게 던져야 마땅했다. 피로즈킨은 눈먼 돼지처럼 멍청한 개자식이었지만 누구와도 다른 경례를 할 줄 알았다. 그는 경례할 때 몸을 뒤로 뻣뻣이 세우고 힘줄과 얼굴 근육을 끊어져라 쫙 펴면서 턱을 쑥 내밀었다. 인간성이라고는 조금도 없는 눈은 공허했다. 국가에 봉사한 많은 군인들과 마찬가지로 지성의 변두리에 존재했으며, 양심이라고는 거의 없었고, 자신이 실은 살아 있는 존재임을 증명하기 위해 고투했다. "전쟁과 음악의 유일한 차이점은," 언젠가 그가 뜻밖에도 두뇌를 휘휘 돌리며 선언했다. "전쟁이 더 시끄럽다는 것이다." 과연 똑똑하신 전문가님.

피로즈킨이 정부에서 지급한 9밀리 마카로프 권총을 허리에 차고 있다는 사실 때문에 문제가 있음을 감지한 나는 담배를 끄고 그가 길을 건너길 기다렸다. 벨이 울렸다.

그날 학교에 온 학생은 나 하나뿐인 듯했다. 복도와 계단은 썰렁했고 늘 시끌벅적하던 악기 소리와 목소리는 멀리서 메아리처럼 들리는 오보에 소리로 줄어들어 있었다. 알렉산더와 내가 부탁한 대로 대도 페피가 어젯밤 교무실에 침입해 일지를 훔쳤다면 학생들과 선생들은 '올빼미'의 공식 성명을 기다리며 교실 밖에 우글거리고 있어야 할 터였다. 이 상황은 달랐다. 서관 관리인 마리아가 3층에서 날 반갑게 맞이하자 나는 뭔가 크게 잘못됐음을 알았다.

"모두 지하층에서 널 기다리고 있다."

그녀는 흥분을 감추지 못하고 말했다. 나는 언젠가 풍속 경찰이 날 계단통에 매달아놓는다면 마리아가 거기 서서 내게 침을 뱉고 돌을 던지리라고 확신했다.

나는 선택을 가늠해보았다. 학교 밖으로 나가 수업을 빼먹을 수도 있었다. 아마도 학교의 미궁 같은 관료 체계를 뚫고 위조된 진단서를 밀어 넣는 데 성공할 수도 있을 것이다. 하지만 일리야가 내 입장이라면 어떻게 했을까? 마에스트로라면 어떻게 했을까? 그들은 결코 도망가지 않았다. 박해자들에 맞서고 운명을 받아들였다. 인생은 그런 것이다. 결국은 무위로 돌아가 소진된 채 죽기 위해 맞서 싸우는 것.

1층 공중전화가 다시 울렸다. 내가 기억하는 한 가끔씩 그랬다. 수화기를 들어봤자 아무 의미가 없었다. 전화를 건 사람이 없기 때문이다. 학교 밖에선 밤나무 가지들이 세차게 흔들리며 유리창에 빗방울을 흩뿌려댔다. 열여섯이 되는 지금까지 십 년 동안, 나는 사실상 내 인생 전체에 걸쳐 이 복도를 걸어왔다.

맙소사, 내 셔츠와 재킷과 바지, 심지어는 속옷까지 공산주의의 구린내가 났다. 창문과 넓은 나무 난간과 1번 체임버 홀 입구와 테라초 바닥에서도 같은 냄새가 났다. 사실은 도시 전체에서 지독한 냄새가 났다. 전차와 거리와 공원에도, 거기에 칠한 색깔도 모두 똥 같았다. 그들은 똥 같은 야비한 사회질서를 위해 똥 같은 색깔을 골랐다.

나는 지하층으로 내려갔다. 다들 계단 맨 아래에서 나를 기다리고 있었고, 9B반 전체가 벽을 보고 줄지어 서 있었으며, '하이에나'는 손에 노트패드와 연필을 든 채 지하 핵 대피소로 통하는 묵직한 원형 문 앞에 서 있었다. 그들의 얼굴에는 히죽거리는 웃음이, 자기들이 막강한 권력을 휘두르고 있다는 사실을 깨달았을 때 약탈자의 환희가 떠올라 있었다. 그런 웃음은 자아를 기쁘게 하는 가장 오래되고 원시적인 자극이며 치명적인 전염성이 있다. 이 세상의 닭대가리들, 발육이 덜 된 날개를 단 뇌 없는 척추동물들은 일부나마 권력을 휘두르길 원하고, 히죽거리며 웃기도 좋아하게 마련이다. 그들은 권력의 지팡이를 휘두르는 자가 자신을 쳐다보기만 해도 침을 질질 흘린다. '하이에나'가 뭔가를 말하자, 닭대가리들이 기대에 떨었다. 그 말이 뭔지는 못 알아들었지만, 딱히 선한 의도와는 상관이 없음을 알 수 있었다. 릴리, 큼지막한 가슴에 끔찍하게도 재능 없는 바이올리니스트인 그애는 '하이에나' 옆에 서서 나를 싸늘하게 바라보고 있었다. 그년은 개인 고문으로 계급이 상승해 있었다. 나는 줄 끝으로 가서 나를 쳐다보려고 하지 않는 알렉산더 옆에 섰다. 그는 화가 잔뜩 나 있었다. 이 가는 소리가 들려올 정도였다.

"형사가 오후에 와서 여러분에게 질문을 하고 지문을 채취해 갈 겁니다." '하이에나'가 연필을 노트패드에 톡톡 두드리며 말했다. "우리가 이 역겨운 범죄를 저지른 범인을 직접 찾아내지 못한다면 말이에요."

이유는 모르지만 아침에 피운 담배, 카페인, 쓰레기 같은 꿈의 아지랑이 속에서 나는 '하이에나', 즉 안토아네타 G.가 무릎을 꿇고 입을 닥치고 있는 한은 꽤 괜찮은 섹스 상대일지 모른다는 사실을 인정해야만 했다. 그녀의 얼굴은 미완성 조각처럼 기괴했고 목소리는 오리 같았으며 갈색 머리칼은 얇고 솜털처럼 부풀어 올라 있었지만—배배 꼬인 머리털이 이마 위 맥 빠진 눈 사이에서 대롱거리곤 했다—꽉 끼는 제복을 입었을 때 엉덩이와 다리는 꽤 쓸 만했다. 그때 나는 문득 핵 대피소로 통하는 문이 살짝 열렸다는 사실을 깨달았다. 지하 통로에서 새어나오는 빛이 깜박이면서 문틀 위에 그림자를 드리웠다. 아마 오늘이 바로 당국이 공습경보를 울리면 가이거 계수기로 무장한 선생들이 우리를 핵 대피소로 데려가고, 거기서 괴상한 방호복을 입고 가스 마스크를 쓴 채—비몽사몽간에 영웅적으로—세계의 종말을 연기하는 날 중 하나였던 모양이었다. 미국인들은 우리가 모두 죽길 원했고, 그건 정말 환상적인 일이었다! 세계는 광란하는 미치광이들의 지배하에 있었다. 나는 의사소통에서 아주 조그만 오해가 일어나거나 러시아어 단어나 구절이 오역되는 까닭을 이해할 수 있다. 서구 종족들에게는 제대로 된 러시아어를 배울 열정이 결여돼 있기 때문이다. 설사 그들이 「예브게니 오네긴」과 푸슈킨의 모든 작품들을 외운다 해도, 뼛속 깊이 실감하지는 못할 것이다. 결국 모든 것이 터져버리고, 아름다운 네온 구름이 소피아에 내리며 제1인터내셔널이 만들어낸 모든 사악한 생각들을 이온화시킬 것이다. 아마도 우리가 모두 지하에 정착하고, 땅 위에 있는 것이 모두 죽어버리면 터널을 파기 시작할 테고, 그러면 대서양 아래를 반쯤 파 나가다가 미국인들을 만날지도 모른다. 그 결과 우리는 새로운 언어를, 러시아어와는 완전히 동떨어져 있고(왜냐하면 서쪽 인간들은 흑마술의 언어인 슬라브 어족의 소리를 죽도록 무서워하니까) 영어와도 다른 언어를(동쪽 인간들은 게르만 어족의 과학적 냉

정함을 혐오하니까) 창조할 것이다. 그리고 결국 우리 모두 친구
가 될 것이다.

나는 항상 호기심이 많았다. 어쩔 수 없었다. 나는 사람들의 얼
굴에 드러나는 표정을 연구하고 눈을 들여다보았으며, 내가 태어
난 이후 쭉 거주해왔던 현실과 그들이 얼마나 동떨어져 있는지
알아내고 싶어 애가 탔다. 그건 굉장한 구경거리였다. 리가프와
마젠 쌍둥이는 똑똑한 척 안경을 쓰고 교수처럼 폼을 잡고 있었
다. 첼로 전공인 덩치 큰 도라. 에밀, 죄르지, 루바는 한데 모여 손
을 쥐어짜고 있었다. 이반과 슬라브는 뿌리 깊은, 거의 유전으로
물려받은 죄라도 저지른 양 자기 발끝을 바라보고 있었다. 드럼
전공인 안젤과 도도는 공포에 질려 눈을 깜박이고 있었다. 비안
카와 이사벨은 울적해 보였다. 나디아, 타냐, 두 명의 마리아는 거
의 울기 직전이었다. 맨 끝에는 좋은 집안 출신인 소년 다섯이 서
있었다. 모두 스무 명인 그들은 규칙에 따라 감청색 복장을 하고
있었으며, 아연실색해 자기들에게 떨어질 판결을 기다리고 있었
다. 그들은 매사를 너무 진지하게 받아들여서 나는 내 쪽이 분별
력이 없는 게 아닐까 의심스러울 지경이었다. 그들에게 현실이란
붉은색과 감청색으로 정의되고, 오각형 별과 프롤레타리아적 키
치 예술로 규정되며, 몽유병에 걸린 선동가와 기가 꺾인 혁명적
구호로 정의되고, 냉랭한 반제국주의 문화와 가짜 기억들로 정의
되는 것이었다. 이것이 그들이 실제로 사는 현실이었고, 그들은 모
두 거기에 갇혀 있었다. 믿을 수 없는 사실은, 그들이 이게 모두 쇼

라는 걸, 우리 모두 이게 쇼가 아닌 척하며 살고 있다는 사실을 깨닫지 못하고 있다는 점이었다. 학생과 선생을, 정부와 국가를, 인간을 연기하는 쇼. 그때 다시 이런 생각이 들었다. 나는 그들과 얼마나 다를까? 그들 못지않게 나도 우리의 이 작은 카니발을 훤히 알고 있기 때문에, 거기에 쓰이는 장식들과 도구들과 끈적거리는 상투구들을 알고 있기 때문에 여전히 그들의 멍청한 게임에 참여했으며, 재능 있는 피아니스트의 위계에서 내가 차지하고 있는 지위를 잃을지 모른다는 생각에 전율했던 것이다. 그래서 나는 웃고, 고개를 끄덕이고, 여기서 의사소통을 하는 데 필요한 따분한 헛소리를 암송하라는 신호를 기다렸던 것이다. 나는 진짜 얼간이였고, 빛나는 선언을 쓰고 나서 나 자신을 거기서 지워버리는 데 필요한 고결함, 즉 진실한 광기가 결여된 인간이었다. 이번만은 정말로 내 생각을 말하리라. 폭력은 로봇들, 영혼 없는 유령들의 체제를 영속시키는 것일 뿐이긴 하나, '하이에나'의 뺨을 제대로 때리면 참으로 볼 만할 테고 해볼 만한 임무가 될 것이다. 너무 지나치지 않게, 그녀의 가혹한 자위행위를 중단시키기에 충분할 만큼 굴욕적인 건강한 따귀. 그 쌍년은 게임을 하고 싶어했다. 눈에 빤히 보였다. 우리 모두를 지하층으로 데리고 온 이유가 그것 아니던가. 재미를 좀 보려고 말이다.

"콘스탄틴이 우리들을 곤경에서 구할 수 있을 거예요. 자기가 어떻게 교무실에 침입해 9B반 일지를 가져갔는지—딱 우리 반 것만 없어졌어. 이상하게도!—그다음에 어떻게 핵 대피소 문을 열고 들어가 칼라슈니코프 여섯 정과 실탄 상자를 들고 나갔는지 설명만 한다면 말이지. 그 무기들은 우리 용감한 육군이 전시에 방어용으로 쓰려고 놔둔 거야. 이게 무슨 말인지 이해가 가니? 네가 군사법정에 서게 될 거란 소리다! 우리한테 할 말 없어?"

"그게, 저는 몽유병 상태에서는 더 미친 짓도 하는 사람으로 소문이 나서요."

나는 이게 재미있는 대답이라고 생각했지만 아무도 웃지 않았다. 심지어 알렉산더도. 그는 도살장으로 들어가는 소 같았다.

"지금이야 웃음이 나오겠지. 하지만 사람들이 네 형량을 선고하고 네 어머니가 법정 방청석에서 울부짖기 시작하는 꼴을 우리가 다 볼 거야. 기생충, 이 기생충!"

'하이에나'는 고래고래 비명을 지르며 맨손에 쥔 벌레를 막 으깨려는 사람처럼 몸을 부르르 떨었다. 혈관이 독으로 가득 차 펄떡펄떡 뛰었고, 그녀는 나의 시기적절한 사망을 머릿속에 그리며 흥분하여 숨을 헐떡였다.

사실 그녀에겐 내가 그 계획 전체에 가담했다는 어떤 증거도 없었다. 아무것도. 대도 페피가 잡혔다? 그건 불가능했다. 심지어 지문과 목격자의 상세한 증언이 있어도 그들은 절대 페피를 찾아내지 못할 것이다. 그는 자신을 보이지 않는 사람으로 만들었다. 지하실에서, 공원 벤치에서, 버려진 다락에서, 수많은 여자친구들의 아파트에서, 학교에서, 핵 대피소에서 잠을 잤다. 나는 그에게 전화해 어디서 만나자고 할 수도 없었다. 페피가 나타날 때까지 기다려야 했다. 망할 자식! 그는 알렉산더와 나를 제대로 엿 먹였다. 일부러 우리 반 일지만 훔쳐서 우리에게 죄를 뒤집어씌운 것이다. 우리는 유력한 용의자였다. 바이올린을 전공하는 니콜라이 D.도 거친 녀석이었지만 학교의 핵심 기록을 파괴하고 지하층에서 은닉된 무기를 훔칠 계획을 세울 타입은 아니었다. 게다가 니콜라이 D.에게는 동기가 없었다. 성적도 좋았고, 9, 10, 11학년에서 합창을 가르치는 그의 아버지는 늘 아들의 출결에 신경을 썼다. 반면 알렉산더와 나라면, 사람들은 우리가 무슨 짓이건 하고도 남는다고 생각했다.

페피는 칼라슈니코프로 뭘 할 생각일까? 혁명이라도 일으키려고? 왜 날 학교에서 내쫓으려고 애쓰는 걸까? 우리의 삼각관계 때문에 결국 머리가 어찌된 걸까? 어쩌면 스텔라가 그와 더는 자지 않게 되고 나서야 페피는 자신이 그녀를 원했다는 사실을 깨달았는지도 모른다. 아마도 그 때문이리라. 페피는 날 질투했고, 그의 애처로운 자존심이 상처를 받았던 것이다. 그는 스텔라가 우리 둘 다에게 완전히 관심을 껐다는 사실을 몰랐던 것이다. 그녀는 라틴어 교수와 자고 있었다. 연립주택을 소유하고 와인에도 돈을 쓰는 독신남, 성 아우구스티누스의 『고백록』을 새롭게 번역 중인 남자와. 페피와 나는 경쟁이 되질 않았다. 당연히 그녀는 공공장소에서 산발적으로 사춘기 남자애들과 성교하는 번거로운 짓에 점점 싫증이 나 제대로 된 쪽을 선택한 것이다. 침대보, 길고 세련된 저녁식사의 대화, 충분한 샤워. 스텔라는 자기 자신을 챙겼고, 난 그녀를 비난할 수 없었다.

"이렇게 하기로 하겠다." 안토아네타 G.가 부대를 시찰하는 장군처럼 의기양양하게 왔다 갔다 하며 선언했다. "분명 우리들 중에 범행을 저지른 범인이 있고, 우리 모두 범인의 이름을 알아. 따라서 죄를 실토해서 행정 제재를 면할 수 있는 기회를 모두에게 주겠다. 한 명씩 앞으로 나와서 내게 범죄자 이름을 말해다오. 지시에 따른 사람들은 교실로 돌아갈 수 있다. 그러지 않은 나머지는 인성 등급이 두 단계씩 깎이는 꼴을 당할 거야. 질문?"

릴리가 손을 들고는 노골적인 경멸을 담아 나를 흘낏댔다.

"저기, 동지, 하지만 만약 그 범죄자가 우리 중 하나의 이름을 말한 다음 무사히 나가면 어떻게 되나요? 불공정하지 않나요?"

'하이에나'가 웃었다. 사악하고 탐욕스러운 웃음. 그래서 그런 별명이 생겨난 것이다.

"오, 그 점은 걱정 마라, 릴리. 너도 알겠지만 절대 그렇게는 안될 거야."

"우린 단결해야 해!" 갑자기 비안카가 비명을 지르다시피 소리쳤다. "우리가 아무도 앞으로 안 나가면 어쩔 방법이 없다고!"

'하이에나'는 즐거워 보였다.

"너 지금 내게 반항하라며 반 친구들을 선동하는 거니? 우리 반 반장에다 모범생인 네가. 놀랍구나! 훌륭한 우리 학교를 미래로 나아가게 하는 창조적 힘을 파괴하려 획책하는 범죄자를 감싸다니! 우린 네가 사랑에 빠졌다는 걸 다 안다. 하지만 사랑은 변덕스럽고 보람 없는 짓이야. 미래는 건전한 판단력을 갖고 법에 복종하며 공익을 위해 일하는 데 지치지 않는 사람들의 것이다. 기생충 군단에 들어가고 싶다면 좋을 대로 해라. 이 나라 전체에 있는 수백 수천의 재능 있는 음악가들이 소피아 영재 음악학교에서 자리를 잡으려고 기다리는 중이니까."

그날 아침 처음으로 알렉산더가 날 돌아보았다. 나는 그가 무슨 생각을 하는지 알았다. 비안카는 무공훈장을 받을 자격이 있어. 그녀는 우리를 구하기 위해 미래를 걸었다. 마침내 우리가 사는 세상이 보이지 않는 거대한 꼭두각시가 각본을 쓰고 연출한 역겨운 인형극이라는 사실을 그녀도 깨달은 걸까? 혹은 마침내 처녀성을 잃고 금단의 과일을, 시간과 죽음, 쾌락과 고통, 봄에 핀 흰 수선화와 가을에 벌어지는 핏빛 석류를 창조한 본질을 맛볼 때가 됐다고 판단한 걸까? 그녀와 나는 사물의 순환하는 본성을 함께 음미할 것이다. 신화적 과거로부터 찾아온 존재의 향기와 상태를 기억할 것이다. 프랑스어 학교 3층에 있는 교실로 숨어들어가 사랑을 나눌 것이다. 등굣길에 일찍 만나 손을 잡고 공원을 가로질러 갈 것이다. 나란히 이어진 방에서 피아노를 연습하고 두 시간마다 다락으로 가서—땀에 젖어, 숨을 헐떡거리고, 두 손이 불타오르고, 끝없이 떨어져 내리는 리듬으로 인해 감각에 과부하가 걸린 채—달콤한 비밀에 대한 지식을 재확인할 것이다.

하지만 나는 왜 지금 나 자신에게 거짓말을 하고 있을까? 비안카는 반항아가 아니었다. 애초부터 로봇들 중 하나였다. 4학년 때 교실로 걸어 들어왔던 순간부터 그녀는 이미 구호를 암송하고, 경례를 붙이고, 깃발을 흔들고, 노예의 노래를 불러왔다. 어떻게 그녀가 변할 수 있겠는가? 커다란 깃발을 들고 의기양양하게 뛰어다니고 시키기만 하면 정신을 마비시키는 진부한 말들을 뿜어내기 위해선 일종의 영적 고갈이, 눈멀어 살아가는 시간이 필요했다. 사람은 변하지 않는다. 그저 지금의 모습에 더 적응할 뿐이다.

릴리가 맨 먼저 나왔다. 그녀는 나와 알렉산더를 가리키며 우리의 성과 이름을 다 불렀다. 그런 다음 양해를 구하고 층계 근처에 있는, 네온 불빛이 켜진 지하층 뷔페로 걸어갔다. 릴리가 이중문을 겨우 통과하는 짧은 순간에 나는 리놀륨 바닥, 탁자와 의자들, 어느 때건 네 가지 이상의 음식은 진열해놓지 않는 말도 안 되게 큰 유리 진열장을 흘끗 보았다. 석쇠에 구운 치즈 샌드위치, 석쇠에 구운 다진 돼지고기 샌드위치, 와플 한 통, 마지팬* 브라우니 한 접시. 금전등록기 뒤에서는 빨강 머리 부인이 투명한 주스 냉각기에 노란색과 보라색의 화학물질을 쏟아 붓고 있었다. 선생들이 담배를 피우러 가는 뒷방에서 탈출한 담배연기 냄새가 훅 하고 끼쳐왔다. 뷔페로 통하는 문이 닫히자 전등이 희미하게 켜진 지하층 강당에 종교재판 같은 분위기가 다시 돌아왔다. 우리들 모두 릴리가 빨강 머리 부인에게 음식을 많이 달라고 하는 소리를 들을 수 있었다. 아무 생각 없는 젖소로서 의무를 완수한

---

* marzipan, 아몬드, 설탕, 달걀을 섞은 음식으로, 과자를 만들거나 케이크 위를 뒤덮는 데 사용한다.

뒤, 그녀는 석쇠에 구운 다진 돼지고기 샌드위치와 브라우니를 돼지처럼 먹어치우러 갔다. 그게 너희들에게 주어진 자유니까.

다른 애들이 본 대로 따라했다. 리가프와 마젠 쌍둥이는 나나 알렉산더의 이름을 크게 외치는 대신 짤막하게 강의를 했다.

"우리 반 학생들이 너희를 고발했다고 해서 화를 내면 안 돼. 다 너희들을 위해 이러는 거니까."

리가프가 말했다.

"맞아!" 마젠이 동의했다. "아마 이번 사건이 끝나면 옳은 길에 귀를 기울이고 주의를 기울일 거야. 너희들이 좋은 성적을 받고 확립된 질서를 따르기 위한 원칙들과 도덕적 확신을 결여했다는 이유로 모두를 인질로 잡을 순 없어. 그건 공평하지 않아!"

잠시 이런 일이 계속됐다. 다들 차례차례 나왔다. 도라, 이반, 슬라브, 이사벨, 그리고 마지막으로 비안카. 날 가리킬 용기는 없었기에 그녀는 알렉산더의 이름만 불렀다. 더 이상 얼굴이 빨개지지도 않았다. 그녀의 얼굴은 싸늘하고 무표정했다. 이성과 실용주의의 얼굴. 실용주의는 언제나 이긴다. 바이올린 전공의 니콜라이 D.만이 나나 알렉산더의 이름을 호명하길 거부했다. 그는 산타클로스 탓으로 돌렸다.

알렉산더와 내가 마지막으로 남자, 안토아네타 G.는 우리에게 선택권을 줬다. 우리가 서로를 고발하면 관대하게 넘겨달라고 경찰에게 탄원하겠다는.

"말씀 끝나셨어요?"

알렉산더가 우레 같은 오페라 풍의 목소리로 물었다. 그는 겨우 열일곱이었지만(신장병 때문에 학교를 일 년 쉬었다) 이미 샬리아핀*이나 보리스 크리스토프** 같은 거인들과 비교되고 있었다. '하이에나'가 그의 베이스 음성에 뒷걸음치는 광경을 보니 즐거웠다. 그녀는 뒤에서 응원하는 작은 병사들이 사라지자 확신을 잃었다. 폭군 놀이는 자신이 하는 말이라면 죄다 믿는 청중이 있을 때 훨씬 쉽다. 만약 '하이에나'가 공원에서 우연히 우리와 마주쳤고 그녀의 권위를 인증해줄 사람이 아무도 없다면 그녀는 어떻게 행동할까? 물론 엄청나게 깍듯하겠지! 심지어 내 부모의 안부를 묻기까지 할 것이다. 권력에 취한 자들은 사실 모두 겁쟁이다. 무대에 올라가 더 많이 설칠수록 점점 더 비열해진다. 그들의 내면에는 깨지기 쉬운 현실을 나무좀벌레처럼 침식하는 망상이 있다.

이런 식의 하루가 3층에 있는 '올빼미' 교장의 사무실에서 끝나리라는 것은 안 봐도 훤한 일이었다. 학교에서 피아노가 없는 공간은 교무실, 뷔페, '올빼미'의 사무실, 대령의 교실, 화장실뿐이었다. 교장실에도 피아노가 없었는데, 이 사실이 선생들과 학생들에게 분명히 하는 바는 영재들을 위한 음악학교가 근본적으로 세속적인 교육기관으로 남아 있다는 사실이었다. 오로지 하나의 생각에 골몰하여 비가시적인 것들 속으로 녹아들어버리는 수많은 음악가 따윈 신경 꺼라. 우리의 망각된 영원한 거주지의 차

* Feodor Ivanovitch Chaliapin, 러시아 출신의 전설적인 베이스 가수.
** Boris Christoff, 불가리아 출신의 베이스 가수.

원들과 구조를 거울처럼 비추는, 화음의 천체에 끝없이 울려 퍼지는 반향에 대해서도 마찬가지다. 다른 세계로 인도하는 클라이맥스가, 그리고 그다음에는 종결이 기다리고 있음을 알리는, 달성하기 어려운 고음을 향해 뻗는 절박한 손길에 대해서도. 여기 지모바의 사무실에는 소련의 24차 전당대회 정신이 군림해 있었다. 그 정신은 교장의 체리우드 책상 위에 우뚝 솟은 털이 북슬북슬한 늙은 난쟁이 레오니드 브레즈네프의 청동 흉상에 체화되어 있었고, 바로 옆에는 1971년에 개정된 농업 관련 지시사항들을 기념하는 뭉툭한 수정 삼각형이 있었다. 서쪽으로 난 창문 맞은편 벽에는 훈장, 명패, 깃발, 액자에 든 증명서들이 걸려 있었다. 국유화된 미라인 게오르기 D.의 유화가 책상 뒤의 벽을 차지했다. 모서리가 금박인 거대한 책장에 자랑스럽게 놓여 있는 스물네 개의 트로피들, 레닌의 모습을 묘사한 철제 돋을새김, 당수의 모든 저술을 담은 서른여덟 권짜리 전집.

이곳은 로봇들의 신전, 과학과 이성의 신전, 경험론적 환각과 이데올로기적 출혈의 신전이었다. 방부 처리한 시체와 식초에 절인 경멸의 냄새가 풍기는 곳이었다. 결코 끝나지 않을 전쟁의 냄새. 사실 우린 여전히 모두 전쟁중이었다. 전장이 벌판과 거리에서 우리의 뇌로 이동해왔을 뿐이었다. 우리는 사상과 거창한 말들의 주변에 참호를 파도록 강요받았다. 우리는 허용된 사상의 중심지를 지키기 위해 요새를 지었다. 우리는 가시철조망으로 우리의 체제 전복 기질을 고립시켰다. 얼마나 살기 좋은 시절이란 말인가! 서쪽의 정신병자들, 동쪽의 미치광이들. 사상의 경계 양쪽에서 사람들은 대피소에 숨어 각자의 현실에서 얻는 변변찮은 배급 식량에 매달리고 있었다. 무엇이 되어야 할까? 탐욕의 챔피언일까, 비참한 광대일까? 이기심의 사제일까, 언제든 쓰고 버릴 수 있는 영혼들의 사자일까? 충만함에 겨운 기꺼운 노예일까, 정부가 허락한 키치 예술과 공모하는 전문가일까? 골라보시라.

내가 이런 실험 전체를 지독히 혐오함에도 불구하고, 나 또한 내 정신의 핵심을 그대로 관통하는 깊은 참호 속에서 자라났다는 데는 의심의 여지가 없었다. 그렇지 않고서야 내가 이 영원한 황혼, 소멸하는 구름들이 어루만지며 소피아의 무너지는 건물들과 인간의 그림자에 둘러싸인, 결코 부서지지 않는 자갈들에 보호받고 깜박이는 가로등 불빛에 사랑받는 이 황혼의 획일적인 잿빛 속에서 죄로 가득한 편안함을 느낀다는 사실을 어떻게 설명한단 말인가. 이는 돈의 광채나 약속에 대한 믿음, 혹은 미래에 대한 끝없는 기대 없이도 인간이라는 존재를 그 정수까지 싹 벗겨내 음미했다. 여기서는 견디는 것 말고 할 일이 많지 않았다. 그래서 사람들은 견뎠다. 일하면서, 빵집과 서점 밖에 줄을 서 있으면서, 식탁에 밤새 앉아 있으면서, 옛날 책들을 다시 읽으면서, 창밖을 바라보면서, 암을 키워가면서, 간경변과 치매를 키워가면서 조용하고 끈기 있게 훌륭한 병사들처럼, 불평 없이 견뎠다.

하지만 젊을 때는 자기 참호를 파야 한다. 낭비할 시간이 없다! 긴 검정 스커트와 터틀넥 차림의 지모바 교장은 알렉산더와 내가 파야 할 참호가 더 많다는 의견을 갖고 있었다. 그녀는 신문을 제본한 무거운 책을 주고는 나더러 빨간 줄이 쳐진 구절을 큰 소리로 읽으라고 했다. 나는 열정적으로 구절들을 읽기 시작했다. 긴 단어들을 발음하고, 쉼표가 나오는 데서 멈춘 다음 각 문단의 끝에 가서는 읽는 속도를 늦췄다. 라틴어를 읽는 편이 차라리 나았을 것이다. 나는 책 속의 단어들을 순수한 소리로, 쇼팽의 피아노 소나타 2번 스케르초 악장의 시작에 등장하는, 옥타브가 상승하며 퍼붓는 일제사격과 넘쳐흐르는 화음에 맞서 세워놓은, 멀리서 들리는 레치타티보*로 들었다. 아침이나 점심을 못 먹은 건 상관없었다. 그저 피아노로 가서 스케르초 전체를, 불규칙한 화음 구조를, 악보에 달린 여섯 개의 플랫을, 심장이 뛰는 듯한 발전과정을, 눈처럼 흩뿌리는 폴로네즈를, 왈츠를 추는 듯한 괴팍함을, 모차르트적인 리듬을 펼쳐놓고 싶을 뿐이었다. 내 손에서 머리로 밀려들어오는 화음들의 막대한 힘을 느끼고, 켜켜이 충돌하는 거대한 배음들을 듣고, 피우 렌토** 안으로 사라진 다음 오로지 내 꿈속에서만 보이는 도시 속 항구 근처의 어시장에 다시 나타나고 싶었다. 도시는 바다가 내려다보이는 언덕 위에 있는 오래된 곳으로, 거기서는 기이하게 차려입은 남자들이 자갈이 깔린 경사진 거리를 작은 수레를 밀거나 당나귀를 몰며 걸어가고, 여자들은

* recitativo, 서창(敍唱)이라고도 하며, 오페라·오라토리오·칸타타 등에 쓰이는 창법으로 선율을 아름답게 부르는 아리아에 비하여, 대사내용의 전달에 중점을 두는 노래.
** piu lento, '점점 느리게'라는 뜻. 여기서는 스케르초 악장 중반의 느린 부분을 의미한다.

집 안에 있으며, 커피숍은 어둡고 조용하고, 집들은 10미터 높이의 벽에 둘러싸여 있으며, 커다란 열쇠 구멍이 있는 목재 문은 작고 무거웠다. 언덕 꼭대기에 있는 고대의 요새 옆에 위치한 양철 가게에서 일하는 소녀들은 내가 누군지 알았지만 내게 그 도시의 이름을 말해주려고 하지 않았다. 내가 거기서 금속으로 된 손톱과 고철 조각까지 샀는데도.

"오로지 부자들만이 예술을 가까이하는 게 허용된다!" 지모바 교장이 고래고래 소리를 지르고 있었다. "사실 부자들은 태어날 때부터 아무런 재능이 없어! 그건 유전이야! 음악에서도, 다른 모든 분야에서도 수천 번씩 증명된 사실이지!"

도대체 이 화석 같은 새대가리가 뭐라고 떠들어대는 거야? 나는 알렉산더를 보았지만 그도 나만큼이나 영문을 모르는 듯 보였다. 털북숭이 같은 눈썹, 둥근 테 안경, 깜박거리지 않는 커다란 눈, 부풀어 오른 입술까지, '올빼미'는 딱 고정된 혐오스러운 얼굴을 갖고 있었다. 하지만 발톱이 달린 것 같은 손이야말로 그녀의 영혼을 정확히 대변해주었다. 음악이라곤 절대 모르는 인간의 손. 그녀가 계속 말했다.

"여기선 아냐! 여기엔 부자도 가난한 사람도, 특권층도 거지도 없다. 거지는 없다고! 냄새 나는 자본주의자들에게 너희들 세상엔 거지가 있는지 물어봐. 물어보라고! 그들이 가난한 자들에게 예술을 가르치는지 물어보란 말이다. 흠, 그들은 안 가르치지! 그들은 가난한 자들이 썩어가다 길에서 죽도록 그냥 놔둔다고. 이제 너희들을 봐, 이 징징거리는 애새끼들! 우린 너희들에게 모차르트와 베토벤을 갖다 바쳤어! 문화를 돼지 같은 너희들 목구멍에 처넣어 줬다고! 대위법, 화음, 반주, 실내악, 시주,* 오케스트레이션, 발성 연습법, 음악사, 음악 이론에 개인 교습까지 다 제공했단 말이다. 그랜드피아노와 업라이트 피아노, 바이올린, 첼로, 플루트를 사주고 자기 악기로 쌓은 실력을 발휘하도록 연주회까지 열어줬어. 그런데 보답이 뭐지? 파괴행위, 도둑질, 체제 전복 행위에다 화장실에 담배꽁초나 콘돔을 숨기고, 존경심도 복종심도 없어. 너희들은 꼭 전쟁을 수행하라고 우리 한복판에 심어놓은 제국주의자 요원들처럼 행동한단 말이다. 위대한 사상가이신 블라디미르 일리치 레닌께서는 전쟁은 자본주의의 절대적 표현이라고 말씀하셨지. 이 방에서 그에 대해 논쟁할 사람 있나?"

알렉산더와 나는 논쟁할 생각이 없었다. 우리는 수긍하며 고개를 끄덕였다.

"이 학교의 모든 전구들, 의자들, 문손잡이는 사회주의 노동자 형제들, 공장 노동자들, 쓰레기를 치우는 노동자들, 의사들과 기계공들이 사준 거야. 이 전구를 봐! 여기 깃든 완전함을 보라고! 사람들이 말하듯 최고의 질서, 모두가 각자의 필요에 맞추며 사는 질서에서 나온 기적이지. 수백만 년 동안 이뤄진 진화의 정점이자 물질이 스스로를 돌아보고 자기 자신의 아름다움을 발견하

* sight reading, 악보를 보고 바로 연주하는 것.

는 순간이야. 처음에는 그저 소유하고 싶은 욕구만 있다가, 자본주의의 원시적인 목화밭에서 사회주의의 장미 정원으로 진화한 뒤에는 모든 살아 있는 존재와 미래상을 공유하고 싶어지지. 위대한 사회주의 혁명과 열매야말로 변증법적 유물론의 진정한 의미야. 새처럼, 갈매기처럼 날아간 유물론! 공산주의는 필연이야!"

이 쭈그렁 할망구는 완전히 맛이 갔다! 그녀는 정신이 나가 입가에 거품을 물고 있었다. 레오니드 브레즈네프의 청동 흉상 따위로 그녀의 뒷머리를 후려갈겨 영원히 끝장을 내버릴 수 있다면 좋을 텐데. 내 아버지는 모든 사람은 살아가는 동안 한때는 시인이, 한때는 살인자가 된다고 말하곤 했다. 그건 분명 낭만적인 관념이었다. 왜냐하면 나를 포함한 대부분의 인간은 열정이 결여돼 있어 어느 쪽도 될 수 없기 때문이다.

"아, 우리 정부가 너희들이 엉뚱한 인간이라고 선언할 날이 올 거야. 아, 동료 시민들이여, 그거야말로 인간이 받을 수 있는 가장 가혹한 선고지. 무슨 소린지 이해가 가니? 엉뚱하다고! 쓸모없단 얘기야! 인류 형제들에게서 버려지는 거라고. 너희들은 그저 우리가 손가락 하나로 툭 치워버릴 수 있는 한 줌의 먼지, 우리 노동자들의 고혈을 빨아먹는 두 마리의 부르주아 거머리라는 얘기다! 안드로포프* 동지께서 직접 하사하신 가장 아끼는 펜으로 너희들의 사형 선고에 직접 서명할 거야!"

* Yuri Andropov. 소련 정치가. 1982년부터 1984년까지 공산당 서기장을 역임했다.

거 참 좋은 소식이네. 나는 생각했다. 자신을 향한 위협이 미래 시제로 제시될 때 인간은 항상 용기를 내야 한다. 만약 '올빼미'가 우리 머리를 자신의 혐오스러운 망상으로 채우는 데 여전히 열성이라면, 우리가 교수대로 향할 일은 아직 없다. 불쌍한 등신들! 그들은 우리에게 아무 짓도 못 했다. 증거도 단서도 없었다. 고문 같은 취조를 몇 시간씩 하고 지문도 채취했지만 아무것도 얻지 못했다. 알렉산더도 이를 알았고, 그의 얼굴에 빈정거리는 웃음이 희미하게 피어났다. 다른 날에 또 재판을 받아도 나는 또 다시 자유롭게 걸어 나갈 것이다. 물론 몇 주 정도는 납작 엎드려서 나머지 로봇들, 이른바 탁월한 학생들과 같이 수업을 받고 그들의 끝없는 헛소리들을 들어야겠지만.

나의 구세주인 밤이 시작되었고, 나는 이미 유령들의 긴 그림자를 볼 수 있었다. 유령들은 사상 통제의 중심지에서 하루 일과를 마친 뒤 타르타로스의 지하 묘지로 돌아가는 길에 조롱하는 듯한 얼굴로 창문을 슬쩍 통과하고 있었다. 이리나가 1번 체임버홀에서 여덟시 삼십분에 공연할 거라는 사실이 갑자기 기억났다. 공연 포스터가 복도에 한 달 동안 걸려 있었던 것이다. 바이올린을 연주하는 섹시한 젊은 천재. 볼만했다. 아마도 콘서트가 끝나면 그녀와 나는 싸구려 와인을 살 수 있을 만큼 잔돈을 긁어모은 다음 일곱 성인의 교회 뒤편 작은 묘지로 가서 담배를 피우고 술을 마시고 꼭 달라붙어—올해 봄은 이상하게 싸늘했다—인생과 학교에 대한 이야기를 나눌 것이다. 오로지 우리 둘만이 나누는 대화 주제였다. 이리나는 거친 소녀였다. 이 년 동안 두 번 낙태했고, 인성 등급은 '만족'이었으며, 베를린과 드레스덴에서 콘서트를 열었다. 국립 오케스트라와 협연했고 슈베르트 앙상블의 제1바이올리니스트였다.

하지만 우선 이 감방과 '올빼미'의 흔들림 없는 시선에서 탈출해야 했다. 늙다리 새는 마침내 피곤해졌다. 연극을 공연하는 듯한 행위를 멈췄고 독기도 빠졌으며 눈 밑의 다크서클이 좀 전보다 커졌다. 일이 분 후면 말을 하다 말고 제 주인의 목소리에 부름을 받은 듯이 입을 다물 것이다. 그녀의 로봇 같은 몸은 집으로 돌아갈 테고, 꽃이 활짝 핀 밤나무와 달 없는 하늘 아래 휴식처로 지정된 장소에서 새벽을 기다릴 것이다. 꼭두각시는 밤에 더 쉽게 찾을 수 있다. 그들이 전차를 타고, 버스를 기다리고, 녹슨 키오스크*에서 표를 사고, 신문과 교과서 뒤에 표정 없는 얼굴을 감추는 게 보이리라. 그들에게 말을 걸어보라! 거기엔 아무도 없다. 자동 응답. 텅 빈 눈. 기계적인 목소리뿐. 그들을 절벽 아래로 밀면 술 취한 양처럼 순종하며 곤두박질할 것이다. 하지만 어딘가에서, 수백의—아니, 수천수만의—꼭두각시들 한가운데에서 진짜 인간을 발견할 수 있을 것이다. 그는 모든 것을 주의 깊게 살피고, 깨어 있으며, 낮보다 밤에 더 선명히 깨어 있고, 가슴 밑바닥에는 신들을 울리기에 충분할 만큼의 슬픔이 가득할 것이다.

* kiosk, 신문, 음료 등을 파는 매점.

7장
쇼팽, 발라드 2번 F장조, op.38

1988년 5월 1일

그 곡은 멀리서 들리는 종소리, F장조의 널찍한 산책길로 통하는 문을 열어젖히는 비단결 같고 유혹적인 울림을 담은 종소리와 함께 시작되었다. 흰 구름이 암회색 하늘, 다른 하늘에 맞서 미끄러지듯 움직였다. 깊고 진주처럼 빛나는 파 음이 곡을 여는 주제에 생기를 불어넣는 지속음 역할을 맡았다. 이 안에 종결의 평온함이, 영겁의 소리가 모두 포함되어 있었다. 구름들이 흩어졌고 은빛 바다가 물러났다. 깊은 암흑으로부터 불기 없는 태양이 나타났다. 그것은 묵직한 종지부 꼭대기에 제2주제를 도입한 차가운 호박琥珀과도 같았다. 또한 죽음에 대한 뿌리 깊은 거짓 공포를 다 풀어낼 때까지 바다 깊이 가 닿으라는 신성한 명령문을 담은 화음의 청사진이기도 했다. 딸림음에서 으뜸음에 이르는 모든

155

종지부, 모든 악장은 그저 마지막 여행에 대한 준비, 우리의 죽음과 재생에 대한 재현, 종말이 두려운 것이라기보다는 우리가 긴장을 고조시키며 인생을 보낸 후에, 존재의 어마어마한 무게를 감당해낸 후에, 늘 가 닿으려 했던 무엇이라는 사실을 상기시켜주는 것에 불과하지 않을까.

건반은 건조하고 차가웠다. 나는 곡의 질감을 끄집어내려고, 시간의 화살을 구부리고 개조함으로써 내 내면의 기질을 반영할 수 있는 열린 공간으로 배음들을 보내려고 노력했다. 하지만 운동장에서 노동절 행사를 연습하며 행진하는 악대의 팀파니와 심벌즈와 약음기를 단 트럼펫 소리가 계속해서 나를 내동댕이치고 내 마법의 행위를 엉망으로 망쳐놓고 있었다. 발라드 2번은 8분의 6박자였고, 장음과 단음이 번갈아가며 이어지는 곡이자 인간의 심장박동과 같은 리듬을 갖고 있었다. 이 발라드를 녹음한 음반 중 의미 있는 것은 없다. 이건 놀랄 일이 아니었다. 어쩌면 이 곡은 녹음될 수 없을 것이다. 너무나도 파악하기 어려웠고, 리듬을 정확히 잡기가 불가능했다. 나는 곡의 모든 요소가 리듬과 관계돼 있음을 알았지만, 이 곡의 리듬을 유지하는 기술은 시간을 제때 맞추는 것과는 달랐다. 심지어는 시간을 깨부수는 것이나, 시간에 얽매이지 않고 시간의 환상을 창조하는 것과도 관계가 없었다. 이는 코끼리를 병에 넣거나 은하수를 개똥벌레 잡듯 손에 넣는 마술에 버금가는 것이었다.

내가 이 곡을 완전한 전체로 들을 수 있었다면, 다시 말해 저음과 멜로디와 중간 성부를, 음 사이의 공간을, 각 악구의 들숨과 날숨을, 울리고 또 울리는 과거와 현재를 마치 역류처럼 해안에서 끊임없이 밀어내고 있는 미래를, 소토 보체*를, 감각의 대상이라기보다는 감각 자체이자 지식으로 존재하며 감상성을 일절 배제한 소리의 특징을, 계속하여 길고 짧게 뛰면서 각각의 고동 자체로 불멸이 되는 심장박동을, 진술이며 결론이자 방백이며 갑작스러운 깨달음인 동시에 체념을, 이 모든 것을 경험할 수 있었다면, 내 왼쪽 의자에 앉아 있는 '무당벌레'와 내 뒤 바닥에 몸을 쭉 펴고 누워 있는 바딤 역시 마찬가지였으리라. 하지만 나는 곁눈질로 내 피아노 선생이 더 많은 걸 원한다는 사실을 알 수 있었다. 그녀의 손이 초조하게 움직였고 그녀의 숨결이 음악의 조류에 맞서 흘렀다. 침묵시켜야 해! 나는 드럼 소리와 치매에 걸린 군중들의 외침을, 확성기를 통해 뿜어져 나오는 빽빽거리는 경적소리와 명령들을 침묵시키려고 노력했고, 그런 다음 침묵에서 빠져나와 빈 공간 속에서 무언의 형식을 조각하고, 밤으로부터 취할 듯한 색채를 얻어내어 그것을 연주하고자 애썼다. A단조, 황혼을 여는 열쇠. 라벤더 색이 배어 있는 잿빛 구름이 강황색으로 어두워지는 하늘을 가로질러 활강하고, 밤나무가 바람에 깨어나 몸서리를 치며, 종말에 대한 오래된 질문이 나타난다. 하나의 의문, 두 화음 사이의 거리를 잡아 늘리는 경과음. 으뜸음에 이어

* sotto voce, '소리를 낮추어'라는 뜻.

다시 나타나는 F장조, 그 뒤 도입부의 주제로 다시 돌아가면 나 또한 수업이 끝난 뒤 빈 연습실에 들어가 게걸스럽게, 절망적으로, 마치 치명적인 독에 중독되어 치료법을 찾는 사람처럼 발라드의 악보를 읽던 6학년의 어느 봄날로 돌아간다. 결국 나는 다음 단계를 진행해도 좋다는 허락을 받았었다. 내가 알아야 할 모든 것들—중력, 시간, 여자, 섹스, 권력, 죽음, 현실, 진실, 망상, 절대자—은 네 곡의 발라드 악보 속에, 열정의 언어로 쓰이고 악센트, 페달 지시, 손가락 번호, 주석이 이탈리아어로 삽입돼 있는 하드보드 판 악보에 다 들어 있었다. 몇 년 동안, '무당벌레' 카티야는 내게 금지된 약물로서의 발라드, 오로지 선택된 소수에게만 보장된 힘의 원천으로서의 발라드에 대해 이야기했다. 그러고 나서 자기가 갖고 있던 악보를 줬는데, 내가 성숙함이라는 시험을 통과했다는 신호였다. 발라드 2번 도입부의 화음을 치면서 나는 심오한 깨달음에 사로잡혔다. 즉 그리되도록 교육받았던 나 자신의 모습과는 대조되는, 언제나 존재해온 나 자신을 인식하게 되었다. 그 순간 내 유년 시절은 끝났고, 내 존재를 성문화했던 거짓말들도 모두 끝났다. 나는 소피아 음악학교, 폐허의 도시, 타르타로스 변두리에서의 내 삶이라는 그로테스크한 것 바깥에 서서 안을 들여다보게 되었다. 나는 이 사람들을 알지 못했다. 그들의 환각에 참여하고 싶은 욕망을 조금도 못 느꼈다. 수학과 지리학, 의미 없는 사실들의 범주들, 역사와 이데올로기는 내게 조금도 필요하지 않았다. 그건 지나가는 것일 뿐이었다.

카티야가 내 왼손을 붙잡고 자기 허벅지에 올려놓았다.

"정신 차려." 그녀가 부드럽게 말했다. "넌 또 방황하고 있어. 연주에서 다 보여."

그녀는 탐색하는 시선으로 나를 바라보며 내가 그녀에게서 해방되어 나의 사적인 지하 묘지로 돌아가고 싶어한다는 사실을 감지하고는 내 손을 허벅지에 더 강하게 눌렀다. 나는 카티야의 목에서 나는 향수 냄새, 머리카락에서 나는 샴푸 냄새의 흔적을, 엷은 분홍색 스웨터 무늬에서 담배 냄새와 학교 뷔페식당의 석쇠에 구운 샌드위치 냄새를 맡을 수 있었다. 그녀는 내 해명을 기다렸다. 나는 아무 말도 하지 않았다. 자동반사적인 기쁨을 미친 듯이 터뜨리기 일보 직전, 연습중인 행진 악대 때문에 독을 삼킨 기분이 들었다는 사실을 분명히 해뒀어야 했다. 거리는 이미 빨간 깃발을 흔들고 현수막을 붙들고 오각형 별을 달고 턱수염 달린 난쟁이의 초상을 든 골빈 무리로 꽉 막혀 있었다. 음악학교에서 나온 어린 군인들이 또 다른 엘리트 고등학교에서 나온 동지들과 합류하려고 곧 행진할 것이다. 나는 맨 뒤에, 낮은 인성 등급을 받은 남자애들과 같이 행진할 테고. 매년 똑같았다. 그러고 나서는 연설이 이어지겠지.

"이제 일어나." 별안간 '무당벌레'가 내 손을 밀쳐냈다. "바딤, 우리한테 이 발라드를 연주해주지 않을래?"

바딤은 무척 당황한 것 같았다.

"이 년 동안 연주해본 적이 없어요. 그래서…… 솔직히…… 안

치는 게 나을 것 같은데요."

"와서 앉아, 바딤. 네가 할 수 있다는 것 알아."

'무당벌레'가 가죽을 씌운 피아노 의자를 톡톡 두드렸다.

연주 시작 전에 바딤은 이삼 분 정도 움직이지 않고 그랜드피아노의 피아노선을 앉은자리에서 눈 하나 깜박 않고 응시했다. 난 그가 뭘 하고 있는지 알았다. 집중력을 가다듬고, 지금 이 순간을 확장하고, 자신을 정화하기 위해 소리의 치유적 속성을 불러오는 것이다.

카티야가 옳았다. 바딤은 발라드를 다른 누구와도 다르게 쳤다. 그의 음색과 호흡은 진정한 천재의 연주에 종종 수반되는 강렬한 기시감을 불러왔다. 이 곡은 이렇게 연주해야 하는 것이었다. 심지어 같은 작품처럼 들리지도 않을 정도였다.

바딤이 A단조의 주제로 들어갔는데 나는 알아채지도 못했다. 비단결 같은 소리, 이상하리만치 느릿하게 움직이는 시간, 지속음처럼 허공에 매달려 있는 현재. 얼마나 이상한 일인가. 살던 마을 거리를 걷는데 눈에 보이는 게 죄다 처음 보는 것 같다니. 한번도 알아챈 적 없던 숨은 골목, 분수가 있는 외딴 정원, 넓은 마당이 있는 어두운 건물, 끝도 없이 이어진 자갈 깔린 거리. 어떻게 이럴 수 있을까? 바딤은 발라드 2번을 마치 쏟아지는 신탁처럼, 예언처럼 들려줬다. 그의 사고는 진정 높디높은, 인간을 넘어선 논리를 따르고 있었다.

단어를 발음하기는 쉽다. 각 문장의 굴곡을 앵무새처럼 따라하기도, 사람이 하는 말의 억양을 흉내 내기도 쉽다. 야심가들은 그렇게 한다. 그들은 보편적인 꼭두각시의 표정을 완벽하게 지으려고 서로 경쟁한다. 하지만 말의 진정한 뜻을 살리고 말 자체가 되기, 그 말들을 심연까지 따라가기, 이것은 사실상 순교를 요구한다. 음악에서는 거짓말을 할 수도 없고 어영부영 넘어갈 수도 없다. 음악에서 속임수는 선율의 진부함으로 옮겨진다. 탐욕과 방종은 화음의 빈곤이라는 형태를 띠고, 분노와 허무주의는 소음과 불협화음이 된다. 옹졸한 마음은 리듬이 질식된 곡을 만든다. 박치가 되는 것이다.

라-미-시-도! 저음부에서 충돌하는 옥타브들이 창공의 깊은 틈을 열어젖혔으나 바딤은 여전히 냉정을 유지했다. 격노의 한가운데 있으면서도 침착함과 고요함의 힘 자체였다. 그것은 묵시록 같은 게 아니었다. 프레스토 콘 푸오코*는 비극을 의미하지 않았다. 그보다는 변형의 장대한 춤을 시작하는 것이었다. 처음에는 파괴의 희열로, 그런 다음 절정에 이르러 일곱 번째 옥타브의 E플랫이 전율하며, 마침내 길고 구불구불한 하강을 지나 화음이 해결된다. 빠른 부분이 시작되고 나서 처음 나왔던 완벽한 장화음인 E플랫이 다시 등장하면서. 쇼팽은 연주자로 하여금 장3화음의 소리를 갈구하게 하는 법을 알았고, 바딤은 이런 게임을 누구보다잘 이해했다. 마치 오랫동안 지켜온 비밀처럼 꾸밈없는 엄숙함으

* presto con fuoco, '격정적으로 빠르게'라는 뜻.

로 화음을 해결했다. 속도를 낮추면서 E플랫에서 딸림음으로 빙글빙글 내려가는 와중에 오른손으로 반음계 진행을 또랑또랑하게 짚었다. 꿈같은 솔-시가 변주된 주요 주제로 돌아갔다.

"수고했어, 바딤. 이제 짐 챙기고 가보렴." '무당벌레'가 일어나 창가로 가며 말했다. "오늘은 네 연주를 더 듣지 않아도 될 것 같네. 내일 정오쯤에 다시 오도록 해."

그녀는 바딤이 방을 나가는 동안 나를 돌아보지 않았다. 나는 이제 뭐가 올지 알고 있었다. 신중하게 고른 기억과 극적인 예감으로 치장된 대화.

"넌 다섯 살 때부터 피아노를 쳤어, 콘스탄틴. 늙은 집시가 길에서 네 엄마를 불러 세운 다음 네가 음악적 재능이라는 축복을 받았다고 말했을 때부터. 네가 피아노에 손을 댄 순간부터 널 위해 문이 열렸어. 다들 널 돕고 싶어했고, 위대한 거장으로 향하는 길 위에 너를 세우고 싶어했지. 이 길은 네가 태어나기도 전에 선택된 길이야."

그녀는 내게 다가오더니 몸을 숙여 내 눈을 보았다.

"지금 네겐 선택권이 없어. 넌 일생을 음악가로 살 거야. 그러지 않으면 도중에 스스로를 파괴하겠지. 다른 사람들이 그랬던 것처럼. 이탈리아에서 두 번째 연주회를 열었을 때 너한테 와서 악수를 하고 울던 노인 기억나니? 넌 그분이 이탈리아어로 말을 했기 때문에 뭐라고 하는지 하나도 이해를 못 했어. 하지만 넌 자신이 그분과 의사소통을 하고 있다는 사실을, 네가 그분에게 소중한 것을 선사했다는 사실을 깨달았지. 그 기분이 어땠지? 뿌듯했니? 아니라고? 피아노는 말이지, 여전히 널 이 악몽에서 빼내줄 유일한 티켓이야. 언젠가 넌 가고 싶은 곳은 어디든 갈 수 있게 될 거야. 프랑스건 미국이건. 음악가들은 정부와 국가의 광기에 엮이는 일에서 면제돼. 음악가들은 보통 사람들의 말을 못 알아듣는 척할 수 있어. 음악가들은 이 세상의 추함에서 벗어나 숨을 수 있다고. 그게 네가 원하는 것 아냐? 넌 오로지 연습에 연습을 거듭하고, 학교 선생들이 원하는 걸 주는 거야, 콘스탄틴. 순종 말이야. 일지를 훔쳐도 안 돼. 결석해도 안 돼. 딱 삼 년만 있으면 졸업이야. 이 사람들을 다시 볼 일도 없고 그들이 하는 소리를 들을 필요도 없게 돼. 지금은 친구와 여자친구를 사귈 때도, 사춘기 놀이를 할 때도 아냐. 넌 훨씬 조숙하잖아. 쇼팽 콩쿠르가 겨우 이십 개월 남았는데 넌 전혀 준비가 안 돼 있어! 탈락하면 어찌될 것 같아? 바르샤바랑 파리만 생각해야 돼!"

"네."

나는 대답했다.

"이제 변할 거지? 약속해. 맘 잡고 제대로 하겠다고."

"네."

"약속한 거다!"

맙소사, 강철의 처녀*가 날 울렸다. 나는 카티야의 그런 점이

---

* Iron virgin, 겉은 처녀의 모습을 닮았으나 안에는 날카로운 침이 솟아 있는 강철 고문 도구.

미웠다. 그녀가 날 약하고 상처받기 쉬운 사람으로 만드는 게 싫었다. 카티야는 날 너무 잘 알았고, 날 꼭 끌어안고 자기 머리를 내 머리에 갖다 대면 내가 무너져서 고독에 항복한다는 것도 알았고, 짧은 순간이나마 내게서 자기 파괴의 신들을 털어내는 법도 알았다. 하지만 이 모든 건 잠깐의 로맨스에 지나지 않았다. 그 점이 다행이라면 다행이었다. 그녀의 방을 떠나는 순간, 내 눈물은 마를 것이다. 한심한 영화 한 편을 보고 나온 것처럼. 눈물은 그저 거짓말, 누구나 갖고 태어나는 불가사의한 기관인 뇌의 지휘본부에 부착된 갈고리 모양의 작은 돌기일 뿐이다. 이 레버를 당기면 웃고, 저 레버를 당기면 울고, 또 다른 레버를 당기면 충성의 서약이 튀어나오면서 자동적으로 사고가 정지된다. 하지만 그 레버가 외부에 있고, 누구든 가지고 놀기 좋은 것이라면 자유의지란 대체 뭘 얘기하는 걸까? 자유의지가 현실에 맞서는 순수한 저항의 힘 이상의 무엇이 될 수 있을까? 내 눈에서 눈물이 흐를 때마다 나는 자신에게 이렇게 되뇌기로 했다. 누군가 내게 얘기를 하고 있거나, 아니면 내가 나 자신에게 이야기를 하는 중이라고. 이런 얘기에서 일말의 진실을 취한 다음 이를 나 자신을 달래는 망상으로 연금술사처럼 변형하기는 쉬운 일이었다. 하지만 눈물을 주의해야 한다. 그것들은 진실을 거저 내줄 것이기 때문이다. 삶에서 가장 힘든 진실들은 바싹 마른 눈에서 얻게 마련이다.

바딤이 어깨를 벽에 기댄 채 복도에서 기다리고 있었다. 그는 피곤하고 우울해 보였다. 재킷이 구겨진 채 팔에 걸려 있었다.

"선생이 맨날 하는 설교 늘어놓던? 있는 말 없는 말 다?"

나는 가죽 가방을 내려놓고 바닥에 주저앉았다. 바딤은 내 옆에 앉아 다리를 맞은편 벽으로 쭉 폈다. 4층 복도는 수많은 문으로 나뉜 좁고 비뚤비뚤한 미로였다. '무당벌레'가 레슨을 하는 이 맨끝 구역이 제일 조용했다. 학교에서 나는 왁자지껄한 소리들은 여기까지 닿지 못했다. 49번 연습실의 방음문에서 새어나오는 드뷔시의 「불꽃」 프렐류드의 기쁨에 넘치는 검정-군청-고동색 불협화음으로 이루어진 먹먹하고 구불구불한 흐름만이 고요를 깨고 있었다. '무당벌레'가 자기 레퍼토리를 연습하고 있는 것이다.

"네 자리를 차지하고 너한테 레슨을 하게 된 꼴이 돼버려 미안하네. 사실 난 네가 나보다 그 발라드를 더 잘 친다고 생각해. 기술적으로도 그렇고 드러내는 방식도 그렇고. 선생은 그냥 우리에게 서로 싸움을 붙여서 우리가 미친놈처럼 연습을 하게 하려고 하는 거야. 저번에 선생이 나한테 했던 말 알잖아? 이상적으로야 새벽 네시부터 정오까지 여덟 시간을 논스톱으로 연습한 다음에 다시 여섯 시간 연습하기 전에 잠깐 쉬고, 그다음엔 오후 네시부터 밤 열시까지 또 달려야 하지. 무슨 말이냐면, 피아노를 연주하는 목적이 뭐냐는 거야. 음악가가 되는 거야, 아니면 미치광이 얼간이가 되는 거냐고?"

"당연히 얼간이지." 내가 말했다. "선생이 몇 주 전에 나한테 말했어. 내가 내년 11월 초에 자기랑 자기 엄마 집으로 이사를 왔으면 좋겠다고 하더라. 쇼팽 콩쿠르 한 달 전에. 그래야 자기가

날 새벽 두세시쯤 깨운 다음에 '스케르초 3번, 57마디부터 시작!'
하고 시킬 수 있다면서."

"거봐! 넌 그 여자 경주마라니까. 큰 상을 받을 준비를 시키고
있는 쪽은 너라고. 그 여잔 날 믿지 않아. 그게 낫지. 난 다른 사람
들이랑 경쟁하려고 연주하질 않으니까. 난 이런 일에 맞게 오려
낼 수 있는 사람이 아니거든. 음악원을 졸업한 다음에도 계속 이
길을 따라가다보면 난 그저 고용 연주자, 노예나 돼 있겠지. 다른
사람들이 요청하는 곡들을 치게 될걸. 프로코피예프, 스크랴빈,
라벨, 드뷔시, 아니면 뭐 다른 무조음악 똥덩어리 같은."

"어쩌다 인상주의자들을 그렇게 싫어하게 된 거야?"

"가짜니까. 그 사람들이 만드는 음악들은 삶을 창조하질 않아.
그냥 모방할 뿐이지. 나는 음악이 뭔가 진실한 걸 말해주길 원해.
환상도 과학소설도 원하지 않는다고. 난 예쁘장한 화음도 관심
없고 그로테스크한 걸 다루는 이따만 한 광상곡에도 관심 없어.
신기함에 대한 강박이 없단 얘기야. 신기하려면 새로워야 하고,
희한해야 하고, 괴상해야 하고, 어딘가 좀 망가지고 왜곡돼 있어
야 하고, 전에는 한 번도 생각 안 해봤던 것이어야 하고, 그렇잖
아. 하지만 그딴 건 없어. 진실을 말하고 싶으면 있는 그대로 말하
면 돼. 안 그러면 사기를 치는 거야. 브람스를 봐. 화음 네 개, 진짜
로 소박하지. 하지만 핵심을 제대로 짚는다고. 너한테 새로운 생
명을 불어넣지."

"난 모르겠어. 이 곡은 어때?"

우리는 '무당벌레'가 페달로 지속하는, 드뷔시의 「안개」 프렐류드 끝부분의 도 음을 들었다. 반짝거리며 피어오르는 안개 속에, 수은과 은으로 된 물방울을 튀기는 다섯 개의 32분음표로 이루어진 다발들의 수렁에 빠진, 헤아릴 수도 이해할 수도 없는 또 다른 하루가 품고 있는 거대한 무게.

바딤이 미소 지었다. 그는 「불꽃」과 「안개」 둘 다 독주회에서 열 몇번씩 쳤다.

"나중엔 싫증날걸."

우리는 계단통에서 헤어졌다. 그는 영어 고등학교에 다니는 여자친구를 만나러 내려갔고, 나는 담배를 피우러 다락으로 올라갔다. 내가 착한 아이가 돼서 행진에 참여할지 아니면 바딤처럼 그냥 엿이나 먹으라고 한 뒤 5층 연습실에서 광대극 전체를 지켜볼지를 결정하기까지 오 분이 남아 있었다. 하지만 난 꼭두각시들의 행진을 그냥 보내버리기엔 호기심이 너무 많았다. 더군다나 아침 여덟시에 등교할 때 비안카가 건네준, 테두리가 찢긴 작은 쪽지가 교복 안주머니에서 안달을 하고 있었다. 나는 그 쪽지를 열 번은 꺼내서 읽었다. 단어 하나하나를 꼼꼼히 살피고, 그녀의 심리상태를 드러내는 단서를 찾기 위해 필기체의 곡면을 분석했다. 비안카는 이 쪽지를 급작스레 찾아온 뻔뻔한 충동에 굴복해서 급히 쓴 걸까, 아니면 마침내 고백을 하겠다는 결심을 내리고 쓴 걸까? 행진할 때 못 만나면 집에서 기다릴게. 이렇게 적어놓고 나서 조그만 하트를 그려놓았다. 나는 믿을 수가 없었다. 그녀의 부모가 이틀 일정으로 동네를 떠났음을 알았고, 그동안 비안카의 오빠가 이웃집에 있는 파티라는 파티에 모두 불청객으로 기웃거릴 거라는 사실도 알았다. 하지만 이게 진짜 초대일까? 행진할 때 우리가 서로를 놓치지 않으면 어떻게 되는 걸까? 그러고 나서도 비안카는 여전히 나를 자기 집으로 데려갈까, 아니면 늘 하는 긴 산책을 하자고 할까? 하지만 이 하트 그림…… 이건 분명 약속의 기미를 나타내는 것이었다. 거칠고 난잡하게 떡을 치기로 유명한 학교에서 비안카가 하트 그림을 그릴 용기를 낸 것이다! 아마도 이 그림은 진정한 낭만을 의미하리라.

비안카의 아파트에 올라가 그녀의 내밀한 세계에 들어간다는 생각을 하자 '무당벌레'와 그녀의 충고 따위 단숨에 잊혔다. 도시의 거리가 깃발과 팸플릿과, 풍선, 교통을 방해하는 열광적인 군중들로 어지러운 이 흐린 날에, 비안카와 나는 부엌 탁자에 앉아 조용히 차를 마시며 창문 너머로 인접한 아파트 건물의 황량한 정면을, 뒤뜰과 안뜰과 방치된 정원을 갈라놓는 지나치게 높은 벽돌담을, 나무 위로 무한히 이어진 빨랫줄과 거기에 전시되어 있는 온갖 크기와 형태의 속옷들이 예시하는 밝은 미래를 바라볼 것이다. 빈 촛대가 달린 비안카의 낡은 스타인웨이 업라이트가 거실의 바로크 양식 중국제 벽장 옆에 서 있겠지만, 우리는 그걸 연주하려는 유혹에 저항하리라. 에튀드도 헝가리안 랩소디도 연주하지 않을 것이다. 대신 우리는 비안카 아버지의 축음기로 가서 치명적인 아름다움을 품은 음악을, 바흐의 바이올린과 하프시코드를 위한 소나타 음반 같은 걸 올려놓을 것이다. 4번 C 장조 소나타나 F단조 소나타의 아다지오 악장, 아니면 6번 소나타의 라르고 악장. 우리는 낡은 방식으로 섹스할 것이다. 마치 처녀 총각처럼, 신을 두려워하는 농부 아니면 자신의 의무를 완수하는 모범적인 프롤레타리아처럼. 우리는 다른 일들을 생각하며 심란하게 섹스하게 될 것이다. 음악에 대해, 부엌 발코니 난간에서 푸드덕거리는 비둘기들에 대해 생각하면서. 여전히 내 순결함을 구원할 시간이 있을까? 그럴 가치는 있는 일일까? 나는 비안카에에 진짜로 끌린 걸까, 아니면 단지 그녀의 능숙하리만치 세련된 우울함에 매혹된 걸까? 분명한 것은, 우리 사이에 뭐가 있든 결코 열정으로는 자라날 수 없다는 사실이었다. 그렇지만 내가 가장 소중히 여기고 싶은 것이 바로 우리 관계에 있는 이 망가지고 고장 난 특성이었다. 억압된 감정, 감금된 악마, 유산된 황홀.

다락 맨 끝, 불이 켜져 있지 않은 벽을 뒤덮은 목재 판자와 구분이 잘 안 가는 작은 사다리꼴 문이 무슨 이유에서인지 잠겨 있었다. 학교 행정당국이 드디어 우리의 비밀스러운 소굴을 발견하고 만 걸까? 이 입구는 전에 한 번도 잠긴 적이 없었다. 어디서 담배를 피운담? 세상에서 숨으려면 어디로 가야 하지? 나는 문을 발로 세게 밀었다. 판자는 단단하고 무척 두꺼웠다. 막 자리를 뜨려는데 목이 멘 채 킥킥 웃는 소리가 들렸다.

"거기 누구야?"

나는 문을 계속 두드리며 다그쳤다. 침묵. 마침내 카랑카랑한 목소리가 말했다.

"암호를 대시오!"

나는 알렉산더임을 바로 알아차렸다. 알렉산더의 팔세토*는 그의 으르렁거리는 베이스만큼이나 낯익었다.

"이런 천재 같으니라고."

내가 소리쳤다. 손잡이가 두 번 찰칵거리더니 문이 열렸다. 나는 이리나를 보고 놀랐다. 어깨 위로 물결처럼 떨어지는 그녀의 칠흑 같은 머리카락이 등의 3분의 2까지 내려와 있었다. 전에는 한 번도 그녀의 머리카락에 눈길을 준 적이 없었다. 세상에, 그건 마치 저주를 내리고 영혼에 덫을 놓을 수 있는 신화 속의 무기 같았다. 그녀는 분명 달뜬 상태였고, 불같은 눈길과 비밀스러운 미소를 던지면서 고양이처럼 가볍고 우아하게 방을 가로지르며 움직였다. 알렉산더는 채광창 아래 서서 담배를 피우고 있었는데, 목에는 크림색 실크 스카프를 매고 있었다. 이리나의 바이올린 케이스가 구석의 벽에 기대어져 있었다.

"에— 좋은 아침 보냈길 바라고, 우리의 특별한 사적 회합에 오신 걸 환영하네."

이리나가 내 뒤에서 문을 잠그는 동안 알렉산더가 웅장하게 선언했다.

"이 중요한 날, 노예들의 날에, 진한 러시아 악센트와 가짜 만

---

* falsetto, 가성.

병통치약으로 가득한 자궁을 타고나신 우리 고르곤* 같은 어머니 '올빼미'께서 비둘기만 한 뇌를 가진 소작인들을 우리의 덜떨어진 아버지이신 위대한 미라, 공식적으로는 코민테른의 서기장으로 알려진 분의 무덤으로 인도하실 때, 우리는 여기로 모이라는 부름에 주의를 기울여서, 춤과 음악과 불과 예언적 환영이 완비된 약소한 디오니소스적 제전을 열었노라. 이는 소피아의 북쪽 방향에 있는 산에서 수천 년 동안 행해진 것이니. 이리나, 우리의 손님께 성찬식에 쓰는 물건들을 보여주길."

이리나는 잠시 망설이더니 교복 드레스의 가운데 단추를 풀고는 안으로 손을 집어넣어 라이터, 조그만 둥근 거울, 콘돔을 꺼내 방 한가운데 있는 낡아빠진 걸상에 올려놓고 이 방의 문을 여는 데 쓰는 긴 은색 열쇠와 함께 그것들을 정렬했다. 한편 알렉산더는 이리나의 바이올린 케이스를 열고 레드 와인 두 병을 꺼냈다. 이 모든 것이 미리 계획됐다는 사실이 명백해졌다. 이리나는 자기 바이올린을 집에 두고 온 것이다.

"이 성찬식의 방에 들어오는 열쇠를 어떤 방법으로 얻었는지 제가 여쭈어도 되겠나이까?"

나는 그렇게 말하며 이 연극에 참여했다.

"유혹이니라."

알렉산더가 이리나를 향해 손을 뻗으며 응답했고, 그녀는 엉덩

---

* 그리스 신화 속 괴물. 머리카락이 뱀으로 되어 있으며 똑바로 보는 사람은 돌로 변했다.

이를 반쯤 빼며 절을 하고 나서는 담배에 재빨리 불을 붙였다. 그녀가 담배를 빨고 바닥에 재를 터는 방식에는 어딘지 거칠고 비타협적인 느낌이 있었다. 그녀의 상냥한 걸음과 달콤한 음성에 대비되는 담대한 분위기.

"수위 아저씨 꽤 괜찮아." 그녀가 말했다. "내 취향에는 좀 늙긴 했지만 그래도 매력 있어."

빽빽하게 구르는 드럼 소리가 처음에는 멀리서, 그러다 별안간 무척 가깝고 크게 들리더니, 건물 바로 밖에서 챙챙 하는 심벌과 심장이 멈출 듯한 베이스 드럼의 공격으로 이어졌다. 하나, 둘, 셋, 네 마디가 지난 다음 관악 파트가 온 힘을 다해 악기를 불기 시작하자 폭죽이 터지는 듯한 메아리가 미로 같은 안마당과 주위의 건물을 빙글빙글 돌았다. 당연하게도 소피아 음악학교는 도시에서 가장 뛰어난 관악 파트 연주자들을 보유하고 있었다. 나는 채광창으로 몸을 내밀어 1학년부터 12학년에 이르는 학생 모두가 뻣뻣하게 모여 선생들의 인솔을 받아 정문을 통과해 거리로 나선 다음, 넵스키 대성당으로 향하는 모습을 내려다보았다. 행렬이 오보리쉬트와 톨부인 교차로에서 멈추자 렙스키 기념비 쪽에서 나타난 영어 고등학교 학생들이 그 앞을 지났다. 온갖 학교, 대학, 병원, 언론사, 기관에서 나온 사람들이 만들어낸 끝없는 줄이 직사각형 형태로 무리를 지었다. 붉은 깃발을 들고 슬로건이 적힌 커다란 밴드를 걸친 사람들이 시내 중심의 무덤 쪽으로, 방탄유리로 만든 벽 뒤에 서 있는 우두머리 꼭두각시가 군중에게 기계적으로 손을 흔들고 있는 웅장한 무덤 방향으로 통하는 주요 도로를 한 발씩 건너고 있었다. 소피아는 포위되어 있었다.

"가봐야겠어." 나는 우리 반을 따라잡을 시간이 아직 있는지 계산하면서 말했다. "사람들이 신호등 앞에서 멈췄네."

"넌 아무 데도 못 가." 알렉산더가 말했다. "오늘은 출결 기록 안 해. 3층 관리인인 우리들의 친구 마리아에게 얘길 해뒀거든. 심지어 네가 없다는 걸 사람들이 알면 징계 먹을걸. 그렇다고. 잘 알잖아. '하이에나'는 노래 부르고 주변 사람들에게 명령하느라 바빠서 출석 체크 따윈 못 할 거야."

"그런 게 아냐. 비안카 때문에 그래. 아무래도 나 걔 숙소에 초대받은 것 같거든."

"비안카! 말도 안 돼! 자식, 대체 언제 걔를 단념할 거야? 걔는 재능도 없는데다 진짜 고지식한 애라고."

"게다가 젖꼭지도 없고."

이리나가 사무적으로 언급했다.

"거 말 잘했다." 알렉산더가 그녀를 칭찬했다. "이리 와. 와인도 마시고 담배도 피우자…… 학교가 텅텅 비었으니 아무도 우리한테 와서 훼방 놓을 수 없어. 밖에서 저런 미친 짓이 벌어지고 있는데 정상적인 인간이 어떻게 우리를 거절할 수 있냐고?"

"걔가 나한테 쪽지를 줬어. 좀 특별한 쪽지란 말을 해야겠네."

"그럼 어디 좀 보자. 조사해보게 쪽지 좀 보여보라고, 14번! 이리나, 쟤 수색해서 쪽지 좀 찾아와 봐. 세상에, 이거 진짜 재미있어지네!"

수업을 빼먹으라고, 친구들을 바람맞히라고, 매일매일의 책임을 어기라고 날 설득하는 건 알렉산더의 가장 큰 즐거움인 듯했다. 그는 자기와 오후 내내 어울리게 하려고, 자기의 사악한 계획을 들려주려고, 술을 마시려고, 여자를 후리거나 공원을 나가떨어지도록 걸어다니려고 내 일상을 포기하게 하는 데 조금도 거리낌이 없었다. 내가 알렉산더의 촌스러운 매력에 의지가 꺾여 단념하고 순종하는 꼴을 보는 것은 그에겐 엄청난 기쁨이었다.

"지금 안 갖고 있어."

나는 이리나에게 말했다. 그녀는 담배를 끄고 내게 가까이—심지어 아주 가까이—다가왔다. 이리나의 몸이 내게 바싹 붙었고 나는 그녀의 뺨이 목을 간질이는 걸 느꼈다. 그녀는 날 꼭 끌어안고는 바지 뒷주머니를, 다음에는 앞주머니를, 거기서 내가 가진 약간의 돈을 몰수하고 난 다음 쪽지가 있는 재킷 안주머니를 뒤졌다.

이리나가 내게서 물러서며 조그만 종잇조각을 펼쳤다. 그러더니 순간 웃음을 터뜨렸다. 어떤 가식도 없는 그녀의 웃음이 사방으로 퍼지며 울렸다.

"하트! 그 쬐끄만 년이 얘한테 하트를 그려줬네, 귀엽기도 해라! 너네 무슨 19세기 사람이냐. 얘네 사랑에 빠졌어!"

이리나는 쪽지를 알렉산더에게 건넸고, 그는 이걸 범죄 현장에서 증거를 모으는 수사관처럼 심각하게 조사했다.

"내 질문은 이거야. 비안카랑 자고 난 다음에 그애에 대해 뭘 알고 싶냐는 거지. 생각해봐. 만약 네가 걔에 대해 모든 걸 안다 면 그다음에 무슨 일이 벌어질지도 안다는 거잖아. 넌 그냥 시간 낭비를 하고 있단 얘기지."

"바보짓 하지 마, 알렉산더. 우린 이미 우리에게 무슨 일이 일 어나는지 다 알고 있어. 인생은 그저 커다란 리허설일 뿐이라고."

"얘 자기 아버지처럼 철학자 다 돼가네!"

알렉산더는 빽 소리를 지른 다음 와인 병으로 손을 뻗었다.

"맘에 들어! 이리나, 내가 말하는데, 이놈 뭔가 엄청난 허튼소 리를 만들어낼 수 있다고…… 근데 우리 와인 따개 깜박했다."

이리나가 그에게서 병을 빼앗더니 열쇠로 코르크 마개를 눌러 병 안으로 밀어넣었다. 그런 다음 몇 모금 꿀꺽거리더니 병을 알 렉산더에게 넘겼고, 그는 한 번에 절반을 들이켰다. 스네어 드럼 이 다시 울리기 시작했다. 나는 음악학교 대표단 애들이 앞에서 행진하고 있는지 보려고 채광창을 통해 거리를 내려다보았다. 그 들은 여전히 정지 신호 앞에 서서 구호가 적힌 종이와 초상화를 든 채 소란을 피우고 있었다. 나는 재빨리 병을 비웠다. 이리나가 두 번째 병을 땄다.

"이봐, 단추, 내가 너 발견했을 때 기억나? 돈두코프랑 파리 사 이 골목에 있는 냄새나는 술집 화장실 바닥에 잠들었을 때."

'단추'는 5학년 때 알렉산더가 내게 붙인 별명이었다. 물론 나 는 한창 수업일 때 여인숙 화장실에서 술에 취해 필름이 끊겼던

175

일을 기억했다. 지난 봄 내가 막 열다섯 살이 됐을 때였다.

"내가 술집에 들어가서 바 뒤에 있던 빨간 머리 여자한테 '단추'를 봤냐고 물어봤거든. 그 여자가 이렇게 말했어. 글쎄요, 화장실 한번 살펴보든가. 순한 맥주를 피처로 열두 잔이나 마시길래 내가 개한테 않아누울 거라고 그랬거든. 열두 잔! 긴 휴식시간에! 바보도 이런 바보가 없다니까!"

"내 최고 기록이지." 나는 그렇게 말했지만 딱히 자부심을 느끼진 않았다. "살면서 그렇게 오래 오줌을 싸보긴 처음이었어. 흑해를 비우는 기분이었다니까."

"그래서 내가 애를 5교시 수업에 딱 맞춰서 끌고 학교로 돌아갔거든. '난쟁이'가 가르치는 음악사 시간이었어. 슈베르트 8번을 듣다가 졸아서 바닥에 나동그라진 등신. '난쟁이'가 애보고 집으로 가라고 했는데 결석 처리도 안 했다니깐."

"'난쟁이'가 그런 점에선 괜찮긴 하지."

이리나가 그 사실을 확인해준 다음 '난쟁이'를 위해 건배했다.

하지만 나는 몽롱해지고 있었고, 소멸해가는 구름들이 닥터스 가든 구석으로 향하여 우리 머리 위를 지나는 동안, 드럼과 경적 소리는 무덤 방향으로 멀어졌다. 이 안에서 우리는 각각 외로웠다. 음악에 대한 사랑을 빼면 사랑도 없었다. 나는 내 폐와 혈관을 불꽃으로 채우며 담배를 피웠다. 불이야말로 내가 필요로 하는 것이었고, 결코 충분치가 않았다. 나는 불타는 석탄이 깔린 벌판을, 불 위에서 춤을 추는 늙은이들처럼 맨발로 걸으리라. 천천히 걸으며 열기와 고통을 빨아들이고 이원론적 마음을 소각하리라. 아, 그런데 불이 없었다. 여기는 춥고 어두웠으며 태양은 너무 멀리 떨어져 있었다. '백조' 이고르가 수업 중 2번 체임버 홀에서 뛰쳐나가 학교 복도에서 춤을 추며 "불을 가져오라, 프로메테우스여! 그리하여 이 저주받은 장소를 태워버리란 말이다!"라고 소리쳤던 때를 내가 어찌 잊을 수 있을까. 다른 선생들은 그를 어떻게 생각했을까? 한때는 촉망받는 피아니스트였던 뚱뚱하고 유순한 광인으로 여겼을까, 아니면 공공질서를 타락시키겠다고 위협하는 위험한 기생충이라 생각했을까?

이리나와 알렉산더는 방의 내벽을 가리고 있는 나무판자 뒤의 낮은 공간으로 가서 속닥거리기 시작했다. 그들은 여전히 알렉산더의 계획, 3층에 있는 주 스위치를 꺼서 학교의 전력을 차단한 다음 그로 인한 어둠을 틈타 수학 선생 '큰까마귀'를 계단 아래로 밀어버리자는 계획에 대해 얘기하고 있었다. 삼각자, 가방, 컴퍼스도 몽땅 다. 이리나는 '큰까마귀'가 차고 다니는 쉰여섯 개의 팔찌가 낼 소리가 새빨간 코를 가진 흡혈귀가 계단 아래로 구를 때 나는 소리처럼 들릴지 궁금해했다.

"유감입니다, '큰까마귀' 동지." 알렉산더가 현장에 도착한 양호 선생 흉내를 냈다. "하지만 우리는 방정식의 맨 앞에 들어갈 변수를 정할 때까진 동지를 괄호 안에 넣을 수밖에 없군요."

이리나가 웃었고, 그런 뒤 둘 다 조용해졌다.

나는 두 번째 병을 비운 다음, 채광창을 통해 아래쪽 거리 양옆에 길게 줄지어 늘어선 밤나무들을 보았다. 나무들이 없는 소피아는 황량한 공동묘지에 불과할 것이다. 도시에 삶을 되돌려주려고 분투하는 것은, 남의 불행을 고소해하는 신과 모두에게 내린 저주로부터 삶을 분리하려고 애쓰는 것은 오직 그 나무들뿐이었다. 덩굴식물들이 짜는 강력한 거미줄이 치장 회반죽을 바른 소름 끼치는 건물들을 정복했다. 덩굴이 홈통과 발코니를 둘둘 감았고 덩굴손이 이끼 긴 지붕 타일 밑으로 파고들었다. 자작나무는 병원 창가 밖에서 밤새 불침번을 섰다. 버드나무는 옛 교회 주변에서 자라났다. 신성한 것의 전달자인 사과나무와 벗나무는 암병동과 정신병동 바깥에서 꽃을 피웠다. 그늘진 마당의 벽에 매달린 야생 포도덩굴은 거기서 노는 아이들에게 삶의 신비를 가르쳐주었다. 음악학교 밖의 나무들은 언제나 자리를 지키는 청중들이었다. 아침에도, 오후에도, 밤의 끝에도 그들은 들었다. 내가 늦게까지 남아 하나의 악절을 지겹도록 연습할 때도 거기 있었다. 내 연습실 창문을 건드리며, 기대를 품고 흔들리며, 모든 음을 빨아들이며. 가을이 되면 나는 내 아픈 손을 치료해주는 기름이 밴 부드러운 나무열매를 호주머니에 채워넣었다. 10월 말이 되면 인도에 높이 쌓인 적갈색 낙엽 둔덕으로 굴러들어가 거리로 낙엽들을 뿌려댔다. 겨울에는 나뭇가지에 매달린 수정 같은 고드름을 꺾어 입 안에서 녹였다. 그리고 다시 봄이 오면 작은 꽃망울이 삶에 대한 열정을, 이전보다 더 열심히 연습해야겠다는 열의를 회복했다. 나는 밤이면 나무들이 연주하는 음악을 들었고, 나무둥치에 핀으로 꽂힌 독주회 포스터와 부고 기사를 읽었다. 공원과 녹지 보존을 담당하는 정부 기관이 보낸 한 떼의 노동자들이 낡아빠진 작업용 크레인을 타고 와서 이삼 년에 한 번씩 거리 쪽으로 활처럼 굽어 있는 긴 나뭇가지들을 잘랐다. 가지들이 무궤도 전차 위의 전선에 늘어지지 않게 하기 위해서였다.

한번은 황새 한 쌍이 학교 건너편 거리에 있는 나무 중 하나에 커다란 둥지를 지었고, 그 때문에 선생들, 학생들, 행인들이 놀란 표정으로 멈춰 위를 올려다보았다. 이 순수한 피조물들은 어디서 온 걸까? 우주의 맨 밑바닥인 이곳까지 내려와서 뭘 하고 있는 걸까? 혹시 음악에 홀렸던 걸까? 어떤 이들은 황새의 도착이 새로운 주기의 시작을 예견한다고 말하기도 했다. 왜냐하면 세상 모든 일이 주기에 따라 일어나기 때문이었다. 달의 주기, 태양의 주기, 인생의 주기. 새들은 오래 머무르지 않았다. 새들은 이내 유출된 원유 웅덩이에서 목욕이라도 한 듯 허약해지고 지저분해 보이기 시작했다. 그런 다음 한 마리가 사라졌다. 다른 한 마리는 전차에 치였다. 예견된 일이었다. 이곳은 유령들을 위한 곳이었다. 사나운 하늘을 샅샅이 뒤지고 다니는 새들이라고는 검은 까마귀, 회색과 검정색이 섞인 까마귀 수백만 마리와 창백한 비둘기들뿐이었다.

알렉산더가 벽에 있는 좁은 입구에서 기어 나와 채광창 밑 자기 자리로 돌아왔다. 그는 껌을 씹으며 스카프를 다시 맸다.

"이리나가 너랑 할 말이 있다는데."

"무슨 말?"

내가 물었다. 알렉산더는 어깨를 으쓱하고는 직접 가서 알아보라는 몸짓을 취했다. 무슨 일이 일어날지 궁금해하면서 나는 좁은 공간으로 기어들어갔고, 탈착이 가능한 판자를 제자리에 끼워 맞춰놓은 다음, 초짜들이 주로 어슬렁거리는 개방된 지역으로 구부정하게 걸었다. 그곳은 최근에 물건들을 추가해둔 뒤라, 아름다운 의자—교장실에서 훔쳐온 것이었다—와 책상, 코트걸이, 쓰레기통이 비치되어 있었다. 누군가는 심지어 교과서와 과제물을 태우는 의식을 치르다 감당하지 못해 불이 번질 경우를 대비해 조심성 있게 소화기까지 가지고 들어왔다. 이곳은 아까 있던 방보다 훨씬 어두웠다. 채광창은 조그마했다. 이리나가 책상에 몸을 구부리고 천으로 장정된 두꺼운 공책에 뭔가를 필사적으로 적는 게 보였다. 왼손으로는 머리카락을 붙잡고 있었다.

"뭐야?"

그녀는 필기를 멈추거나 날 보지도 않고 물었다. 의자에 앉자 맨발인 채 발가락 끝으로 서 있는 그녀가 눈에 들어왔다. 이리나가 신던 검정색 스타킹은 코트걸이에 늘어져 있었다. 회색 클락스 구두는 책상 옆에 놓여 있었고.

"알렉산더가 네가 나랑 얘기하고 싶어한다던데."

"그런 말 한 적 없어."

나는 놀라지 않았다. 알렉산더는 소소한 게임을 하는 걸 좋아했다. 여길 뜨는 게 예절바른 행동이겠지만, 나는 대신 담배에 불을 붙인 다음 무례하게 게임을 지속했다.

"매일 일기를 쓰니?"

멍청한 질문이었다. 이리나는 헛소리에 조금도 관용을 베풀지 않기 때문이었다.

"꺼져." 그녀가 말했다. "네가 환영받지 못하는 때라는 거 몰라?"

세상에, 이 정열 좀 보라지! 나는 그녀가 날 돌아볼 때까지 기다렸다. 그녀의 어두운 기운, 강렬한 시선, 두 눈에 담긴 경멸과 차갑고 푸른 불꽃, 그녀 주변을 휘감아 도는 듯한 조용한 바람. 별안간 강렬한 소용돌이 입구로 말려들어가는 느낌이 들었다. 이리나는 내가 정말 소수의 음악가들에게서만 보는 일종의 최면적인 존재감을 갖고 있었다. 그녀는 숙달된 바이올린 솜씨를 통해, 한때 고대의 마법사들이 연금술과 희생제의를 통해 얻었던 바로 그것을 획득했다. 체육 선생이 지하층에서 그녀의 가슴을 더듬으려고 시도한 뒤에 어떻게 굴욕을 당했던가. 유명한 얘기다. 그녀는 선생의 손을 붙잡고 귀에다 뭔가 속삭였다. 그의 얼굴에서 핏기가 가셨고 무릎을 부들부들 떨었다고 한다. 난 그 얘길 믿었다.

"사실은…… 잠깐." 이리나가 공책 맨 뒤를 편 다음 펜을 벅벅 긁으며 뭔가를 썼다. "너 수요일 어떠니? 세시에 뭐 할 일 있어?"

"아니."

"너 내 반주자 하고 싶어? 이고르의 실내악 수업에 참석해야 하는데 새 파트너가 필요해."

당연히 난 그녀의 반주자가 되고 싶었다. 그녀는 학교 전체를 통틀어 가장 뛰어난 바이올린 연주자였다.

"하지만 이건 우리가 수업 앞뒤로 연습할 시간을 잡아야 한단 소리야."

이리나가 시간표를 보며 말했다.

"너 이걸 진지하게 하겠다고 나랑 약속해야 돼. 이번에는 이고르에게 F를 받아도 좋을 여유가 없어. 다들 날 노리고 있다고. '올빼미'는 날 학교에서 쫓아내고 싶어해. 내가 알아."

그녀는 공책을 덮고 내 옆에 서서 우리 주변을 둘러싸고 있는 먼지 낀 음울한 공간을 바라보았다. 그녀의 입술은 와인에 물들어 있었고, 머리카락에서는 담배와, 아마도 바닐라 향기 같은 달콤한 냄새가 났다. 나는 그녀의 목 왼쪽, 턱 바로 아래 암적색으로 침착된 부위를 만지고 키스하고 싶었지만 그녀는 가만있지 않을 것이다. 바이올린 연주자들은 일생 동안 목에 모이라이*의 인장 자국을 찍은 채 살았다. 망각의 강의 늙은 밀수범인 뱃사공은 최근 세상을 떠난 비르투오소의 창백한 피부에 찍힌 바이올린 자국을 알아보았을까? 음악가들은 그 배에 무임승차를 할까, 아니면 그들 역시 서민과 부유한 돼지들과 다를 바 없이 건너편 물가로 가기 위해서는 은화를 물어야 할까?

"가끔 이게 다 헛짓거리 같다는 기분이 들어." 이리나는 그렇

---

* Moirai, 그리스 신화의 운명의 여신.

게 말하고 내 담배를 빼앗아 한 모금 빨았다. "연습하고, 수백 페이지나 되는 악보를 외우고, 연주하고. 그건 다 마귀들을 멀리하는 방법일 뿐이거든. 연주할 때면 악몽이 좀 스러져. 하지만 내가 이런 식으로 얼마나 오래 가겠어? 스무 번째 생일을 못 볼 것 같다는 생각이 들어. 난 이미 모든 걸 경험하고 맛봤어. 벌써 늙고 지쳤다고."

"늙었다니!" 나는 울부짖었다. "너 열일곱이야!"

"맞아. 내가 너보다 삼십 년은 더 늙었단 얘기지. 넌 사십대 초반이고."

이리나는 킬킬거리며 머리를 귀 뒤로 넘겨 묶었다. 나는 그녀의 손에, 믿음직스럽고 힘 있는 손에 다시 눈길을 줬다. 이리나의 손이야말로 다른 무엇보다도 내가 욕망하는 것이었다. 나는 그 손에 담긴 비밀과 지혜와 슬픔을 알고 싶었다.

"너 그거 깨달은 적 있어? 여기선 시간이 다르게 흘러. 일 년이 십 년, 심지어는 그보다 더 길게 느껴져. 내 어린 시절은 아홉 살 때 끝난 거야. 열네 살 때 사춘기를 졸업한 거지. 결혼도 했고, 애도 낳았고, 여행도 했고…… 그런 식이지. 날 아끼던 사람들을 이미 다 잃었고. 이 빌어먹을 바이올린을 연습하는 동안 그런 일이 다 벌어진 거야. 난 눈치도 못 챘는데."

"너 졸업까지 이 년도 더 남아서 피곤해진 거야. 사실 여기서 이 년은 영원이나 다름없잖아. 공연에, 결석에, 벌점에, 오디션에. 게다가 반년마다 하는 실력 테스트도 있고. 테스트 자리에 있는 위원회 총독들은 사형 집행에 서명해서 네 경력을 끝내버릴 수도 있지. 우린 계속 무대 공포증에 걸린 상태로 살아가는 거야."

"아니, 난 아무것도 두렵지 않아."

또 다른 악단이 근처를 행진하면서 곡을 뽑아냈다. 이번 곡은 폭발하듯 터지는 「조용한 백색 도나우 강」이었고, 거리 아래쪽에 있는 수학 고등학교의 얼간이들만이 할 수 있는 망측한 연주였다. 좁은 공간을 통과한 가느다란 빛 한가운데서 뱀처럼 구불구불한 담배 연기와 함께 먼지들이 살아 움직이듯 빙빙 돌았다. 바깥은 행복에 겨운 봄날이었고, 지붕 타일을 통해 스며들어오는 상쾌하고 기분 좋은 공기는 우리가 죄수라는 사실을, 우리가 일생동안 격리되어 음악으로 이루어진 미궁의 퀴퀴한 공기를 호흡해야 한다는 판결을 받았음을 새삼 상기시켰다. 이리나가 그제야 처음으로 내 얼굴을 보았다. 그녀는 슬픈 걸까? 눈에서 타오르는 불, 이리저리 난잡하게 타오르는 불꽃, 필멸할 인간들을 경멸하는 기색을 드러내는, 사람을 무장 해제시키는 그 거만함은 어디 있나? 이리나는 별안간 약하고 궁핍해 보였으며, 어린애 같았다. 나는 그녀의 손을 잡았다.

"뭐 다른 걸 바라고 여기 왔어?"

그녀가 물었다.

"당연히 아니지."

내가 대답했다. 나는 병적인 거짓말쟁이였다. 나는 이 시간이 어떤 맛이 나게 될지 궁금했다. 여름밤처럼 따뜻하면서 안온

할까, 차가운 바다에 뛰어드는 것처럼 심장이 뛰고 거칠게 흔들릴까? 아니면 석류 열매 한 움큼처럼 아득하고, 어스레하며, 가을 같을까? 이 시간은 석류였다. 우리는 손을 잡았다. 키스는 하지 않았다. 이건 사랑이 아니었다. 우린 그저 좋은 친구일 뿐이었다. 그게 아니라면 나는 자신을 속이고 있는 것이다. 이리나는 내가 사랑하는 유일한 사람이 아니었던가? 오래된 리듬, 8분의 6박자인 불규칙한 심장박동이 다시 울렸다. 이리나는 누구보다도 시간을, 리듬을 따르는 걸, 온갖 이상한 박자의 중요성을 잘 알았다. 그녀는 내게 뺨을 갖다 대고는 손으로 내 목을 꼭 감쌌다. 마치 우리가 지금 하고 있는 일이 두렵다는 듯이, 자신과 언어와 이름들을 잊을 수 있도록 자신을 도와달라는 듯이. 우리는 예전에도 이런 적이 있었지만, 이번에는 열정이라는 도취상태 뒤에 숨을 수가 없었다.

알렉산더와 잤다는 이유로 내가 그녀에게 화가 났을까? 물론 그랬다. 나는 온갖 것에 대해 고통으로 불타고 있으니까. 하지만 최악은 이 불타는 아픔으로 인해 이리나의 동작이 더 달콤해지고 더 사람을 홀린다는 사실이었다. 담배 때문에 입은 화상이나 면도날에 베인 상처가 취한 상태에서는 더 아파지듯이.

마침내 내 마음이 평정을 찾았다. 음악 소리는 더 들리지 않았다. 더 이상 쇼팽의 발라드도, 실내악도, 현악기도, 관악 밴드도, 피아노 듀엣도, 팀파니 소리도 들리지 않았다. 대위법과 화음도 없었다. 더는 리듬을 따라가지 않아도 됐다. 마침내 침묵이 왔다.

꼭두각시 무리들도 가버렸다.

"비안카랑 하는 데이트, 내가 망친 거지. 그렇지?"

이리나가 내 머리를 헝클어뜨리고 코를 꼬집었다.

"어차피 갈 생각도 없었어."

내가 대답했다.

8장

J. S. 바흐, 바이올린 소나타 4번 C단조, BWV1017
4악장 알레그로

'백조' 이고르와 이리나는 마지막 실내악 과외 수업에 벌써 한 시간이나 늦었다. 나는 학교 밖 벤치에 앉아 작은 분수대에서 느릿하게 흐르는 물을 바라보며 지난 두 달간 있었던 일들을 생각했다. 지저분한 기차에 몸을 싣고 흑해의 거친 해변으로 가 동네 레스토랑에서 묵은 빵과 싸구려 와인, 맥주를 먹고 필터 없는 담배를 피우며 여름을 보내려던 계획은 좋난 지 오래였다. 대신 새로운 피아노 레퍼토리를 파고 재시험을 준비하느라 7월과 8월을 학교에서 보냈다. 나는 대수, 문학, 그리고, 맞다, 실내악에서 F를 받았다. '백조' 이고르는 약속을 지켰고, 이리나와 나 둘 다 그가 진행하는 수업 시간에 나타나지 않는 바람에 낙제했다. 정확히 말하자면 나는 매 시간 출석했다. 이리나가 편안히 거할 수 있는 성을 쌓아 최면을 거는 듯한 그녀의 목소리가 흐르기를 바라면서. 하지만 이리나는 신경도 쓰지 않았다. 아마도 더 괜찮은 할 일이 있던 모양이었다.

재수강 중 문학이 가장 힘들었다. 프롤레타리아의 시들, 그 교양 없는 병신들이 뱃속을 뒤집어놓았다. 공장, 과학, 진보를 열렬히 다루는 시들은 독성이 너무나 강해서 500마일 바깥에 떨어진 생쥐도 죽일 수 있을 정도였다. 반면 대수는 수월했다. 이번에는 제대로 공부를 했고, '큰까마귀'는 그리 싸우지도 않고 패배를 인정했다. 그 깃털 달린 마귀가 오른손에 여전히 기브스를 하는 바람에 왼손으로 일지에다 'C'라고 삐뚤삐뚤하게 낙서하듯 적는 걸 보자니 기분이 좋았다. 아직껏 기브스를 하다니! 팔이 또 부러진 게 분명했다. 다른 이유가 있을 리 없었다. 그녀의 짤랑거리던 팔찌는 이제 스물여덟 개에서 열네 개로 줄어들었다. 그녀의 수학적 권능은 직격탄을 맞았고 피타고라스적 주문도 깨졌다. 심지어 가엾어 보일 지경이었다. 목이 부러졌을 수도 있으니까. 학교 층계는 진짜 사악한 장소였다. 각 계단이 대부분 보통보다 두 배는 긴데다 훨씬 가팔랐다. 그녀가 진짜로 크게 다쳤다면 교무실 밖에 있는 주 전력 스위치를 내려서 창문이 없는 층계 전체를 완전한 암흑으로 몰아넣은 장본인인 내 기분이 무척이나 끔찍했을 것이다. 일은 순식간에 일어났다.

"스위치를 꺼!"

알렉산더가 속삭였고 나는 그가 '큰까마귀'를 살짝 겁줄 위치를 잡은 거라고 생각해서 즉시 움직였다. 알렉산더가 진짜로 그녀의 엉덩이를 걷어차 날려버릴 거라고는 예상하지 못했다. 뭔가를 해보자는 농담과 진짜로 그짓을 하는 건 완전히 다른 문제이지만, 이번에 내가 톡톡히 배운 바에 따르면 알렉산더와의 경우에는 일이 진행되는 과정을 예의 주시하고 있는 편이 현명했다. '큰까마귀'는 굴러 떨어지는 중간까지 입도 벙긋 못 했는데, 불이 다시 켜지자 벌떡 일어서서 침착하게 걸어갔다. 늙다리이지만 그 기백만은 인정하지 않을 수 없다. 하지만 여튼 다 끝난 일이고, 그녀와의 관계도 이젠 과거지사였다. 9월 15일 이후에는 그녀의 수업을 다시 들을 일이 없을 터였다.

비가 내리기 시작했고, 내가 학교 안으로 퇴각했을 때 '백조' 이고르가 바이올린 케이스를 들고 마침내 도착했다. 그는 폭발하듯 2번 체임버 홀로 뛰어 들어왔고, 왼쪽 고정문을 경첩에서 떼어내버리고 과장된 제스처를 취하며 고래처럼 우아하게 빙글빙글 돌더니 플라톤을 믿을 수 없다고 선언했다.

"기쁨이라는 악마들! 기쁨이라는 악마들 말이다! 콘스탄틴, 알겠지만 플라톤은 믿을 수가 없어. 호른을, 트럼펫을 가져오렴. 여기 이렇게, 웃차! 글리산도로 종지를 맺고, 이제 바이올린이 등장하는 거지! 강이 다시 흐르는 거야. 학교 전체가 이제는 떡 치는 공장으로 뒤바뀌었어. 계단이 끈적거리는 것들로 덮이고 콘돔이 벽에 걸려 있고 심지어 관리인은 그 추잡한 쓰레기들을 제대로 치우지도 못한단 말이야. 그 냄새들! 열여섯 살 여자애들이 속옷도 안 입고 어두운 복도를 걸어 다니면서 막 자기 몸을 주무르고 젖꼭지를 쥐어짠다고. 천국에서 자위를 하는 가톨릭 수녀들의 유령이 보여. 예수님의 그 쪼그만 다람쥐들. 크레센도로 올라가다가 광택이 팍 사그라들지…… 기쁨이라는 악마들! 수위는 지금 오럴을 당하고 있는 중이야, 이건 미친 짓이지. 난 더는 못 견디겠어. 진작에 내시들만 있는 합창단에 들어갔어야 했는데. 어쩌면 너와 이리나는 홀딱 벗고 그랜드피아노 아래서 떡을 치는 게 나을지도 몰라. 프레스토로, 미뉴에트처럼, 어쩌면 심지어 사라방드일 수도 있겠지. 난 그걸 뒤에서 지켜보고…… 조심스럽게! 난 한 마디도 안 할 거야. 이건 제안이야. 싫으면 그만둬. 받아들이면 내가 너희들 둘 다 A를 주지. 좋은 거래잖아. 넌 어쨌거나 악기 연주를 잘 못 하니까…… 쓸모없는 똥덩어리들! 나 때는 수업 시간에 하루 열 시간, 열네 시간씩 연주했어. 밤새 연주했고 살아남기 위해 연주했지. 난 정상에 오르던 중이었어. 거의 다 갔었지. 아마 들었을 거야. 차이콥스키 콩쿠르 얘기. 그때 조그만 사고가 있었어. 나는 음악원에서 추방당했고, 이 쥐구멍에 들어와 직업을 구해야 했지. 그게 내가 받은 벌이었어. 영접에 대한 내 욕망 때문에 받는 고통. 하지만 플라톤은 믿음이 안 가. 음악원 3층에서 애들을 가르치는 작고 쥐처럼 생긴 재능 없는 오페라 가수가 주말에 당 서기장의 거시기를 빨고 있었다는 걸 누가 알겠냐고! 넌 나한테 이런 말 들은 적 없는 거다. 난 한 마디도 안 했어. 꽝! 이제 그 얘긴 수많은 팀파니와 더블베이스의 천둥 같은 소리 아래 묻힌 거야. 사라진 거라고! 합창단이 한꺼번에 노래하고 첼로가 지구 대기에 음속으로 충돌하는 혜성처럼 16분음표로 불타오르지. 인생도 음악이랑 똑같아. 음 하나 잘못 짚고 까닥 잘못 움직이면 다 끝날 수 있어. 그걸로 모두 끝인 거야. 음 하나만 잘못 짚으면…… 넌 연습만 충분히 하면 굴욕을 면할 거라고 생각하겠지. 종말이었던 거야! 최소한 나는 불꽃 속으로 내려간 거라고. 조용히 사라지면 안 돼. 그건 역겨운 꼴이니까. 맞아. 내가 카산드라 부인의 님프 같은 엉덩짝에 손을 올렸어. 인정해. 내가 음악원 계단 한가운데서 그 엉덩이를 발톱 달린 독수리처럼 게걸스럽게 꽉 움켜쥐었지. 그녀가 육욕의 쾌락으로 이루어진 추를 흔들흔들하며 내 앞에서 걸어가고 있었거든. 얼마나 잡고 싶었겠냐고! 그 여자를 막 잡아먹고 싶었다고. 위아래로 핥고 싶었단 말이야. 기쁨이라는 이름의 악마지! 넌 나한테 이 말 들은 적 없는 거다, 퐁! 우리 위로 내려오는 것은 잊혀진 이상한 안개야. 이물질이 태양을 가렸고…… 우린 어디 있는 거지? 이 방은 뭐야? 내가 왜 바이올린을 들고 있지? 음, 난 그 여자가 내 뺨을 갈겨버리길 바랐어. 솔직히 그게 희망사항이었지. 어여쁜 님프에게 경멸을 당하는 것보다 흥분되는 일은 없거든. 한 대만 때려달라고. 얼른! 한 대, 두대, 세 대, 그러면 난 지려버릴 텐데. 하지만 그 대신 여자는 난쟁이 서기장에게 가서 다 고해 바쳤어. 공산당의 첩이었다는 사실이 밝혀진 거지. 그걸 누가 알았겠냐고. 그 여자가 우두머리 광대랑 붙어먹고 있었을 줄! 난 아무 말도 안 한 거야. 내가 광대라고

한 말을 들었다고? 오해야. 지모바 동지, 항의하겠습니다! 붉은 별의 이름을 걸고 말하건대 그 학생은 분명 환각 상태에 빠져 있었단 말입니다. 그 학생이 여기 있는 동시에 위층에도 있진 않았다는 건 자명한 사실 아닙니까. 제가 감히 제안을 하나 해볼까 하는데…… 저한테도 즉시 해당되겠습니다만, 강제노동 수용소에 가든가, 영재들을 위한 음악학교에 취직해서 연주를 그만두는 것이지요. 너도 알겠지만 노동은 나한테 맞지 않아. 내 손은 광산에서 돌을 캐도록 만들어지지 않았어. 내 연약한 인성은 방사능의 변화에 견딜 수 있게 돼먹질 않은 거지. 내가 캐냈던 건 말야, 우라늄이라는 건데, 그걸 끼니에 포함시키고 싶진 않을 거야. 난 트라반트*에 타기엔 너무 뚱뚱할지 모르지만 여전히 심성이 고운 사람이라고. 심장도 약하고 고환엔 염증이 났지."

그렇게 해서 '백조' 이고르와 나는 바흐의 바이올린 소나타 4번을 연주했다. 이고르가 끝내 오지 않은 이리나의 자리를 채웠다. 우리는 메트로놈을 120으로 맞춰놓고 열정적으로 연주했고, 그건 내가 반주자이자 음악가로서 맛보았던 가장 훌륭하고 만족스러운 경험이었다. 이고르는 바이올린을 믿을 수 없을 만큼 잘 켰지만—특히나 그가 음악학교 학생들이 부전공 악기를 골라야 하는 11학년 때 바이올린을 잡았음을 감안한다면—바흐에 대한 그의 이해력, 나를 자체적인 규칙과 차원과 이성을 지닌 그의 비

* Trabant, 동독에서 생산한 소형 승용차.

밀스러운 세계로 인도하는 능력으로 인해 이 비오는 날 오후의 수업은 특별했다. 음악가인 이고르는 '백조' 이고르, 또는 '야만인' 이고르와 근본적으로 다른 존재였다. 바이올린을 턱 밑에 딱 붙이고 있는 동안 그는 정직, 사랑, 계몽에 대한 동경, 이기심 없는 자아 성찰만으로 구성된 표현의 팔레트를 지닌 세련된 르네상스인으로 탈바꿈했다. 이고르의 음조는 순수하고 신성했으며, 그의 평소 인격을 정의하는 불경함, 냉소, 호들갑은 조금도 없었다. 누군가는 이고르가 연주하는 악절 끝자락에서 기이한 손길이나, 그가 활을 당기고 각각의 음을 조탁하는 방식에서 빛이 번쩍하는 듯한 통찰을 감지할지도 모르지만, 그런 탁월함은 어디까지나 그의 음악에 부록으로 덧붙은 것일 뿐이었다.

다른 말이나 제스처 하나 없이 서로를 이해한다는 건 기이한 일이었다. 2번 체임버 홀 무대 위, 내 오른쪽에 서 있는 이고르는 더 이상 떡진 머리에 광기로 가득한 판도라의 상자를 들고 있는 안경잡이 뚱보 방랑자가 아니었고, 나 또한 넝마 같은 교복을 입고 담배에 찌든 손톱을 단 채 불면증에 시달리는 깡마른 열여섯 살짜리 남자애가 아니었다. 음악을 연주할 때 가장 먼저 사라지는 건 우리의 육체인 셈이었다.

우리는 몇 시간이나 연주했다. 아다지오 악장과 두 번째 알레그로 악장을 연주했고, 우리가 누구이고 어떤 사람들이었는지 까맣게 잊어버린 채 5번과 6번 바이올린 소나타를 여행했다. 빠르게, 부담 없이, 모든 죄에서 면제되어, 세상에서 잊힌 채 연주했

다. 때때로 태양이 닥터스 가든 주변의 아파트 건물 뒤로 뉘엿뉘
엿 넘어가고 2번 체임버 홀이 에레보스*의 그림자와 속삭임으로
인해 생생하게 살아나자, 나는 이고르가 16분음표의 황홀한 흐름
을 타고 무대를 누비며 왈츠를 추거나, 으뜸음을 향해 빠르게 소
용돌이치며 하강하는 피아노 종지부의 흠잡을 데 없는 대위 선율
을 환하게 비춰주는 바이올린의 음색이 길게 흔들리며 이어지는
동안 천천히 피루엣을 도는 모습을 목격했다. 바흐는 우리를 거
대한 무중력으로 높이 올려 보내는 법칙이었다. 우리는 법, 이성,
세상이 최종적으로 가야 하는 방향을 갈구했지만, 이 음악은 인
간들을 타고난 결점과 결함에 묶어놓기만 하는 징벌적이고 맹목
적인 법칙이 아니었다. 여기에는 어떤 규율도 없었다. 그저 대칭
적 균형과 꾸밈없는 아름다움만이 있을 뿐이었다. 이고르는 혼자
살까, 아니면 어머니와 같이 사나? 나는 이고르의 아파트가 학교
에서 몇 블록 떨어진 곳에 있다는 걸 알았지만 그의 사생활에 대
해서는 전혀 몰랐다. 그에게는 친구가 하나도 없을 것이다. 이고
르는 대칭에 대한 심오한 감각을 소유한 외로운 괴물이었다.

"이번 네 연주는 아주 한심하진 않았다."

진 빠지는 수업이 끝난 다음 이고르는 천으로 바이올린을 닦
은 다음 케이스에 부드럽게 집어넣으며 날 칭찬했다.

"그러니 C를 주마. 다음 달에 개학하면 일지에 그렇게 표시해

* Erebus, 그리스 신화에 나오는, 이승과 저승 사이의 암흑계.

주지."

"겨우 C라뇨!" 내가 항의했다. "이리나는요?"

"이리나도 C다. 그럴 자격은 안 되지만. 난 수수한 연주회를
기대했었다, 콘스탄틴. 1번 체임버 홀에서 너희 둘이 연주하는
걸 들으려면 내 왼쪽 귀라도 바쳐야겠지. 너희 둘의 궁합을 보려
면! 그리고 이리나, 탐나는 가슴과 함께 그 스커트 아래 숨겨진
것…… 천국의 새가 다시 내려와서 차가운 날개로 내 상처를 감
싸주는 거지. 바흐는 박약아들에게 어울리지 않아! 믿어도 좋다
고. 이것과 저것이 모두 어떻게 서로 연결되어 있는지 누가 이해
할 수 있을까, 기쁨이라는 악마들이여! 학교는 박약아 천지야, 면
면이 다 그래. 선생이건 학생이건 관리인이건…… 오, 어디 계시
나이까, 프로메테우스여, 모든 걸 제자리로 돌려놓고 이 악몽을
액자에 담아버릴 당신은!"

이고르는 춤을 추고 소리를 지르면서 아트리움*을 지나 회전
문을 통과해 학교 정문 밖으로 나갔다. 바이올린 케이스는 팔 아
래 끼워져 있었고, 좀먹은 흰 셔츠가 온화한 바람에 팔랑거렸으
며, 신발 끈이 풀려서 위아래로 폴짝거렸다. 수위와 나는 바로 뒤
에서 그를 따라갔다. 이고르가 자동차나 소리 없이 다가오는 전
차에 치이지나 않을까 살피기 위해서였다. 이고르는 마치 급류에
휘말린 버펄로처럼 영웅적으로 차들을 피하고는 길 건너 인도에

* atrium, 길거리에서 건물 내로 들어갈 때 맨 처음 나오는 홀 모양의 안뜰.

서도 계속해서 껑충껑충 걸었다.

"나는 망했어요!" 그가 검은 베일을 쓰고 광천수가 든 주전자를 들고 가는 한 무리의 미망인들에게 소리를 질렀다. "이제는 그 누가 학살자들을 잡으려나?"

수위가 날 보며 고개를 절레절레 흔들었다. 그는 음악이 사람들에게 무슨 영향을 미치는지 이해하지도 알지도 못했다. 하지만 공산주의자이긴 해도, 설사 언젠가는 인류가 질투나 불신이나 경쟁 없이 조화롭게 살 수 있으리라 진심으로 믿는 사람이라 해도, 나는 수위가 괜찮은 사람이라고 생각했다. 거짓말쟁이 종족의 정신적 성향에 관해서는 꽤나 어처구니없는 오해들이 있는데, 이는 근사하다고까진 못해도 무척이나 놀라운 것이었다. 우리, 수위와 나는 여름 동안 친구가 됐고, 그는 교장의 허가 없이도 내가 '여왕 폐하', 즉 1번 체임버 홀의 스타인웨이 피아노에서 시간을 보낼 수 있게 해줬다. 나는 열쇠를 독점했다. 학교에는 아무도 없었다. 내 연주를 듣거나 방해할 사람은 아무도 없었다. 나는 스타인웨이의 냄새를, 반짝거리는 검정 래커의 냄새를, 벨벳으로 감싼 해머와 공명판에 낀 먼지와 도금한 철제 프레임의 냄새를 사랑했다. 두려움과 무대공포증의 냄새를, 하지만 의기양양함과 탁월함의 증거이기도 한 냄새를 사랑했다. 희미한 빛이 흘러들어오는 홀에 홀로 앉아서, 나는 건반과 뚜껑을 분리하는 빨간색 속커버를 어루만지고 거울처럼 반질반질한 검정색 표면에 비친 내 얼굴을 뜯어보았다. 스타인웨이에서는 소리가 다르게 났다. 바흐, 베토벤, 모차르트, 리스트, 쇼팽, 브람스, 드뷔시, 프로코피예프, 스크랴빈, 라흐마니노프, 모두 다. 나는 공부했던 곡들을 모두 연주했다. 힘줄에 불이 붙을 때까지 연주하고 나면 허기와 탈수로 혼미해졌다. 학교가 내가 소유한 중세의 성이고, 내 집사이자 친구인 늙고 바보 같은 문지기를 제외하면 나 혼자 여기 사는 거라고 상상했다. 저녁 동안 담배를 피우고 안개 낀 산맥과 고대 도시의 허물어진 건물들이 펼치는 숨 막히는 광경을 응시하는 나의 사적인 구역은 다락에 있었고, 다른 층에는 온갖 크기의 업라이트 피아노와 골동품 그랜드피아노로 이루어진 광범위한 수집품들을 집어넣었다. 나는 유명한 피아노 수집가이자 은퇴한 비르투오소이기 때문에 내 상패를 양호한 상태로 유지하기 위해 매일매일 성의 방들을 돌아다녔고, 쇼팽의 에튀드를 연주하며 피아노의 먼지를 털었던 것이다. 오전과 오후 대부분을 이 벅찬 임무를 수행하느라 바삐 보냈다. 내 수집품의 백미라 할 수 있는, '여왕 폐하'와 '벨벳의 미망인'이라는 별명이 붙은 정교한 물질인 두 대의 그랜드피아노는 한때 성당으로 쓰였던 1층의 커다란 홀 무대에 있었다. 손님들은 아트리움에서 맞이했다. 비록 내 우정을 찾는 이가 그리 많진 않았지만.

스텔라가 8월 초에 날 찾아왔다. 그애는 무척 괴로워하고 있었고 뚱해 보였다. 잿빛 금발은 장난 아니게 헝클어져 있었고 녹색이 도는 푸른 눈은 통통 부어서 생기가 없었다. 그녀는 여전히 미니스커트를 입고 있었고, 우리는 옛정을 생각하며, 어색한 친목

회에서 만나서 하는 수 없이 악수를 하게 된 옛 천적이 서로에게 품을 만한 진심 어린 분노와 함께 성교를 했다. 페피는 떠났고 라틴어 교수도 마치 스텔라가 임신이라도 한 양 그녀를 피했다.

"난 진짜로 네 거야!"

그녀는 그렇게 선언한 다음 질주하는 자동차에 뛰어드는 자살 광처럼 내 품으로 뛰어들었다. 나는 라틴어 교수에게 다시 한번 기회를 줘보라고 그녀에게 애원했다. 그가 그녀를 사랑한다면 어쩌려고? 나는 그녀를 떼어내고 싶었다. 일리야 삼촌은 폐렴 때문에 한 달 동안 발작을 일으키다 마침내 회복되기 시작하는 중이었다. 그는 평소보다 창백하고 약해 보였다. 죽을 정도의 병세도 그의 일과에는 영향을 미치지 못했다. 그는 여전히 새벽 네시에 일어나 집 밖에 있는 돌로 만든 대야에서 얼음물로 목욕을 한 다음 루코보에서 소피아로 가는 여섯시 기차를 탔다.

'백조' 이고르와의 마지막 수업이 끝나고—내 존재 전체가 바흐의 피할 수 없는 종지부와 굽이치는 대위법에 그때까지 공명하고 있었다—땅거미가 질 때, 일리야와 나는 닥터스 가든의 벤치에 앉아 1940년대로 돌아갔다. 기이한 그림자와 여전히 대기 속을 떠도는 다이너마이트의 찌를 듯한 냄새 때문에 태양이 흐릿하고, 폭격으로 완전히 파괴된 건물에서 불발된 병기들이 치워진 지 몇 달밖에 지나지 않았던 그 시절로. 우리는 도시 중심가의 새로 깐 인도 위를 걸어 차르 시스만 거리, 에브티미 대주교 거리, 솔룬스카 거리로 갔다. 나는 일리야의 해진 레인코트를 맡아 들었고, 그는 한 손에 모자를 잡은 채 말을 다소 장황하게 늘어놓기도 하면서 시간의 터널로 향하는 길로 나를 이끌었다. 우리는 입구에 쇠로 된 사자가 놓인 감옥으로 슬쩍 들어갔다. 여기서 일리야는 1945년에 첩보 활동과 미국인들에게 협력했다는 혐의로 구금되었다. 우리는 4층에 있는 32번 감방 앞에 걸음을 멈췄다. 감방 바닥에는 턱수염을 기른 사십대의 남자가 누워 있었는데, 그의 몸은 정교회 성직자들이 입는 낡은 검정 법복에 싸여 있었고, 머리에는 멍이 들어 있었으며 피를 흘리고 있었다. 나는 일리야에게 신을 믿는지 다시 물어보고 싶었지만 그가 대답하지 않으리라는 사실을 알고 있었다. 그건 잘못된 질문이었다. 심지어 이해할 만도 했다. 신이라는 단어는 이중의 상황을 초래하며, 믿는다는 말은 직접적인 지식을 몰수해버린다.

대신 나는 이렇게 물었다.

"삼촌의 여정 내내 주변에 성직자들이 우글우글했던 이유는 뭔가요?"

일리야는 아마도 자기의 성장 과정과 깊은 관계가 있을 거라고 대답했다. 그의 아버지는 신부였고 언제나 그를 신학교에 보내고 싶어했다. 하지만 일은 다른 식으로 흘러갔다. 페르진 섬의 강제수용소로 향하는 몇 달간의 여정중, 일리야는 32번 감방에 있던 신부와 알게 됐고, 그를 통해 지식의 문턱이라 불리는 심오한 가르침을 상세히 듣게 됐다. 신부는 총살대에 서기 한 시간 전에 자연사했다. 처음 심문을 받았을 때 자신이 예언했던 대로였다.

일리야는 그 신부가 보여준 본보기—자신이 죽을 정확한 시간을 내다보고, 자신의 운명을 조용히 받아들이고, 옆 감방의 죄수들에게 자신의 지혜를 나눠주었다—덕에 자신이 수용소에서 살아남을 힘을 얻고 자기 존재를 변형하지 않을 수 있었다고 말했다.

일리야가 내게 말했다.

"얘야. 난 네가 스스로 얼마나 행운아인지 깨달았으면 좋겠다. 음악의 성전에서 산다는 건 선물이야. 음악은 치유할 수 있지. 새로운 삶을 보장할 수 있어. 내가 얘기 하나 해주마. 1966년 가을에 내가 수용소에서 처음 석방되었을 때다. 석방 전날 밤, 로베크 강제수용소였는데, 유리창을 검게 칠한 군용 지프 뒤에 올라탄 다음 손잡이와 내 팔에 수갑을 차라는 명령을 받았지. 내가 어디 가는지 아무도 말을 안 해줬어. 몇 시간씩 차를 타고 두 눈이 가려진 채 어떤 건물에 들어가 빈 방에 혼자 있었지. 아마 하루 종일 그랬을 거야. 마침내 죽을 때가 온 거라고 생각했어. 그때 군 장교가 들어와서는 평상복을 주더구나. 내가 1944년 체포되었을 때 입었던 옛날 옷 말이다. 여전히 아무도 나한테 지금 무슨 일이 벌어지는지 말을 해주질 않았지. 별안간 장교가 요새처럼 묵직하게 만들어놓은 철문을 열더니 날 자갈이 깔린 좁은 길로 쫓아냈어. 길 양쪽에 낡은 아파트 건물들이 있었지. 난 돈도 서류도 없었다. 조심스럽게 발을 내디디면서 이제는 등 뒤에서 닫혀 있는 문을 돌아봤어. 이게 작전이라면 어쩌지? 나는 또 한 걸음, 또 한 걸음 내디뎠고, 갑자기 걷던 도중에 정신이 든 몽유병 환자처럼 내가 지금 어디 있는지 깨달았다. 차르 시스만 거리 한복판에서 의사당 쪽으로 내려가고 있었지. 소피아는 많이 변해 있었어. 짐 작만큼 크게 변하진 않았지만. 옛날 가게들이 여전히 거기 있었 지. 생선 가게, 약국, 신문 가판대. 다만 이젠 낡고 매력도 없어 보 였지만. 나이 든 사촌이 근처에 살아서 그가 사는 아파트로 곧장 갔지. 처음에 사촌은 문을 열어주지 않았어. 날 못 알아봤던 거야. 몇 시간 동안 아파트 계단에 서 있게 한 뒤에야 날 들여보내줬는 데 유령이라도 들인 듯 무서워하는 것 같았다. 내가 자기에게 불 운을 몰고 온다고 말하더구나. 난 그냥 입을 닥쳤지.

나는 우선 뜨거운 물에 샤워를 했어. 이십이 년 동안 뜨거운 물 로 샤워를 못 했거든. 사실상 샤워란 게 없이 살았다. 담요 한 장 없이 맨 콘크리트 바닥에서 자고 바위에 구멍을 팠으니 인간 벌 레나 다름없었지. 몸에 뜨거운 물이 닿자 때가 뚝뚝 떨어졌어. 이 마에서 발가락까지 몽땅. 때가 거품처럼 부풀어 넓게 벗겨지면서 발밑에 쌓였어. 외피나 다름없었지. 죽은 피부가 두껍게 쌓여서 보호막 같은 기능을 했던 거야. 난 수없이 오랜 세월 동안 죽어지 낸 셈이다.

나는 사촌한테서 바지와 모자와 셔츠를 빌렸다. 밖이 꽤 따뜻 하긴 했지만 낡은 레인코트도 입었지. 근처에 대음악당이 있어서 누가 거기서 연주하나 보려고 바로 나갔지. 내가 했던 두 번째 일 이었어. 큰 홀은 닫혀 있었지만 1층의 작은 홀에서 연주회가 있 었어. 티켓을 팔던 부인이 날 공짜로 들여보내줬을 땐 연주회가 절반쯤 진행되고 있었다. 맨 뒤에 앉았지. 무척 어두웠어. 그랜드 피아노에만 스포트라이트가 비춰져 있었고, 즉시 내 안에서 무언가 산산이 부서졌고, 난 참지 못하고 울음을 터뜨렸어. 울고 싶지도 않았고 고통이나 양심의 가책을 겪고 있지도 않았는데 말이다. 하지만 눈물이 마구 흘렀지. 날 관통해서 흘렀어. 마치 조금 전 때가 떨어져 나갔을 때처럼 음악과 화음이 내 존재의 중심에 있는 죽은 본질을 벗겨냈던 거야. 이 눈물에는 소금과, 내 영혼을 몇십 년 동안 감싸온 잔해들이 들어 있었어. 갑자기 다시 연약해진 느낌이 들었어. 난 느꼈단다. 사랑을 느꼈지."

"무슨 곡을 들으셨는데요?"

내가 물었다. 우리는 차르 시스만 거리 끝에 막 도착한 참이었고, 일리야는 여전히 자기가 1966년에 빠져나왔던 철문을 찾고 있었다. 하지만 문이란 이상한 물건이다. 때로 그것은 가장 있음 직하지 않은 장소에 나타났다가 사라져버리고, 다시는 찾지 못하게 된다.

"당연히 물어야겠지. 브람스였다. 발라드와 인터메초였어."

일리야와 헤어진 뒤 나는 학교로 돌아와 수위에게 필터 없는 담배를 몇 개비 얻었다. 강한 게 필요했다. 일리야 삼촌이 옳았다. 난 행운아였다. 탈출을 위한 열쇠는 내 손가락에 있었다. 하지만 이건 현실에서 상상으로의 탈출이 아니었다. 사실 정반대였다. 세상은 비현실적이고 실체가 없었다. 거짓말과 거짓말쟁이들, 숫자와 계산으로 이루어진 로봇들, 강요된 기억들, 시간의 중대함,

하늘에 매달린 오목한 산, 진 빠지는 여름의 웅웅거리는 소음, 미래라는 참담한 필연, 할당된 이름에 대답하는 고역, 명령들, 강제된 의사소통. 이것들은 몽상에, 누군가의 눈 밑바닥에 퇴적된 형태와 색채에 불과했다. 반면 화음과 말없는 악구들은 우리가 잊었던 태고의 원형을 비춰주었다. 여기에는 한 사람이 필요로 하는 이상의 많은 사랑이 있었다.

나는 4층에 있는 43번 연습실의 창문을 열어 안으로 공기를 들였다. 산 위에 마지막으로 떠오른 어두운 분홍색 일격이 순식간에 검정색 돔으로 용해되어갔다. 여름도 거의 끝나가고 있었다. 곧 내 주요 수집품인 피아노들뿐 아니라 내 성도 반달족*에게 넘겨야 할 것이다. 나는 무척 피곤했다. 무엇도 바뀐 게 없었다. 더는 나이를 먹는 것 같지도 않았다. 나는 숫자가 하나씩 더해지는 것이 그저 틀에 박힌 시시껄렁한 일에 불과한 나이에 도달했던 것이다.

---

* 5세기에 로마를 약탈한 게르만 종족을 가리키는 말. '문화 파괴자'라는 뜻으로도 쓰인다.

9장
쇼팽, 스케르초 3번 C샤프단조, op.39
프레스토 콘 푸오코

1988년 9월 15일

소음이 돌아왔다. 비명을 질러대는 사춘기와 사춘기 직전의 학
생 수백 명이 뛰고, 밀고, 베이스, 첼로, 비올라, 트롬본, 튜바를 끌
며 계단을 오르락내리락 하고, 오페라 가수들이 고음을 겨루고,
비브라폰 연주자와 드럼 연주자들이 지하층에서 속도 경쟁을 하
고, 침울한 베이스 클라리넷이 셋잇단음표로 학교 바닥을 뚫어대
고, 관리인은 소리를 지르고, 수업 시작 벨은 점점 더 크게 울리
면서 예전보다 훨씬 더 사람을 질식시켜댔다. 대장 고르곤은 3층
교장실 안팎을 으스대며 누볐다. 그녀의 안경은 은사슬로 목에
걸려 있었다. 보리스 네고드닉은 「환희의 송가」를 휘파람으로 불
고 지시봉으로 난간을 톡톡 두드리면서 천천히 계단을 오르고 있
었다. 그는 곧 자기가 사십사 년의 교직 생활 중 딱 한 번 수업을

쉬었고, 다시는 수업을 빼먹지 않을 거라고 다시 한번 말할 예정이었다. 그는 대개의 노땅 프롤레타리아가 그렇듯 과일, 채소, 약간의 곡물을 섭취함으로써 영원히 살 심산이었다. 담배도 안 피웠고 술도 안 마셨다. 교실에서 자기 성생활이 날이 갈수록 좋아진다며 허풍을 쳤다. 좋기도 하겠다. '큰까마귀'도 한 팔에 기브스를 한 채 컴퍼스를 들고 긴 복도를 휘청거리며 돌아왔다. 체육 선생과 밴코프는 정문 출입구에 서서 금지 물품을 갖고 다니는 용의자를 수색하고, 예쁜 여자애가 지나갈 때마다 음탕한 논평을 지껄이고 있었다. 문학 선생인 '쥐얼굴'은 아트리움을 신경질적으로 오가며 도둑맞은 자기 지갑의 소식을 기다리고 있었다.

"범인을 잡기만 하면 죽여버릴 거야!"

그녀는 소리를 지르면서 미친 마조히스트처럼 흉포하게 제 젖꼭지를 꼬집었다. 그녀는 수업 시간에 화가 치밀 때마다 팔짱을 끼고 자기 가슴을 만지곤 했다. 틱 장애인지라 그녀는 진짜로 아픈 경우를 제외하고는 대부분 자기가 하는 짓을 알아차리지 못했고, 그런 이유로 거의 치명적인 양의 학식을 발산하는 동시에 냉동된 마스토돈* 같은 엄청난 성적 매력을 갖고 있었다. 그런데 2층 사서실에서 들려오는 이 불쾌하고 지옥 같은 소리는 뭘까? 죽음의 한기처럼 피부 위를 스치고 피를 응결시키는 이 소리는…… 당연히 '하이에나'가 하찮은 발성 연습 선생들 패거리

* mastodon, 코끼리와 비슷한 거대 동물.

를 웃겨주면서 바리톤으로 인간 비슷하게 웃는 소리였다. 신나기도 해라. 그건 거대한 신화학적 곡예였다. 메두사, 키메라, 사티로스, 켄타우로스, 고르곤이 출연했다. 흡혈귀, 백치, 난쟁이, 바람둥이, 님프, 거인, 유령들도 있었다. 개학은 이렇듯 소처럼 둔해빠진 대중에게 밝은 미래를 약속하는 화환과 깃발과 현수막 없이는 완성될 수 없었다. 앞으로 행진하라! 조국은 우리의 태양일지니! 예술 공부를 통해 공산주의적 이상이 끝내 획득되리라! 1번 체임버 홀에서 곧 있을 연설이 준비되는 동안 팀파니가 꽝! 하고 울렸다. 나는 경비망을 뚫고 계단을 한 번에 서너 단씩 뛰어오르며 5층 교실로 가을 수업시간표를 얻으러 갔다. 그런 다음 건물을 빠져나와 '황무지', 또는 흡연자 위원회로 향했다. 잘 알려져 있다시피 위원회는 이데올로기의 원자로와 자발적 돌연변이들의 무리에서 멀리 떨어진 근처 뒷마당에 있었다.

"콘스탄틴!"

나는 뒤를 돌아보았다. 아버지였다. 갈색 레인코트를 입고 레닌처럼 다듬은 콧수염에 팔에는 작은 서류가방을 들고 있었다.

"네 꼴 좀 봐라. 꾀죄죄하고 너저분한 게 누가 보면 파티에서 방금 돌아온 줄 알겠다! 널 일주일이나 못 봤다. 너 할머니한테 당신 아파트에서 잔다고 말해달라며 거짓말시켰지. 네가 거기서 안 잤다는 거 안다. 내가 할머니한테 말씀드렸다. 네가 바뀔 때까지 집에 들여놓지 말라고."

나는 웃었다.

"이 설교 길어지나요? 다른 할 일이 있는데."

"그 상스러운 웃음 좀 거두지 않으련? 네 엄마와 내가 일곱시쯤 널 좀 봐야겠다. 중요하게 의논할 일이 있어. 너도 알겠지만 여름이 끝났다. 새 학년이 시작됐으니 책임감도 가져야 하고 쇼팽 콩쿠르도 슬슬 다가오지. 사실 그 문제로 네 피아노 선생한테 편지도 받았다…… 게다가 네 매력적인 담임이 오늘 내 연구실로 와서는 네 결석일수가 더는 용납이 안 될 거라고 알려줬다. 쫓겨날 거라더라. 콘스탄틴, 이런 말 하기도 힘들지만 내가 자식 농사를 잘못 지었단 사실이 점점 명백해지고 있어. 난 아무래도 진짜 야만인을 키운 것 같은—"

"이럴 시간 없어요."

나는 그렇게 말하고 손을 뻗어 길 건너의 대학을 가리켰다.

"강의실로 돌아가시라고요. 거기서 학생들이 지루해 죽어 자빠질 때까지 강의할 수 있잖아요."

"말 좀 들어라, 콘스탄틴. 만약 네가 우리 가족의 규칙을 존중하지 않으면 너는 우리 식구가 될 수 없어! 무슨 말인지 알겠지? 난 널 이 학교에서 빼내서 이 나라 아무 데나 있는 다른 고등학교에 꽂아 넣을 힘이 있다고. 평범하지만 엄격한 학교, 여기서 멀리 떨어져 있고 아무도 네 행실을 봐주지 않는 학교 말이다. 네가 진짜 알고 싶다면 말이다, 사실, 난 벌써 그럴 준비를 시작했다."

"제 장례식 계획도 같이 짜셔야겠네요."

"나한테 너의 편집증적이고…… 강탈자 같은 수사법을 쓰지 마라, 이 쪼끄맣고 배은망덕한 사이코패스 같은 녀석!"

아버지는 내 얼굴을 치려고 했지만 내가 뒤로 몸을 피하는 바람에 그의 손톱만 내 턱을 스쳤다.

"당신처럼 변변찮은 철학자의 비극은," 나는 그에게서 멀어지며 말했다. "결국 잊혀질 팔자라는 거예요."

"이리 와, 이 망할 새끼! 지금이야 센 척하겠지. 어디 체제가 널 갈아버리고 네 여자친구가 탁월하고 야심만만한 열성당원과 결혼할 때까지 그렇게 살아봐라. 그때 네 꼬락서니를 보고 싶다. 빛나는 미래를 뒤에 내팽개친 뚱땡이 주정뱅이를 말이다!"

나는 그에게 다시 다가갔고, 그래서 지나가는 선생과 학생들 앞에서 내가 원하는 바를 말하기 위해 소리를 지르지 않아도 됐다.

"내전이 일어나면 당신과 내가 바리케이트 정반대편에 있을 거라는 생각은 안 해봤나요? 그러면 난 당신을 쏴버릴 거야."

나는 학교 앞에서 초라한 서류가방을 꼭 쥔 채 적절하게 받아칠 말을 필사적으로 궁리하며 서 있는 그를 남겨두고 자리를 떴다.

'황무지'에서 늘 보던 얼굴들을 보았다. 이리나, 바딤, 알렉산더. 처음 보는 얼굴들도 한 무리 있었는데 그중 일부는 스파이일 듯했다. 오보에를 부는 열다섯 살짜리 금발 소년은 밤에 교무실 문을 따는 가장 좋은 방법을 지나치게 많이 캐물었고, 금발의 친구인 쥐처럼 생긴 안경잡이 바이올린 연주자는 자기가 영어 고등학교 10학년생이랑 잤다고 주장하는 중이었다. 첼로를 연주하는 열다섯 살짜리 여자애는 교복 드레스 단추를 가랑이 높이까지 푼

채로 담배를 피우면서 작은 라키야 병을 쭉 들이켜고 있었다.

"너 쟤 집에 보내야겠어."

나는 알렉산더에게 말했다.

"쟤들은 우리가 갓 빠져나온 곳에 가고 싶어서 발버둥치는 거야." 알렉산더가 그녀를 살피며 말했다. "자기 좋은 일에는 다들 너무 용감하시다니깐. 다치고 싶어하니까 그렇게 되겠지."

바딤은 말이 없었다. 알렉산더가 자기에게 말을 걸고 있는데도 조용했다.

이리나는 늘 그렇듯 시무룩했고, 내게 와서는 잔돈 좀 없냐고 물었다.

"좀 줘!" 그녀는 징징거리며 내 어깨를 때렸다. "등신처럼 굴지 말고!"

하지만 난 주머니에서 손을 빼지 않았다. 그녀에게는 한 푼도 내놓을 마음이 없었다.

"왜 여름 내내 실내악 연습에 안 나왔어?" 내가 그녀에게 물었다. "나오겠다고 약속해놓고는 왜 날 이고르랑 매주 혼자 남겨놨냐고? 반주자가 돼달라고 부탁한 건 너 아니었냐고!"

이리나는 마치 따분한 성적 환상에 사로잡히기라도 한 양 혀를 쭉 빼고 눈을 반쯤 감았다. 그녀의 혀가 내 입에 거의 닿을 정도로 가깝게 다가왔다. 그러더니 별안간 날 밀어버리고는 뒤로 물러났다. 경계 태세로 날 경멸하는, 공격을 기다리는 포식자.

"빈이랑 잘츠부르크에서 콘서트 하고 있었다, 이 머저리 새끼야!" 그녀가 소리쳤다. "그게 이유라고! 내가 이 똥구덩이 따위에 신경이나 썼을 것 같아? 당연히 안 썼지. 그러니까 나한테 수작 부리지 마. 떡친 건 떡친 거지. 난 너한테 약속한 게 없다고!"

그녀는 취해 있었다. 말할 때 자음을 씹거나 균형을 잡으려고 애쓰는 걸 보면 확실했다. 하지만 취했다는 이유로 내가 마치 유령이라도 된 듯이 그녀의 분노와 경멸이 내 머리 위로 쏟아지도록 놔둔 건 아니었다. 이리나를 용서한 까닭은 그녀가 옳아서였다. 그녀에겐 진짜 천재적인 재능이 있었다. 이리나는 특별했다. 그녀는 매번 탈출해야겠다고 생각할 때마다 여기, 이 늪으로 돌아와야 했다. 마치 필멸의 운명을 공유하도록 저주받은 신처럼.

난 이리나를 이해했다. 진짜로 그녀의 경멸을 공유했다. 태어난 날부터 나는 나 자신만의 경멸을 완벽하게 가다듬어왔다. 경멸은 나를 변형으로부터 면역력을 갖도록 지켜주는 백신이었다. 나를 나머지 인간들과 다르게 만들어주는 부분이었다. 그리고 이 가을, 오랫동안 지속된 감7도 화음처럼 내 경멸은 카타르시스에 이르는 추진력에 도달했다. 비록 지금이 또 다른 9월에 불과하다 할지라도—밤나무들이 인도 주변에 흩어져 있고, 태양을 머금은 이파리들이 오보리시트 거리의 자동차와 전차 위로 떨어지고, 죽은 고양이들이 닥터스 가든의 연못 수면에 떠다니고, 나무와 회반죽 벽에는 웃고 있는 십대들의 사진이 인쇄된 부고 기사가 압정으로 박혀 있고, 오래된 굴뚝이 유황을 토해내고, 번쩍이는 긴 창으로 무장한 신병들이 군용 트럭 뒤에서 멍하니 세상을 바라보고, 뜨거운 피로시키*에서 솟는 김이 렙스키 기념비를 감싸고 거리의 개들을 울부짖게 하는 평범한 9월이라 해도—모든 것이 다르게 느껴졌다. 나는 예전 어느 때보다 훨씬 더 교활하고, 공격적이고, 초연해졌다. 그런 성격이 내 정맥에 깃들어 있음을 느꼈다. 뭔가 곧 큰일이 일어날 테고, 내 인생의 진로를 바꿀 것이다. 나는 괴물들과 대결할 준비를, 또한 곧 일어날 최후의, 아마도 그리 크지 않은 규모의 전쟁에 참전할 준비를 했으며, 거기서 패할 준비를 마쳤다.

은빛 바람이 우리 사이로 불었다. 바람은 이리나의 머리를 헝클어뜨리고 그녀의 홍채 뒤로 미끄러져 들어가 홍채들을 조그만 거울로 바꿔놓았다. 거기에 내 모습이 비쳤다. 엉망진창인 장발, 입술 사이에서 잦아드는 담배 불씨. 은빛 바람은 어디에든 있었고 만물에 깃들어 있었다. 바람이 내 심장을 지나가며 내 육신을 부드럽게, 피 한 방울 흘리지 않고, 상처도 기억도 남기지 않은 채 관통했다. 건물 사이에 하프의 현처럼 뻗은 빨래로 가득한 빨랫줄에서 바람소리가 울려 퍼졌다. 바람은 우리가 담배꽁초를 던지는 지하실 창문의 깨진 틈을 통과하며 휘파람을 불었다. 바람이 나무에서 속삭였고, 벽돌 벽 앞에 나란히 늘어선 커다란 원통형 쓰레기통들을 붙잡고 고통스럽게 울부짖었다. 심지어는 쇼팽의 스케르초 3번으로 침투하는 길을 찾아낸 다음, 튜블라 벨**처

---

* pirozhki, 고기와 야채를 채워 넣은 러시아 식 파이.
** tubular bell, 길이가 다른 금속관 여러 개를 매달아 스틱으로 쳐서 소리를 내는 악기.

럼 울리는 하강 글리산도 소리와 함께 등장하는 네 번의 체념 사이에 존재하는 간극을 메웠다. 네 번의 체념이란 내가 처한 궁지, 내 손금에 나타나는 인생 여정이자 렙스키 기념비에서 꽃을 팔던 집시 여자가 내게 걸었던 주문이었다. 첫 번째 체념은 외롭게 세 번 울리는 A플랫으로 시작해서 가장 오래된 섭리, 자신의 죽음을 받아들이라는 섭리를 되풀이하는 데까지 나아간다. 두 번째 체념은 첫 번째 체념이 떠난 곳에서 시작해 처음부터 압도적인 으뜸음의 흔적—E플랫단조 위에 얹힌 D플랫장조의 거대한 실존적 무게—을 내비치다 딸림음으로 해소된다. 체념이 지속되면서 이는 아마도 궁극적인 것이 되리라. 생은 삶의 결론에 더 이상 저항하지 않을 때 가장 달콤한 것이다. 세 번째 체념은 피안의 세계를 향해 내딛는 발걸음이고, 네 번째 체념은 최후의 심판에 맞닥뜨리는 순간이다. 그런 다음 문은 재빨리 닫힌다.

다들 경고신호를 즉시 알아들었다. 낮은 음정으로 부엉부엉 하는 소리에 뒤이은 세 번의 휘파람. 경찰이 떴고 우리는 떠야 했다. 유일한 탈출구는 인접한 뒷마당으로 나 있었는데 거기를 통해 끝까지 가면 자이모프 대로로 이어졌다. 하지만 열다섯 살 첼로 전공 때문에 다들 빨리 이동하지 못했다. 그애는 너무 취한 나머지 철사를 엮어 만든 울타리를 넓게 벌리질 못해서 뾰족한 철사 끝에 걸렸다. 이리나는 그애를 걷어차다시피 해야 했고, 소녀의 교복이 찢겼다. 바딤과 이리나가 울타리를 빠져나갈 즈음에는 이미 우리가 숨어 있던 아파트 건물 양쪽에 난 좁은 길에서 울리는 경관들의 발소리가 들려왔다. 알렉산더와 나는 서로를 봤다. 우리는 어떤 일이 있어도 여기 서서 적들을 막아내야 한다고 말 한 마디 나누지 않은 채 합의했다. 심지어 담배를 일부러 끄지도 않았다. 만약 잡힐 거라면 최소한 아무것도 개의치 않는 듯 굴어 야 한다.

골목에서 처음 튀어나온 사람은 음향학과 물리 담당 선생인 밴코프였다. 야심만만한 대머리인 그는 타르처럼 새까맣고 두툼 한 눈썹에 광대가 뚜렷했고 눈은 작았으며 항상 암녹색 에이프런 과 회색 노동자 바지에 모카신 차림을 하고 다녔다. 그다음으로 체육 선생 '뽕나무'가 검정과 빨강 줄무늬 체육복을 입고 건물 왼 쪽에서 튀어나왔다. 기름을 바른 머리와 턱수염, 지저분하고 작 은 입에 좁은 이마까지, 그는 마치 아침식사로 양고기와 와인을 너무 많이 먹은 동방정교회 성직자 같았다. 설사 나와 알렉산더 가 태연하게 담배를 피우며 서 있는 꼴을 보고 충격을 받았다 하 더라도—그것도 무려 개학 첫날에—그들은 티를 내지는 않았다. 밴코프는 울타리에 난 틈으로 가서 자기가 무슨 과학수사 전문가 라도 되는 듯 전문적인 태도로 녹슨 철사 끝에 달려 있는 열다섯 살 첼로 연주자의 교복 드레스 조각을 떼어냈다.

"여기 또 누가 있었지?"

밴코프가 만성 인두염 때문에 망가진 나약하고 허스키한 목소 리로 물었다. 그가 교실에서 얘기할 때는 맨 앞줄에 앉은 사람 말 고는 무슨 소릴 하는지 아무도 듣지 못했기에 그의 질질 끄는 음향학 강의는 늘 초현실에 가까웠다.

"이름 몇 개만 대면 된다." 그가 말했다. "너희 둘이 피우는 담배 종류가 뭐지? 카멜? 수입 담배? 돈은 어디서 났고?"

그는 손을 뻗어 담뱃갑을 다 내놓으라고 명령했다. 알렉산더가 웃으면서 담뱃갑을 건넸다. 그는 우리가 방금 곤경에서 벗어날 뇌물을 바친 거라는 사실을 나만큼이나 잘 알고 있었다. 밴코프가 집게손가락을 닥터스 가든 쪽으로 흔들었다.

"꺼져."

"잠깐만요." '뽕나무'가 손을 비틀면서 이의를 제기했다. "왜 이놈들을 두들겨 패지 않는 겁니까? 얘들은 우리 손에 있다고요! 누가 볼 사람도 없는데."

"개학 첫날이잖아." 밴코프가 대답했다. "가게 놔둬. 나중에 또 잡을 건데 뭐."

"가게 놔둬, 란다."

오보리쉬트 거리를 지나 의사당 쪽으로 걷는 동안 알렉산더가 툴툴거렸다.

"그것들이 덫을 놓았던 거야. 확실하다고. 내가 독일 돈 50마르크만 있었어도 대도 페피에게 건네면서 좆 같은 체육 선생 불알을 잘라달라고 했을 텐데. 딱 불알만. 좆만 한 자기 좆은 달고 다니라고 냅두고. 이리나가 너한테 말한 적 있어? 저번 5월에 그 새끼가 이리나를 지하층 사무실에 가두려고 했거든. 그 새끼가 2년 전에 소냐를 강간했을 때랑 똑같은 식으로 말이야."

"씨팔놈이." 내가 말했다. 갑자기 모든 이성과 상식을 쓸어버리는 아드레날린이 치솟는 바람에 현기증이 났다. "돌아가서 개새끼 사타구니를 걷어차야겠어. 그 새끼 상관인 프랑켄슈타인 남작도. 썅, 난 그 교활한 악당 새끼가 진짜 싫어!"

"'뽕나무'한텐 아무 짓도 못 해. 그놈 전국 유도 챔피언이라고." 알렉산더가 현실을 일깨웠다. "하지만 페피라면 없앨 수 있어. 아무 문제 없지. 걘 사이코패스니까. 사이코패스를 제압하는 무술 따윈 없단 말이지. 걔한테 쥐여줄 돈만 있으면 되는데."

내가 기억하는 한 가장 추운 9월 15일이었다. 아침 일곱시 사십오분이 아니라 오후 한시 삼십분에 학교로 가고 있으니 기분이 이상했다. 오후반 2교시 수업은 두시 이십오분에 시작됐고, 긴 쉬는 시간은 네시 오분, 6교시는 일곱시에 끝났다. 영재들을 위한 음악학교라는 경계 안에서 자라나는 동안, 나는 오후와 저녁 시간에 학교에 가는 10, 11, 12학년들이 늘 부러웠다. 막 청소년기의 싹을 틔우는 사람의 눈으로 볼 때 10학년의 삶은 어두운 쾌락과 맛있는 불행으로 이루어져 있다. 10학년은 절망이라는 광대하고 신나는 상점에 출입할 수 있었다. 10학년생은 항상 피로에 절어 있었고 햇빛과 기본적인 실존 논리를 엄격하게 박탈당했다. 그들은 가벼운 저음과 부자연스러운 고음이 나는 헐어빠진 피아노에서 관현악법 선생이 학생들의 작품을 초견으로 연주하는 동안, 네온 불빛이 비치는 교실에 앉은 채 산 너머로 떨어지는 태양을 봐야 했다. 그거야말로 진정한 비참이었다. 영영 닫힌 지평선 너머에 기다리고 있는 다다를 수 없는 햇살 가득한 영원을 동경하고, 굴절된 어스름이 리놀륨 바닥을 움직이며 오렌지색 고리를 그리고 있는데, 다가올 졸업 시험에 대한 두려움은 계속된다. 음악원 재학 기간을 연장시키는 동안 시야는 좁아지고, 졸업 후에는 뇌를 쪼그라들게 하는 교육학적 노고와 객석이 텅텅 빈 공연으로 일생을 보낸다. 소피아의 잿빛 하늘에는 붉은 별의 망령이 걸려 있고, 더 많은 이데올로기와, 무엇이든 이뤄질 거라는 더 많은 거짓과, 더 많은 전쟁과, 더 많은 찬양과, 행진 악대에서 연주하는 꼭두각시들이 벌이는 더 많은 동조와, 범상함이 거두는 더 많은 압도적 승리와, 더 많은 실망과 무척이나 만족스러운 사소한 고문들과, 더 많은 실체 없는 시간과, 더 많은 감정적 퇴화가 일어나리라는 전망이 펼쳐진다. 추억은 줄어들고, 경멸뿐 아니라 사랑도 줄고, 약속된 계시가 나타나리라는 믿음도 줄고, 진실에 대한 갈망도 줄고, 현관 통로 아래쪽의 조율 안 된 피아노에서 항상 나던 딸랑거리는 소리, 유황색 수면에 조용히 스며드는 이 세상 것이 아닌 듯한 소리, 한꺼번에 울리던 밋밋한 악구를 알아차리는 일도 줄어들리라는 것도 알게 된다. 밤의 비밀들은 그 매혹을 절대 잃는 법이 없다.

냄새나는 피로즈킨 대령과 함께 군사훈련과 전투 준비를 하는 3교시가 끝날 때까진 학교로 돌아갈 생각이 없었다. 알렉산더와 나는 차르 시스만 거리에 있는 러시아어 고등학교 밖에서 찢어졌다. 그는 근처 아파트 건물 지하실의 새로 단장한 저장고에 사는 친구를 만나러 갔다. 나도 거기 가본 적 있었다. 한 번은 알렉산 더와, 한 번은 여자애와. 나쁜 음악을 듣고, 보드카를 마시고, 기 껏해야 좀 맹한 여자애한테 오럴섹스를 받기 위해 지하로 내려가 거대 바퀴벌레가 존재하고 질병을 일으키는 강물이 흐르는 왕국 으로 가겠다는 생각은 썩 매력적으로 보이지 않았다.

그날 아침 피아노 레슨이 끝나고 나서 '무당벌레'는 내게 소피 아 음악학교와 폴란드 문화원에서 주최하는 전국 쇼팽 콩쿠르에 참가해보겠느냐고 물었다. 콩쿠르는 11월 중순, 딱 두 달 뒤였다. 원래 '무당벌레'는 나에게 음악학교에서 벌어지는 소소한 피아노 경연과는 거리를 두라고 충고했다. 교감인 쿠르츠바인이 소변도 못 가리는 자기 제자를 적자로 옹립하는 흔해빠진 꼼수를 부릴 테고, 그러면 내가 1등상이건 무슨 상이건 탈 확률은 제로에 가 까워진다는 사실이 처음부터 명백했기 때문이었다. 하지만 이제 '무당벌레'는 마음을 바꿨다. 쿠르츠바인이 바르샤바에서 열리는 진짜 쇼팽 콩쿠르의 심사위원이 돼서 모든 연주를 참관하려는 계 획을 짜고 있다는 사실을 그녀는 알았다. 그래서 나를 클래식 피 아노의 세계에서 가장 중요한 인물로 소개하려는 계획으로 얻는 이득보다, 족벌주의 난쟁이의 개입으로 거의 확실시되는 패배 때 문에 내 경력에 가해지는 치명타가 더 크지 않나 하는 의문이 들 었던 것이다.

"선택은 네가 해."

'무당벌레'는 그렇게 말은 했지만 내 손을 꽉 쥐고 자기 머리를 내 머리에 누르면서 내가 도전해보기를 기대하고 있음을 분명히 했다. 내 레퍼토리를 다듬고, 눈앞에 놓인 진짜 테스트에 앞서 무대에 나를 선보이기 위해서라면.

하지만 쇼팽 연주가 원반던지기나 대수 공부와 다를 게 없다고 여기는 원숭이들과 우둔한 돌팔이 무리들 앞에서 패하는 굴욕을 내가 삼킬 수 있을까? 더군다나 쇼팽을 그저 소소한 강박에 시달리던 구식 취향의 보통 인간이라고 보는 사람들 앞에서? 콩쿠르가 끝나고 내 명성이 완고한 시골뜨기 수준으로 떨어진 다음, 음악학교의 계단과 복도에서 내 라이벌들을 마주할 수 있을까? 쇼팽의 심오한 텍스트에 대한 나만의 성찰을 즉흥연주보다 그저 반복만 하도록 훈련받은 근시안적인 연주자들의 떼거리와 어떻게 공유할 수 있단 말인가.

나는 확실히 변했다. 한때 전투에 참가해서 내 실력을 선보이고 조금도 수줍음 없이 모두 펼쳐놓길 즐겼던 시절이 있었다. 하지만 오랫동안 피아노를 연주하는 동안 나는 콘서트홀의 화려함에서 색채와 환상과 조용한 엑스터시의 세계로 여정을 이어갔다. 나는 내 연주를 점차 들려주지 않게 됐다. 나는 피아노가 신과 마찬가지로 자아를 죽음에 이르게 하는 외로운 길이라는 사실을 깨달았다. 그 길을 같이 걸을 수 있는 사람은 없었다. 누구도 사라짐이라는 신비에 동참할 수 없었다.

스케르초 3번 도입부의 가공할 만한 옥타브가 다시 내 위에 자리 잡았고, 비에 젖은 거리와 건물과 행진하는 레인코트 무리와 넘실거리는 우산과 바클라바* 가게의 김 서린 창문과 잿빛 태양에서 비추는 반딧불 같은 빛이 어른거리는 자갈의 침묵을 찢었다. 나는 차르 시스만과 베넬린 거리 모퉁이, 문에 커다란 놋쇠 종이 달린 오래된 약국 바깥에서 꽃을 파는 여자가 늘어놓은 크림색, 오렌지색, 분홍색 카네이션 앞에 멈춰 서서 그것들을 감탄하며 바라보았다. 나는 꽃을 살 돈이 없었다. 내게 진짜로 필요한, 가급적 설탕을 듬뿍 넣은 터키 식 커피를 마실 돈도 없었다. 나는 주머니에 손을 넣고 계속 나아갔다. 젖은 머리가 눈을 덮었다. 이럴 땐 내가 입은 흉측한 교복이 그리 신경 쓰이지 않았다. 사실 미적 퇴보에 관한 최고의 예시라는 점을 제쳐놓고라도, 교복은 감당 안 되게 구겨지고 찢어지고 실밥이 해지기 쉬웠다. 하지만 나를 보이지 않는 사람으로 만드는 마법의 옷이기도 했다. 일단 흰 셔츠에 스포츠 재킷과 바지를 입기만 하면, 그 즉시 나는 학생들이란 어디에나 퍼져 있는 법이라는 사실에 대한 익명의 예시가 되었다.

일곱 성인 교회 앞 작은 공원 가운데에는 사다리꼴 모양의 작은 녹지가 있었고, 공원 주변을 따라 벤치들이 늘어서 있었다. 공원은 1930년대에 지어졌는데, 원래는 고대의 마드라사**가 있던 자리였다. 일곱 성인 교회는 16세기의 위대한 술레이만***이 의뢰

---

* baklava, 견과류, 꿀 등을 넣어 파이같이 만든 중동, 터키권의 음식.
** madrasa, 이슬람교에서 학자와 지도자를 양성하던 고등 교육기관.
*** Suleiman the Magnificent(1494~1566), 술레이만 1세. 오스만투르크 제국의 제10대 술탄.

하여 만들어진, 검은색 화강암의 뾰족탑과 중심 돔 천정이 있던 이른바 '검은 모스크' 위에 지어진 셈이었다. '검은 모스크' 아래에는 4세기 기독교 사원의 잔해가 있었고, 그 아래에는 그리스의 의술과 치료의 신인 아스클레피오스에게 경배를 바치는 이교도의 신전에 쓰인 돌이 놓여 있었다. 밤이 되면 병자들과 비참한 자들이 성소의 벽 안에서 잠들면 이성이 자신들의 꿈으로 스며들어 그들의 육체를 꿈꿈으로써 치료해줄 것이라는 믿음에 끌려 성소로 모여들었는데, 그런 관습을 '배양'이라고 불렀다. 근처에는 에레보스의 차가운 포옹에서 잠시 숨을 돌리게 해주는 알칼리 온천이 부글거렸다.

나는 일곱 성인 교회의 젖은 계단에 앉아 버드나무 아래에 지팡이를 짚고 선 노인을 바라보았다. 비가 잦아들길 기다리는 모양이었다. 나무는 둥치가 비뚤어져 있고 가지는 축 늘어져 있는 것이 내가 엄마와 여기 와서 뛰어다니고 비둘기를 쫓던 그날 이후로 크게 변하지 않았다. 분수 역시 여전히 작동했다. 부모와 내가 모퉁이에 있는 욕실도 없고 수도도 없는 작은 임대 작업실에서 살았던 적이 있었다. 여전히 깜깜한 새벽에 어머니는 나를 인근 탁아소로 데려가곤 했다. 탁아소는 음산한 5층짜리 인쇄소 건물 옆에 있었는데, 인쇄소 창문은 검게 가려져 있었다. 내 마음속에서 책이란, 열기와 쓰린 연기와 자갈 깔린 거리 밑에서 시끄럽게 쿵쾅대는 소리 한가운데, 한밤중 가장 깜깜한 시간에 탄생하는 신비로운 것이었다.

검은 까마귀 떼가 공원에 내려앉았다. 3번 스케르초의 옥타브와 뒤섞인 까마귀들의 집요하고 불길한 우짖음이 내 몸에 울려 퍼졌다. 나는 두렵지 않았다. 나는 음악학교의 썩어빠지고 보잘것 없는 콩쿠르에 참가할 테고 악마처럼 연주할 터였다. 나중에 누가 뭐라든 상관없었다. 나는 그들을 위해 연주하지 않는다. 나는 일리야 삼촌, '무당벌레', 이리나, 바딤을 위해 연주할 것이다. 설사 내가 콩쿠르에서 탈락한다 해도 품위 있게 무대에서 내려올 것이다. 왜냐하면 진실하게 연주할 것이기 때문이다. 쿠르츠바인과 폴란드에서 온 귀빈들과 나머지 인간들은 확 타오르는 내 템포에, 뻔뻔스러운 음조에, 폭발적인 자포자기에, 가공하지 않은 생생한 악구에 겁을 먹고 의자에 앉아 움찔거리고 씰룩거리리라. 태양에 가까이 날아가면 나는 불을 잡아챌 것이다. 3번 스케르초의 옥타브가 공연장 전체에 불꽃을 퍼뜨릴 것이며, 꼭두각시들의 머리에서 가발을 벗겨내고 베이클라이트*로 만든 홍채를 홀랑 태워버릴 것이다.

교회 종소리가 두시를 알렸다. 어떤 장소는 마치 세상의 중심과도 같다는 느낌을 준다. 건물에 둘러싸인 조그만 일곱 성인 공원에는 행인들이 저항하기 어려운 자석 같은 끌림이 있었다. 그들이 어디로 가야 할지도 모른 채 공원 주변을 잠시 서성이다가, 갑자기 방향을 획 틀어 들어오는 모습을 볼 수 있었다. 그들은 구

---

* Bakelite, 페놀계 합성수지로 만든 초창기 플라스틱의 일종.

름처럼 모인 비둘기들을 뚫고 지나가고 싶었던 걸까, 아니면 그저 길고양이들이 나무나 전신주를 감싸 안듯 옛 교회 건물을 쓰다듬어보고 싶었던 걸까. 어쩌면 교회 밑에 있는 무언가가—강물이건 아스클레피오스의 치유력이 담긴 돌이건—공원의 지표 위를 흘러가는 구름의 행로를 바꾸었는지도 모른다. 어쩌면 그건 회오리바람을 일으키고 숨겨진 광휘로 창공을 충만케 하는 태양풍인지도 모른다. 슬라베이코프 광장에서 하루 종일 연주를 하는 장님 아코디언 연주자는 이 공원의 비밀을 알았다. 그래서 종종 점심을 먹고 여기 와서 낮잠을 잤다. 사람은 잠이라는 수단을 통해 신화의 저류에 접근할 수 있다. 하지만 들어보라! 마치 훈풍에 흔들리는 호수처럼 3번 스케르초에서 느릿느릿 아쉬워하며 종결부를 향해 진전하는 모습을, 그런 다음 숨이 턱 막힐 정도로 위로 돌격하면서 고독한 정상을 향해, 네 번째 옥타브의 벌거벗고 버림받은 E음을 향해 심장이 뛰듯 점차 빠르게 질주하는 모습을, 그리하여 기억과 고통, 시간의 피투성이 태엽장치에 승리를 거두고 으르렁대는 마지막 종지부를 향해 기꺼이 붕괴하는 모습을.

유황 냄새와 양초로 만든 재활용 밀랍 냄새를 풍기는 기다란 검은 법복을 걸친 일곱 성인 교회의 수석 사제가 교회 밖으로 나와서 나보고 안에 들어와서 비를 피하라고 했다. 나는 고맙다고 인사하면서도 여전히 입구 바깥쪽 계단 맨 위에 앉아 있었다. 그의 신전에 내 자리는 없었다.

10장

쇼팽, 「영웅」 폴로네즈 A플랫장조, op.53

34호실은 3층이었다. 북쪽을 내다보면 서기장 무덤과 넵스키 대성당 방향이 보였다. 칠판에는 흰 스크린이 덮여 있었는데, 대령은 거기에 자기가 긁어모은 소련제 무기와 군사 장비가 찍힌 슬라이드들을 비췄다. 목요일이었고, 나는 대령의 호출을 받고 그의 앞에 혼자 나타났다. 대령은 창 쪽으로 등지고 서 있었는데, 평소보다 더 창백하고 시체처럼 보였다. 말라붙은 양피지를 닮은 안면 피부가 눈 주위에서 갈라지기 시작했다. 눈은 미라에 뚫린 구멍이나 다름없었고, 입술은 잇몸과 구분이 가지 않았다. 그에 게선 시체 냄새가 났다.

"아, 드디어 오셨군." 그가 뭔가 각오를 한 듯한 동시에 갈피를 잃은 듯한 상태로 입을 열었다. "너와 긴급히 의논해야 할 일이

223

있다."

"알겠습니다, 대령님."

내가 대답했다.

대령이 방 뒤에 놓인, 칼라슈니코프 소총들이 꽉 찬 채로 반쯤 지퍼가 열린 류색을 가리켰다.

"일반 돌격용 소총을 얼마나 빨리 분해할 수 있나?"

"십오 초입니다."

"십 초로 줄인다. 수류탄은 잘 다루나?"

"물론입니다."

대령은 도마뱀처럼 재빠르고 무심하게 입술을 핥더니 류색으로 다가갔다.

"너는 칼라슈니코프의 아름다움이 뭔지 아나? 이게 질문이다!"

"음. 가볍고 영구적입니다."

"아니다. 이 총의 진짜 아름다움은 네가 무기 하나만으로 완전 무장을 할 수 있다는 데 있다. 이 말을 듣고 어떤 느낌이 드나?"

"좋습니다."

"제국주의자 적들과 맞붙을 준비가 됐나? 상관한테 말할 때는 똑바로 서! 제국주의자 적들과 어떻게 맞붙을 건가?"

"주머니칼로 싸우겠습니다, 대령님."

대령이 깜짝 놀랐다.

"주머니칼을 갖고 있나?"

"아닙니다, 대령님."

"날 놀리는 건가? 대령을 놀리다니, 특별 무공훈장을 두 번이나 받고 게다가…… 다른 표창도 받은 대령을 놀리는 행위는 낙오자를 놀리는 거랑 같다. 낙오자란 사람들이 흔히 생각하는 것과는 다른 존재다. 게다가 난 낙오자가 아니다. 이건 명백한 관찰에 따른 것이다. 알겠나, 11번?"

"14번입니다."

"나와 사격장에 가본 적이 있나?"

"여러 번 갔습니다, 대령님. 저는 우리 반 최고의 사수입니다."

"아주 좋아. 너에게 학생 둘을 징집해서 이 은닉 무기들을 거리 아래에 있는 중앙 경찰서까지 운반하는 임무를 부여하겠다. 어떤 사고도 일어나선 안 돼! 알겠나?"

"알겠습니다!"

"다른 학생들은? 다른 학생들은 어디 있나?"

"반 학생들 모두 운동장에서 대령님을 기다리고 있습니다. 빗속에서 대형 실습을 할 준비가 다 돼서 무척 흥분해 있습니다."

"훌륭해. 여기 교실 열쇠다. 임무를 마치고 나면 문을 잠그고 열쇠를 수위에게 전달하도록."

대령은 폭풍처럼 방을 빠져나가 계단 아래로 내려갔다. 나는 류색의 지퍼를 잠그고 복도를 흘끗 엿봤다. 정면에 계단통으로 향하는 비상구와 교무실이 있었다. 오른쪽에는 '올빼미' 교장의 집무실이, 더 뒤쪽 아래에는 쿠르츠바인 교감의 집무실이 있었는데, 거기서는 약간 혼수상태에 빠진 듯한 애새끼 하나가 베토벤의 D장조 「전원」 소나타 속을 굽이굽이 방황중이었다. 왼쪽에는 발성과 기보법을 공부하는 1, 2, 3학년 교실 여섯 개가 밀집해 있었다. 그애들이 내는 천사 같은 목소리가 교무실을 오가는 저주받은 그림자들을 내려다보는 성모 마리아와 예수의 황홀경에 빠진 얼굴—금박 돋을새김으로 표현된—과 완벽한 조화를 이루는 것 같았다. 나는 완전히 혼자였고, 대령의 교실에 들어갈 수 있는 열쇠에다 수류탄과 칼라슈니코프로 꽉 찬 륙색을 들고 있었다.

"알렉산더!"

나는 동관 끝 복도의 그림자를 알아차리고 외쳤다. 알렉산더가 네온 불빛 아래에 나타나 내가 있는 쪽으로 서둘러 오며 손가락을 입술 위에 올렸다.

"조용히 해, 병신아. 밴코프랑 '올빼미'한테 하마터면 걸릴 뻔했단 말이야. 그 지저분한 새낀 어디 있어?"

나는 그에게 열쇠와 륙색을 보여준 다음 내가 맡은 임무에 대해 설명했다. 그는 무척 좋아했다. 나는 알렉산더가 열린 창문에 기대어 담배를 피우는 동안, 그의 눈에서 타오르는 에리니에스*의 자비심 없는 불꽃을 보았다. 나는 대령의 방에 그를 남겨둔 다음 중앙 경찰서로 함께 갈 학생 하나를 더 찾으러 나갔다.

그러다가 지하층 뷔페에서 박하차 컵을 들고 오던 '무당벌레'

* Erinyes, 그리스 신화에 나오는 복수의 여신.

와 1층에서 우연히 마주쳤다. 그녀는 활짝 웃으며 내 팔꿈치를 잡더니 날 1번 체임버 홀의 여닫이문으로 끌고 갔다. 그녀는 대령, 군수품이 든 륙색, 경찰서로 가야 하는 여정 같은 것에 대해 전혀 들을 생각이 없었다.

"넌 이제 내 거야."

그녀가 문을 열고 무대에 올라가 스타인웨이 뚜껑을 올리며 말했다. '무당벌레'가 오른쪽 열 좌석 가운데 자리에 앉은 뒤에도 그녀의 향수 냄새가 오랫동안 남아 있었다.

"그래요?"

나는 손가락 연습을 한 번 쭉 한 다음 쇼팽의 프렐류드 몇 곡을 치고 나서 1번 스케르초를 쳤다. 그녀가 손뼉을 짝짝 치면서 즉시 연주를 중단시켰다.

"여기선 소리가 완전히 엉망진창으로 들려. 오른쪽 페달을 쓰지 말고 해봐."

나는 페달을 쓰지 않고 다시 연주를 시작했고, 셋잇단음표들을 현관 테라초 바닥에서 튀어오르는 수백 개의 구슬처럼 단단하고 산뜻하게 치는 데 전력을 집중했다. 그녀는 이번엔 하이힐로 바닥을 쿵쿵거리면서 연주를 중단시켰다.

"정신 나간 핑거링을 또 하고 있잖아. 딱 맞는 음 위치를 찾아서 거기 딱 꽂으라고. 세상에! 어떻게 네가 곡을 안 망치고 끝까지 연주해낼 수 있을지도 난 이제 모르겠다!"

그녀가 옳았다. 나는 한 곡을 칠 때마다 거기 맞는 운지법 세트를 고르느라 늘 고생했다. 이건 전적으로 내 정신 나간 시주 방식과 관계가 있었다. 새 레퍼토리라는 이국의 땅을 절뚝거리고 기어가며 통과하는 걸 무척이나 혐오했던지라, 나는 실제 템포로 시주를 하는 유감스러운 습관이 들었던 것이다. 마치 나무나 행인들에 부딪히거나 트럭에 치일 때까지 과격하게 거리를 질주하는 맹인과도 같은 방식이었다. 나는 짧은 악절을 골라 칠 수 있는 한 가장 빠르게 연주했고, 그러면서 되는 대로 운지법을 바꾸고 중간에 막히거나 사용할 수 있는 손가락이 다 떨어질 때마다 처음부터 다시 시작했다. 곡을 충분히 익혔을 때쯤에는 최소한 서너 개의 운지법 세트로 곡에 접근할 수 있었으며, 이 때문에 내 연주에 대한 예측 불가능성의 정도가 높아졌다. 왜냐하면 무대에 올라가 그랜드피아노를 마주할 때 내 손가락이 어떻게 떨어질지 나도 확실히 알 수 없었기 때문이다. 그 결과 내 연주는 기분, 의지, 열정, 피아노 의자 높이, 상반신과 건반 사이의 거리, 댐퍼 페달의 울림 정도, 심지어는—비록 미묘하긴 하지만—조명에 따라서도 달라졌다. '무당벌레'는 내 연주를 중단시키지 않았다. 그냥 조용히, 눈에 안 띄게 앉아 숨을 참고 있었다. 나는 손목의 긴장을 풀고 몸무게 전체를 손가락 끝에 올려놓은 채 에튀드 몇 곡을 쾅쾅 두드려댔다. 그런 다음 프렐류드에서 속도를 낮추고 2번 발라드를 치며 마무리했다. 수업 종료 종이 울렸다. 나는 계단을 뛰어올라갔다. 다음 수업 시작 전까지 임무를 완수하고 류색을 경찰서까지 운반할 시간이 있을 터였다. 하지만 대령의 교실문은 잠겨 있었다. 나는 노크한 다음 기다렸다.

"암호!"

합창단 지휘자의 아들인 니콜라이 D.의 목소리였다.

"나야."

나는 그렇게 외치며 건물의 온갖 구석과 틈에서 3층 서관 복도를 향해 질주하는 바퀴벌레들처럼 쏟아져 나오기 시작한 선생들을 계속 지켜보았다. 문이 빼꼼 열리면서 니콜라이 D.가 날 안으로 끌어당겼다. 손에 칼라슈니코프를 들고 잇새에 불 켜진 담배를 물고 있었으며 허리에는 수류탄 세 개를 달고 있었다. 칠판 앞에 나란히 서서 두 손을 들고 있는 건 '돼지새끼', 일라리오노바, '빨간 말'로, 각각 문학, 러시아어, 지리 시간의 여왕이었다. 알렉산더도 담배를 피우며 뒤에 앉아 있었다. 발은 책상 위에 턱 하니 괴어놓았고 무릎에는 돌격소총을 올려놓았다.

"모두 계획대로 행동하는 거야." 알렉산더가 말했다. "저년들을 쏴버린 다음 선생 셋을 더 납치하는 거지. 병장, 우리 동지에게 AK를 줘. 그래야 소외감 안 느끼지. '돼지새끼'부터 시작하는 게 좋겠어. 무릎을 겨눠."

니콜라이 D.가 내게 소총을 건넨 다음 지시라도 받듯이 알렉산더의 머리 위로 몸을 굽혔다.

"제발!"

'돼지새끼'가 귀에 거슬리는 목소리로 사정했다. 선생들이 어떻게 저리 침착해 보일 수 있는지 신기했다. 확실히 창백한 얼굴이었지만 울지도 헐떡이지도 않았다. 살라면 살고 죽으라면 죽을 것 같았다. 그들은 우리 명령을 기다리고 있었다. 이게 다 장난이라는 사실을 깨닫지 못할 정도로 자동화된 인간이었던 것이다. 교련 시간에 사용했던 수류탄들은 속이 텅 비어 있었고 칼라슈니코프도 총열 아래쪽에 드릴로 구멍을 뚫어놓아 전투에서는 아무 쓸모가 없었다. 하지만 난 죽도록 무서웠다. 별안간 '무당벌레'가 있는 데서 스타인웨이로 연습을 해야겠다는 생각이 놀랄 만큼 유혹적으로 느껴졌다. 이 일로 내 경력은 완전히 끝장날 것이다. 장난이 끝나고 나면 여왕들은 우리를 고발할 테고, 다시는 학교로 돌아오지 못할 것이다. 우린 전부 교정원 행이었다.

1번 체임버 홀에 저녁까지 그냥 있어야 했다. 손목이 마비될 때까지 '무당벌레' 앞에서 연주했어야 했다. 거기 앉을 수 있다면, 난해한 악구들의 길고 긴 목록을 통과하고 망가진 사각형들로 구성된 넋을 빼놓는 천장 프레스코화를 연구할 수만 있다면. 그 대신 나는 돌격소총을 든 채로 옆방에서 누군가 쇼팽의 「영웅」 폴로네즈에 테러를 가하는 소릴 듣고 있었다. 곧 수업종이 다시 울릴 테고 '올빼미'가 사라진 선생들을, 내가 든 칼라슈니코프의 총신을 감사하는 마음으로 빤히 쳐다보는 유순한 닭대가리들을 찾기 시작할 것이다. 명령을 따르고 권위를 받아들이도록 조작당한 인간들이 존재하는 한 이 지구에 평화는 없다. 저 인간들을 보라! 맹세컨대 저들은 지금 살해당하길 원하고 있다. 그러나 상황이 뒤집히면 그들은 우리 셋을 학교 전체가 보는 앞에서 기쁜 마음으로 교수형에 처할 터였다. 지리 선생은 묵직한 놋쇠 반지를 끼고 있었다. 그녀는 그걸로 자기가 덜 아끼는 학생의 머리를 때릴 때 고통을 더하곤 했는데, 뒤통수를 때렸기 때문에 학생들은 예상도 못 하고 당했다. 러시아어 선생은 러시아적 정신의 우월성에 대해 강의를 했다. 문학 선생은 남유럽 출신으로, 교장이 인도에 뿌려진 피를 싫어한다며 고함을 지른 것으로 유명했다.(그녀가 언급한 '피'는 정확하게는 모잠비크 출신 아버지를 둔 이스칸더가 인도에 누워 자기 머리 주변에 뿌린 것이었다. 그는 4층에서 진행되던 '돼지새끼'의 수업 시간에 들키지 않고 몰래 빠져나간 다음 그런 일을 벌였는데, 사람들이 보고 창밖으로 뛰어내렸다고 착각하게 만들기 위해서였다. 사건 직후 그는 퇴학당했고 다시는 소식을 듣지 못했다.)

나는 탄창을 뺀 다음 안에 든 것을 감탄하며 보는 척하다가 다시 소총에 탁 하고 끼워 넣었다. 만약 탄창이 꽉 차 있고 내 칼라슈니코프에서 실탄이 발사될 수 있다면 내가 이 마녀들을 죽여버렸을까? 당연히 그럴 리는 없었다. 칼라슈니코프는 그들의 무기였다. 그들이 이 세계에 자기들의 이데올로기와 미학적 왜곡과 더불어 들고 온 새까만 인공물.

"내가 저년들 뇌를 날려버릴 거야!"

알렉산더가 갑자기 고함을 치면서 자리에서 뛰어올라 미치광이처럼 선생들에게 돌진했다. 머리카락이 딱 달라붙어 있었고 퉁퉁 부은 얼굴에 땀줄기가 흘러내리고 있었다. 니콜라이 D.와 내가 그를 제지하며 선생들의 머리에 겨눈 총구를 밀쳤다.

"난 이년들이 좆같은 물뿌리개처럼 피를 뿜는 꼴을 보고 싶다고! 공산주의란 필연인 것이지! 턱수염 난 독일 난쟁이와 붉은 별의 이름을 걸고 내가 저년들 목을 꺾어버리겠어!"

확실한 사실이 하나 있었으니 알렉산더는 타고난 오페라 가수였다. 그는 대부분의 사람들이 일 년에 걸쳐 쓸 에너지를 불과 몇 초 만에 소비했다. 그에게는 무대가 필요할 뿐이었다. 일라리오노바의 턱이 떨렸다. '돼지새끼'와 지리의 여왕은 넋이 나가고 숨이 막힌 것 같았다. 분노와 열정에는 전염성이 있다. 심지어 니콜라이 D.마저 공황에 빠진 것처럼 행동하기 시작했다.

"얘들아!" 일라리오노바가 우리에게 간청했다. "얘들아! 우릴 인간이 되게 해줘, 이번만은!"

알렉산더가 메피스토펠레스 같은 웃음을 터뜨렸다. 이 보라색 머리를 한 마트료시카*가 거대한 안경 뒤의 빛바랜 푸른 눈을 광적으로 빛내며 꽥꽥거리는 목소리로 대체 무슨 말을 하는 걸까? 톨스토이의 인본주의나 체호프의 이상주의를 호소하기라도 하는 걸까? 인간이라니. 얼마나 위험 있게 들리는가! 다시 말해, 인간이라면 말이다. 우리 모두가 인간은 아니다. 인간은 살인할 수 없고 거짓말할 수 없고 명령에 따를 수 없다. 그런데 우리는 죽이고 거짓말하고 명령에 따랐으며, 다시 죽일 것이다. 왜냐하면 우리는

* matryoshka, 인형 안에 다른 작은 인형이 몇 겹으로 겹쳐서 들어 있는 러시아 인형.

지옥의 개들이기 때문이다. 반은 그림자이고 반은 자동인형인, 에리니에스의 마음 한 방울과, 그래도 빛을 갈구하기에 충분한 양인 손톱만큼의 양심 한 방울로 이루어진.

수업종이 울렸다. 4교시가 시작됐다. 대령이건 관리인이건 언제든 나타날 터였다. 위기를 모면하거나 급류에 휩쓸려가도록 남아 있거나 둘 중 하나를 택할 시간이 올 것이다. 나는 개인적으로 도망가는 쪽을 굳게 믿었다. 열쇠는 문에 꽂혀 있었다. 누가 우리를 찾으러 오는지 봐야겠다고 알렉산더에게 말할 수도 있었다. 하지만 난 그가 절대 날 믿지 않으리란 걸 알았다. 게다가 한편으로 보자면, 그는 나보고 자기가 벌이는 자멸적인 장난질에 끼어들지 않겠냐고 물어본 적이 없다. 결국 거대한 박해자와 맞닥뜨리는 쪽은 나일 것이다. 알렉산더와 니콜라이는 연줄이 있었고, 자유롭게 풀려날 공산이 컸다. 알렉산더는 입에 담배를 물고 칼라슈니코프를 겨드랑이에 낀 채 방을 활보하고 있었다. 그 모습은 시적인 변비를 끝낼 방법을 쉼 없이 찾아다니는 체 게바라 같았다. 하지만 아빠가 자길 구해주리라는 사실을 알고 있다면 날 뛰기도 쉬우리라고 나는 생각했다. 일은 언제나 그렇게 돌아가게 마련이고—우리 아빠 대 너네 아빠—나는 최소한 내가 이길 가망이 없다는 점을 알 정도로는 똑똑했다. 만약 지금 여기서 나간다면 '올빼미'에게 내 의지에 반해서 알렉산더의 장난질에 참여했다고 말할 수 있었다.

하지만 이는 근본적인 변명은 아닐 것이다. 누구나 자기 의지에 반해 행동하게 마련이고, 그런 식으로 인간이라는 종족이 과실에 대한 책임에서 빠져나가는 것이다. 내 피아노 경력을 구하기 위해 알렉산더를 배신해야 하는 걸까? 나는 한심한 인간이었다. 죄다 한심했다. 옆방 꼬마는 내 신경을 아주 제대로 긁고 있었다. 왼손 트레몰로를 더 팽팽하게 쳐야 했고 주요 주제를 조바꿈하기 전에 속도를 극적으로 낮추는 짓을 그만둬야 했다. 이 곡은 쓰레기 같은 샹송이 아니라고!

만약 내가 피아노 앞에 있고 '무당벌레'가 내 옆에 앉아 있었다면 그녀는 내 뺨을 손등으로 치면서 곡을 윤색하지 말라고 했을 것이다. 그녀가 나를 공개석상에 데리고 나와서 사람들에게 나를 선보이기 위해 택한 길이 바로 그런 길이었다. 설사 내 표정이 우는 광대 꼴이 되더라도. 간단한 음계를 칠 수 있기 전이라 해도 소질은 있어야 한다. 소질은 배우거나 습득하는 게 아니다. 전생에서 가져오는 필수요소이자 눈뜬 사람과 잠든 사람을 가르는 특징이다.

그게 클래식 음악의 비극이다. 다들 소질을 갖기를 열망한다. 바딤을 제외한 모두가. 바딤이 카네기홀에서 연주하는 모습은 절대 볼 수 없을 것이다. 조만간 그는 자기 소질 때문에 수많은 청중 앞에서 연주할 수 있는 기회를 모두 망칠 것이다. 미 레 도 시. 미 레 도 시. 폴로네즈 중반부의 선동적인 저음 오스티나토.* 왼손

---

* ostinato. 일정한 음형을 동일 성부에서 반복하는 것. 주로 베이스 음역에서 사용한다.

옥타브가 광기의 불꽃으로 넘실거리며 가라앉는 동안 퍼붓는 일제사격. 이걸 허기와 원한과 평정의 비율을 제대로 맞춰 정확히 연주하기만 하면 건물이나 다리 하나쯤은 너끈히 무너뜨릴 수 있다. 아, 옆방 학생이 곡을 망치고 말았다. 나는 칼라슈니코프를 바닥에 내던지고 교실에서 나왔다.

지들이 싼 똥이니 지들이 치우라지. 장난질이나 할 시간이 없었다. 문제라면 이미 충분히 안고 있었고 위원회가 날 추방하는 걸 애써 거들 필요도 없었다. 내가 선생 셋을 인질로 잡고 죽여버리겠다며 협박했다는 사실을 '무당벌레'가 알게 되면 뭐라고 말해야 할까? 그녀는 이미 내게 알렉산더를 멀리하고 11월에 있을 쇼팽 콩쿠르와 내년 말에 있을 진짜 쇼팽 콩쿠르 오디션에 집중하라고 간곡히 말했다. 나 자신이 실패할 거라는 생각보다 더 고통스러운 건 '무당벌레'가 깊은 실망과 질책을 담은 눈길로 날 바라보는 모습이었다. 그녀는 내가 일종의 메시아 내지는 절름발이를 걷게 하고 장님을 눈뜨게 하는 구세주라도 되는 것처럼 나를 믿었다. 절대 누구도 실망시킬 위험이 없는 하찮은 인간이 될 수 있다면 얼마나 좋을까. 그러면 실패는 오로지 나만 맛볼 수 있는 것이 될 텐데.

나는 그 불쌍한 등신이 폴로네즈를 능욕하고 있는 35번 연습실을 지나 바로 옆에 있는 36번 연습실을 노크했다. 내가 바라던 대로 방은 비어 있었고, 피아노는 35번 연습실 벽에 붙어 있었다. 나는 교사용 책상에서 의자를 가져와 피아노 앞에 앉았다. 마호가니로 만든 페트로프* 제품으로 건반, 해머, 페달 모두 새것이었다. 마지막으로 내가 여기 들른 이후에 조율사가 피아노를 제대로 손보았던 게 틀림없었다. 나는 원래 잡았어야 했던 템포보다 약간 빠르게 폴로네즈를 시작했다. 사실 주요 주제에 도달하기 훨씬 전부터 엄청난 속도로 건반 위를 날아다녔다. 시작 부분의 음계를 압도적으로 밀어붙이고, 구불구불한 반복구로 피아노 프레임에 구멍을 뚫어대고, 악보에 표시된 화음을 심장마비라도 걸린 것처럼 짚어댔다.

"크고 빠르게 시작하면 갈 곳이 없어진다."

쭈그러든 피아노 선동가들은 자기 학생들에게 몇 번씩이나 그렇게 말할 거다. 헛소리다. 언제나 갈 곳은 있게 마련이었다. 고유하면서도 중단되지 않는 쇼팽의 악절들이 연주자를 계속 이끌 것이므로.

피아노에서 소리를 뽑아내기 전에 주요 주제가 두 번, 심지어는 세 번 나타날 때까지 기다리는 연주자들을 내가 얼마나 경멸하는지 모른다. 얼마나 많은 녹음들이, 얼마나 많은 실황이, 연주자가 연주 시작 전에 강제로 진정제를 먹기라도 한 것처럼 제대로 들리지도 않는 웅얼거림으로 시작하는지 모른다.

4분의 3박자는 삶의 리듬, 가능성과 초월의 리듬이다. 4분의 2박자와 4분의 4박자는 삶이 죽음에 맞서는, 진실이 환상에 맞서

* Petrof, 1864년 설립된 체코의 피아노 제조업체.

는, 시작이 종말에 맞서는 2분법적 세계를 상징한다. 하지만 4분의 3박자에는 여분의 박자가 있으며, 이는 두 세계가 접히며 생기는 감옥을 벗어나 그 너머로 갈 수 있게 해주는 입구이자 문이다. 3박자…… 왼손 옥타브가 맹렬하게 터져 나오는 중반부가 끝나면 뜻밖에도 자갈이 깔린 사향 냄새가 나는 거리에 도착하게 된다. 장님 하나가 이리저리 교차하는 빨랫줄 아래 서서 달콤하면서도 차분하게 손풍금을 연주하는데, 음들이 마치 은빛 파편처럼 건물들 사이 어둑한 공간으로 환하게 떨어진다. 쇼팽은 느슨히 풀린 시간을 꽉 조여 매는 멜로디를 만드는데, 돌고 도는 와중에 계속하여 더욱더 멀리 나아가는 멜로디를 써내는 데 대가였다. 4분의 3박자로 쓰인 작품들이 가끔 쾌활하고 춤추기 좋은 소리를 낸다면, 그건 3박째 쉬는 숨이 자유의 감각을 일깨우기 때문이다. 영원한 삶의 가능성을 연다고도 할 수 있으리라.

곡이 끝났다. 완전한 침묵이 흘렀다. 옆방 학생은 내가 연주를 시작하자마자 자기 연주를 멈춘 게 틀림없었다. 나는 피아노 뚜껑을 닫고 발끝으로 걸어 문간으로 갔다. 내 직감이 정확하다면 경쟁자는 내 연습실 문 앞에 서서 목재 문틀에 귀를 갖다 대고 있을 것이다. 나는 예고 없이 문을 열었고…… 뭉툭한 손을 지닌 12학년생이 방금 트랙터에서 내린 만취한 콜호즈*의 농부 같은 자세로 서 있었다. 그가 굴욕당한 모습을 보니 기분이 좋았다. 범상한

---

* kolkhoz, 구소련의 집단농장.

떼거지들에게 조그만 승리를 거둘 때마다 그랬다.

　모든 게 제자리에 있었다. 트로피들을 받치고 있는 책장, 체리 우드 책상, 브레즈네프의 청동 흉상, 수정 삼각형, 11차 전당대회 기념품인 펜대, 벽에서 아래를 내려다보는 게오르기 D., 그리고 독수리 같은 손을 깍지 낀 채 무릎 위에 올려놓고 의자에 앉아 있는 '올빼미'. 문득 이 새대가리가 이 기관원용 베이지색 전화기로 전화를 거는 모습을 한 번도 본 적이 없다는 생각이 떠올랐다. 저 전화가 되기는 할까? 그냥 보여주기용 소품인가?

　"피아노 전공 14번 학생…… 내가 방송으로 널 불렀을 때 네가 무슨 생각을 했는지 무척 궁금하다. 내가 널 음악 이론수업에서 빼내준 이유가 선물을 주기 위해서라고 생각했나? 네가 선물을 받을 자격은 있다고 생각하나? 품행방정으로? 사회에 기여해서? 동기들을 올바른 방향으로 선도해서? 아니면 너무 오랫동안 무임승차를 해서 기생충이 된 것 같은 기분이라도 들었나? 건방진 부르주아 애새끼 같으니! 너 진짜로 내가 이 일을 모면하게 놔둘 거라고 생각하는 거냐?"

　그녀는 일어서서 책상에 몸을 기대 날 잡아먹을 준비를 마쳤다. 나는 아무 말도 않을 생각이었다. 어떤 게임인지 알고 있었으니까. 그냥 자리에 앉아서 메두사 역할을 하는 상대를 지켜볼 터였다. 물론 징그럽고 유독하긴 했지만 여전히 새는 새일 뿐이었다.

"아, 넌 내가 네 여자친구인 바이올린 전공 이리나에 대해, 그 애가 너한테 얼마나 푹 빠져 있는지에 대해 모른다고 생각하겠지. 복도에서 너희 둘이 손도 잡고 키스도 하고, 그 위대한 러브 스토리가 이뤄지긴 할까? 재능 있는 두 음악가…… 그런데 소년은 학교에서 쫓겨나고 소녀는 즉시 다른 사람을 만나게 되는 거야. 이 지랄 맞은 학교에서는 섹스가 수도 없이 벌어지니 하루도 지루하지 않을걸. 아니라고? 그애가 널 잊지 않을 거라고, 한때 신동이었지만 결국 술독에 빠지고 굴욕을 당해 사회에서 영원히 추방된 인간을 잊지 않을 거라고 생각하는 거냐? 내가 네 속을 모를까봐. '올빼미'는 그저 소리나 빽빽 지르고 권력을 휘두르는 법 같은 건 모르리라 생각하겠지. 나한테 그 적절한 별명을 붙인 게 너였지, 안 그래? 오, 난 신경 안 써. 내가 올빼미에 대해 몇 가지 얘기해주지. 맞아. 올빼미는 야행성 육식 조류다. 하지만 올빼미가 정말로 아름다운 건 먹이—쥐새끼 말이야, 작고 꼼지락거리는 보잘 것 없는 짐승—를 통째로 삼키기 때문이야. 그런 다음 먹고 남은 찌꺼기를 딱딱하게 말라붙은 공 모양으로 뱉어내지. 나는 학교에서 너 같은 쥐새끼를 제거할 거야. 널 부숴서 먼지로 만들 거라고. 널 길러준 선생들을 네 친구들과 같이 조롱하고 그 사람들에게 칼라슈니코프를 겨누는 동안 네가 즐거웠길 진심으로 바란다. 왜냐하면 이제부터 넌 지옥 같은 삶을 살 테니까. 네가 본성을 드러냈지만 아무도 놀라지 않았어. 우리 모두 네가 언젠가는 국가의 적이 될 거란 사실을 알고 있었거든. 바라건대 언젠가 넌 총살당할 거야. 하지만 오늘 너는 내 처분을 따라야 해. 네 친구 니콜라이와는 이미 얘길 끝냈다. 걔는 곧 적절한 시설로 갈 거야. 너도 곧 걔를 따라가겠지만 지금은 아냐. 널 몇 주 정도, 어쩌면 며칠일 수도 있겠지만, 널 내 곁에 두고 네가 진짜로 양심의 가책을 느끼게 하겠어. 심지어 연주회도 마련해줄 거야. 하지만 넌 브레즈네프 흉상에 입을 맞추고 고맙다고 말해야 해. 그럼 내가 기쁠 거다. 어서. 네가 얼마나 거친 놈인지 한번 보여줘."

나는 일어서서 그 난쟁이의 청동으로 된 두개골에 입을 맞추기 위해 책상으로 몸을 숙였다. 몸무게 전체를 손으로 옮겨놓았던 탓에 '올빼미'가 왼쪽에서 어퍼컷을 날릴 때 방어할 자세를 갖출 수가 없었다. 나는 관자놀이를 얻어맞고 의자로 날아갔다. 이 가증스러운 마녀가 펀치를 제대로 날리는 법을 알고 있을 거라고 누가 생각이나 했겠는가.

"고맙다는 말을 해야지."

"고맙습니다."

나는 웃으며 대답했다. 저년을 예전에 목 졸라 죽였어야 했다.

"꺼져."

'올빼미'는 내가 일어나 문가로 가는 동안 날 쳐다보지 않았다. 달력에다 뭔가 미친 듯이 적으면서 자기 몸을 전기충격처럼 지나가는 폭력적인 경련을 막으려고 노력하고 있었다. 새가 자기 독에 먹히는 꼴이었다.

가을이었다. 인도는 무르익어 환히 빛나는 밤나무로 덮여 있었고, 유혹적인 수호자인 에레보스는 도달하기에는 너무 멀었다. 나는 잿빛 새들이 종말의 횃불을, 꿈에서 본 듯 부드러운 네온 불빛처럼 사방으로 퍼지는 횃불을 물고 오는 모습을 보기를 기대하며 계속 서쪽을 보고 있었다. 꿈에서는 모든 것이 멈춘다. 날아가던 새들도 멈추고, 빙빙 돌던 하늘도 멈추고, 기억도 멈추고, 그때 나는 빛에 싸인 채 땅바닥에 누워 이런 생각을 한다. 우리가 이런 꼴을 당해도 싸다고. 우리도, 그들도.

나는 대로를 따라 내려갔다. 체스 클럽, 극장, 렙스키 기념비, 피로시키 판매대를 지나쳤다. 배가 고팠다. 나는 담배에 불을 붙이고 스토크나 가라 광장 방향으로 통하는 언덕을 계속 내려가면서 회색 양복을 입은 천박한 기관원들과 보라색 머리를 한 노부인들, 엄마에게로 돌아가는 탁월한 학생들, 사람 뜯어먹을 궁리나 하며 사는 난잡한 여자애들, 염색체 절반이 사라진 수컷 유인원들, 교수 티를 내는 인간들과 아첨꾼들과 거짓말쟁이들을 바라보았다…… 내 안에 차곡차곡 쌓아둔 괴로움을 모두 담아 그들을 지켜보았다.

"넌 증오할 수 없어. 오직 사랑만 할 수 있지."

언젠가 '무당벌레'는 종종 그러듯 여자친구처럼 내 손을 잡으며 그렇게 말했다. 하지만 난 증오하고 싶었다. 그들 모두를 증오하고, 내 불만으로 그들을 저주하고 싶었고, 비난하고 싶었고, 내 눈으로 불태워버리고 싶었다. 나는 항상 내 눈이 빨갛게 불타오르고 있지만 거울에서만 초록색으로 비치는 거라고, 해가 떠 있을 때는 밝은 녹색이고 밤에는 녹갈색으로 보이는 거라고 상상했다. 나는 오른쪽 첫 번째 거리로 들어가, 내가 일곱 살 때 혼자 전차를 타고 피터스 에디션에서 발간한 천 제본의 묵직한 모차르트 피아노 소나타 전집을 백팩에 넣은 채 도시를 가로질러 가기 시작한 이후 그랬듯, 기계적으로 '무당벌레'의 집 쪽으로 향했다. 내 발에 익숙한 길은 몇 안 되었다. 음악학교, '무당벌레'의 집, 일곱 성인 교회 옆 공원, 부모의 아파트.

'무당벌레'의 집은 최소한 백 년은 된 집이었다. 아치 모양의 창문 두 개는 거리 쪽으로 튀어나와 있었고, 지붕은 온갖 종류와 크기의 도기 타일로 뒤덮여 있었는데, 마치 태풍이나 다른 자연력으로 인해 아무렇게나 하나씩 쌓인 형상이었다. 원래 노란 페인트를 바른 회반죽 벽은 석고와 함께 뭉텅이로 여러 군데 떨어져 나가서 그 밑에 있는 붉은색과 오렌지색 벽돌이 드러나 있었다. 안쪽에는 2층으로 이어지는 고립된 목재 계단이 있었는데 거대한 세 요정들은 거기서 살았다. 1층에 뭐가 있는지는 감도 오지 않았다. '무당벌레'와 언니들이 그들의 희생자에게서 뽑아낸 피를 보관하는 일종의 저장고로 내려가는 작은 문이라도 있는 게 아닐까. '무당벌레'의 언니가 사모디바라서 밤이면 소피아의 거리를 날아다니고, 벌거벗은 채 속이 비치는 하얀 가운을 입고 있으며, 금발을 바람에 펄럭이고, 발치에 헤카테*의 개 떼들을 몰고 다니며 집으로 데려갈 수 있는 달콤한 피가 흐르는 소년들을 찾아다니는 것은 부정할 수 없는 사실이었다. '할머니'는 간이나 신선한 심장을 결코 거부하지 않으리라.

나는 침실에 놓인, 오래됐지만 잘 관리된 뵈젠도르퍼나 손님방에서 삭아가는 스타인그레버 & 존 피아노의 끈끈하고 노랗게 물든 소리가 들리지 않을까 기대하며 창문 아래 섰다. 모차르트의 소나타 5번 D단조나 6번 D장조 「뒤르니츠」, 혹은 더 낫게는 8번 A단조처럼 고통스러우리만치 익숙한 음들을 갈망했다. 어디선가 누군가가 8번 소나타의 알레그로 마에스토소 악장을 피아노로 치는 한 세상은 결코 끝나지 않으리라. 그것만은 정말 확실했다. 알레그로 마에스토소 악장의 시작 부분에 등장하는 주제와 변주는 간단히 말해 시간의 변덕과 물리적 세계를 지배하는 모든 법칙보다 더 중요하고 근본적인 것이었다. 그 숙명론적 종지부! 가속하며 맥동하는 왼손 화음, 8분음표가 16분음표로 바뀌며 오른손에서 왼손으로 천둥처럼 이동하는 방식, 팀파니와 베이스와 스네어 드럼이 뒤에서 돌진하는 듯한 전조와 함께하는 긴 발전 과정. 이건 지금껏 만들어진 최고의 순수한 로큰롤이었다. 나는 곧 부서질 듯한 나무문을 열고 녹슨 철사 두 가닥으로 만든 울타리에 딱 붙은 채, 금색 손잡이와 나뭇결 모양 유리가 끼워진 타원형

---

* Hecate , 그리스 신화에서 달의 여신, 대지의 여신, 지하의 여신 등 세 여신이 한 몸이 된 여신. 밤중에 횃불을 들고 지옥의 개들을 몰고 다닌다.

틀이 달린 갈색 이중문으로 통하는 타일 길을 따라 내려갔다. 여기서부터는 집에서 나는 모든 냄새를 맡을 수 있었다. 검은 진열장, 먼지 낀 오스트리아 도자기 접시와 차 세트, 뵈젠도르퍼 옆의 벽을 따라 쭉 펼쳐진 하얀 가림막, 벗어지고 있는 벽지, 쪽모이세공 바닥, 바흐의 푸가에 담긴 퀴퀴한 공기, 모차르트의 소나타를 떠다니는 장미꽃잎, 베토벤의 거처에 있는 창문을 뒤덮은 두꺼운 커튼. 심지어 쇼팽의 무덤에서 나는 비를 머금은 먼지와 시든 꽃냄새, 라이프치히 성 토마스 교회의 공기 냄새까지.

하지만 거대한 세 요정들은 집에 없었다. 혹은 '무당벌레'와 '할머니'는 나갔고 금발의 사모디바는 날 안에 들이고 싶지 않았다고 해야 할 것이다. 그녀는 날 질투했다. 분명한 사실이었다. 나는 그 집안의 막내이자 가장 사랑받는 아이였고, 그녀는 두세 시간씩 이어지는 레슨과 내가 학교에서 반복해서 치는 사고들, 내 독주회, 음주, 편집증과 별난 성격, 끊임없이 주목받길 바라는 욕심을 견뎌야 했다.

'무당벌레'는 지금 날 보호해줄 수 있을까? 폭풍을 멈추고 날 위해 자길 희생할 수 있을까? 아니면 '올빼미'의 힘에 굴복한 다음, 반질반질한 눈과 뻣뻣한 자세를 한 채 집으로 돌아오며 자기는 내 선생이 아니고 나도 자기 학생이 아니라는 말을 몇 번이고 되풀이하게 될까? 그녀는 날 잊어버리게 될까? 나는 그럴 수 있다고 생각했다. 나도 이내 그녀를 잊게 될 테니까. 어쩌면 내일, 아니면 다음 주, 그들이 날 제적한다고 선언하면, 나는 아무것도 아닌 사람이 될 터였다. 또다시. 하지만 나는 내가 아무것도 아니었던 시절을 기억할 수 없었다. 재능도 위대한 임무도 없던 꼬마였던 시절, 그저 그림자처럼 삶을 통과하던 시절의 기억. 재능! 나는 아무 재능도 없었다. 다른 모든 사람들처럼 그저 젠체하는 또 하나의 범상한 애새끼였을 뿐이었다. 그저 내가 다르다고만 생각했고 이걸 증명하고 싶어만 했다. 그들은 내가 내면에 빛을 품고 있다고 믿게 했는데, 지금 나는 어둠 속에서 더듬더듬 움직이고 있었다. 이건 좀 잔인한 일이었다.

집 안으로 들어가야 하는 길을 찾아야 한다고 생각했다. 아마 뒷문을 통해 들어갈 수 있을 것이다. 그러면 그들은 집에 돌아왔을 때 내가 뵈젠도르퍼의 납을 단 건반과 씨름하고 모든 악절과 음계와 전투를 벌이며 「영웅」 폴로네즈를 즐거이 연주하는 모습을 발견하게 되리라. 나는 제대로 연습을 했을 것이다. 하지만 뒷문도 닫혀 있었고, 뒷마당 구석의 커다란 양철통에서는 끔찍한 냄새가 풍겼다. 나는 통으로 다가갔다. 지난 일요일에 '무당벌레'가 내가 연습하던 손님방으로 들어와 자기가 반쯤 입양해 키우던 길고양이 루시가 새끼 고양이 다섯 마리를 낳았다는 소식을 알렸을 때, '할머니'가 했던 말이 기억났다.

"눈을 못 뜰 때 그것들을 물에 담가야겠어. 세상을 그리워하게 되기 전에 말이지."

'할머니'는 그렇게 선언했다. 그녀는 낭만주의를 결코 이해한 적이 없었다.

11장

베토벤, 피아노 소나타 21번 「발트슈타인」 C장조, op.53

1988년 10월 3일

"목요일에 뭐 연주할 거야?"

피아노 의자 위에 앉아 서로의 숨결을 맡으며 내가 그녀에게
물었다. 나는 아직 흰 버튼업 셔츠와 교복 재킷을 입고 있었고,
스테파니는 교복 드레스를 입고 있었다. 우리 속옷과 신발, 양말
은 경사진 다락방 바닥 여기저기에 흩어져 있었다. 내 바지는 피
아노 뒤에 떨어져 있었다. 피아노는 훌륭한 검정색 블뤼트너 업
라이트였다.

"베토벤 23번 F단조."

그녀가 거의 유령처럼 희고 가는 두 손을 가랑이에 올려놓은
채 말했다. 그녀의 손가락은 정말 길고 가늘어서 그 때문에 손이
거대한 두 마리 거미처럼 보일 정도였다. 대답하기 전에 그녀가

머리를 돌리는 방식—오만하고 자부심 넘치는 틱 장애—때문에 웃음이 터졌다. 진짜로 의자에서 굴러 떨어졌다. 스테파니가 「열정」을, 모든 소나타 중 가장 잔인하고 악마적인 곡을 대체 어떻게 연주한다는 걸까. 설상가상으로 그녀는 자기에게 그걸 연주할 재능이 있다고 생각하고 있었다! 난 금발에게 아무 유감이 없다. 하지만 좀! 만약 일리나가 피아노를 배웠다면 23번을 연주할 수 있었을 거다. 바딤은 7학년 때 그 곡을, 연주할 수 있는 유일한 방식으로 쳐냈다. 자신을 악마에게 내줌으로써. 나는 정전기로 가득 찼던 바람 부는 9월의 어느 날 밤, 1번 체임버 홀에서 들었던 바딤의 연주를 절대 잊지 못한다. 그때 바딤은 충혈된 눈으로 무대에 올라, 청중에게 고개를 까닥거리는 인사조차 거부하고, 음계와 아르페지오와 화음과 오스티나토와 리듬, 그리고 우리를 순식간에 낚아채 타르타로스 주변의 황무지, 사방에서 들리는 것 같지만 오로지 하나의 근원에서 흘러나오는 음악이 있는 곳으로 옮겨놓는 태풍을 불러일으키는 파괴적인 쉼표를 풀어놓았다. 학교 밖에서는 빛의 언어가 구름을 뚫고 지나갔고, 다른 한편 알레그로 마 논 트로포 악장 중간에—맹세컨대 그는 거기까지 가는 데 육 분을 넘지 않았다. 어쩌면 오 분이었는지도 모르겠다. 그러면 너무 달린다는 인상을 줄 수밖에 없는데 그러지도 않았다. 바딤은 연주 속도 신기록을 세우고 있다는 생각이 들기에는 태풍만큼이나 크고 강했다. 그가 보통 인간들보다 빠른 것은 자연스러웠다.—스타인웨이 위에 달린 거대한 수정 샹들리에가 위협적으로 깜박이다가 순간 훅 나가버리는 바람에 맨 첫줄에서 자기 딸들 사이에 앉아 있던 '할머니'가 귀에 거슬리는 저음으로 "불 켜!" 하고 외쳤다. 그 연주는 폭동이었다.

당연히 스테파니는 화를 냈다. 나는 그녀를 진정시켰고, 무례하게도 곡의 첫 부분을 조금만 쳐달라고 사정하기까지 했다. 나는 그녀가 날 많이 좋아하나 싶었다. 큰 불평 없이 그러겠다고 했기 때문이다. 하지만 그 가엾은 여자애는 독창적인 생각이라곤 하나도 없었다. 모든 악절, 모든 마디가 제 선생과 의사소통 했다기보다는 선생의 지시를 전보처럼 받아친 지점까지만 준비되고 연습되어 있었다. 심지어 호흡조차도 최대한의 기계적 행동을 확보하기 위해 사전에 프로그램돼 있었다. 지금 내가 스테파니 옆에 앉아 그녀가 고집 세고 변변찮은 손가락으로 연주하는 꼴을 지켜보고 있자니, 잘 조율된 평균율 같은 섹스에도 불구하고 다른 피아니스트와의 데이트는 끔찍한 생각이라는 사실만은 분명했다. 그녀가 연주를 마치면 뭐라고 말해야 하나? 스테파니의 전문가적 자존심에 상처를 주지 않고 어떻게 이 곡을 관두라고 말할 수 있을까? 만약 그녀가 빠른 악절에서 아랫입술을 깨물지 않고, 교복 드레스 단추가 풀리면서 가슴과 배꼽이 드러나지 않았다면 나는 지루해 죽었을 것이다.

"정말 잔인한 소나타야."

자기를 인정해주길 바라며 그녀가 눈썹이 긴 귀여운 오리 새끼처럼 내 쪽으로 고개를 돌리자 나는 말해주었다.

"왜? 난 이 곡을 단단하고 또렷하게 치느라 딱히 고생하질 않았는데."

그녀는 손을 건반에 다시 올려놓고 알레그로 마 논 트로포 악장 도입부 마디들을 가능한 한 빠르게 쳤다.

"내 말은 기술적으로 어렵단 소리가 아냐. 손가락이 열 개면 뭐든 칠 수 있지. 아홉 개만 있어도 잘 칠 수 있고."

"그럼 뭐가 잔인하다는 거야? 분위기?"

분위기! 얘가 날 죽일 생각이었다. 설사 그 순간 그애 어머니의 새된 목소리가 다락방에 쩌렁쩌렁 울리지 않았다 할지라도 나는 스테파니의 질문에 대답하지 않았을 것이다. 음악에 대해서는 절대 말하지 말았어야 했다. 적절한 높이의 구식 블뤼트너는 섹스할 때만 엄격하게 사용했어야 했다.

"스테파니!"

그애 어머니가 방 바로 밖에서 미친 듯이 문손잡이를 밀어젖히고 있었다. 당연히 문은 안에서 잠겨 있었다. 나는 수위에게 담배 다섯 개비를 주고 열쇠를 빌렸다.

"스테파니!" 쾅. 쾅. 쾅. 쾅. "너 그 깡패랑 안에 같이 있는 거라면 죽여버린다!"

문 두드리는 소리가 멈췄다. 그녀의 발걸음이 복도 아래로 멀어지는 소리가 들렸다. 어머니가 포기한 모양이었다.

"너네 엄마가 너 이 방에 있는 걸 어떻게 알았어?"

나는 조용히 방을 가로질러가 속옷을 챙기며 물었다. 폭풍이

지났으니 이제는 안전하리라 생각했다. 착각도 그런 착각이! 누구든 무슨 짓이건 저지를 수 있다는 점을 항상 유념해야 한다.

"내가 말했거든." 스테파니가 깊이 뉘우치며 말했다. "아래층에 있는 공중전화로."

"왜 그랬는데? 부모한테 말해선 안 될 게 있잖아, 몰랐어?"

바로 딱 그때 문짝이 경첩과 함께 바닥으로 넘어졌고, 스테파니의 엄마가 다리 네 개짜리의 엄청 큰 목재 코트걸이로 무장한 채 방 안으로 들어왔다. 아마 4층 연습실 어딘가에서 찾아낸 모양이었다. 나는 속옷을 손에 든 채 바지를 주우러 피아노 뒤로 달려갔다. 신발 한 짝을 잡으러 오른쪽으로 뛰어올랐고 다른 한 짝을 집으려 몸을 굽히다…… 템포를 놓쳤다. 스테파니의 엄마가 뒤에 나타나 "겨우 그것밖에 안 되나!"라고 소리치며 내 등짝에 코트걸이를 떨어뜨렸고 나는 그 힘에 밀려 바닥에 얼굴을 처박았다. 척추가 나가지 않은 게 기적이었다. 겨우 그것밖에 안 되나!라니. 최소한 그녀는 유머 감각이 있었다. 그러고 보니 스테파니의 어머니가 예전에 유명한 발레리나였다는 게 생각났다. 발레 학교에서 선생들이 뭘 가르쳤더라? 「호두까기 인형」? 그녀는 주말에는 소련 대표 투포환 선수로도 뛰었던 게 틀림없다. 그러니 저렇게 근육에다 콧수염까지 생겼겠지.

하지만 생각할 시간이 없었다. 나는 바닥에 있는 것들을 죄다 가방에 주워 모으고 복도로 기어간 다음 바로 내뺐다. 스테파니를 구할 수 있었다면 좋았겠지만 상황으로 보아 야수 같은 어머니에게 얼굴을 얻어맞기나 했을 것이다. 나선계단을 반쯤 내려가던 중 3층 관리인인 마리아와 맞닥뜨렸다. 예상했던 바였다. 문두드리는 소리와 비명소리를 들었던 것이다. 어쨌거나 밤 아홉시였다. 학교는 거의 비어 있었다. 사실 그녀를 보자 반가웠다. 아마도 그녀가 스테파니를 고통스러운 죽음에서 구해줄 수 있으리라. 나는 소란이 일어난 근원지를 가리킨 다음 그녀를 계단 위로 떠밀었다. 뭐해요? 발가벗은 남자애 처음 봐? 나는 바지를 입은 다음 마리아의 등 위로 숨었다. 그 순간 스테파니의 어머니가 계단 꼭대기에 나타나 소리를 질렀기 때문이다.

"창녀! 더러운 꼬마 창녀 같은 년! 임신만 해봐, 내 손으로 그 애새끼를 죽여버릴 테니까!"

다소 자극적인 장면이 펼쳐졌다. 전직 발레리나가 반쯤 헐벗은 제 딸의 머리채를 붙잡은 채 계단 아래로 질질 끌고 내려오고 있었던 것이다. 스테파니의 머리칼은 진짜 길고 곧았다. 꼭 밧줄처럼. 내 생각에는 프로 피아니스트가 되고 싶다면 바로 저런 어머니가 필요했다. 재능이니 소질이니 다 잊어라. 필요한 건 보디가드다. 코트걸이로 콩쿠르를 제패할 수 있는 보디가드 말이다.

「열정」은 베토벤이 수백 년 동안 갇혀 있던 미궁이었다. 해머가 오르내렸고, 꼭두각시들은 앞으로 행진했고, 저 땅속 깊은 곳에서 울리는 베토벤의 성난 외침은 즉시 틀에 박힌 정열로 변환되었다. 이 작품이 뭐가 잔인하냐고? 어떤 보석이건, 아름다움에 대한 어떤 비전이건 간에 항상 근본적으로 결함이 있는 것으로 판명이 났고, 벌레들에게 갉아 먹혔으며, 그림자의 세계에 갇히 도록 운명 지어져 왔기 때문이다. 1악장을 관통하는 짧고 울림이 풍부한 주제는 어떤 때는 장조로, 어떤 때는 단조로 등장하며, 처음 들을 때는 그저 마음을 달래주는 것처럼 보인다. 사실 이건 영겁의 저주에 관한 노래이고, 쭉 잊었던 오래된 충동에 생기를 불어넣는 미묘한 매력을 지닌 승리의 전조인 양하고 있다. 하지만 바딤은 거기에 넘어가지 않았다. 당시 7학년이었던 그는 1번 체임버 홀에서 '무당벌레'가 리허설 도중 연주를 중단시켰을 때 그 사실을 완벽하게 파악하고 있었다.

"우리한테 들려줘봐!" 그녀는 주먹을 꽉 쥐고 말했다. "도-미 라 도-라 솔 시-솔 라 미, 이걸 음미해보라고, 이건 새로운 날이고 넌 승리한 거야!"

"선생님이 틀렸어요."

바딤은 조용히, 최종 판단을 내리듯이, 열두 살 주제에 노인이 말하는 것처럼 들리는 확신을 품고 대답했다.

"새로운 날이긴 해요. 하지만 그들이 다시 승리했지요."

「열정」은 본질적으로 어둡고 악마적이었으며, 뇌를 영원히 왜곡시킬 수 있는 곡이었다. 그거야말로 베토벤의 천재성이었다. 그는 강을, 수선화가 핀 들판을, 하데스의 문을, 탈출할 수 있다는 일말의 희망도 갖게 놔두지 않고 보여줬다. 그게 현실이었다. 절대 바뀌지 않을. 심지어 달콤한 향기가 흐르는 광대한 정원과 채광창을 통해 들어오는 하얀 햇살을 보여주는 안단테 콘 몰토 악장조차도 사람들이 다른 세상을 꿈꾸는 것을 한순간도 허락하지 않았다. 그건 지혜였을까, 아니면 귀먹은 자의 최후의 판결이었을까? 여하튼 잔인한 일이었다. 맨 앞줄에 앉아 있던 '할머니'는 "브라보!"라 외치며 일어나 바딤에게 프렐류드건 에튀드건 뭐건 다시 연주하라고 요구했다. 늘 그랬듯 제 어머니 왼쪽에 앉아 있던 금발의 사모디바가 그녀에게 손수건을 건넸다. '할머니'는 연주회장에서 한 번도 운 적이 없었다. 그녀는 음악 너머에 있는 무언가를 또렷이 주시했다. 비탄에는 두 종류가 있다. 앎으로 인한 비탄, 잊어버림으로 인한 비탄. 사람들은 대개 전자, 즉 먼 미래에 일어날 상실이나 비극적 사건에 선행하는 비탄에서 면제되어 살아간다. 하지만 '할머니'는 다 알았다.

나는 계단을 뛰어 내려갔다. 알레그로 마 논 트로포 악장이 내 등을 후려치고 있었고, 당김음으로 처리된 시-파-파, 파-솔-솔, 솔-파-파, 파 도 레 미, 레가 운명의 톱니바퀴를 작동시키고 미래에 죽을 자들의 이름을 적어 넣으라는 판결처럼 계단통을 울리고 있었다. 두렵지 않았다. 내가 해야 하는 일이라곤 열쇠를 수위에게 돌려준 다음, 밤 속으로 사라지는 것뿐이었다. 스테파니의 어머니는 원하는 만큼 마음껏 소리를 지르면 된다. 그녀의 딸이 엉덩이를 피아노 의자에 딱 붙인 채 성숙해지고 머릿속이 인형처럼 솜뭉치로 꽉 찬 것은 내 잘못이 아니었다. 두 층 위 계단에서 그들이 내려오는 중이었다. 스테파니는 자기 머리칼을 되찾았고, 전직 발레리나는 딸의 뺨을 후려갈기려 하면서 그녀를 쫓아오고 있었다. 저것 봐라. 짝 소리 한번 굉장하네! 소녀는 발을 헛디디며 바닥에 넘어졌다. 내가 이 시점에 개입해야 할까? 아니, 당치도 않았다. 스테파니와 어머니는 똑같은 인간들이었다. 서로 화해한 다음 내게 대적할 것이다. 그게 일이 돌아가는 방식이었다. 스테파니는 자동인형 같은 유순한 여자애였다. 어머니가 그녀를 필요로 하는 것만큼이나 스테파니도 어머니를 필요로 했다. 나는 그녀가 피아노를 다 친 다음 잠시 신선한 공기를 들이마시도록 도와준 사람일 뿐이었다. 더군다나 이건 꽤 괜찮은 이야기였다. 가족 간의 불화, 열정, 주먹질, 이글거리는 말들. 사실 둘 다 내게 감사해야 했다. 결국 가장 중요한 것은, 스테파니가 좀 덜 로봇처럼 치기 시작할 거라는 사실이었다. 최소한 한동안은.

"너 저 자식이 네 피를 빨아먹으러 온 악마라는 걸 몰랐단 말이야?"

뚱뚱한 발레리나의 발작적인 외침이 메아리가 되어 살해당하기 직전에 내지르는 고음의 서창처럼 텅 빈 학교에 울려 퍼졌다. 이제 곧 오케스트라가 들어올 차례였다. 먼저 더블베이스가 16분음표로 이루어진 음계로 허겁지겁 상승하고 그다음에 첼로, 바순, 클라리넷이 나오며, 마지막으로는 바이올린, 오보에, 트럼펫, 프렌치 호른, 나머지들이 등장하는 것이다. 저기서 그녀가 포탄처럼 데굴데굴 계단을 내려오며 팔로 스테파니를 난폭하게 밀고 있었다. 내가 악마라니! 내가 지금껏 받았던 최고의 찬사이지 싶었다. 기회만 주어진다면 난 확실히 그녀의 피를 빨아먹을 거다.

등은 아주 크게 다치진 않았다. 코트걸이의 무게와 그걸 나한 테 휘둘러댄 그녀의 체력을 감안한다면 더 나빠질 수도 있었다. 정문 옆에 서 있던 수위는 다 안다는 듯 내게 윙크를 하고는 자기 방으로 쏙 들어갔다. 그 늙은 공산주의자는 괜찮은 사람이었다. 밤에는 나한테 다락방 열쇠를 맡겨놓았다. 아마 내가 갈 곳이 없 다는 사실을 알았으리라. 천만다행으로 저녁 일곱시 즈음, 그러 니까 스테파니와 내가 다락으로 숨어들기 전에 페타 치즈를 넣은 기름진 바니스타* 한 조각 사먹을 돈을 쟁여두었다. 지금 내게 필 요한 것은 에스프레소 한 잔과 담배 한 갑이었다.

음악학교 맞은편에 있는, 대부분의 바이올린 전공자와 첼로 전 공자들이 개인 레슨을 받는 길고 좁은 건물의 외부 계단에서 담 배를 태우고 있는데 스테파니와 어머니가 운동장을 돌아 거리로 나가는 모습이 보였다. 우리 모두 친구가 됐다면 훨씬 더 낫지 않 았을까? 그러면 우리는 스테파니의 아파트로 가서 샤워를 하고 차를 마셨을 테고, 새벽 다섯시나 여섯시쯤 아주 일찍 일어날 것 이다. 그리고 스테파니는 학교에 갈 것이다. 그녀는 9학년이라서 아침에 등교하니까. 그리고 나는 아파트에 그녀의 어머니와 앉아 아침을 먹고 『개의 심장』**에 대해 이야기를 나눈 다음, 학교에 갈 시간이 될 때까지 연습을 했을지도 모른다. 하지만 그건 불가능 했다. 발레리나 아줌마께선 내가 죽었으면 싶을 테고 나는 그녀

* banista, 불가리아 식 페이스트리. 달걀과 치즈를 페스트리 사이에 끼워 넣어 오븐에 굽는다.
** 러시아 작가 미하일 불가코프의 소설.

를 견딜 수 없을 터였다. 지난주에 거리에서 우연히 마주쳤을 때 그녀는 함박웃음을 지으며 인사했었다. 칼라슈니코프 사건 때문에 내가 학교에서 확실히 쫓겨날 거라고 믿었으니까. 그녀의 단순하고 비열한 공상 안을 들여다보기는 쉬웠다. 남의 불행을 보며 느끼는 쾌감, 피에 대한 갈증, 내 종말에 대한 신맛 도는 환상, 하루 열 시간의 연습과 완전한 복종이 엄존하는 세계로 돌아오는 스테파니. 오, 좋기도 하셔라.

사실 알렉산더가 엄청난 연줄을 동원해서 사건 전체를 24시간도 안 돼 처리하고 묻어버린 건 다소 충격적이었다. 뭐, 완전히 묻진 못했지만. 니콜라이 D.는 제적당해 교정원으로 갔다. 대령은 제대로 혼이 났다. 알렉산더와 나는 질책만 받았을 뿐 큰 낭패를 당하진 않았다. 그게 공정했을까? 물론 아니었다. 알렉산더가 사건의 책임을 우리 친구에게 돌리고 제 아버지로 하여금 고위층에게 전화를 돌리게 한 건 사악하고 비열한 짓이었다. 하지만 난아주 유감스럽지는 않았다. 누군가는 망해야 했다. 이번엔 그게 내가 아니라는 사실이 기쁠 뿐이다.

밤 열시였다. 어디로 가야 하려나? 부모님의 아파트에는 갈 수 없었다. 오늘밤은 아니었다. 나 혼자 그들 둘과 밤새 싸우며 보낼 힘이 없을뿐더러, 그래봤자 아침에 학교로 돌아가서 책상에서 침을 질질 흘리고 쇼팽의 에튀드를 치는 동안 몽유병자처럼 비틀거릴 뿐이었다. 내 부모는 일과 시간과 계급적 언동으로 이루어진 작은 세상 너머를 보기에는 너무 하자가 많았다. 둘 다 일류 꼭두각시였고, 인생의 유일한 목적은 나 또한 그들을 매단 줄이 가진 견인력을 존경하며 자라나는 것이었다. 그것이 내 부모가 생각하는 도덕이었다. 그들이 내 수족, 감각, 영혼 깊숙한 곳에 온전하고 안전하게 들러붙어 있는 한, 누가 줄을 당기고 있는지는 신경 쓰지 말라는 것이다. 내 부모의 가장 큰 악몽은 내가 언젠가 줄을 모두 잘라버린 다음, 납덩이를 매단 발과 나무 심장에 도자기로 만든 눈을 하고 있음에도 유클리드의 법칙을 죄다 위반하며 열린 우주를 향해 치솟는 것이었다.

하지만 그런 다음엔 뭘 하나? 당연히 하나밖에 없다. 더 이상 음이라곤 하나도 못 치겠고 머릿속에 소리가 너무 꽉 들어차서 몽롱한 나머지 고요함을, 다시 생길 수 있는 잠깐의 침묵을 갈망하게 될 때는, 다른 소나타도, 에튀드도, 판단도, 리듬도, 감화음과 화성 해결도, 아르페지오와 음계와 트레몰로 혹은 반복되는 반주부도 취할 수 없을 때는, 단 한 마디라도 또 박자를 맞춰야 한다는 생각이나 불타는 독액을 또다시 손목에 주입해야 한다는 생각 때문에 구토하고 나서 방음 장치가 된 어두운 지하실로 기어들어가 꿈도 꾸지 않은 채 아주 오랫동안 잠들고 싶을 때는, 오로지 피아노로 돌아가서 마치 전에 한 번도 쳐본 적이 없다는 듯이 연주할 수밖에 없다. 다른 선택이 없다.

"걔 어머니…… 약간 정신이 나간 것 같더라."

수위가 손바닥으로 자기 머리를 슬슬 밀어 올리며 말했다. 나는 한 번에 두세 계단씩 뛰어올랐고, 발을 디딜 때마다 롤러스케이트를 탄 것처럼 미끄러졌다. 빈에 사는 페르디난트 에른스트 가브리엘 폰 발트슈타인 백작*이 보낸 마부와 얘기한 급한 약속 이 갑자기 기억났다. 그는 강과 평야와 강을 지나 나를 멀리 떨 어진 땅으로, 자동차와 라디오가 아직 발명되지 않았고 사람들 이 위대한 사상이나 거리와 무덤을 숭배하는 새까만 상징 같은 것도 없이 조용히 살아가는 땅으로 데려다주기로 돼 있었다. 하 지만 그게 어떻게 가능하겠는가. 누군가는 나 같은 거만한 개자 식을 영재들을 위한 소피아 음악학교에 배치된 말 두 마리가 끄 는 마차에 태우는 것을, 그런 다음 지역 당국의 허가증도 신청하 지 않은 채 나를 태운 마차가 터덜거리고 먼지를 휘날리면서 아 마도 좁은 채광창으로 빠져나가서 내가 밤을 찢어발기는 것을 기 를 쓰고 반대하지 않겠는가? 사실 그러기는 정말 간단했다. 더럽 혀진 오래된 블뤼트너와 마주 앉아 (그 가엾은 업라이트 피아노가 목격한 일들이란!) 스테파니의 베토벤 소나타 악보 117페이지를 편 다음—조금 전 저녁에 내가 급히 계획된 탈출을 감행하는 동 안 저도 모르게 챙긴 것이었다—탐욕스러운 댐퍼 페달과 각 엇 박의 형이상학적 본성에 대한 정확한 감각과 더불어 소나타 21 번 C장조 「발트슈타인」을 들여다보면 된다. 다락을 지나 북쪽으 로 쭉 나가는, 도나우 강을 건너 트란실바니아 계곡으로 이어지 는 이 뒷길을 아주 소수의 사람들만이 알고 있다는 건 정말로 안

* 베토벤의 친구이자 후원자였던 귀족.

타까운 일이다. 여기 마부가 있다. 그는 알레그로 콘 브리오 악장의 시작 부분에 등장하는 밝게 빛나는 검은색 C장조 화음이 거침없이 똑딱거리는 소리를 듣기를 열망하고 있다. 이것은 운동하는 소리, 양옆으로 포플러와 보리수와 자작나무와 과일나무가 끝없이 줄지어 서 있는 먼지 낀 고대의 도로를 이름을 숨긴 채 천천히 달리는 소리였다. 발트슈타인의 마차에 탄다는 건 얼마나 세련되고 사치스러운 일인가! 좌석에는 루비 색깔 가죽이 덮여 있고, 벽과 천정에는 검은빛이 도는 금색 나뭇잎이 찍혀 있고, 창에는 푸른색과 노란색의 스테인드글라스 틀이 끼워져 있다. 화음의 맥동이 편자가 달그락거리는 소리와 충돌했고, 화음의 진행에 따라 경치가 바뀌었다. C가 D로 올라간 다음 G로 내려왔다. 우리는 활기 없는 마을, 연못, 버려진 우물을 지났다. B플랫이 C로 올라간 다음 F로 내려왔다. 우리는 퀴퀴한 냄새가 나는 내리막길에 뛰어들자 급히 방향을 틀어 어두운 숲으로 들어갔다. 닥터스 가든의 악마처럼 뒤틀린 나무들은 이제 저 멀리 있었고, 우리의 비틀린 현실에 영양을 공급하는 지하 수맥도 멀어졌다. 우리가 더 멀리 여행할수록 나무들과 가지들은 점점 더 곧아지는 것 같았다. 발트슈타인 백작이 사는 보헤미아의 영지 입구에 도착했을 때, 나무들은 단단하고 위풍당당한 모습으로 서 있었다. 인간의 손을 닮은 가지들이 하늘을 향해 자신만만하게 뻗어 있었다.

12장
베토벤, 피아노 소나타 23번 「열정」 F단조, op.57

1988년 10월 14일

그날은 흔한 금요일 같았다. 휘몰아치는 만세 소리와 함께 긴 휴식 시간이 되자 모두 교실에서 폭풍처럼 뛰쳐나와 학교 뷔페 아니면 렙스키 기념비에 있는 피로즈키 판매대나 '황무지'로 몰려갔다. 나는 5층 59호실에서 반 친구가 나가길 기다리고 있었다. 그래야 음악사 선생 '난쟁이'에게 지난주에 하이든 시험에서 받았던 C학점을 수정하는 문제로 얘기를 나눌 수 있기 때문이었다. '난쟁이'는 말할 기분이 아닌 듯했다. 책상과 방구석에 놓인 커다란 목재 진열장 사이를 왔다 갔다 하고 있었는데, 거기엔 전축과 무척이나 인상적인 클래식 음반 컬렉션이 보관돼 있었다.

"하이든 관련해서요, 뭔가 방법이……"

"없어!" 그는 손에 스피커 연결선을 둘둘 감은 채 내 말을 가로

막았다. "시험공부를 할 시간이 있었는데 넌 공부를 안 했지. 내가 지금 너한테 어떻게 해야겠냐? 난 수업 시간에 수없이 말했다. 주제를 익혀두면 시험을 잘 볼 거라고."

"하지만 그 사람은 교향곡을 106곡이나 썼다고요! 그리고 유감스럽지만 죄다 끔찍하게 지루했단 말이에요."

나는 '난쟁이'의 비위를 맞추려고 노력했다. 그 역시 하이든을 별로 좋아하지 않는다는 사실을 알고 있었기 때문이다. 하지만 '난쟁이'는 대답하지 않았다. 자기 장비를 집어넣으려다 허공에 손을 올린 채 동작을 멈췄다. 그때 우리는 학교가 갑자기 침묵에 빠졌음을 알아차렸다. 네고드닉 동지의 심상찮은 목소리만 계단통 안에서 커다랗게 메아리쳤다.

나는 교실을 빠져나와 계단에 모인 선생들과 학생들을 뚫고 앞으로 나아갔다. 마침내 난간에 도착해 아래를 보았을 때, 바딤이 계단 난간에 갖다 댄 손을 슬슬 움직이면서 4층과 3층 사이 층계를 천천히 걸어 내려오고 있었다. 흰 셔츠의 맨 위 단추 세 개가 사라졌고 콤소몰 타이는 교복 재킷 주머니에 대롱대롱 달려 있었다. 그의 눈이 정말로 어두웠다. 목탄보다도 더. 하지만 그는 웃고 있는 것처럼 보였다.

"너 같은 인간은 학교에도 사회에도 발붙일 데가 없어!"

역사 선생 네고드닉이 그의 뒤에서 소리를 지르고 있었다. 바딤은 돌아보지 않았다. 그는 겁먹은 반 친구들과 벽에 등을 딱붙인 탁월한 학생들, 수학 선생, 청음을 가르치는 마녀들(쟤 좀 봐!

망신이야 진짜!), 버릇없는 애새끼들, 노예들, 님프들(모르는 척하지마!), 피아노 강사들을 지나 계속 걸어갔다. 그들 모두 눈을 빛내고 있었다. '무당벌레'만 그 자리에 없었다.

"대체 무슨 일이야?"

나는 옆에 있던 알렉산더에게 속삭였다. 그는 난간에 무심히 기댄 채 껌을 씹고 있었다.

"몰랐냐? 쟤 쫓겨났어."

알렉산더의 대답을 듣자 마음속에 경멸이 가득 찼다. 그의 얼굴을 주먹으로 후려치고 난간 아래로 밀어버리고 싶었다. 난 여전히 칼라슈니코프 소동과 이리나와의 동침 사건에 대한 복수를 하지 못하고 있었다.

"넌 좆같은 겁쟁이야." 나는 그의 얼굴에 대고 씩씩거리며 말했다. "여기 서서 구경났다며 좋아라 하고 있고. 난 바딤이랑 같이 가겠어."

"나라면 안 그런다." 알렉산더가 느물대며 말했다. "편을 잘 골라야 할걸."

나는 앞을 가로막는 사람을 모두 밀어내며 계단을 달려 내려갔다. 바딤을 건물 밖으로 혼자 나가게 할 수는 없었다. 그에게는 문까지 바래다줄 친구가 필요했다.

2층에서 바딤을 붙잡았을 때 바딤은 내게 고개를 끄덕이며 인사하고는 뭔가 주고 싶다는 듯 내 손에 자기 손을 올렸다. 손을 펴자 은색 시곗줄이 내 손 안에 있었다. 그가 연주 전에 늘 건반

구석에 놔두던 물건이었다. 그의 부적이었다. 그는 그것 없이는 절대 무대에 오르지 않았다.

이리나가 1층에서 우리와 합류했다. 그녀도 싸울 준비가 돼 있었다. 하지만 나는 바딤이 그들과 싸우기에는 너무 자존심이 강하다는 사실을 알고 있었다. 싸움은 애걸과 마찬가지로 바딤하고는 격이 맞질 않았다. 그가 진짜 떠난다니 믿기질 않았다. 바딤처럼 치는 피아니스트는 세상 어디에도 없었다. 개학한 지 고작 한 달 만에 그를 쫓아내는 이유가 뭔가? 무슨 범죄를 저질렀기에? 나와 달리 그는 항상 성적이 좋았다.

우리는 1층의 반회전문을 통과했다. 바딤과 나는 나란히 걸었고 이리나는 우리 뒤를 따라오고 있었다. 오른쪽에 1번 체임버 홀이 보였다. 바딤은 몸을 돌려 커다란 마호가니 문에 새겨진, 콘서트홀의 천장 장식과 닮은 복잡한 조각—사각형 안에 큰 원이 있고 그 안에 원형으로 테두리 지어진 꽃들의 조각—에 마지막으로 눈길을 던졌다. 무대에 오르기를 기다리는 동안 바딤과 나는 이 문을 얼마나 많이 쳐다보았던가. 나는 항상 맨 마지막에 연주했기에 바딤의 연주를 마호가니 문에 딱 달라붙은 채 들으며 모든 음을 내 피부로 흡수했다. 그러고 나면 나는 무대에 올라 뭔가 말을 해야 했다. 설사 바딤이 이미 다 했던 말이라 해도.

'하이에나'가 입구 통로에 기관원들이 입는 회색 정장을 입고 머리를 귀 뒤로 학자연하며 넘겨 묶은 채, 한 손에는 일지를 다른 한 손에는 에스프레소 잔을 들고 서 있었다. 맹세컨대 그녀는 입을 열어 사악한 말을 한 다음, 바딤의 뺨을 후려치려 했을 것이다. 하지만 이리나의 눈을 본 그녀의 혀가 쪼그라든 것 같았다. 난 이리나를 사랑했다. 그녀는 자기가 일으킨 불길로 꼭두각시들을 재로 만들어버릴 수 있었고, 그들을 매단 줄과 그들의 가발과 도자기로 된 눈깔을 전소시킬 수 있었다.

바딤, 이리나, 그리고 나만이 이 망할 곳에서 유일하게 살아 있는 사람이라고 생각하면 망상일까? 우리는 이 도시를 접수할 수 있었고, 돼지들이 타고 있는 볼가 관용차에 불을 지를 수 있었고, 서기장 무덤에 뛰어들어 경비원들을 총검으로 찌른 다음 안에 있는 미라를 태워버릴 수도 있었다. 묻어버리진 않을 것이다. 심지어 그건 땅에 묻어도 저주를 내뿜을 테니까. 맙소사! 그 썩은 육신에서 나는 냄새가 사방에 퍼져 있었다.

우리 셋은 '동방 이탈리아 오페라'라는 글귀가 새겨진 대리석 벽(전쟁 전에 건물을 짓는 데 로마 교황청이 나름의 역할을 했다는 증거)을 지났고, 외벽에 물고기가 조각된 둥근 분수대를 지났고, 철제 정문을 통과했다. 물갈퀴처럼 생긴 늦은 오후의 나무 그림자에 붙들린 거리가 우리 발밑에서 부드럽게 흔들리는 것 같았다. 우리 뒤에 우뚝 솟은 학교 건물은 부풀었다 줄어들었다 하며 국립 심포니 오케스트라를 통째로 꿀꺽 삼킨 용처럼 섬뜩하면서도 천상의 기쁨으로 넘치는 소리를 폭발하듯 토해내고 있었다.

"무슨 일이야, 바딤?" 나는 눈에 눈물이 그렁그렁해서 물었다. "저 사람들이 왜 널 퇴학시킨 건데?"

"괜찮아."

늘 그랬듯이 대단치 않다는 듯 바딤이 대답했다.

"담배 때문이야?" 이리나가 대답을 요구했다. "수업을 빼먹어서? '올빼미' 때문이야?"

바딤은 고개를 끄덕이며 작별을 고한 뒤 돌아서서 걸어갔다.

"피아노는 어쩌고?"

내가 그의 뒤에서 외쳤다. 바딤은 걸음을 늦췄지만 멈추지는 않았다.

"다 잊어버릴 거야."

바딤이 날 돌아볼 때 그의 얼굴에는 신비한 미소가 떠올라 있었다. 바딤은 내가 모르는 걸 알았던 걸까? 미래를 준비해야 한다는 부담에서 자유로워지는 비밀을 발견한 걸까? 아니면 그저 저주받은 건물과 유령들, 야심가들의 지하 묘지와 콘서트, 완벽함에 대한 추구에서, 이 모든 것에서 평생 처음으로 벗어나 진정으로 자유를 느꼈을까?

이리나와 나는 학교 건너편 건물 다락까지 올라가지도 않았다. 우리는 선 채로 건물 입구 문 뒤에서 섹스를 했다. 아프레탄도로, 콘 포르차*로, 교복 버튼을 풀고 지퍼를 내리고 서로의 젖꼭지

* affretando는 '점점 빠르게'라는 뜻. con forza는 '있는 힘껏'이라는 뜻.

를 깨물고 벽에서 벽으로 휘청거리고 거미줄과 늘어진 전화선에 걸리고 튀어나온 철제 우편함에 옆구리를 긁히면서 그짓을 했다. 그러는 내내 나는 그녀의 숨결이 만들어내는 리듬에 귀를 기울였고, 머릿속에서는 강박증에 사로잡혔던 한스 폰 뷜로 남작*의 목소리가 계속 들렸다. 그는 베토벤의 「열정」 소나타 3악장에 단 주석에서 다음과 같이 말했다. 위대한 작곡가가 주제로 구성된 작품과 모방적인 대위법들 안에서 모든 예술을 자신의 목적에 계속 굴종시켜 시적인 느낌을 증대하듯, 그의 작품을 연주하는 연주자는 다음 사항을 자신의 규칙으로 삼아야 한다. 복잡하고 까다로운 작품일수록 더욱 생동감 넘치고 극적으로 연주를 해야 한다. 또한 남작 부인인 코지마, 뷜로의 피아노 선생이었던 리스트의 딸이자 남작의 영웅이었던 바그너 때문에 남편을 차버린 여자에 대한 생각도 멈출 수 없었다.

일이 끝난 다음 우리는 담배를 피웠다. 바딤을 다시 볼 일이 있을까? 그는 전화로 불러내거나 만나서 커피를 마시기가 거의 불가능했다. 그런 일에 지나치게 까다롭게 굴었으니까. 이리나의 기분은 어떨까. 담배를 신경질적으로 빨아대고 고개를 돌려 내 얼굴에 연기를 뿜어대면서 무슨 생각을 하고 있을까.

"이건 공개 처형이야."

그녀는 내가 기대고 있는 벽에 높이 걸린, 공동 생활공간에 관한 시 조례를 바라보며 말했다. 조례는 인쇄된 채 액자에 들어 있

* Hans von Bülow, 19세기의 유명한 지휘자이자 피아니스트.

었다. 오후 2시부터 4시, 오후 9시에서 다음날 아침 7시 사이에는 소음을 내면 안 됩니다. 다음과 같은 내용도 명기하고 있었다. 고양이는 거주민 전체의 투표에 부쳐 만장일치가 나와야 기를 수 있습니다.

"다음은 우리 차례야."

내가 울적하게 덧붙였다.

"아 맞다. 이제 기억났네." 이리나가 짜증내며 말했다. "오늘 내 드라이클리닝 찾아야 하는데. 콘서트용 셔츠에 생긴 와인 얼룩 지워졌으면 좋겠다. 다 네 잘못이야."

"같이 가도 돼?"

"절대 안 돼." 이리나는 그렇게 말하고 담배를 바닥에 비벼 껐다. "내일 연주회 있어. 집에 가서 연습해야 돼."

"야, 방해 안 할게. 약속한다니깐!"

"너 저번에도 그렇게 말했잖아. 너네 할머니 집 부엌에서 내가 일어났을 때. 다음날까지도 술 안 깨는 바람에 수업도 빠지고 개인 레슨도 제껴야 했단 말이야. 그리고, 윽, 너네 할머니가 점심으로 만들어주신 수프. 뻥 안 치고 거기 푹 익은 바퀴벌레가 떠다니고 있더라고. 게다가 수요일 이고르 수업 때 만날 거 아냐."

2층 문이 열렸다 닫혔다. 난쟁이의 어머니인 노부인이 계단 아래를 내려다보았다. 그녀가 들고 있는 빈 유리병들에서 절그럭절그럭하는 소리가 났다. 그녀는 문 옆에서 담배를 피우고 있는 우릴 봐도 놀라지 않았다.

"음악학교 애들이지?"

그녀가 유리병으로 꽉 채운 자루를 바닥에 내려놓으며 말했다.

"니들 얼굴을 똑똑히 기억하겠어! 지금 곧장 교장한테 가서 니들이 뭔 꿍꿍이인지 다 말할 거야, 뻔뻔스러운 해충들 같으니! 내 건물에서 끌어안고 뒹굴고! 니들 엄마가 그러라고 가르쳤냐? 내가 수없이 항의 편지를 보내고 경찰을 불렀는데도 아무도 조치를 취하질 않아! 부끄러운 줄 알라고! 니들은 건전한 소년소녀들이 밝은 미래를 이루기 위해 자기를 희생해가며 해온 노동을 더럽히고 있어!"

"밝은 미래란다." 이리나가 킬킬거렸다. "나가 죽어, 이 공산주의자 암소년아."

노부인이 입을 닥쳤다.

나는 49번 연습실의 비닐로 감싼 문에 귀를 갖다 대고 안에서 나는 소리를 들었다. 그리그. 따분도 하여라. 나는 두 번 노크하고 문을 열었다. '무당벌레'는 날 바로 알아채지 못했다. 그녀는 긴 악구를 논리적으로 맺으려는, 포니테일 머리에 두꺼운 안경을 쓴 어린 여자애를 돕는 중이었다.

"왼손이 나와야지."

'무당벌레'는 그렇게 말하고는 부선율을 부르기 시작했고, 그러는 내내 지휘자처럼 팔을 흔들었다.

"얘기 좀 할 수 있어요?"

내가 물었다.

"얘기해."

'무당벌레'가 연필로 피아노 악보에 뭔가를 적으며 말했다.

"둘이서요."

나는 '무당벌레'가 내 목소리에 담긴 어조를 마음에 들어하지 않는다는 걸 알 수 있었다. 그녀는 연필을 내려놓고 소녀에게 둘이서 했던 부분들을 어떻게 연습해야 하는지 지시했다.

"뭔데?"

'무당벌레'가 소녀의 등 뒤로 문을 닫으며 말했다.

"바딤이 제적당한 일에 대해 들으신 얘기 없나 해서요."

"그리고?"

"그리고…… 선생님이 아시는 걸 알고 싶어요."

"그럴 만했어. 네가 그런 것처럼. 너도 그 멍청한 칼라슈니코프 사고를 쳐서 학교에서 쫓겨나기 직전이잖니. 이제 만족하니?"

"그런데 바딤이 뭘 했는데요?"

"글쎄, 네가 진짜 알고 싶다면야. 러시아 문학 시간에 지모바 교장한테 마야콥스키가 아무 재능도 없는 그저 그런 천박한 국수 주의자라고 말했어."

"하지만 맞는 말이잖아요!"

"그게 문제가 아냐!" '무당벌레'가 소리 질렀다. "넌 여기 음악 가가 되려고 왔어. 다른 건 다 시간 때우기에 불과해. 수학, 러시 아어, 공산주의 이론, 누가 그딴 걸 신경이나 쓰니? 그러니 닥치

고 네 일이나 해. 그게 어려워? 지금 수업 받고 있어야 하지 않
아?"

"수업은 벌써 거의 다 끝났어요. 관현악법 선생이 선생님 친구
니까 결석 처리 하지 말아달라고 말씀 좀 해주실래요? 그냥 리허
설 때문에 절 좀 데려가야겠다고 말하면 되잖아요⋯⋯ 그리고 48
번 방 열쇠도 주시고요. 연습 좀 해야겠어요."

"바딤한테 무슨 일이 생겼다고 네가 나한테 뭐랄 수는 없어."
그녀가 내 손을 꽉 쥐며 말했다. "넌 이해 못 해."

"물론 이해해요." 나는 화가 나 소리치며 손을 빼냈다. "선생님
도 똑같아. 노예근성에 찌든 비열한 노동자라고요."

"넌 진짜로 이해 못 해, 얘야."

내가 몸을 돌려 나갈 때 '무당벌레'가 다시 말했다. 눈에 눈물
이 고여 있었다.

"날 봐! 아니, 날 보라고! 너희 둘 다 구할 수가 없었어. 무슨 말
인지 알겠니? 난 둘 중 하날 선택해야 했다고."

13장

바흐, 바이올린과 하프시코드를 위한 소나타 1번 B단조, BWV1014
알레그로, 아다지오

"10월은 B단조야. 다들 그걸 알지. 너희 둘만 빼고. 왜냐하면 너희 둘은 호르몬과 담배 연기, 지식, 인간들이나 중요하게 취급하는 쓰잘데기 없는 솜털로 채워진 그릇 한 쌍이거든…… 그게 아니면 캐비어와 사워크림을 바른 블린*이겠지…… 어쨌거나 뭐 그게 중요하진 않으니까……."

'백조' 이고르가 스웨터 소매를 걷어올리고 2번 체임버 홀의 무대를 오르락내리락 하기 시작했다. 그는 손을 비벼대면서 이리 나와 내게 신경질적인 시선을 쏘아댔다. 그의 몸이 점점 풀리고 있었다.

---

* blin, 러시아식 팬케이크.

"하지만 B단조는 빨간색이야. 가을에만 나타나는 빨강이지. 갈색도 섞였고 마호가니로 덧칠도 했어. 하얀 줄무늬도 있고 겨울 전에 뜨는 태양처럼 황백색에 회색도 섞여 있어. 들어보라고…… D와 F샤프를 누르면 피가 나서 빨갛게 물이 들어. D와 F샤프를 짚으면 손을 안 벨 수가 없어. C샤프도 마찬가지고…… 필연적으로 다치는 거지. 맨 밑에 있는 B도 짚어야 돼. B는 근엄하지. B는 피를 탁하고 어둡게 해. 하지만 계속 가. 새끼도 낳고, 교미도 하고, 내가 널 멈추게 하지 말라고. 난 신경 쓰지 마. 난 그저 네가 바로크 음악에서 실패하는 꼴을 보려고 여기 왔으니까, 기쁨이라는 악마들이여! 내가 이십 년만 젊고 200킬로그램만 날씬했다면 흥청망청 파티에 껴서 연습실에서 연습실로 껑충껑충 뛰어다니고 여자애들더러 나 좀 핥아달라고 사정했을 텐데. 얼른 창문을 열고 그녀에게 라와 레와 솔을 주라고, 서둘러, 우린 아주 먼 땅으로 여행을 갈 거야. 난 신경 쓰지 말라니깐. 그냥 스트레칭 하는 거야. 이놈의 살들이 어디서 왔는지 모르겠네, 난 더는 먹지도 않는데. 이 꼬락서니는 틀림없이 바그너야! 하! 증화음과 감화음 위에서, 풍부하고 극적인 표현 위에서 황홀한 냄새를 맡으며 내가 점점 뚱뚱해지고 있어. 부정할 수가 없네. 그냥 내 혀로 맛만 봤으면 좋겠어. 무리한 부탁도 아니잖아. 천둥 번개! 신들의 신 제우스야…… 넵스키 성당 종소리를 들어보라고! 가장 아름다운 묵시록의 소리가 저기 있지. 종 하나가 십 초, 아니, 십일 초마다 한 번씩 울릴 뿐이지. 하지만 그게 어떻게 대기를 채우고 골수를 잘라내고 빛에서 어둠을 분리하는지 보라고. 저기 멀리 있는 차가운 건 어떤 빛일까. 콘스탄틴, 움직여라, 당장, 피아노 어디에 빛이 있나 좀 봐야겠다. 이거네, 아니, 거의 다 왔어, 배음을 완벽하게 잡아내지 못하네, 거저 주어진 거잖아. 거기! 우선 네 번째 옥타브에 있는 라를 들어봐. 그다음에 바로 아래 배음인 미를 듣고. 그러면 세 번째 옥타브에 있는 치명적인 레 샤프 배음이 마치 땅속 깊은 어딘가에서 선언된 선고처럼 올라온다고. 그다음에는 ─들어봐!─네 번째 옥타브에서 도 배음이 뒤늦게 나타나는데 그게 A단삼화음을 완성하려고 오진 않았어. 그건 순수한, 끈기 있는, 타협 없는 피안의 세상에서 온 메신저야…… 길을 알려주러 왔지. 저 너머에는 아무것도 없어. 아무것도 없는 거야말로 영광스럽고 영원한 것이지. 하지만 우린 계속 가야 해. 자세도 잡고, 옷도 다 벗고─음, 그거 너무너무 좋은데─아다지오 악장부터 하나, 둘, 좋아. 아다지오는 너희들이 죽었다거나 파트너를 질식시키라는 뜻이 아냐. 절대. 숨 들이쉬고, 숨 내쉬고, 소리를 받아들여, 그게 너희들을 치료하게 놔두라고. 그 소리의 완전함과 충만함을 바라보란 말이야. 바흐의 비밀은 그가 써내려간 모든 음이 최종적이라는 데 있어. 개별 음들 모두가 시간의 맨 끝에 서 있지. 마치 우주의 문을 닫는 악장이라도 쓴 것처럼 말이야. 어떻게 보면 바흐는 인간성 다음에, 전쟁 다음에, 쇤베르크와 나머지 떨거지들 다음에 온 셈이라고. 다섯, 여섯, 숨 쉬고!"

우리는 연주를 시작했다. 아다지오 악장의 시작 부분에서 억눌린 실망을 왼손으로 제시하면―멀리서 다가오는 발소리, 오직 은 빛 바람만 거주하는 어느 안뜰에 있는 무거운 철제 대문이 닫히는 소리―오른손에서 하강하는 세 개의 3도 음정이 각각 두 번씩 반복되면서 그에 답한다. 솔 솔-파 파-미 미. 이것이 중심 모티프이자 작품 전체의 중핵이었다. 이 모티프는 암호화되어 때로는 간파되지 않고, 때로는 지나가는 행인처럼, 갈망처럼, 외침처럼, 혹은 위안처럼 가장하면서 마디에서 마디로 이동했다. 이리나가 내는 첫 음인 F샤프는 열 박자에 걸쳐 영원히 지속되면서 창공에 마술처럼 출현했고, 마치 닉스*가 지구에 그림자를 드리운 뒤에야 알아볼 수 있는 백열 같았다. 열 박자, 그리고 조금 더. 이리나의 톤은 침착했고, 적나라했고, 주변 가득히 퍼져갔으며, 때로는 거의 싸늘했다. 학교의 다른 바이올린 전공자들이 내는 천박하고 엄청나게 진동하며 비브라토에 흠뻑 젖은 울부짖음과는 완전히 달랐다.

이리나는 내 오른쪽 어깨 뒤에 서 있었지만 나는 반짝거리는 건반 덮개 위에 비친 그녀의 얼굴을 볼 수 있었다. 그녀는 웃고 있었다. '백조' 이고르가 2번 체임버 홀에 들어왔다가 그랜드피아노 위에서 뒹굴고 있던 이리나와 나를 마주쳤는데 얼마나 우스웠는지 모른다. 그때 이리나의 손은, 이 땅에서 바로크 음악 연주 스케줄이 잡힌 후에 이뤄지는 일종의 관례라도 치른다는 듯

* Nyx, 그리스 신화에 나오는 밤의 여신.

내 바지 안에 들어와 있었다. 이고르가 옳았다. 바흐의 작품은 시간의 끝에서 우리에게 온 빛이었다. 아다지오 악장은 과거의 작품이라기보다는 미래적이고 초현실적이었다. 바이올린의 선율부는 모든 기대를 무시하는 듯했으며, 고음에서 지속되다가 숨겨진 문을 통해 도망가버렸고, 피아노 반주부에서 대두한 화음의 덫과 중력의 구체에서 해방되었다. 이 소나타에 바로크적인 요소라곤 없었다. 고전적이거나 틀에 박힌 요소도 없었다. 이 곡을 주의 깊게 들으면 으뜸화음과 단삼화음 같은 단순한 화성 형식으로 이루어진 이 악장이 절대 진부하지도 익숙하지도 않다는 사실을 발견할 것이다. 예를 들어 G단삼화음의 형태와 색채는 별 하나 없는 밤하늘에서 점멸하는, 푸른빛이 감도는 오렌지색 구체만큼이나 기적적이다. 으뜸음으로의 화성 해결은 12음 멜로디만큼이나 낯설고 불가해하다. 이 곡을 주의 깊게 감상한다면, 질서에서 혼돈을 가르고 빛에서 어둠을 가르며 존재에서 망각을 가르는 가느다란 선을 들을 수 있다. 우리는 손을 잡은 채, 마치 완벽한 음정의 맹세에, 4도와 5도 음정과 옥타브의 맹세에 속박된 연인들처럼 공간, 구체, 문, 창문, 포도덩굴로 뒤덮인 마당, 복도와 현관을 천천히 걸었다. 여러 시간이 여러 나날들로 바뀌고 심장박동은 무한히 뻗어갔다. 또 다른 빈 공간에서 미묘한 맥박이, 긴 잠을 자는 동안 계속 뛰던 맥박이 점점 들리게 되었다. 나는 계단을 세고 이리나는 납빛 하늘을 멍하니 응시했다. 나는 땅에 쌓인 낙엽들을 흐트러뜨리며 단호하고 충실히 걸음을 옮겼다. 이리나는 마치 그림자가 미끄러지듯 나를 따라왔다. 이것이 오르페우스와 에우리디케가 빛을 향해 가는 동안 하데스를 통과한 방식이었다. 엄숙하게, 아무 희망 없이, 그렇지만 고통과 슬픔도 없이 필연을 의식하고, 문으로 향하는 좁은 길에 비참한 영혼과 겁먹은 피조물들이 몰려들고 있음을 인정하면서. 설사 출구가 없다 할지라도 끝까지 걷고 의무를 다하며 자기 대사를 읊어야 한다. 악절을 쌓고 각각의 음을 끝까지 생각해야 한다. 이리나를 돌아볼 필요는 없었다. 나는 그녀 몸의 온기를 느꼈고, 내 입술에 묻은 그녀 피부의 소금기를 맛보았다.

우리는 아다지오 악장의 중반으로 길을 따라 더 내려가다가 교차로와 마주쳤다. 왼쪽은 수선화가 핀 들판, 오른쪽은 라일락이 핀 작은 숲, 앞에는 기억을 먹는 강이 놓여 있었다. 그러자 이리나가 내게 물었다. 주요 모티프에서 가져온 단어들을 사용한 단 하나의 질문을. 나는 모티프를 반복함으로써 대답했다. 왜냐하면 음악에서 질문이란 종종 대답이기도 하기 때문이었다. 나는 작품에서 맨 처음 등장하는 장화음을 침으로써 거짓말을 했다. 아, 하지만 그 거짓말은 아름다웠고, 정교하며 초자연적인데다 모든 것을 설명하는 것이었다. 다른 순간을 위해 존재의 장엄한 화음을 연장한 것은 바로 댐퍼 페달이었다. 거짓 없이 우리가 무엇을 할 것인가? 꽃은 어떻게 피어나겠는가? 헬리오스가 어떻게 이륜전차를 타고 하늘을 가로지르겠는가? 우리가 숨을 내쉰 다음 어떻게 다시 숨을 들이쉬겠는가? 하지만 거짓말은 남용되어서는 안 되었다. 딱 하나의 화음, 한 잔의 물에 딱 한 방울만 떨어뜨리면 충분했다.

"죄송합니다!"

아마도 바이올린 선생인 듯한 빨간 머리 여자 하나가 호기심 때문에 문을 통해 체임버 홀로 비틀거리며 들어와서는 거의 바닥에 나동그라지다시피 한 다음에 소리를 질렀다. 교사진이나 학생 중에 언제나 이런 인간들이 있었다. 작품에서 가장 결정적인 순간에 끼어들어와 집중을 망쳐버리는 인간들.

"나가!"

'백조' 이고르가 더 이상 우리를 방해하지 않기 위해 조용히 말했고, 파리를 내쫓기라도 하듯 침입자에게 손을 펄럭였다. 하지만 빨간 머리 여자는 바로 물러나지 않았다. 그녀는 잠시 동안 더 머물면서 우리가 연주하는 악구의 길이를 평가하고 우리가 얼마나 딱딱 맞춰 연주하는지를, 우리 음색이 일으키는 화학반응을 측정했다. 당연하게도 열린 문은 초대를 의미하는지라, 이내 체임버 홀 하단은 우리가 빚어내는 소리에 이끌려 들어온 학생들로 들어차기 시작했다. 우리의 실내악 수업은 재빨리 콘서트로 바뀌었다. 비록 오른쪽 곁눈질로 파랗고 희미한 형체를 봤을 뿐이었지만, 나는 비안카가 누가 연주하나 보려고 들어왔다는 사실을 즉시 알아차렸다. 자세와 그림자, 손을 움직이는 방식을 통해 사람을 알아보기는 어렵지 않다. 로비에서는 다시 공중전화가 울리고 있었다. 마치 학교라는 이 거대하고 거슬리는 괴물이, 이리나와 나와 심지어 '백조' 이고르까지도 피안의 과일을 맛보러 도주한 천상의 왕국을 둘러싼 보호막을 찢어버리려는 듯했다. 학교 전체가 모든 것을 총동원하여 우리를 공격하고 있었다. 트럼펫 연주자는 지하층에서 번갯불을 집어던지고 있었다. 드럼 연주자는 스네어 드럼을 자동 기관총처럼 퍼부어댔다. 선도부 담당인 체육 선생은 도망자들을 추적하며 자기가 붙잡은 사람들을 손바닥으로 때리고 주먹으로 후려치고 구경꾼들을 바닥에 넘어뜨리고 있었다. 스위스 시계처럼 정확한 3층 관리인 마리아가 교무실 맞은편 벽에 있는 검은색 버튼을 눌러, 섹스에 굶주리고 강박에 사로잡혀 있으며 틱 장애에 시달리는 청소년 음악가들을 귀청이 터질 것 같은 종소리와 함께 감방에서 풀어놓았다.

이리나가 두 번째이자 마지막으로, 본래의 B단조로 다시 질문을 했다. 나는 G장조로 이리나에게 대답했고, 그녀에게 최초의, 가장 순수한 햇빛을 약속했다. 무척이나 조용하게. 유령들이 듣지 않도록. 우리는 길을 따라 더 아래로 내려가 흰 수선화가 핀 초원을 지나갔다. 우리는 올라가지 않았다. 우리를 메아리와 그림자, 우리 지친 영혼들이 강에서 정화된 다음 감사하고 만족하며 잠들어 꿨던 꿈 너머로 데려다줄 수 있는 길이나 사다리는 없었다. 이리나가 별안간 고뇌에 찬 울음을 터뜨렸다. 그 울음은 에오스*의 유백색 구체에 도달하는 아코디언처럼 주름진 감화음이

---

* Eos, 그리스 신화 속 여명의 여신.

었으며, 으뜸음에 의해 재빨리 정화되어 잠에 빠져들었다. 우리
는 앞에 뭐가 기다리는지 알았지만 계속해서 걸었다. 오직 다시
한번 그 아름다운 거짓말을 듣고자. 우리는 시작한 곳에서 끝을
냈다.

그때쯤 이고르는 2번 체임버 홀을 외부인에게 활짝 개방했고,
이리나는 알레그로 악장을 시작하자며 내게 고개를 끄덕였다. 이
렇게 멋진 춤이라니! 우리는 서로를 꽉 끌어안은 채 바닥을 가로
질러 날아갔다. 학교가 우리 주위에서 빙빙 돌았고, 색깔들과 메
아리들이 흐릿하게 뒤엉켰다. 계단통이 하늘을 향해 나선으로 회
전하며 올라갔다. 관리인들과 선생들은 벽에 핀으로 고정되었고,
연습실에 있던 모든 업라이트와 그랜드피아노가 길고 긴 현관과
복도로 굴러 나왔다. 건반 덮개와 상아빛 건반들이 빙글빙글 도
는 수정 샹들리에가 거칠게 쏟아내는 무지갯빛 눈보라 속에서 반
짝거렸다. 이리나는 네고드닉과 방금 전에 역사 공부를 마쳤고,
그 전에 '하이에나'와 같이 화성학 공부를 끝냈던지라 교실과 분
필과 배움의 냄새를 신선하게 풍기고 있었다. 나는 그녀 손가락
에 남아 있는 전쟁과 협정과 조약을 핥아먹고 싶었고, 교복 드레
스 밑에 숨겨진, 빌어먹을 일이지만 안타깝게도 금지된 평행 4도
음정과 5도 음정과 옥타브를 맛보고 싶었으며, 현기증 나는 대위
법이 만들어내는 길고 긴 선을 출발하고 싶었다.

"그만!"

우리가 막 알레그로 악장 중반으로 들어가려는데 '백조' 이고

르가 외쳤다. 중반부에서는 주요 주제가 최고천의 하늘에서 피는 흰색과 보라색이 섞인 D장조의 꽃에 덮여 나타났고, 즐겁게 반복되는 저음부의 동일한 음이 머리 위에 있는 문을 열어주라며 유혹적으로 손짓했다. 이고르는 그런 해석을 용납하지 않았다.

"이건 꼴불견이야! 지금 뭘 하고 있는 거지? 이 잔치 기분은 죄다 어디서 온 거냐고? 막 거만하게 걷다가 이젠 공중으로 뛰어오르는 거야? 악보에 뭐라고 적혀 있는지 말 좀 해줘. 내가 눈이 나빠서 보이질 않아. 당뇨병으로 죽어가나 봐. 이 작은 상징의 의미가 뭘까, 정말이지, 페이지 위에 막 갈겨쓴 이건…… 피아노네! 그 앞에 있는 약자의 뜻은…… 디미누엔도*네! 아, 내가 정신이 나갔나 봐. 그게 왜냐하면 말이지, 나는 10학년생들이 흥청망청 놀아제끼다 흥에 겨운 나머지 이걸 조옮김할 거라는 징조는 전혀 보질 못했거든. 게다가 너희 둘이 이 곡을 니들이 손잡고 즐겁게 보냈던 특별한 순간이라고 생각한다면, 글쎄, 난 반댈세. 「주 예수 그리스도여, 우리와 함께 하소서」와 「감사하신 주님, 사람들이 당신의 선행을 찬양하나이다」 같은 곡을 쓴 요한 제바스티안 바흐 씨를 희생하면서까지 그렇게는 못 하지. 예전에, 그리 오래전은 아닌데, 사람들이 신을 믿었다는 사실을 잊지 말자고. 내가 뭐라고 하는 거지? 기쁨이라는 악마들이여! 나는 확실히 진지한 인간이 아니야. 왜냐하면 음악에 순결 따위는 없거든. 이 소나타들이

---

* piano는 '여리게', diminuendo는 '점점 약하게'라는 뜻.

원래 피아노가 아니라 하프시코드와 바이올린용으로 작곡됐다는 사실을, 그리고 하프시코드의 고유한 특징은—너희들이 분명 음향학과 음악 이론 시간에 배웠을 텐데—다이내믹을 표현할 능력이 없다는 사실을 염두에 두지그래? 기억해두라고. 살도 좀 내주고 피도 좀 뽑으면서! 이 곡의 소리는 평평하고 온화해. 음들이 금으로 빚은 포도처럼 반짝인다고. 부드럽고, 꾸밈없는, 천상의 포도덩굴에서 뽑아 온 포도 말이야. 장이건 단이건, 클라이맥스건 떨어지는 부분이건, 소리는 계속 평평하게 남아 있어. 지상과 하늘처럼 형이상학적 일관성을 갖고 있다고. 그 일관성이 창조의 기적을 가능하게 한단 말이지. 그러니까 아까 했던 건 다 잊어버려. 마음을 비우고 알레그로 악장 처음부터 시작해. 넷……."

마침내 레슨이 끝나고, 이고르가 목욕을 하고 바그너를 폭파시키는 동안 헤시오도스의 『신통기』를 소리 내서 크게 읽는 일이 얼마나 중요한지를 거의 한 시간 동안 강의한 다음에야, 우리는 학교를 벗어나 비뚤어진 나무들 아래를 손을 잡고 걷기 시작했다. 이리나는 바이올린 케이스를 어깨에 걸치고 있었고 나는 악보를 담은 가죽 가방을 움켜쥐고 있었다.

"한 번만 더 바로크 음악을 쳤다간 신학교에서 무릎 꿇고 기도하게 될 거야."

내가 말했다.

"우린 안단테 악장을 연주하면 안 돼. 안단테 악장은 그 소나타에서 제일 좋은 대목이야. 예전에 아빠랑 그 부분을 연주한 적이 있어. 아빠 수술받기 전에."

"'예술가 클럽' 가서 와인 한 잔 할래? 공원 건너편 화방 옆에 있는데. 담배도 좀 피우고."

그녀가 슬픈 미소를 지으며 나를 보았다.

"뭐야?" 나는 걸음을 멈췄다. "내가 지금 너한테 키스할 기회를 놓친 거야? 군인들이랑 손수건을 동여맨 애기들이랑 술 취한 인간들이랑 커피숍으로 향하는 사서 대표단들 앞에서?"

나는 이리나의 허리에 팔을 두르고 입술을 그녀에게 갖다 댔다. 내 구두 밑에서 바스락거리는 낙엽 소리와 학교로 돌아가고 있던 문학 선생 '돼지새끼'의 뾰족한 시선을 의식했다. 시에 대해서는 참담하리만치 범상한 이해력밖에 없는 무식한 고기완자 같은 여자. 상처 입은 화강암 색깔 구름들, 고대 묘지 위에 떠 있는 지옥에서 온 정교한 체펠린 비행선들이 불길한 예감을 흘리며 어두운 네온 빛을 품은 채 닥터스 가든으로 쇄도하고 있었다.

"난 너 사랑 안 해."

이리나가 부드럽게 말하며 내 머리카락 속에 손을 묻고 내 눈을 똑바로 바라보았다.

우리는 레드와인 한 병과 담배를 구한 다음, 국립도서관이 내다보이는 낡은 정자에 앉아 담배를 피웠다. 나는 엄지로 코르크 마개를 딴 다음 근처의 유령들을 위해 땅에 와인을 약간 쏟았다.

"나도 너 사랑 안 해." 나는 그렇게 말하며 이리나에게 병을 건넸다. "하지만 내겐 너 말고는 아무도 없어."

그녀는 머리를 내 어깨에 기댄 채 침묵을 지켰다. 이걸로 충분하지 않을까? 이 땅에서 뭘 얼마나 더 많이 바랄 것인가? 우린 너무 일찍 자랐다. 너무 많은 걸 이해하는 동시에 거의 아무것도 이해하지 못했다. 우린 이런 가을을 수천 번도 더 봤다. 검은색과 회색이 섞인 까마귀들이 철새들이 비우고 떠난 둥지로 이동하고, 경직된 나무에서 글자들과 기억들이 우수수 떨어지고, 칠판 위에 귀중한 새 작품을 쓰려는 의욕이 엄숙히 넘치는 탁월한 학생들의 무리가 학교를 행진하듯 오가고, 장삼이사들이 흑해나 산으로 정부가 인가한 평범한 휴가를 다녀온 뒤 평범한 일상생활로 돌아가는 가을. 그렇게 돌아온 수백수천의 레인코트와 정장과 롱스커트와 특징 없는 드레스와 하이힐과 사회주의화된 옥스퍼드 구두와 군화가 활력도 희망도 없이, 오로지 분노와 낙담에 가득 차서 도시의 리듬을 복구하고 있었다. 시가 전차는 밤이면 형편없이 다루는 바이올린처럼 끽끽 소리를 냈고, 방향을 꺾을 때마다 심하게 기울었으며, 그러면 치직거리는 소리와 함께 자갈에서 불꽃이 분수처럼 튀어 올랐다. 그럴 때 승객들의 눈은 텔레비전이 켜진 거실과 연기 나는 부엌을 엿보았다. 우리는 넵스키 성당의 종소리가 해질녘에 울리는 소리를 최소한 백만 번은 들었으며, 특히 가을에는 지금의 우리처럼 정자에 같이 앉아 라, 미, 레 샤프가 창공의 층을 가르는 소릴 들었다. 어째서 나는 이리나의 아버지와 그가 받은 수술에 대해 알지 못했을까? 살아는 계실까? 나는 이리나의 어머니를 알았고, 학교 근처에서도 본 적이 있었다.

대부분 그녀가 연주회에 참석하러 밤에 잠시 들렀을 때였다. 하지만 나는 이리나의 사생활에 대해, 그녀가 어떻게 사는지, 주말이나 휴일에는 뭘 하는지, 밤에 연습이 끝난 다음에 어딜 걷기를 좋아하는지, 어머니에게 비밀을 털어놓은 적이 있는지, 영화를 보러 간 적은 있는지, 학교에 있지 않을 때 내 생각을 한 적이 있는지에 대해 왜 거의 알지 못할까? 왜 나는 내 생활을 그녀와 공유하지 않을까? 아마도 우리 내면의 삶은 아직 국영화되지 않은 유일한 공간이고, 그래서 이를 광적으로 지켰기 때문이리라. 심지어는 연인의 눈으로부터도 방어막을 치면서까지. 우리는 우리 영혼의 가장 어두운 구석에 남몰래 악귀를 간직하고 있었던 것이다.

14장

쇼팽, 「화려한 왈츠」A플랫장조, op.34, no.1

1988년 11월 2일

올해 축제는 '올빼미'가 새로 받들게 된 당 정책 의사일정 덕에 일찍 시작되었다. 겨우 11월이 막 시작되었을 뿐인데 우리는 벌써 음악 시험 중 기본 이론과 장조 발성을 악보에 옮기는 테스트를 치렀고, 육군사관학교 근처의 사격장으로 대령과 함께 소풍을 떠났다 왔으며, 관현악법 중간 과제를 완수했다. 또 『도덕적 행동과 시민의 권리』에 나오는 기본 정의에 대한 개관을 완료한데다 오늘은 '문학 기말시험'을 치기로 돼 있었는데, 그게 뭔고 하니 두 시간에 걸쳐 에세이를 흥청망청 끄적이면서 최소한 B학점을 유지해내야 하는 것이었다. C를 받으면 자동적으로 10학년을 다시 다녀야 했다. 우리는 모두 '황무지'에 모였다. 알렉산더, 이리나, 큰 키에 동안인 오보에 연주자 야보르, 화장실에서 어린 남자애들에게 개인위생을 신속하게 가르쳐주는 대가로 10레바씩 받지만 알렉산더에겐 공짜로 가르쳐주곤 했던 12학년 바이올린 연주자 마리아, 성스러운 피오니에르* 단원용 붉은 스카프를 발목에 묶었다가 퇴학당하게 생긴 라다, 그리고 페테르가 있었다. 페테르는 토실토실하고 진짜로 웃기는 피아노 연주자였는데, 그와 나는 8학년 때 러시아에서 훈련받은 포병인 빌라이노바의 지도하에 실내악 수업을 들었다. 빌라이노바는 페테르가 모차르트로 즉흥연주를 하자 결국 걔의 얼굴을 주먹으로 후려갈기고 말았다. 8학년과 9학년 떼거지들이 오전 수업이 끝난 다음에도 뭉그적대면서 뒷마당 한구석에 모여 우리 고학년들을 선망의 눈길로 보고 있었다. 그들도 오후에 등교하길 원했고, 빈 전차와 버스를 타서 한밤중에 집으로 돌아가고 싶어했으며, 연상의 여인들과 불확실한 관계를 맺고 싶어했고, 어두워진 뒤에만 일어날 수 있는 일에 대해 얘기를 나누고 싶어했고, 모든 시험 중의 시험인 '문학 기말시험'을 치르고 싶어했다. 알렉산더는 줄담배를 피우며 다른 사람들의 커피를 죄다 홀짝거리고 있었다. 그는 자기의 커다란 '아코디언'에 가능한 한 가장 눈에 안 띄게 접근하는 방법에 골몰해 있었다. '아코디언', '총', 또는 '문신', 이건 모두 커닝 페이퍼의 속어였는데, 각각 커닝 페이퍼의 모양과 크기를 뜻하는 말이었다. 이를테면 '총'은 펜이나 구두 내지는 주머니에 들어갈 수 있는 작

* Pioneer, 구소련의 공산주의 소년 소녀 단원.

은 종잇조각으로, 책상 아래 두거나 단순하게 손가락 사이에 쥘 수 있었다. '문신'은 보통 팔이나 손목 또는 발목(언제든 펜을 떨어뜨린 다음 슬쩍 볼 수 있으니) 소매 안쪽에 잉크로 적어두는 것이었다. '아코디언'은 가장 정교한 커닝 페이퍼로, 현미경으로나 겨우 볼 수 있는 손글씨가 적힌 길고 좁다란 종이였는데 성냥갑 크기로 접을 수 있었다. 보통 길이의 양면 아코디언에는 교과서 전체의 정보들을 압축해 넣을 수 있었다. 그렇게 세밀하면서도 읽을 수 있게 글씨를 쓰는 기술을 가진 사람은 학교에서 몇 명뿐이었고, 그래서 서비스 가격도 무척 비쌌다.

"친구, 이거 『전쟁과 평화』보다도 길어!"

알렉산더가 옷소매 바깥에 달아놓은 자기 '아코디언'을 보여주자 이리나가 외쳤다. 페테르가 주머니에서 줄자를 꺼내 아코디언의 길이를 쟀다.

"2미터!" 그가 웃으며 말했다. "씨팔, 2미터야! 너 살면서 책 한 권 끝까지 읽어본 적도 없는데 시험 치는 동안 이 파피루스 갖고 뭘 하려고? 다 읽을 시간도 없을걸!"

"오, 할 거야. 쉽다고." 알렉산더가 아코디언을 다시 접어 페이지를 획획 넘기며 말했다. "페이지마다 시험에 나올 수 있는 주제들에 대한 에세이가 통으로 적혀 있어. 이걸 약간만 바꿔서 칠판에 적힌 질문에 대답만 하면 끝이라니까! 내가 잡히거나 우리 훌륭한 반 친구들 중 하나가 날 꼰지르지만 않으면 말이지. 물론 그러려면 목숨을 걸어야지. 왜냐하면 내가 감히 날 방해한 놈이 누구건 간에 목을 졸라버릴 테니까! 특히 쌍둥이, 어쩌나 날 괴롭히는지! 대단하시다니까! 누가 그놈들한테 예절이란 걸 어따 쓰는지, 우리가 왜 존경과 질서와 법규에 대해 얘길 하는지 보여줘야 한다고. 내 생각에 걔들은 진짜로 뭔가 잘못 생각하고 있다니까. 그래서 내가 우리 '단추'한테 계속 얘기하잖아. 그것들 화장실에 데려가서 변기 물 좀 먹이자고. 작년에 8학년 드럼 치는 애가 우리가 잔돈 좀 달라니까 싫다고 했을 때 했던 대로. 걔 이제 좋은 친구 됐잖아. 맑은 물을 좀 마시면 확실히 건강에도 좋다고."

"그게 사람들이 요양원을 지은 이유지."

페테르가 동의했다.

"비밀이 아니라면, 누가 네 아코디언을 만들었는지랑 그거 얼마짜린지 말 좀 해줄래?"

라다가 물었다.

"맞혀봐! 맞혀보라니까, 기회는 세 번이야. 아무 이름이나 불러봐…… 누구? 뚱보 발트호른 아냐. 하프 켜는 애니도 아니고. 짐작도 못 할걸. 루바야, 우리의 큰 가슴 루바. 공짜로 해줬어. 걔 나한테 반한 거 같아."

"고 쬐깐한 년!" 이리나가 웃었다. "걘 반역자로 자랄 거야! 우리 모두를 대신해서 자기 엄마한테 복수하면 좋겠는데. 그럼 정말 행복할 거야. 저번에 '하이에나'가 교실에서 나한테 이랬다? 내가 너라면 이 시점에서 다른 인생 계획을 세울 거야. 그게 무슨 좆같은 소리래? 진짜, 응? 이 시점이라니. 난 로마로 뜰 거예요. 이 멍청하고 재능 없는 꼴통아. 콘서트 여섯 개를 연달아 할 거라고. 그렇게 받아쳐주고 싶었는데. 아욱, 그년이 날 짐승으로 만드는 것 같다니까."

"그년을 계단 아래로 던져버려야 돼. 수학 마녀한테 그랬던 것처럼." 알렉산더가 기쁜 마음으로 제안했다. "'단추'가 불을 끄면 내가 발을 거는 거지. 우연인 양 자연스럽게. 다리가 아주 제대로 분질러지는 거야. 내가 실수만 안 하면 미골이 작살나서 전치 삼 개월 끊고 병실에 누워 있게 돼. 삼 개월! 내년 2월이라고!"

"그 여자 너한테 아무 짓도 못 할 거야." 라다가 이리나에게 몸을 돌렸다. "그냥 자기 힘을 과시하는 거라고. 그런 사람들은 세계를 지배하고 싶어하잖아."

나는 허겁지겁 담배를 피우며 다른 사람들이 하는 말을 들었다. 젠장, 나는 생각했다. 한 줄도 안 읽었는데! 단 한 줄도. 기분이 째질 것 같았다.

"'단추' 좀 보래요!" 알렉산더가 깩깩거리면서 날 가리켰다. "아주 고전적인 머저리지. 시험에 떨어질 텐데 춤이나 추고 있잖아. 하루에 여덟 시간씩 연습하는 인간들은 이렇게 된다고. 일단 우리가 같은 교실에 있으니 내가 널 도울 수가 없다. 그래도 장담하는데 넌 혼자 힘으로도 해낼 거야. 그러니 지금 당장 학교로 가. 가서 여자애 하나 붙잡고 시험 끝날 때쯤에 총 한 자루 흘려 달라고 애걸해야 해. 걔들한테 빌어야 한다고. 녹색 눈을 크게 뜨면서 특별한 걸 해주겠다고 약속하라고."

나는 어깨를 으쓱했다. 이상한 느낌의 낙관주의가 마음에 드리
웠다. 뻐딱한 안도감 속에 임박한 패배를 고대하는 낙관주의. 기
말시험에 실패하고 이달 말에 있는 멍청한 쇼팽 콩쿠르에서도 떨
어지면 다 관둬버릴 생각이었다. 집에 처박히거나 산에 올라가
늑대처럼 방황하거나 바르나로 가는 느린 열차에 몰래 올라타 바
닷가 근처에 있는 버려진 별장을 찾아낸 다음, 쐐기풀과 돌능금
으로 연명하면서 몇 달쯤 처박힐 심산이었다. 왜 그렇게 아등바
등 살아남으려 하나? 왜 쇼팽의 에튀드 24곡에 존재하는 신화적
창조물을 길들이려 수없는 시간을 연습해야 하나? 왜 범상함의
대가들에게 허리를 숙이고 사나? 만약 음악이란 게, 우리가 태곳
적 존재를 다시 한번 만지고 보고 들으려 하여 위축된 내면의 감
각을 치유하는 데 도움이 되는 지식이라면, 그걸 신전에 모셔놓
거나 손가락 끝에 숨겨놓음으로써 피와 불꽃놀이에 목마른 비속
한 군중에게서, 심사위원단의 공허한 경험주의로부터 떨어뜨려
놓아야 하지 않겠나.

피아노 콩쿠르! 거기서 어떤 경쟁을 할 수 있을까? 속도? 쾅쾅
때리기? 얼마나 연극을 잘하는지? 거짓말? 허영심? 얼마나 자동
적으로 치는지? 자세? 곡예 수준? 뭐든 간에 거기에 소질은 확실
히 포함되어 있지 않았다. 왜냐하면 소질이란 진실이고, 진실은
절대 공공에게 발설되지 않기 때문이다. 아마도 아주 드문 경우
를 제외한다면. 왜 그들은 바덤이 옆에 있었을 때 머리를 조아리
지 않았을까? 왜 그들은 바덤이 오로지 진실만을 지키려고 진실

을 발설했을 때 그를 정확히 판단하지 않았을까? 바딤이 쫓겨난 마당에 우리 중 누가 상을 받겠다고 주장할 수 있나? 나는 그런 생각이 혐오스러웠다. 그 콘도르 같은 인간들 앞에서 나를 홀랑 까발려야 한다는 생각만으로도 오한이 돋았다. 하지만 난 지금 춤을 추고 있었고, 콩쿠르는 여전히 몇 주 남아 있었으며, 몇 주라면 무슨 일이든 일어날 수 있는 시간이었다. 치명적인 인플루엔자 바이러스 때문에 휴교를 할 수도 있었다. 1번 체임버 홀에 불이 나서 스타인웨이가 새까만 재와 불타버린 금속 더미로 돌아갈 수도 있었다. 예전에 그랬던 것처럼 왱왱거리는 네온 빛 선물을 품은 비행기들이 제피로스*의 인도를 받아 산 너머에서 나타날 수도 있었다.

하지만 그런 것들을 걱정하고 앉아 있을 수가 없었다. 내 마음은 급박한 열정에, 아름다움이 걸어놓은 주문에 홀려 다른 곳을 떠돌았던 것이다. 제대로 먹고 생각하고 잠을 자본 게 무려 이틀 전이었다. 심지어 어찌어찌 짧게나마 졸 때조차도 나는 며칠 전 밤에 무도회에서 만났던 새틴 드레스를 입은 소녀를 보았다. 그냥 소녀가 아니었다. 사실 그녀는 마드무아젤, 아찔하게 아름답고 현기증 나는 교태를 부리는 진짜 숙녀였다. 마드무아젤 툰 호헨슈타인!** 나는 그녀가 보헤미아에 있는 아버지의 성에서 실크 모자를 쓰고 겨드랑이에 하얀 양산을 끼고 나오는 모습을 볼 때마

* Zephyrus, 서풍(西風)의 신.
** Josephine Thun-Hohenstein, 쇼팽이 「화려한 왈츠」 1번을 헌정한 여성.

291

다 그녀 이름을 부르며 달려가곤 했다. 우리 한 번만 더 봅시다. 마드무아젤 딱 한 번만요! 제가 다 설명하리다…… 하지만 그녀는 내 애원을 재빨리 뿌리치고는 성문 옆에서 기다리고 있는 사치스러운 사륜마차에 올라탔다. 호헨슈타인이 나보다 거의 열다섯 살이나 더 많다니! 실로 믿을 수 없는 일이었다. 그녀는 여전히 열일곱처럼 보였고, 쇼팽이 호헨슈타인 성에 머물렀을 때 처음 나타났던 그대로 변덕스럽고 달콤하며 위험했다. 하지만 「화려한 왈츠」 A플랫장조의 시작 주제에서 그녀는 얼마나 따뜻하고 티 없어 보이는가. 홀을 가로질러 우아하게 걸어오는 동안 그녀의 눈은 반짝이고, 동작에는 사람을 무장 해제하는 순결한 자부심이 깃들어 있다. 그러다 A플랫의 트릴과 함께 그녀는 홀연 강렬한 요부로 변화하지 않는가. 그녀의 길고 흰 드레스가 확 타오르면서 생각할 시간도 주지 않은 채 재빨리 빙글빙글 돌고, 오른손에서 만들어내는 질풍 같은 왈츠의 상승과 하강을 매개로 장미꽃잎과 노란색 카네이션이 공중으로 치솟아 올랐다가 바닥으로 떨어진다. 홀이 회전하기 시작하고 나는 다시 춤을 추기 시작한다. 한 발 앞으로, 다음 발은 옆으로. 그리고 빙그르르 돌고. 내가 어찌 저항할 수 있단 말인가?

가을이 저물고 있었다. 점점 추워지기 시작했고 해도 일찍 지기 시작했으며 태양빛도 엷어져갔다. 나무에는 새로운 부고 기사들이 핀으로 박혔는데 기사들 중 몇몇에는 잔인한 11월의 비로부터 벗어난 망자들의 의문에 찬 얼굴들을 보호하기 위해 투명한 플라스틱 비닐이 덮여 있었다. 언제나 돼야 내 가을 의식을 모두 마칠 시간을 가질까? 나는 학교를 빠진 다음 내 아픈 손가락을 달래줄, 오일이 함유된 반짝거리는 밤栗들로 주머니를 가득 채우고 싶었다. 일곱 성인 교회의 종소리, 지저분한 비둘기들을, 장님 아코디언 연주자가 켜는 조성도 하나에 리듬도 하나인 노래들을, 베이글 냄새를, 버드나무가 보여주는 평온함을 갈망했다. 차르 시스만 거리를 산책하고 젖은 자갈길에 반사되는 하늘을 볼수만 있다면, 오래된 건물 구석을 슥 만져볼 수만 있다면, 작은생선 가게의 더러운 수족관 밑바닥에 혼수상태로 누워 있는 게들에게 인사할 수만 있다면, 교복을 입고 페키니즈를 산책시키는소녀와 장미꽃 다발을 들고 슬픈 얼굴로 귀가하는 여자와 나무에기대어 있는 노인들의 생각을 알아차리고 그들의 실존의 맛을 볼수만 있다면. 실존에는 분명 맛이 있다. 눈을 감으면 혀끝에서 그걸 느낄 수 있다.

동안의 오보에 연주자인 12학년 야보르가 이리나가 신은 검은스타킹의 찢어진 부분에 손가락을 찔러 넣었다. 찢어진 곳은 무릎 바로 윗부분이었다. 그녀는 야르보의 손을 잡고는 교복 드레스를 위로 치켜올리면서 찢어진 부분을 훑어 올라갔다. 팬티까지올이 나가 있었다. 나는 잠깐 동안 피가 끓어오르는 듯했지만 이내 모든 것에서, 그들의 웃음소리와 자기들끼리만 알아먹는 단어들에서 벗어났고, 몸을 돌려 담쟁이덩굴에 뒤덮인 돌담을 응시했다. 그녀가 학교 맞은편 아파트 건물, 제라늄 화분 사이에 나 있는 차가운 테라초 계단 위에서 난쟁이 은둔자가 자기 다락방 바닥을 발을 끌며 지나가고 라디오 방송이 모든 유럽의 언어로 빈에서 비딘*에 이르는 도나우 강의 수위를 보도하는 와중에 그의 호기심을 만족시키기로 했건 말건 왜 신경을 써야 하나? 내 알 바 아니었다. 나 역시 다른 여자애들과 그짓을 했고 이리나도 그걸 알았다.

종소리가 울렸다. 알렉산더가 아코디언을 접어 셔츠 소매에 숨겼다. 라다와 페테르는 담배를 발로 끈 다음 철사를 엮은 울타리 틈새로 빠져나가서 학교에 이르는 먼 길을 떠났다. 학교 보병들이 우리 은신처를 뒤집을 경우를 대비해 다들 부랴부랴 '황무지'를 떴다. 나는 뒤에서 혼자 출발했다. 그들 중 누구와도 말을 섞고 싶지 않았다. 특히 가식을 떨며 온갖 생색은 다 내는 알렉산더와는. 학교 입구에서 이리나가 날 붙잡더니 옆으로 끌어당겼다.

"아까 거기서 네가 질투하지 않았으면 좋겠어. 너랑 내가 그런 식으로 어울리진 않으니까…… 우린 같이 바흐를 연주하고 가끔은 같이 술도 취하고, 또 때로는…… 하지만 가끔일 뿐이잖아. 들어봐. 내가 네 시험을 도와줄 수 있어. 시험에 나올 법한 주제들에 대해 미리 다 써놓은 공책을 찾아다줄게. 4층 화장실 물탱크 뒤에 놔둘 거야. 하지만 교실로 들고 오면 안 돼. 화장실에서 읽고 와서 기억나는 만큼 써."

* Vidin, 불가리아 비딘 주(州)의 주도.

나는 이리나를 보지 않았다. 그녀의 손을 푼 다음 한 마디도 하지 않고 학교로 들어갔다. 이리나 앞에서 화를 내면 안 됐지만 그래버렸고, 그녀의 감정을 상하게 했다. 좋아. 신경 안 써. 우린 각각 어둠 속에서 홀로 있는 거니까. 난 정말 그녀도, 혹은 다른 누구도 필요 없었다.

제장. 양들이 제 책상 왼쪽에 열을 지어 앉아서 텅 빈 백지와 지우개, 펜, 연필, 연필깎이를 마주하고 있는 광경을 보고 있자니 가슴이 찢어졌다. 안젤은 지나치게 땀을 흘리고 있었다. 그는 이제 정부에서 허가한 정확한 단어들을 백지에 옮겨 담느라 진땀을 흘릴 터였고, 열심히 외운 구절들과 자신에게 주입된 지옥의 독소가 피부 밑에서 부글거리고 관자놀이에서 펄떡거리는 광경을 보게 될 것이다. 쌍둥이는 옷소매를 가볍게 털고 콤소몰 타이를 똑바로 매고 있었다. 그들은 세상을 살면서 근심이라곤 느껴본 적이 없었고 평정을 잃지 않았다. 어떤 주제건 간에 기꺼이 20, 30, 40페이지씩 쓸 수 있었다. 일이란 그렇게 돌아가는 게 아닐까? 사람들은 환경과 상황에 완전히 복종하고 있을 때, 체제가 제공한 정체성을 무조건 받아들일 때 오히려 진정으로 자신감에 차 있고 힘에 넘치는 듯하다. 무엇이건 복종하길 거부하는 이들은 영원한 신경증 상태로 살아야 한다는 저주를 받고, 오로지 멀리 떨어진 고향을 어렴풋이 떠올림으로써 잠시나마 증상이 완화되는 것이다. 하지만 나는 뭘 알지? 릴리는 얼마나 행복해 보이던지! 그 경멸스러운 돼지는 펜을 잘근잘근 씹고, 칠판을 보며 행복에 넘쳐 눈을 깜박이고, 더러운 신발을 자기 바이올린 케이스에 올려놓고 있었다. 비안카 역시 그랬다. 누구보다 공부를 많이 했을 것이다. 비안카는 그들의 말을 머릿속에 받아들였고 신경안정제도 삼켰다. 아, 지난주 화장실에서 그녀를 붙잡았어야 했다. 스트라빈스키와 쇼스타코비치 교향곡 7번에 대해 배운 3교시 음악사 수업이 끝난 뒤였고, 하늘은 암적색으로 물들었고, 근처 건물들은 납빛 베일에 덮여 있었다. 내가 그녀에게 원하는 것을 어둠 속에서 한 번만이라도 얻었어야 했다. 그래야 내 혐오를 알아차릴 수 없을 테니.

"항상 맨 나중에 들어오는구나, 14번." 문학 선생 '쥐얼굴'이 날 환영했다. "막 문을 잠그려던 참이었는데."

그녀는 내게 왼쪽 구석 위에 자기 서명이 적혀 있는 시험지를 건네줬다.

"내가 반 친구들에게 설명하고 있었듯이, 영웅이란 전체를 체현하면서 그 전체에게 자기를 이루는 각 복합적 부분을 설명하는, 따라서 전체에서는 필요불가결한 요소란다. 그 말은…… 그래, 릴리. 그게 바로 너야. 정의상 한 개인의 삶이 탄수화물의 한 단위이듯, 문학적 영웅은 하나의 세포로서 사회적 유기체 내의 다른 세포들에게 영양과 정보를 공급하지. 카를 마르크스가 인간이 사회적 동물이라는 사실을 지적한 이래, 여기서 강조점은 동물에 놓여 있는데…… 내가 방금 뭐라고 말했지? 너 말이야 너, 슬라브. 내가 강조점에 대해 뭐라고 그랬냐고. 응? 누구 쟤가 뭐라고 했는지 들은 사람? 난 못 들었는데. 안 돼. 지금은 화장실에 가서 입을 씻을 수 없어. 네가 펜에서 잉크를 빨아먹을 정도로 멍청하다면 잉크를 삼키는 법도 배울 수 있겠지. 누가 강조점이 뭔지 좀 정의해보렴."

"한 단어에 다른 단어들보다 더 의미를 부여하는 것입니다."

쌍둥이 중 하나가 내뱉었다.

"정확하진 않지만 그 정도면 됐어. 이 기말시험에서 우리의 목표는 부분과 전체의 소통을 근거 짓는 고도의 이해 과정을 논증하는 거야. 그러는 동안 문학적 영웅이 사회에서 우리의 기능을 설명하는 데 중심 역할을 담당한다는 사실을 긍정하는 것이지. 기능이 잘 돌아가지 않는다면 인간은 사회적 동물이라 불리는 특권을 잃게 돼. 심지어 동물이라는 특권조차도. 전체에 봉사하는 적절한 방법을 찾는 데 실패한 인간을…… 어디 보자…… 넌 조금 전에도 손들었잖아. 다른 사람 없나…… 알렉산더?"

"기생충입니다."

"기생충. 물론 너도 알아둬야 하는 말이겠지. 자, 중요한 건 이런 질문이야. 문학적 영웅은 필연적으로 탄수화물의 단위가 되어야 하는가, 아니면 그와는 다른 어떤 무기질, 예를 들면 상징이나 돌이나 탑이나 공장, 길, 사상, 학교, 어쩌면 음악학교겠지, 아니면 악기나 기계가 되어야 하는가…… 누가 무기질적인 문학적 영웅의 예를 들어보지 않겠니? 맞아. 자동차, 전차, 좋아, 오각별도 있지. 이제 질문은 이거야. 왜 우리가 돌멩이를 문학적 영웅이라

부를 수 있는가? 난 너희들 모두 답을 알고 있다고 확신한다. 그리고 이제부터 두 시간 동안 여러분은 그걸 가능한 한 길고 정교하게 표현할 기회를 가질 거야. 행운을 빈다. 그리고 커닝은 꿈도 꾸지 마. 그럴 경우 내가 사악해질 수 있거든. 그리고 안 돼. 너는 잉크에 담근 손가락 씻으러 화장실에 못 가. 세상에. 눈썹에도 묻었네. 무슨 어릿광대도 아니고! 너희 부모님께 다시 말씀을 좀 드려야겠어. 너한텐 문제가 있어. 내 집에 일주일만 있으면 그런 못 돼먹은 짓을 다시 할 엄두가 절대 안 날 텐데. 내 애가 못된 소리를 한 마디라도 지껄이면 이틀은 굶길 거야. 계속 그런 식으로 굴면 아플 때 치료도 못 받게 할 거고."

'쥐얼굴'은 교실을 둘러보며 우리의 반응을 살폈다.

"이제 시험 규칙이다. 화장실은 한 사람당 두 번 다녀올 수 있어. 난 관대하니까. 내가 주제 두 개를 고르면 너희 중 한 명이―그래, 릴리, 네가 좋겠다―그걸 칠판에 예쁘게 쓰는 거야. 주제 하나를 골라 거기에 매진하라고 충고하겠어. 여분의 시험지에는 내가 사인을 하고 날짜를 적어둘게. 할 말이 있으면 그냥 조용히 손만 들어. 그럼 시작하자."

'쥐얼굴'이 검정 벨벳 모자를 뒤집어 책상 위에 올려놓은 다음, 안에 있는 종잇조각들을 뒤섞다가 두 개의 주제를 뽑았다. 릴리는 분필을 두 조각으로 쪼개고는 소매를 걷어올리고 혀를 이로 문 채 주제를 썼다.

주제 1: 소설 『오고 있는가?』에서 숨은 영웅은 무엇으로 의인화되었나?

주제 2: 소설 『전선 위에서』에서 전선의 역할은 무엇인가?

'쥐얼굴'은 교실 끝에서 끝까지 양손으로 허리를 짚은 채 돌아다녔다. 그녀의 하이힐이 리놀륨 바닥에 마찻자국을 냈다. 그녀는 불붙기 쉬운 숨결, 유독한 피, 난공불락의 피부, 그리고 장기 몇 개와 부속 기관으로 이루어진 땅속 괴물 같은 외양을 하고 있었다. 그녀는 반은 황소, 반은 쥐였다. 분명한 사실이었다. 나는 열심히 집중하기만 하면 그녀의 긴 꼬리가 바닥을 쓸고 다니는 광경도 볼 수 있을 거라고 확신했다. 그녀는 양성구유체 아닐까? 그녀가 여자애들의 궁둥이를 바라보는 시선과, 잘생긴 남자애들이 계단 밑에 서 있기만 하면 다리를 쫙 벌린 채 말을 붙이는 꼬락서니로 판단컨대 그럴 뿐 아니라 또한 만족을 모르는 게 분명했다. 어쩌나 꼴불견인지! 나는 그녀의 기름진 미소에 대한 기억을 망각의 강에서 씻고 싶었다. 그 기억이 날 불구로 만들기 전에. 현재 '쥐얼굴'은 반 애들 앞에 서서, 자기의 친애하는 학생들이 시험지 전체에 잉크 웅덩이를 쏟는 광경을 넋을 놓은 채 바라보며 팔짱을 낀 채 엄지와 검지로 자기 젖꼭지를 꼬집고 있었다. 나는 창밖으로 고개를 돌려 나무와 국립도서관의 지붕, 한 쌍의 유황빛 구름 사이에 액자처럼 담긴 은빛 눈에 덮인 산을 보았다. 나는 거미 한 마리가 문 바로 위에서 허공을 천천히 도는 걸 보았다. 그 숨겨진 영웅은 교실 구석에 거미줄을 치고 있었고, 누구에게도 대답하지 않고 누구도 모시지 않았다. 숨은 영웅은 전체를 떠났다. 그는 이름이 없다. 또 누구도 대표하지 않는다. 나는 시험지를 구긴 다음 던졌다. 종이는 교실을 가로질러 쓰레기통으로 날아갔다. '쥐얼굴'이 내 책상으로 다가와 새 시험지를 줬다. 사실 『오고 있는가?』를 한 번 읽긴 했지만 하나도 기억이 나지 않았다. 누가 오긴 왔던 것 같았다. 주변에 사람들이 서서 기다리는데, 아마 강과 관련이 있었을 것이다. 내용이 무척이나 비극적이었는데 이유는 사건이 과거에 일어났기 때문이다. 과거는 항상 비극적이고 미래는 언제나 완벽하다. 현재는 미래가 되어가는 과정이므로 다소 희망적이다. 숨은 영웅은 사람이 아니다. 숨은 영웅은 사람들의 말을 듣지 않고 그들의 소망을 충족시키지도 않는다. 숨은 영웅은 상징도 돌도 아니다. 숨은 영웅이 우리에게 전하는 메시지 따윈 없다. 숨은 영웅은 우리 안에 숨어 있지만 절대 찾을 수 없다. 나는 이 시험지 역시 쓰레기통에 휙 던졌다. 농구를 배워둘걸. 문득 하데스 같은 숨소리가 머리 위에서 느껴졌다. 그녀는 내 왼쪽 귀를 덮은 머리카락을 만지며 자기 입술이 들어올 공간을 만들었다.

"시험지를 한 번만 더 버리면 내쫓을 거야. 이제 똑바로 해."

그녀의 존재가 혐오의 감정을 불러일으켰다. 아니, 우리는 같은 장소로부터 출발해서 여기에 도착할 수 없었고 아마도 같은 문을 통과할 수도 없었을 것이다. 그녀와 나, 우리는 다른 신화적 차원에서 살았다. 하지만, 신이시여, 저들을 보라! 저 애새끼들을 보라고! 비안카는 말 그대로 흥분해서 침을 질질 흘리고 있었다. 뭐에 대해 쓰고 있기에? 그게 무척이나 중요하고 정말로 심각하게 긴급을 요하는 사실이라는 점에 대해 무슨 말을 할 수 있단 말인가? 그들은 숨은 영웅을 찾는 비법을 확실히 알았고, 특히 쌍둥이가 그랬다. 그들은 모두 이해했던 것이다. 아무래도 다른 소설에서 내 운을 시험해봐야 할 듯했다. 내가 정확히 기억하는 거라면 『전선 위에서』는 불치병에 걸린 어린이에 관한 이야기였다. 아이의 가족은 자신들이 사는 황량한 마을에 기적이 오기를 희망하며 둘러앉아 있는데, 흰 비둘기가 근처의 전화선에 앉은 다음에 그들의 고통을 제거하는 방식으로 기적이 오길 바랐지 싶었다. 그 결과, 늙은 할아버지는 집 밖에 있는 벤치에 앉아 며칠이고 시간을 보냈으나, 그저 회색 비둘기들만이 빗발치듯 전화선에 앉을 뿐이었다. 하지만 그 사람들은 의사를 기다렸던 것 같은데, 어쩌면 내가 지금 다른 이야기랑 착각하는지도 모른다. 전선은 모든 것을 관통한다. 살아 있는 것이건 죽은 것이건. 전선은 건물과 건물을, 돌과 돌을, 인간과 인간을 잇는다. 그리고 정보라는 형태로 끝없이 지령을 전달한다. 신호등이 깜박이고, 거리는 가득 차 점점 나태해지고, 건물들은 일어났다가 잠들고, 엘리베이터는 올라갔다 내려오고, 암호화된 메시지는 전선을 통해 지나며 10번 학생이 뚱뚱한 손을 들어 올린 다음 자기가 칠판에 뭔가 낙서를 써 갈기겠다고 나선다. 태양이 빛나고, 형태와 크기에 대한 유클리드적 우주가 푸른 하늘 아래 제 논리와 타당성을 펼치고, 전차 운전수가 자전거 타는 사람을 들이받고, 자기 애들을 굶겨서 벌주는 문학 선생이 40장의 종잇조각에 뭔가를 끼적댄 다음 모자에 넣는다. 학생들은 숨은 영웅과 흰 비둘기에 대한 긴 문단을 작곡한다. 전선이 쓰라고 말한다. 전선이 기억하라고 말한다. 전선이 잊어버리라고 말한다. 숨은 영웅은 아무 말도 하지 않는다. 숨은 영웅은 잠수를 탔다.

이것까지 쓰레기통에 집어던질 배짱은 없었다. 대신 손을 들었다. '쥐얼굴'이 내 책상으로 와 쭈글쭈글한 시험지를 새 걸로 바꿔줬다. 그녀는 쓰레기통을 들여다보며 내가 버린 시험지를 쫙 펴고는 거기에 내가 긁어모은 문장들을 판독했다. 그러더니 시험지를 천천히 잘게 찢고는 내게 우월함이 느껴지는 시선을 흘끗 던졌다. 나는 신경 안 썼다. 어쩌라고. 나는 프록코트와 하얀 실크 셔츠와 턱시도 바지를 입고 사모해 마지않는 나의 마드무아젤 툰 호헨슈타인을 만나러 무도회로 향하는 중이었다. 지각할 처지가 아니었다. 마드무아젤은 확실히 한성격 했다. 피루엣과 미소와 교태 이후, 왈츠의 두 번째 주제에서 그녀의 반골 기질을 들을 수 있었다. 그녀는 의견을 완강히 고집하다가 분을 못 이겨 머리를 뒤로 넘긴 다음 아니라고 말할 수 있었다. 아니라니! 나는 아니라는 말과 어떤 관계도 맺고 싶지 않아요! 오늘도, 내일도, 언제든 간에, 저는 당신을 다시 보고 싶은지 아닌지 확신할 수가 없단 말입니다! 그녀의 목소리 역시 그리도 사랑스러운 완고함을 담아 한 옥타브 위로 뛰어오르고 열정적인 글리산도 안에서 고음을 휩쓸어댄다.

나를 그녀에게 소개해준 '무당벌레'가 정말 고마웠다. 여분의 작품이 좀 필요해, 라고 '무당벌레'는 마지막 피아노 레슨에서 내게 말했다. A플랫 왈츠와 프렐류드 1번 C장조 어때? 몇 시간이면 배울 수 있거든. 그녀가 옳았다. 나는 한두 시간 만에 모두 배웠지만 왈츠에 깊이 빠졌다. 다른 곡은 칠 수가 없었다. 그 곡에는 내 생존에 절실하게 필요한 순수하고 미숙하며, 사람을 열중케 하는 뭔가가 있었다. 내가 절대 가져본 적 없는. 어인 일인지 나는 왈츠 속의 소녀가 이리나를 닮았다고 상상했다. 물론 그녀는 이리나와는 예절도 도덕도 교육 수준도 달랐지만 소질이라는 면에서는 완전히 똑같았다. 이리나가 저지대에서 태어나지 않았다면, 바이올린 외에 숨을 곳이 있었다면, 유아기와 청소년기를 부정당하지 않았더라면, 점점 야비해지는 식으로 자신을 벌하지 않았더라면 다른 사람이 되었을 것이다. 나 또한 그랬을 테고. 하지만 우리는 항상 음악 안에서 자신을 정화했다. 음악 안에서 진실해졌고 음악 안에서 만났고 음악 안에서 서로 사랑했다. 그림자가 빛 속에서 사라지듯 우리의 유령 같은 육체를 불태운 다음, 음악의 공간에 자아를 비우고 형태를 없애고 미래도 지운 채 들어갔다.

그리고 숨은 영웅 말인데…… 첫 한 시간이 경과했고 나는, 빌어먹을, 여전히 한 글자도 쓰지 못했다. 비안카는 벌써 다 쓰고는 교실 앞으로 의기양양하게 걸어가 자기 시험지를 건넸다. 10페이지를 꽉꽉 채워서. 비안카가 날 보자 나는 고개를 돌렸다. 안젤도 다 끝냈다. 그는 선생용 책상 위에 시험지를 올려놓으려다 바닥에 흘리는 바람에 얼굴이 빨개진 채 미소를 지으며 네 발로 교실 바닥을 기기 시작했다. 그는 전선의 역할에 대해 14페이지를 빼곡하게 썼다. 그야말로 세계 챔피언이었다. 나는 기회를 쓰기로 결정하고 손을 들었다. '쥐얼굴'이 내게 다가와 내 입에 귀를 가져다 댔다.

"화장실요."

내가 속삭였다. 그녀가 고개를 끄덕인 다음 내 책상 위의 빈 시험지를 보며 문 쪽을 가리켰다. 그녀는 릴리에게 다른 학생들을 감시하라고 시킨 다음 복도로 날 따라와 화장실까지 들어왔다. 지옥에서 온 잡종은 멍청이가 아니었다. 그녀는 화장실 구석구석과 쓰레기통을 조사했고, 물탱크 뒤쪽을 보려고 변기 위에 올라갔다. 죽었구나. 난 생각했다. 그녀는 공책을 찾을 테고, 날 곧장 '올빼미'한테 보낼 테고, 즉시 안드로포프 동지가 선물한 만년필을 꼬챙이 삼아 날 꿸 터였다. 난 피아노 콩쿠르에 참가할 자격을 상실할 테고 내 경력은 끝장날 것이다. 이탈리아나 프랑스, 독일, 아니면 미국에도 연주 여행을 떠날 수 없겠지. 그림자들에서 탈출할 수도 없고. 하지만 '쥐얼굴'은 빈손으로 변기에서 내려왔다. 내 안도감은 이내 실망과 배신감으로 바뀌었다. 왜 이리나는 나한테 일러준 대로 물탱크 뒤에 공책을 안 놔둔 거지? 왜 나한테 화를 내는 거야?

나는 별안간 명석한 판단력이 생길 것이며, 흘긋 보기만 해도 만사를 꿰뚫는 능력이 생길 거라는, 묵직한 프롤레타리아적 어미 변화와 (아무것도 말하지 않으려 하는 단호함으로 무장한) 기관원들의 속어로 그들처럼―도시를 가로지르는 수킬로미터짜리 학교

벽을 뒤덮은 단색 벽화에 묘사된 거대하고 직사각형 체격에 튼튼한 골격을 지닌 남녀들처럼—말하는 신체기관을 얻을 거라는 희망을 품고 찬물로 계속 얼굴을 씻었다. 그거였다! 나 자신을 그들의 머릿속으로 집어넣으면 된다. 그건 쉬웠다. 조상들의 낡은 미신과 과학적 진보의 되돌릴 수 없는 화살 사이에 있는 상반된 관계는 전선 위에 앉은 흰 비둘기의 이미지에서 가장 완벽하게 예시된다. 뭐, 이딴 헛소리가 있나. 난 못한다. 백만 년이 걸려도.

나는 교실로 돌아와 억지로 의자에 앉았다. 탁월한 학생들은 이제 일제히 교실을 나가는 중이었다. 그들은 자신들이 11학년으로 올라갈 가치가 있음을 입증했다. 그들은 성숙했다. 그들은 비판적 사고라는 기술을 터득했다. 그들은 전체에 대한 순종을 완수하면서 자기들의 덧없는 개성을 넘겨준 다음 사회로 진출했다.

나는 이리나가 '황무지'에서 날 어떻게 노려봤는지, 또 내가 담배를 얼마나 그리워하는지를 생각했다. 시간이 날듯이 흘렀고, 망가진 시계에서 튀어나온 용수철과 톱니바퀴처럼 일분일초가 바닥에 쏟아져 흐르는 소리가 들렸다. 시험 시간이 딱 이십 분 남은 시점에서 성공 가능성은 희박해 보였다. 이리나가 공책을 숨겨놓으려다 걸렸으면 어쩌나? 첫 한 시간 동안 교실에서 나가지 못했던 거라면? 나는 다시 손을 들었다. '쥐얼굴'은 아까와 마찬가지로 화장실까지 날 따라왔지만 이번에는 물탱크 뒤를 번거롭게 살피지는 않았다. 이제 그녀는 내가 11학년으로 진급하는 데 부정행위를 할 정도로 똑똑하진 않다는 점을 확신하고 있었다.

"잠시만요."

나는 그렇게 말하면서 겨자색 페인트가 칠해진 변기 바로 옆 파이프와 그녀 사이로 끼어들어가려고 했다. 절반은 쥐새끼이고 절반은 황소인 그 여자는 좁은 화장실의 축축한 벽에 기댄 채로 서서 자기 가슴과 날 노려보는 눈길을 통해 갈망과 우월감이 뒤섞인 메시지를 보내고 있었다. 저 대리석 빛깔의 눈과 앞으로 몸을 기울인 저 자세를 또 어디서 봤더라? 물론 거기지! '쥐얼굴'은 완벽한 미래를 그린 벽화 속에 나오는 땅딸막한 프롤레타리아 여자, 기계처럼 떡을 친 다음 컨베이어벨트에 다리를 쫙 벌리고 서서 사각 머리를 가진 백치들을 싸질러대는 여자들 중 하나였다. 벽화가 살아난 것이다! 모자이크와 테라초 바닥에서 나무와 새와 별들이 생겨났다. 공원의 조각상들이 우리들 사이에서 걷기 시작했다. 슬로건이 현실이 되었다. 문학적 영웅이 우리 기억을 싹 지워버렸다.

"이렇게 끝났군. 그리 슬프다고 말하진 못하겠네…… 난 네 길고 고상한 손가락을 뭉개야 할 거야. 몇 년 동안 사심 없는 노동으로 강해진 그 손가락 말이지…… 네가 날 친구로 삼았다면 나도 네 친구가 될 수 있었겠지. 하지만 넌 자존심이 너무 강해. 네가 받은 상이며, 네가 연주한 콘서트며. 다들 널 미워해. 모두 네가 죽길 바란다고. 내가 널 그들로부터 막아줄 수도 있었는데. 내가 네 절친이 될 수 있었다고."

나는 변기에 조금씩 다가서며 바지 단추를 풀었다. 돌아서서 그녀한테 오줌을 쫙 싸 버릴까 하는 생각도 했다. 그녀가 검정 드레스와 흰 셔츠가 오줌에 젖은 채 교실로 돌아가 다른 학생들한테 뭐라고 말할지 들어도 재미있을 거다. 아, 하지만 그녀는 그걸 즐길지도 모른다! 무엇보다 날 떨어뜨리겠지.

"빨리요 선생님! 긴급 사태예요!" 릴리의 새된 목소리가 복도에 메아리쳤다. "알렉산더가 커닝 하고 있어요!"

마침내 나 혼자 남았다. 하지만 물탱크 뒤에는 여전히 공책이 없었다. 나는 놀라지 않았다. 나는 작은 창문을 연 다음, 바이올린과 첼로와 오보에와 클라리넷과 플루트 케이스를 등에 매고 학교 운동장을 가로질러 오는 신동들을 내려다보았다. 그들 모두 음악과 빛의 세상에서 성장할 테고, 성공할 것이며, 결국 이 저지대를 등지고 떠나겠지. 하지만 난 아니었다. 나는 내 살이 돌로 바뀌고 내 생각이 고운 모래처럼 내 텅 빈 머리에서 죄다 쏟아져 나갈 때까지 여기 머물 것이다. 얼마 안 가 비밀의 강을 보호하는 협곡의 벽에 튀어나온 화강암 얼굴 중 하나로 변할 것이다.

나는 수도꼭지 아래 머리를 들이밀고는 얼음처럼 차가운 물이 내 두개골을 마비시킬 때까지 그대로 있었다. 할 수 있는 일이 없어. 나는 교실로 돌아오며 생각했다. 그들이 벌이는 게임에 참가할 수가 없었다. 애초에 시도를 말았어야 했다.

어이! 나는 몸을 돌렸다. 계단통을 에두르는 긴 복도에서 이리나가 손을 흔들고 있었다. 그녀는 어떤 때보다 용감하고 믿음직한데다 훨씬 아름다워 보였다. 서로에게 가까워지면서 나는 그녀의 눈에 다섯 가지의 색깔이 뒤섞여 있다는 사실을 알았다. 적갈색, 녹색, 회색, 호박색, 심지어는 파란색도. 왜 전엔 그걸 몰랐을까? 굳건한 턱과 살짝 단호한 코 때문에 이리나의 외모가 믿을 수 없을 정도로 매력적으로, 마치 스키타이 여전사 부족의 여왕처럼 위엄 있고 힘 있게 보인다는 사실을 왜 몰랐을까?

"네가 원하는 걸 가져왔지."

그녀가 말했다. 이리나의 교복 드레스 위쪽 단추 세 개는 풀려 있었다. 나는 그녀의 맨가슴과 가늘고 색 바랜 사슬에 걸린 은 십자가와 배에 꼭 끌어안고 있는 하얀 공책을 봤다. 그녀는 내 바지에서 셔츠를 빼낸 다음, 따뜻한 공책을 내 속옷에 쑤셔 담았다. 나는 그녀에게 키스하려고 몸을 기울였지만 그녀는 묵직한 발자국 소리를 듣고 재빨리 단추를 채운 다음 뒷걸음쳤다. 그녀가 내 손을 잡고 다락으로 데려갔다면 나는 다 내던졌을 것이다. 시험도 콩쿠르도, 내 엿 같은 피아노 경력도 몽땅. 만약 그때 그녀가 우리 사귀자, 라고 말했으면 그녀와 사랑에 빠졌을 것이다. 이리나의 눈에 타오르는 불길로 인해 나는 그녀와 싸우고 싶었고 그녀를 원망하고 싶었으며 동시에 그녀를 완전히 소유하고 싶었다. 우리, 이리나와 나는 무척이나 닮았기 때문에 똑같은 상, 즉 여기서 벗어나는 티켓을 놓고 경쟁했다. 그게 아니라면, 우리는 하데스의 두 마리 잡종개, 타인을 사랑할 능력이 없는 빛 없는 그림자일 뿐이었다.

이리나가 계단통으로 통하는 문을 연 다음 복도를 살폈다. 3층 관리인 마리아가 계단 밑에서 비눗물이 든 바구니와 대걸레를 나르고 있었다. '캥거루'라는 별명을 가진 합창 선생 디모프가 정리가 안 된 2성 인벤션 악보를 들고 우리 아래에서 3층으로 향하는 층계를 오르고 있었다. 작은 교복과 의무적으로 차야 하는 파란 스카프 차림의 얼굴에 주근깨가 난 조그마한 소녀가 분필 상자를 들고 3층과 4층 사이의 두 번째 계단을 걷고 있었다. 다락의 연습실에서 하프와 피아노 소리가 들렸다. 드뷔시인가? 확실히 알긴 어려웠다.

"잘해."

이리나는 그렇게 말하고 계단을 내려갔다. 나는 그녀의 등에 대고 뭔가 말하고 싶었다. 내가 '무당벌레'가 수업 전과 후에 날 가둬놓는 4층 연습실에서 「화려한 왈츠」를 치는 동안 그녀를 생각하고 그녀와 춤을 추고 그녀의 향수 냄새를 맡고 그녀의 길고 구불구불한 머리칼을 흩뜨리고 그녀의 피부를 맛보고 꽃이 핀 보리수나무 아래서 그녀에게 키스하느라 수없이 많은 시간을 보낸다는 사실을 알려주고 싶었다.

하지만 나는 우리 사이에 있는 벽을 넘어뜨릴 수 없었다. 이리나와 나는 평생 서로를 알아 왔지만 그럼에도 서로에게 낯선 사람이었다. 우리는 가면을 쓴 연인이었다. 우리는 말할 수 없는 비밀을 품은 친구였다. 올이 나간 타이즈를 신은 그녀의 이미지가 내 배 속에 불을 붙였다. 그녀가 다른 남자애와 함께 난쟁이에게 가선 안 된다고 말하고 싶어 애가 탔다. 제라늄, 무덤과 장례식의 꽃이자 어두운 강과 숨을 거두는 요부의 꽃인 제라늄 화분 사이의 차가운 계단에 그놈과 같이 앉아서는 안 된다고 말하고 싶어 조바심을 느꼈다. 입을 벌려 이리나에게 방과 후에 기다리겠다고 말하려는 그때, 나는 '올빼미'가 3층에 나타나 분노에 차서 이리나를 보고 있음을 알아차렸다. 순식간에 일어난 일이었다. 나는 이중문에서 나오는 그녀를 보지 못했다. 내가 가장 두려웠던 것은 그녀의 입이었다. 자신의 독, 자신의 판결을 선고하는 동안 그녀가 입술을 내밀고 목의 근육을 당기는 방식. 그녀의 피부 아래 있는 끈이 입과 눈을 여닫으며 팔다리를 움직이고 자신보다 높은 곳에 있는 사악한 존재를 드러내는 모습.

"네 건방진 낯짝을 보는 것도 지겹다." 그녀가 이리나를 만년필로 가리키며 말했다. "창녀 같은 낯짝 말이다! 학교 사람들 모두 네가 누구고 뭘 하는지 알아! 네 재능은 나한텐 아무 의미도 없어. 네 부모는 실패했지…… 아, 맞아. 넌 어머니밖에 없지. 실패한 어머니. 내가 말할 때는 똑바로 서! 여기서 뭘 하는 거지? 교실에 있을 시간인데?"

이리나는 대답하지 않았다. 그녀는 '올빼미'를 당돌하게 쳐다보았다.

"가증스러운 년! 내가 교장으로 재직하는 동안 이렇게 뻔뻔한 도발은 본 적이 없어. 날 조롱하고 싶겠지? 당을 조롱하고 싶겠지? 국가를 조롱하고 싶고 우리를 제국주의자들로부터 지켜주는 군인들을 비웃고 싶겠지? 교정원에 가고 싶은 거지?"

'올빼미'는 부패하는 시체라도 찌르듯이 이리나의 십자가(그녀는 무심코 목걸이를 교복 드레스에 걸어두고 있었다)를 만년필로 쿡 찌른 다음 은 십자가를 자기 쪽으로 끌어당겼다. 역시 만년필로. 자기 손을 더럽히고 싶지 않아서였다.

"이게 빈에서 가져왔다는 그거냐? 역겨운 부르주아지들의 야만적인 우상 숭배물? 아니면 네 무지한 에미가 준 선물인가? 기생충 가족 같으니······."

이리나는 빠져나가려 노력했지만 '올빼미'는 왼손으로 그녀의 뺨을 후려갈기고 목걸이를 더 강하게 당기면서 이리나의 얼굴을 자기 옆으로 끌어왔다.

"이러자고 우리가 널 기르고, 지원하고, 악기를 주고, 미추의 차이를 가르쳤던 거냐? 네가 우리 면전에서 웃어댈 수 있게 하려고? 네 은인인 노동자들을 모욕하게 하려고?"

은사슬 목걸이가 끊어지면서 십자가가 땅에 떨어졌다. '올빼미'는 미친 듯 날뛰며 그걸 계단 사이의 통로로 차버렸다.

"봤지! 난 누구도 내 교육기관에 이 세계를 억압하는 자들의 상징을 들고 와서 우리 젊은 시민들의 마음을 노예의 약으로 오염시키는 행위를 용납하지 않을 것이다······ 웃어? 이 역겨운······ 집시년이······."

'올빼미'가 다시 뺨을 때리려 했지만 이리나는 그녀의 손을 붙잡고 교장을 벽으로 거칠게 밀었다. 이리나에게 뭔가가 일어났다. 마치 회오리바람을 불러일으킨 다음 그 중심에 서 있는 것 같았다. 그녀의 손가락이 음산하고 위협적으로 '올빼미'의 흉곽을 파헤치고 있었다.

"모든 걸 보시는 자의 이름으로," 내가 생각도 못 해본 목소리로 이리나가 천천히 말했다. "너는 무덤까지 저주받으리라. 네 눈을 발톱으로 파헤치는 까마귀처럼, 네 뇌를 도려내는 투르크인처럼, 네 수족을 절뚝이고 말라붙게 하는 뱀처럼, 네 장기를 먼지속에서 질질 끌고 다니는 재칼처럼, 네 영혼을 먹어치우는 사모디바처럼, 모든 걸 보시는 자의 이름으로, 저주는 네 폐로 들어가리라. 저주는 널 집어삼키고 네 몸 전체로 퍼지리라. 네 육체가 땅속에 드러누워 대지가 제 몫을 취하고 벌레들이 제 몫을 취하고밤이 모든 문을 닫을 때까지. 위에서 이끄는 자들이여, 아래서 이끄는 자들이여."

'올빼미'가 뒤로 물러섰다. 그녀는 휘청거리고 더듬거리며 도움을 구했다. 그녀의 무거운 안경이 금 사슬에 매달린 채 가슴 위에서 대롱거렸다.

"집시 계집이 선생님께 무슨 짓을 한 거예요?"

마리아가 제 주인의 뒤에서 소리를 질렀다. 하지만 감히 이리나에게 다가가지는 못했다. 다른 관리인들이나 체육 선생 '뽕나무'도, 일찍 해산한 3학년 무리도, 계단의 온갖 틈새에서 나타난 구경꾼들 중 누구도 다가가지 못했다.

이리나가 계단 바로 위 난간에서 자신을 바라보던 날 보더니 검지로 아래를 가리켰다. 단순한 동작이었지만 내 가슴이 뛰었다. 그녀는 음악이 존재하지 않는 명부로 내려가는 중이었다. 범상한 인간들이 빛을 빼앗긴 채 사는 거리로 내려가는 중이었다. 비참한 장소로, 어둠과 먼지 낀 아파트 안에서 연명하고 기억나지 않는 얼굴들이 줄줄이 들어왔다 나가고 모두 가져가지만 아무것도 남기지 않는 곳으로 그녀가 내려가고 있었다. 그녀는 혼자였다. 나도 그녀와 함께 가야 하지 않을까.

그녀는 일이 초 정도 기다리다가 계단을 내려가기 시작했다. 나는 그녀와 같이 가야 했다. 그것만이 논리적인 행동이었다. 이리나가 날 기다리고 있어. 나는 생각했다. 나는 지금 당장이건, 몇 분 뒤건, 언제가 됐건 그녀를 붙잡을 터였다. 이리나는 닥터스 가든에서, 아니면 일곱 성인 교회 뒤에서, 아니면 차르 시스만 거리의 뒷마당 중 하나에서 나를 기다려야 했다. 그녀는 담배 한 갑과 와인 한 병을 들고 내가 올 거라 확신하며 날 기다려야 했다. 물론 난 그럴 것이다.

그럼에도 그녀는 먼저 내려가고 있었고 나는 4층 화장실로 올라가고 있었다. 거기서 전선의 역할에 대한 에세이를 몰래 읽을 수 있었다. 시험 종료까지는 칠 분이 남아 있었다. 내 스푸트니크를 믿을 수 있다면 말이다. 하지만 난 이리나를 따라갈 거야, 라고 나는 중얼거렸다.

여섯 페이지짜리 순수한 헛소리를 그렇게 빨리 외우다니 정말 놀라운 일이다. 나는 공책을 화장실 창밖으로 집어던진 다음 교실로 돌아와 오 분 동안 마치 탁월한 학생들처럼 백지 양쪽에 잉크를 쏟아 붓기 시작했다. 단어, 문장, 구절이 엄청난 속도로 내 손을 빠져나갔다. 나는 생각의 속도보다 더 빨리 글을 썼고 계속해서 그 속도를 유지했다. 심지어 종이 울리고 난 다음에도. 나는 '쥐얼굴'에겐 신경도 쓰지 않았는데, 그녀는 내가 화장실에서 십오 분이나 보냈고 시간 내에 마치지도 않았기 때문에 시험지를 백지 처리할 거라고 계속 반복하고 있었다.

보시라! 난 해냈다. 여섯 페이지짜리 개소리를 써냈다. '쥐얼굴'은 그걸 받아들여야 했다. 나는 교실을 빠져나와 '황무지'로 달려갔다. 알렉산더는 벌써 집에서 만든 브랜디를 담은 보온병과 함께 자기의 성공을 자축하고 있었다. 알렉산더가 아코디언을 사용하고 있다고 릴리가 일러바쳤지만, 수색에 나선 '쥐얼굴'은 겨우 꼬깃꼬깃한 종이 냅킨을 발견했을 뿐이었다.

"내 손에 땀이 좀 많이 차는 경향이 있지!"

알렉산더가 자기 승리에 전율하며 소리쳤다. 나도 역시 자축했다. 그의 브랜디를 쭉 마신 다음 크게 웃어젖혔다. 이리나는 가버렸다. 이 주 전에 바딤이 가버린 것처럼. 그리고 사람들은 벌써 이리나를 잊었다. 나는 피아노를 고름으로써 그림자들의 편을 들었다. 나 자신의 비열함을 참을 수 없었다. 나는 개새끼에 겁쟁이였다. 나머지 인간들과 다를 게 없었다.

15장
쇼팽, 에튀드 A플랫장조, op.25, no.1

오늘 나는 학교를 빠지고 이리나를 찾기로 결심했다. 그래야 했다. 나는 그녀에게 빚을 지고 있었다. 그녀를 일주일 전에 마지막으로 보았고 나는 점점 견딜 수 없어졌다. 대체 어디 있단 말인가? 왜 방과 후에 날 보러 오지 않았나? 심지어 난 이리나가 어디 사는지도 몰랐다! 그녀는 자기가 사는 아파트 건물을 보여주려 하지 않았는데, 그녀의 어머니나 이웃이 내가 자기와 함께 있는 걸 보면 상당히 골치 아픈 일이 생길 거라는 이유를 댔다. 이리나의 어머니는 이리나가 처음 낙태를 하기 훨씬 전부터 자기 딸을 남자애들로부터 떨어뜨려놓으려고 애썼다.

이리나가 사는 건물은 모르지만 어느 거리에 사는지는 알았다. 모스크 근방의 오래된 동네인 세르디카 거리였다. 우연찮게도 내

315

가 처음 피아노 레슨을 받은 곳도 사자의 다리에서 그리 떨어지지 않은 세르디카 거리에 있는, 발굴된 무덤처럼 낡고 색 바랜 건물 4층이었다. 내 피아노 선생은 바이젠베르크라는 여자로 늙은 고양이 같은 냄새를 풍기는 돌대가리였는데, 자기를 의무적인 호칭인 '동지'보다 '미즈Mz.'라 불러달라고 고집했고, 겨울이나 여름이나 똑같은 조끼를 입었다. 그녀의 딸인 알료나는 구제 불능 유형에 속하는 야심만만한 피아니스트였으며 내년에 음악학교를 졸업할 예정이었다. 그래서 나는 모스크 옆에 있는 전차 정류장에서 장미꽃 한 다발을 사서 미즈 바이젠베르크의 아파트에 평상시처럼 교복을 입고 갔다. 정확히 아침 아홉시에 그녀의 집 벨을 눌렀다. 그녀는 막 그날의 첫 번째 개인 교습생을 맞을 준비를 하는 중이었다.

"믿을 수가 없네!" 그녀는 안경을 벗고 내 얼굴을 가까이서 뜯어본 다음 외쳤다. "진짜 잘생긴 젊은이가 됐구나! 얼른 들어와. 문가에 서 있으면 재수가 없어!"

그녀는 내 양쪽 뺨에 입을 맞춘 다음 흥분해서 날 부엌으로 데리고 갔다.

"표트르 일리치, 와서 누가 우릴 찾아왔는지 봐요. 당신 눈을 믿을 수 없을걸!"

알아듣기 힘든 툴툴거림이 복도 끝에 있는 문 뒤에서 흘러나왔다. 표트르 일리치는 내 나이 다섯 살 때부터 방 밖으로 나온 적이 없었다.

"너에 대해 다 말해보렴. 전부 다!" 그녀가 명령하며 스토브 위에 주전자를 올려놓았다. "지난번에 널 봤을 때는 1번 체임버 홀에서 「안단테 스피아나토」를 연주하고 있던데. 내가 네 선생 카티야한데 그렇게 말했단다. 쟤는 이제 거의 다 왔어요. 거의 다! 호르몬이 조금 모자란 것뿐이라니깐! 맞아. 내가 그렇게 말했어. 아닌가?"

"저기……"

"아버님, 아버님은 잘 지내시고? 널 데리고 오시곤 했는데. 눈에 아주 진지한 표정을 담고 네 연주를 지켜보셨지. 네가 자랑스러웠던 거야!"

"맞아요."

미즈 바이젠베르크가 찻잔과 설탕통을 꺼낸 다음 주전자 불을 껐다. 나는 집 안을 둘러보았다. 내 기억과 정확히 똑같았다. 벽지, 양탄자, 두꺼운 가죽 방석 두 장을 덧대놓은 피아노 의자, 아기들이 발받침대로 쓰던 낡아빠진 가죽 상자. 블뤼트너의 건반은 썩은 이빨 같았고 모서리는 노랗게 변해 뭉그러져 있었다.

"어서, 콘스탄틴, 피아노 의자에서 방석 하나 들고 와서 편하게 앉아. 아직도 네가 피아노 의자에 올라앉아 있던 모습이 눈에 선해. 꼬마였던 주제에 바흐를 치고 싶어했지!"

그녀가 두 손으로 입을 가리며 웃었다. 여전히 고양이 냄새가 났고 같은 조끼를 입고 있었다.

"이 주 뒤에 쇼팽 콩쿠르에서 연주해요."

찻잔에 설탕 한 조각을 넣고 스푼을 저으며 내가 말했다.

"당연하지! 그 얘기 들었다. 근데 뭐 잠깐 좀 묻자. 저번 금요일에 음악원에서 우리 알료나가 연주하는 거 봤니? 당연히 봤겠지!"

"그럼요. 봤죠."

나는 거짓말을 했다.

"매력적인 정도가 아니었다니까! 브람스 피아노 협주곡 2번에 대해 어떻게 생각하니? 그 곡 안 좋아하나? 좋아하겠지! 당연히 좋아하지. 그애는 저어어어어어엉말 특별했단다. 악절마다 제각각 빛이 났어. 기교와 페달 기술도 정교했고."

"맞아요. 루바토도 무척 고상하고 터치도 무척 특별하더라고요. 거의 대부분."

미즈 바이젠베르크가 갑자기 무척 심각해졌다.

"콘스탄틴, 너도 알겠지만 학교에 있는 사내애들이 죄다 우리 알료냐 꽁무니를 좇잖니. 근데 걔는 누구랑도 관계를 맺지 않을 거란다. 저번에 걔가 말하더라. '엄마. 난 내 악기와 연습 시간에 전념하고 있어요. 의미 없는 관계 따위엔 관심이 없다고요.' 남자 애들이 꽃이랑 연애편지를 보냈더라고. 부엌 쓰레기통에 꽉 찼다. 보고 싶니?"

나는 고개를 끄덕이며 차를 홀짝였다.

"표트르 일리치, 콘스탄틴이 알료나가 음악학교 남자애들한테서 받은 꽃이랑 사랑의 시를 다 보고 싶대요!"

문 뒤에서 뭔가 약한, 아마도 야간등 같은 것이 바닥에 떨어져 조각조각 박살나는 소리가 나더니 뒤이어 비꼬는 듯한 폭소가 새어나왔다. 미즈 바이젠베르크는 움찔도 하지 않았다.

"그런데 수요일인데 학교에 있어야 하는 거 아니니?"

나는 대답했다.

"사실은 콤소몰 서기가 저더러 지난주에 퇴학당한 바이올리니스트를 찾아오라고 보내서 온 거거든요. 세르디카 거리 어딘가에 산다던데."

"이상도 해라! 퇴학당했다면서 콤소몰 비서가 왜 걔를 찾아?"

"그게 왜냐하면—그러니까—진짜로 사연을 다 알고 싶으신 거예요?"

"첫 번째 학생은 늘 늦는단다. 그러니 걱정 말고 계속해. 내가 뒷담을 얼마나 좋아하는데!"

"음. 겐나디 쿠즈네초프라고 혹시 들어보셨어요? 유명한 러시아 학자인데."

"들어본 것 같기도 한데."

미즈 바이젠베르크가 살짝 당황해하며 말했다.

"그 사람이 어제 학교에 와서 교장선생님께 전설적인 퍼플 아마티 바이올린을 추적중인데 지원을 좀 해주십사 요청했거든요. 그 바이올린이, 선생님도 확실히 아실 텐데, 세계 최고의 바이올린 제작자인 니콜로 아마티가 만든 거예요."

"아, 맞다! 그 사람 스트라디바리우스의 스승이었지. 이제 기억

319

나네."

"쿠즈네초프 동지 말에 따르면, 그분은 지난 이십 년 동안 퍼플 아마티의 여정을 지도로 그려 오셨는데, 퍼플 아마티에 대한 최초의 언급은 크레모나 출신의 귀족 여성의 일기에 나온대요. 그런데 그 여자는 1630년에 리치에 역병이 돌 때 아마티 바이올린과 같이 유괴를 당해서 조지아로 갔고, 나중에 화약과 관련된 사고로 죽었대요. 퍼플 아마티는 여행중이던 상인에게 팔렸는데, 그 사람은 악기를 에카테린부르크에 사는 부유한 러시아 가문에 팔았어요. 가린스라는 집안이었대요. 나중에 가린스 가문이 시베리아로 추방당한 뒤에 바이올린은 드미트리 멘델레예프의 아버지에게 팔렸고, 그 사람은 악기를 시베리아 유목민 무리에게 넘겨준 거예요. 순록과 바꾼 거죠. 19세기 말에 퍼플 아마티가 아제르바이잔의 연례 행사장에 다시 나타났고 한 집시 음악가가 그걸 샀는데, 그는 결국 발칸 반도에 도착해서 2차 대전 말에 소피아에서 죽었대요. 그다음에 퍼플 아마티는 돈두코프 대로와 부다페스트 거리에 사는 현악기 제작자의 손으로 넘어갔고, 그 사람은 악기를 이리나 페트로바, 즉 지난주에 퇴학당한 학생에게 팔았어요. 그러니 지금껏 아무도 그애가 퍼플 아마티로 연주했다는 사실을 몰랐던 거예요!"

"정말 대단하구나! 표트르 일리치에게 이 얘기를 해줘야겠어. 표트르 일리치, 그 사람들이 퍼플 아마티를 찾아냈대요!"

"어디나 쌍곡면들이 있지."

표트르 페트로비치가 비웃었다.

"그런데 이리나는 알고 계세요?"

"알다마다!" 미즈 바이젠베르크가 들떠서 대답했다. "걔가 꼬마였을 때부터 알았지. 우리 집 창문 밑을 제 어미와 같이 걸어다녔다. 이제 생각해보면 여덟 살인가 아홉 살 때쯤에 어른 사이즈 바이올린을 연주했지. 그랬다면 놀랄 일이 아니네!"

"지금 어디 사는지는 모르시고요?"

나는 조바심을 숨기지 못하고 급히 물었다.

"모르겠네. 그애 엄마 생김새가 맘에 안 들어서 말이지. 그 여자는 나를 극장에는 발도 들여놓지 않는 허다한 여자 중 하나로 본단다…… 하지만 가면 안 돼! 지금까지 수다도 잘 떨었잖니? 블뤼트너로 날 위해 뭘 좀 쳐주지 않으면 널 보낼 수가 없다."

"그럴 수가 없을 것 같아요. 이미 늦기도 했고요."

"내가 이렇게 부탁하는걸! 표트르 일리치를 위해서라도 연주해주렴. 그 사람 최근에 탈장 때문에 정말 고생하고 있단다."

나는 패배한 기분으로 피아노 앞에 앉아 쇼팽의 에튀드 A플랫장조를 연주하기 시작했다. 처음에는 설렁설렁 치다가 집중하게 되면서 속도가 붙고 탄탄해졌다. 오래전 어느 가을이 기억났다. 사 년 아니면 오 년이었나. 오 년이면 영원이나 다름없었다. 그때 닥터스 가든에 흩어진 낙엽들은 특별히 중요했고, 4층 '무당벌레'의 방에 있는 그랜드피아노의 차갑고, 부드럽고, 보통은 무거운 건반을 치면 내 심장을 꽉 움켜쥐던 철로 된 주먹의 아귀가 느

슨해졌다. 그때 49번 연습실에서 격주마다 연주회를 하는 동안
—'무당벌레'의 학생들만 참석하는 연주회였다—바딤은 제일 빠
른 속도로 A플랫장조 에튀드의 악보를 즉석에서 보고 쳤다. 그러
면서 선율선에 억양을 붙이고, 거의 완벽하고 초인적인 레가토를
구사하면서도 맥동하는 16분음표를 뭉개지 않았다. 그런 다음
눈을 감은 채 첫 주제를 다시 연주해나갔다. 바딤은 이미 그 곡을
다 익혔고, 그의 손가락은 그저 기억에 새겨진 건반에 떨어질 뿐
이었기 때문이다. '무당벌레'는 바딤이 새 곡에 대한 준비가 전혀
없이 연주회를 열어서 모든 이들 앞에서 당황하길 바랐는데! 그
는 누굴 위해 연주했던 걸까? 특별한 사람은 없었다. 바딤은 자신
에게 진실했기 때문에, 두려움이나 희망이라는 동기가 없었기 때
문에, 경쟁할 사람도 증명할 사람도 없었기 때문에 진실하게 연
주했다. 나중에 바딤에게 어떻게 쳤느냐고 묻자, 그냥 색깔들을
따라간 거라는 답이 돌아왔다.

전차가 에튀드 4번 A단조처럼 카자초크* 춤을 추듯 럼-타 럼-
타 하며 흔들렸을 때가 기억이 났다. 4번 발라드 같은 F단조의 일
몰도, 녹턴 2번 같은 E플랫장조의 오후도 기억났다. 그날 오후 차
르 보리스 가든의 수련은 여전히 활짝 피어 있었고, 독수리 다리
옆 연못에는 여전히 물이 가득해서 방과 후에 노가 달린 작은 배
를 십오 분 동안 빌릴 수 있었다. 이리나는 어떨까? 그녀도 이걸

---

* kazachok, 러시아 민속 무용. 무릎을 구부리고 뛰어오르는 동작이 유명하다.

다 기억할까?

내 연주에 세르디카 거리의 낡은 아파트에서 나는 냄새가 묻어났다. 축축한 지하실의 냄새, 계단에 있는 베이클라이트 전구의 비뚤어진 스위치 냄새, 곰팡내 나는 목재 우편함 선반 냄새, 닦지 않은 창문 틈으로 불어오는 텁텁한 먼지바람 냄새, 마당에 방금 넌 빨래 냄새도 묻어났다. 그러더니 빛이, 폐쇄공포증을 일으키는 11월의 빛이 건물들 사이에 갇혔고, 거의 손에 잡힐 것 같은 커다란 회색 몸체를 만드는 구름이 자갈 깔린 길 위를 움직이고 발코니와 지붕 타일을 기어올랐으며, 흐리멍덩한 오렌지색 태양이 인도 위로 절반 정도 올라가 주차돼 있는 소련제 자동차의 차창에 반사되었다. 그러다가 나중에는 네온 빛 붉은 밤하늘이 거리와 건물과 에레보스의 단단한 실체를 품고 사는 존재들의 마음에 넘쳐흘렀다. 이리나는 어딘가에서 내가 자기를 발견하길 기다리고 있을 것이다. 나는 확신했다. 그녀가 마지막으로 학교 계단을 내려가기 전 나를 보던 시선과 아래를 가리키던 집게손가락. 그녀는 같이 가 달라고 부탁했지만, 나는 게임을 계속하려고 부탁을 거절했다. 이기고, 지고, 나머지 사람들을 능가하려는 멍청한 게임.

연주를 마친 다음 나는 내 물건을 챙겨서 재빨리 문으로 향했고, 점심이라도 먹고 가라는 미즈 바이젠베르크의 애원을 무시했다. 심지어 내가 계단을 내려가기 시작하는데도 그녀는 계속해서 알료나와 그녀의 졸업 파티와 앞으로 열 연주회에 대해 떠들어댔다. 나는 건물에 불이라도 난 것처럼 뛰쳐나왔다. 내 옛 선생의 목소리를 잠시도 견딜 수가 없었다.

그날 오후 늦게 나는 국영 텔레비전 방송국 근방에 있는 산 스테파노 거리에서 일리야 삼촌을 만났다. 삼촌은 예의 베이지색 레인코트와 회색 줄무늬 바지에 갈색 구두 차림이었지만 중절모는 검은 베레모로 바꿔 썼고, 그게 늦가을 오후에는 훨씬 더 잘 어울렸다. 가죽 서류가방은 평소와 달리 꽉 차 있었는데, 그는 가방을 옆구리에 끼고 닳아빠진 표면에 커다란 손가락을 쭉 뻗어 그걸 쥐고 있었다. 우리는 지붕처럼 우거진 나뭇가지 아래와 낡은 자동차 사이를 지나며 자갈이 깔린 길 한가운데를 걸었다. 일리야는 마치 적진을 정찰하듯 날 약간 앞질러 걸었다. 우리 목표인 닥터스 가든은 쭉 가면 나왔다. 나는 벌써 벤치에 앉아 있는 암청색 교복의 학생 무리들과, 연한 파란색 앞치마를 두르고 낙엽에 뒤덮인 습지를 걸어가는 동안 플라스틱 컵과 담뱃갑들과 버스표를 긴 금속 막대로 찌르는 공원 관리인들의 모습을 그릴 수 있었다.

일리야 삼촌이 지나가는 자동차를 피하다가 주차된 검은색 볼가에 기대어서는 일이 분 정도 그대로 섰다. 분명 숨을 가쁘게 쉬고 있었다.

"삼촌?"

내가 삼촌의 어깨에 손을 올리며 물었다.

"별것 아니다."

일리야는 그렇게 대답하고 담으로 둘러싸인 마당으로 통하는 아치형 입구로 걸어갔다. 마당에서는 두 사람이 낡은 가구를 평대 트럭에 싣고 있었다. 커다란 놋쇠틀에 담긴 거울이 마당에 연결된 아파트 건물 벽에 기대어 있었다. 일리야는 거울 앞에 서서 미심쩍은 표정으로 거울 속 자신을 골똘히 바라보았다.

"고양이가 코끼리보다 똑똑하지."

그가 자신에게 고개를 끄덕이며 결론을 내렸다.

"왜 그런 말씀을 하세요?"

내가 물었다.

"고양이들은 거울에 비친 제 모습을 못 알아보거든. 거울 속에 있는 사람은 네가 아냐. 너의 쌍둥이, 물질세계에서 널 대표하는 존재지. 그를 조심해라. 기회만 있으면 널 속이려 들 테니까."

우리는 나란히 서서 거울을 보았다. 내 교복 재킷과 바지는 무척 낡아 보였고, 흰 버튼업 셔츠는 흐트러져 있었으며, 손은 핏줄과 힘줄이 튀어나와 노인의 손 같았다. 눈은 퀭했고 기진맥진했으며, 얼굴은 해골 같았다. 하루 한 끼만 먹고 종일 담배만 피운 탓이었다.

"이상도 하지." 우리가 다시 걷기 시작하자 일리야 삼촌이 말했다. "하지만 1943년에 산 스테파노 거리에서 비슷한 거울을 본 기억이 난다. 아마 똑같은 것일지도 몰라. 그때도 11월이었지 싶은데. 예전에 가즈도프 얘길 했었지. 페르진 섬의 신 말이다. 그 사람이 주머니에 넣어 갖고 다니던 손거울 얘긴 안 했던 것 같은데. 아. 아니다. 했지. 마에스트로와 다른 사람 얘기도 했고. 하지만 1951년 봄 이야긴 안 해줬을 게다. 평소와 똑같던 아침 점호 시간에 가즈도프가 연병장에서 내 이름을 불렀던 때 말이다. 오직 그 사람만 내 진짜 이름을 안 불렀다. 그 사람은 날 '미국인'이라고 불렀어. 내가 전쟁 전에 미국 대사관에서 통역사로 일했기 때문이지. '미국인이 오늘 여기 있나? 내가 그자한테 조그만 깜짝 선물을 준비했는데 말이야.' 그가 군용 코트 주머니에서 작은 거울을 꺼내고는 태양빛을 반사시켜 내 얼굴에 비췄단다. '나와, 더러운 벌레 새끼. 연병장으로 나오라고!' 난 그게 무슨 뜻인지 알았지. 몇 시간 뒤에 막사 뒤에서 돼지들의 먹이가 된다는 소리였어. 하지만 난 동작을 취하고 명령에 복종하고 올바른 대답을 해야 했단다. 나는 그 사람 옆에 서서 손거울을 받아들었어. '네 모습을 잘 봐둬. 곧 하직 인사를 할 사람을 열심히 봐두란 말이다.' 가즈도프는 그렇게 말했지. 미로를 빼곤 모두 조용했단다. 미로는 수용소에서 나와 제일 친한 친구였는데 뒷줄에서 울고 있었지. 나는 명령을 받았어도 내 얼굴을 보지 않았단다. 거울 안에 있는 사람이 내가 아님을 알았으니까. 시작될 때와 끝날 때, 만물은 고유하고 나눌 수 없는 거란다. 모든 혼란과 공포와 고통, 선과 악이라는 쌍둥이, 내면과 외면이라는 쌍둥이는 모두 그 중간에서 태어나지. 대신 나는 거울로 등 뒤의 사물들을 비췄어. 나무와 하늘과 시든 풀을, 멀리 떨어진 관목 숲을. 숲의 흙은 색깔을 잃어버리고 도나우 강으로 쓸려 내려갔지. 그 거대한 강은 날 기다리며 항상 거기 있었단다. 나는 꿈에서 강이 수용소 구내의 벽을 핥고 쥐와 뱀들에게 속삭이고 내 머리카락을 어루만지는 소리를 들었다. 무슨 일이 일어나건 나는 여전히 강을 건너야 했어."

우리는 오른쪽으로 방향을 바꿨고, 그래서 지금은 쉬프카 거리를, 도시의 중심을 가르는 운하 쪽으로 걷고 있었다. 일리야는 고등학교의 노란 페인트를 칠한 작은 문 앞에 멈춰 서서 유니폼을 입고 축구를 하는 소년들을 바라보았다. 멀리 구석에는 한 떼의 소녀들이 웃음을 터뜨리고 야유를 하면서 경기를 보고 있었다. 이리나도 저애들 중 하나가 될 수 있었을까? 일반 고등학교로 전학 가서 재능 없는 애들이 배우는 멍청한 과목을 공부했더라면 어떻게 됐을까? 도시에 널린 아무 고등학교에나 들어가서 귀여운 남자애들과 시시덕거리고, 파티에 가고, 애인과 다락이나 아파트에 하릴없이 빈둥거리면서 시간의 흐름을 구경하고 있었을 것이다. 저애들은 얼마나 근심 없어 보이는가! 피아노나 바이올린으로 돌아가지 않아도 되고, 발성 교습이나 실내악 수업에 갈필요도 없다. 실패할 걱정 따위 안 해도 된다. 예술가의 자의식같은 것 없이, 중요한 사람이 되어야 한다는 끊임없는 압박에 시달리지 않으며 자라는 편이 훨씬 나으리라.

"가즈도프의 부하 둘이 나를 막사 뒤로 데려간 다음 날 쐈단다. 내게 공포탄을 쏘고 나서 웃었지. 그게 엄청 재미있는 일이라고 생각했던 거야. 나는 그때 사실상 죽은 거였다. 거울 속의 그 사람은 치명상을 입었지. 내 머리는 하얗게 세었다. 그리고 다른 주기가 시작되었단다. 과거는 영원히 사라진 것 같았고, 균열이 열려 내 기억을 집어삼켰어. 나는 왜 가즈도프가 날 놀려먹기로 작정했는지 알 수가 없었어. 어쩌면 날 몇 번이고 죽이고 싶었는지 모른다. 나중에 그가 리볼버에 실탄을 집어넣었을 때 죽여야 할 대상이 아무도 안 남도록 말이야. 나는 직후에 다른 수용소로 이송됐어. 겨우 미로에게 작별인사를 할 수 있었단다. 미로는 어느 날 아침 자다가 총을 맞았지. 하지만 이제 다 옛일이다. 때가 와서 커다란 거울을 지나칠 때, 나는 낯선 사람을 보게 되겠지.

내가 너에게 이걸 말하고 있는 이유는 말이다, 콘스탄틴. 네가 나와 무척 닮았기 때문이다. 나처럼 너도 여행자란다. 우린 모두 멀리서 여기로 왔지. 오늘 나는 다른 주기를 돌기 시작했는데 어쩌 내 마지막 주기가 될 것 같아 두렵다. 이 점을 염두에 두렴. 오늘 아침에 루코보에서 타고 온 기차에서 내린 다음에, 내가 일곱 성인 공원 옆의 농산물시장을 걷고 있음을 깨달았단다. 내가 거기 있어야 한다는 것을, 나를 다음 목적지로 인도할 문을 찾아야 한다는 사실을 알았지. 그때 밀짚모자를 쓰고 지팡이를 짚은 칠십대 노인 하나를 봤다. 사과가 든 자루를 들고 가는 중이었지. 그 사람은 누구하고나 잘 지내는 상냥한 노인처럼 보였어. 길고 구불구불한 머리칼이 아직 세지 않았고 턱수염은 꼭 저녁식탁 앞에서 말이 많은 철학자 같은 분위기가 났단다. 그러다가 그를 알아봤다. 가즈도프였어. 그도 날 알아봤음이 분명했다. 꽤 긴 시간 동안 우린 서로를 응시하며 움직이지 않았거든. 마침내 그가 자기 자루에 손을 넣고는 사과를 꺼내 권했어. 난 그걸 받아들고 여기 오는 길에 먹었다. 기억의 맛과, 우리 모두가 공유했던 존재에 대한 환상을, 공기를, 물을, 지상의 소리가 똑딱이며 흐르는 것을, 가을에 황금빛 사과가 열리던 습지의 냄새를 생각하면서 말이다. 너도 알겠지만 인생은 종종 자신만의 끝을 보여준단다. 그건 행복한 끝도 슬픈 끝도 아냐. 하지만 분명 완벽한 원이란다. 시작과 끝이 결국 맞물리는 원 말이다."

"하지만 일리야 삼촌!" 나는 분노에 불타 말했다. "어째서 그 살인자한테 선물을 받으신 거예요? 왜 그 인간의 이름도 부르지 않고, 그자가 저지른 범죄가 버젓한 현실이고 절대 용서받을 수 없다는 사실도 상기시키지 않고 그냥 보내셨느냐고요. 최소한 얼굴에 침이라도 뱉었어야죠! 나라면 그랬을 거예요. 그리고 저주했을 거예요. 그 인간을 지옥으로 떨어뜨릴 저주를 퍼부었을 거라고요."

나는 말을 멈추고 숨을 골랐다. 우리는 음악원을 지나 이제 자이모프 공원을 걷고 있었다. 일리야는 내 목소리의 어조에 조금도 상처받지 않은 듯 보였다. 마치 그런 반응을 기다린 듯했다.

"콘스탄틴. 정의는 탁상공론을 지껄이는 몽상가들, 소파에 파묻힌 혁명가들, 아마추어 예언자들을 위한 거란다. 정의는 오로지 진짜 고통을 겪어본 적이 없는 사람들의 마음속에만 존재한다. 네가 정의를 세우겠다며 자기 목적에 맞춰 우주의 균형을 흐트러뜨릴 수 있다고 생각한다면 그건 오만이야. 바로 그래서 전쟁이 멈추질 않는 거다. 정의야말로, 너도 알다시피, 모든 폭력의 근원이다. 설사 네가 어리다 해도 그건 알아야 한다. 유령들을 쫓고 모든 악의 근원을 찾아다니며 인생을 보내지 마라. 사람들이 자기 행동에 절대 책임을 지지 않는 이유는 사실 누구도 자기가 저지르는 일에 책임이 없기 때문이야. 책임 따윈 없어. 대부분의 사람들은 그저 자기들이 이해조차 할 수 없는 폭력과 권력의 대리인일 뿐이란다."

"그래서 그 사람을 용서하셨어요?"

내가 물었다.

"아니. 용서 안 했다. 왜냐하면 용서 역시 정의의 산물이니까. 내가 일생 동안 애써온 것이 있다면 바로 이해다. 나는 물론 무엇도 이해할 수 없지만 이해하려 할 수는 있지. 그리고 이해의 시작은 질문을 멈추고 만사를 있는 그대로 받아들이기 시작하는 거란다. 이걸 단지 말뿐이라고 생각하지 말아야 한단다, 아가야. 네가 복수를 하고야 말 때가 올 게다. 네 눈에 다 보여. 너에게 못된 짓을 할 사람들을 처벌할 기회를 기다리고 있겠지. 그때 기억해라. 내 말을 기억해…… 그게 전부다. 이제 가서 차나 한잔 하자."

우리는 영어 고등학교 건너편 골목의 조그만 공원에 있는 바에서 박하차를 산 다음, 벤치에 앉아 델 듯이 뜨거운 플라스틱 컵이 식도록 바닥에 내려놓았다. 1번 에튀드가 여전히 머릿속에서 울렸다. 그 곡을 떠올리는 동안 나는 바딤이 49호 연습실의 낡은 야마하 피아노로 애절한 선율을 마치 신비주의자처럼 연주하던, 인간이 받을 수 있는 가장 특별한 선물을 받았다고 느꼈던 몇 년 전 그날로 돌아갔다. 그때 한순간 나는 아름다움이 무엇인지 알았다. 그리고 이내 그걸 잃어버렸다.

16장

쇼팽, 에튀드 G샤프단조, op.25, no.6

1988년 11월 20일

G샤프단조! 아, 얼마나 섬세한 조성인가! 특히나 묵직한 건반과 저음부의 대포 같은 타격으로 무장한, 연식 있는 거무스름한 뵈젠도르퍼에서는 말이다. 나는 전화 통화도, 담배도, 와인도, 여자애들도 없이 피아노에 만 이틀간 묶여 있었다. '무당벌레'의 언니 마야가 규칙적으로 부엌에 갖다두는, 닭뼈 찌꺼기로 우려낸 맛없고 뻑뻑한 액체 말고는 식사도 없었다. 모녀는 다른 방에서 또 싸우고 있었다. '할머니'가 가스스토브를 주먹으로 내리치면 '무당벌레'는 강아지처럼 낑낑거리며 애걸했다. 나 참, 이건 진짜 엄청난 희가극이었다. 장님 둘과 절름발이 고양이들이 화장실에서 울어대고, 마구 튀어나오는 북경어가 사자처럼 울부짖고, 6피트 2인치의 금발 사모디바—한때 촉망받는 첼로 연주자였고 지금

은 유치원 교사인—가 눈물 젖은 눈으로 집 안을 돌아다니면서 문이란 문은 모두 쾅쾅 닫고 부엌의 접시를 깨는 와중에 '무당벌레'는 "제발, 엄마, 그러지 좀 마요!"라고 소리치고, '할머니'는 날카로운 팔세토 음성을 내질렀다.

"미국인이라고! 난 그 인간을 우리집에 들이고 싶지 않다! 내 눈에 흙이 들어갈 때까진 어림도 없어! 미국인이라니! 게다가 수학 교수라고! 오, 너 날 죽일 셈이지? 그냥 죽여, 그럼! 나이프건 곤봉이건 잡으라고! 도끼도 좋겠지…… 그 인간은 도스토옙스키를 읽은 적도 없을 거야. 분명해."

이런 외침이 6번 에튀드의 왼손 반주를 배경으로 펼쳐졌고, 나는 구두점이 찍힌 레가토를 강조한 다음 깡충거리는 토끼처럼 화려하게 하강하는 화음으로 이루어진 긴 줄을 타면서 기민한 기괴함을 담아 에튀드를 연주했다. 나는 내 임무가 모종의 희극적인 안도감을 제공하는 거라고 확신했고, 그래서 내가 할 수 있는 일을 했다.

나는 보통 '3도 에튀드'라 불리는 이 곡을 진짜로 사랑했다. 이곡의 왼손에는 '창백한 숙녀'의 어두우면서도 유머가 넘치는 무언극이 있었고, 오른손에서는 마치 슬픈 얼굴의 삼쌍둥이 같은 신경질적인 3도 화음의 진행이 건반을 재빨리 오르내리고 있었다. 아마도 쇼팽은 이 에튀드에 아이러니를 집어넣을 생각은 없었겠지만, '거대한 세 여인의 검은 집'에서 이 곡을 연주할 때는 다른 식으로 소리를 낼 수가 없었다. 나는 이 곡을 명확히 파악할 수 있었다. '창백한 숙녀'는 처음에는 무대 위를 고양이처럼 미끄러지듯 지나가다가 눈썹 위에 손을 올려 지평선을 탐색한 다음, 자기 희생자를 놀라게 하지 않기 위해 조용히 발끝으로 걸으면서 왼손 반주부에서 무언극을 펼쳤다. 나는 내가 이 에튀드를 몇 달이고 몇 년이고 싫증내지 않고 칠 수 있다는 사실을 알았다. 천재처럼 친다는 소리는 아니었지만. 사실 나는 이 곡을 전혀 잘 치지 못했다. 겨우 사흘 전에 '무당벌레'의 요구로 이 곡을 골랐는데, 그녀는 내가 그동안 연습해왔던 것과는 다른 에튀드를 쳐야 하고, 그러지 않으면 콩쿠르 2차 예선에도 올라가지 못할 거라고 판단했던 것이다. 겨우 일주일 전의 일이었다. 미친 짓이었고 '할머니'도 그렇게 말했지만, '무당벌레'는 단호했으며 의견을 바꾸려 하지 않았다. 쇼팽의 어두운 면을 드러내는 작품이 있다면 그건 바로 이 3도 에튀드였다. 악보를 한 번만 봐도 누구든 이 음악을 작곡한 남자가 모자 장수만큼이나 미쳤다는 사실을 확신하기에 충분했다.* 두 개의 성부로 온음계와 반음계를 연주하고 싶다면 이 곡은 정말로 환상적인데, 한 손으로 치는 3도 화음이 사악할 정도로 빠른 이 곡의 경우 조그만 문제가 하나 있다면 손가락이 여섯 개가 필요하다는 것이었으며(세 개는 윗줄에 있고 세 개는 아랫줄에 있다), 대부분의 사람들은 손가락이 다섯 개인지라, 그건 실로 불행한 일이었다. 그 사라진 손가락을 메우기 위해 구사

* 『이상한 나라의 앨리스』에 등장하는 미치광이 모자 장수를 의미한다.

해야 하는 곡예는 전혀 즐겁지 않았다. 극도로 작은 바늘구멍에 극도로 가는 실을 꿰려고 끊임없이 노력하는 기분이었다. 하지만 선택의 여지가 없었다. 나는 어쨌거나 해내야 했고, 그 마술 같은 기술을 배워야 했다. '무당벌레'는 내가 너무 게으르다고 믿었다.

"로만이라는 애 아니? 걔는 이 곡을 일 주 만에 뗐어. 프로 음악가처럼 쳤다고."

로만은 뚱뚱하고 안경을 쓴 열한 살 꼬마였다.

"얼마나 빨랐는데요?"

내가 물었다.

"진짜 빨랐어. 진짜, 완전 빨랐다고."

이것이 그들이 날 붙들어놓은 방식이었다. 나는 로만이라는 꼬맹이를 찾아내 엉덩이를 걷어차고 싶었다. 걔가 더 괜찮게 칠 리가 있나.

나는 피아노 옆의 창문을 뒤덮은 두꺼운 흰 커튼 사이로 알렉산더가 길 건너의 작은 운동장 그네에 여전히 앉아 담배를 피우면서 날 기다리고 있는지 슬쩍 보았다. 하지만 그는 가고 없었다. 알렉산더는 숨겨진 쾌락들을 찾아 거리를 자유롭게 돌아다닐 수 있었다. 내가 이 컴컴한 집에 갇힌 채 거대한 세 여인이 다른 방에서 질러대는 소리를 듣고, 고문 도구처럼 작동하도록 개조된 피아노 앞에 앉아 3도 에튀드의 미로를 뚫으려 분투하는 동안 말이다. 건반이 납 때문에 엄청 무거워서 제대로 된 소리를 내려면 건반 위에 앉다시피 해야 했다. 손목에 경련이 일어날 정도가 아니면 음계를 연주하지도 못했다. 그렇지만 난 통증에 익숙했다. 실은 그걸 좋아했다. 현관에 있는 커다란 벽시계가 두시를 알렸다.

"마야!" 도래할 세계의 종말에 대한 공포로 벌써부터 긴장하는 바람에 바들바들 떨리는 목소리로 '할머니'가 외쳤다. "사모바르에 물 좀 끓이지 않겠니? 차 마셔야지."

큰딸이 조용히 저주를 퍼부으면서 부엌으로 갔다. 마야는 난폭하게 발을 질질 끌며 걸어갔는데, 누가 들었으면 그녀의 두 다리가 콘크리트 기둥이라고 생각했을지 몰랐다.

"보리수 차는 말고. 그거 마시면 머리가 아프더라. 홍차도 안돼. 그걸 마시면 오늘 밤에 잠을 못 잘 거야. 난 자야 돼. 벌써 진이 다 빠졌다."

발을 끄는 소리와 악담이 더 들린 뒤에 뭔가 부엌 바닥에 떨어져 깨지는 소리가 났다.

"마야?" '할머니'가 다그쳤다. "그거 도자기냐, 아니면 유리냐?"

대답이 없었다. 나는 연주 속도를 한 단계 더 올렸고 저음에 체중을 더 실었다. 일이 점점 더 재미있어지고 있었다.

"집에 보리수 차랑 홍차밖에 없어요."

부엌에서 마야가 참을성 있게 말했다.

"확실해. 도자기 소리 같았어." '할머니'가 계속 말했다. "쟤는 찻잔 세트를 한꺼번에 깨뜨렸었는데 이젠 하나씩 부수네. 그게 마지막 잔이었는데. 예전에 부서졌던 것들이랑 소리가 똑같아. 부드럽게 펑 소리가 나는 게 똑같다고. 도자기 깨지는 소리는 착각할 수가 없지. 정신은 좀 오락가락할지 몰라도 귀는 멀쩡하다. 할아버지가 파리에서 사온 차 세트인데, 기억할 게다. 당신께서 소르본 대학을 졸업한 뒤에 사오신 건데. 그러고 보니 마야가 첼로를 관둔 이유가 그거였지. 손은 두 갠데 머리는 텅텅 비었거든. 쟤가 아직 초등학교를 다닐 때 타바코프 교수가 쟤한테 그렇게 말했단다."

'할머니'가 방을 나가고 몇 초 뒤에 카티야가 문을 다시 열고는 가죽 팔걸이의자에 기진맥진한 채 앉았다. 그녀가 막판에 내 레퍼토리를 바꾼 이유가 뭘까. 자기 엄마가 신경쇠약을 일으키는 동안 자기편이 될 누군가를 끌어오려고 나를 일주일 동안 여기 오게 하려는 계략이었다면? 가능했다. 나는 그녀에게 차마 그 미국인에 대해 묻지 못했다. 호기심을 비치면 예의에 어긋나는데다 그녀가 당황한 나머지 진짜 기절할지도 모를 위험이 있었다. '무당벌레'가 우리의 적과 불륜을 저지르다니! 그녀는 분명 들떠 있었다. 들떠서 몸을 부르르 떨고 있었다.

"운지법을 또 바꿨네. 오늘만 해도 벌써 세 번째야. 무대 위에서 어떤 운지법을 쓸지 너 자신이 알긴 할까? 너무 위험하다고!"

위험을 무릅쓰는 것에 대해 얘기하는 동안, '무당벌레'는 자기가 나한테 무슨 짓을 하고 있는지에 더 주의를 기울였어야 했다. 지금 그녀는 내 셔츠 안에 자기 손을 집어넣은 뒤 내 등과 어깨를 열정적으로 주무르고 있었고, 나는 간신히 손가락을 피아노에 올려놓고 있었다. 세상에, 그녀는 곧 내 젖꼭지를 쪼물락거리고 바지 단추를 풀 기세였다.

"너희 둘 뭐하고 있는 거야!" '할머니'가 방으로 들이닥치면서 고함을 쳤다. "개한테서 손 떼, 카티야. 누가 보면 둘이 뭔 짓이라도 하는 줄 알겠다. 그 에튀드 처음부터 다시 시작해. 여덟 시간 동안 뚱땅거렸는데 하나도 발전이 없어. 하느님, 내 머리가 터지겠다! 내 말하는데, 카티야, 오늘 밤 아홉시까지 쟤가 이거 제대로 못 하면 「흑건」*으로 돌아가는 걸 고려해봐야겠다. 그거라면 자면서도 칠 수 있겠지."

나는 확신을 갖고 최고의 속도로 모든 숨겨진 선율들을 드러내려고 무척이나 신경을 썼고, 그러자 한순간 정말 소리가 잘 나와서, 심지어는 전에는 보이지도 않던 곡 속의 이야기를—어떤 음악 작품들이 오로지 수천 번 연주를 한 뒤에야 연주자에게 말을 걸기 시작한다는 것은 정말 신기한 일이다—흘끗 읽어내기까지 했다. 하지만 상승하는 3도 화음의 물결이 건반을 멀고도 멀리 밀어붙여 사실상 손이 지평선 너머로 사라져버리고 마는 주요 주제의 세 번째 변주 지점에서 그걸 모두 놓쳐버리고 말았다. 피아노 건반을 그저 보기만 해서는 그게 그렇게나 길 것이라고는—양 끝 사이의 길이가 수마일은 된다—생각하지 못할 것이다.

* 쇼팽의 에튀드 G플랫장조, op.10, no.5.

"그 악절 돌아가서 다시 쳐!" '할머니'가 명령했다. "차는 어떻게 된 거냐? 마야? 앤 어디 갔니? 오, 널 프라하의 피아노 페스티벌에 가라고 놔두는 게 절대 아니었는데. 미국인을 데려올 줄 알기나 했겠냐고, 내가. 내 분명히 말하는데, 카티야, 만약 그 사람이 너와 결혼하겠다고 하면, 맹세코 내 손으로 그놈의 목을 졸라 죽여버릴 거야. 갓 태어난 새끼 고양이한테 그랬던 것처럼. 감히 어디라고 그딴 식으로 자길 초대해 달라는 거냐…… 고작 수학 교수 주제에…… 넌 예술을 아는 남자도 못 물어오냐!"

"엄마!"

'무당벌레'가 눈가를 훔치며 항의했다. 나는 옛 중국 자기와 자기 코끼리들로 꽉 찬 커다란 장식장과 피아노 사이에 있는 커다란 검정색 액자에 끼워진 거울을 통해 그들이 싸우는 모양을 바라보았다.

문이 열리고 마야가 김이 오르는 찻잔을 들고 왔다.

"원하시는 대로 홍차 가져왔어요."

"홍차 싫다니까 그러네!" '할머니'가 소리쳤다. "도로 가져가라. 아무래도 네 귀가 맛이 갔나보다."

마야가 보란 듯이 테이블 위에 컵을 내려놓고는 문을 쾅 닫고 나갔다.

'할머니'가 '무당벌레' 쪽으로 몸을 돌렸다.

"가서 네 언니한테 말 좀 해줘라. 걔는 네가 미국으로 가서 다시는 우릴 보러 오지 않을까봐 걱정이야. 어젯밤에 그러더라. '틀림없어요. 걔 우리를 버린 거야. 우린 여기서 썩고 걔는 미국으로 가서 애들을 낳을 거라고요.'"

'무당벌레'가 장식장 서랍을 열고 약상자를 꺼냈다.

"물 마셔야 해요, 어머니. 마야한테 말 좀 해주세요……"

"마야!"

그때 무언가가 일어났다. 반주부의 새틴 드레스 속에 숨겨져 있던 뾰족한 감화음에 현재가 찢겨나갔다. 그러자 나는 이리나와 손을 잡고 소피아의 옛 구역에 속한 차르 시메온 거리를 걸으며 터키 식 목욕탕과 모스크 쪽으로 걷고 있었고, '백조' 이고르의 실내악 수업에서 바흐를 연주한 뒤 이리나를 집으로 바래다주고 있었다. 우리는 같이 담배를 피우고 있었고, 이리나는 내게 첫 바이올린 선생 이야기를 해주고 있었다. 그 선생은 레슨을 하는 동안 파자마 셔츠 위에 낡은 보타이를 매고 커피를 마시며 한쪽 구석에 앉아 다음과 같이 외치곤 했다.

"그래, 아가야, 이걸 더 괜찮게 연주할 방법이 있지. 하지만 불행히도 그 방법을 다른 학생한테 가르쳐줘버렸단다."

한두 블록마다 나는 이리나를 아파트 건물 현관으로 끌고 들어갔고, 거기서 키스를 하곤 했다. 왜냐하면 우리는 그럴 수 있었고, 우리가 사랑에 빠졌는지 알아보고 싶었기 때문이다. 우리는 마치 열정의 화학성분을, 절망의 전기를, 고독의 열기를, 시간의 급작스러운 유동성을 분석하는 과학자들처럼 천천히 키스를 하곤 했다. 우리가 이리나의 동네에 도착하면 그녀는 자기 할머니가 발코니에서 보고 있을지 모른다며 내게 그만 돌아가라 했다.

"거 보라지!" 마야가 문간에 서서 의기양양하게 선언했다. "당신들 둘 다 기쁘겠어요! 고양이가 죽었어!"

'무당벌레'는 숨을 가쁘게 쉬며 안락의자에 주저앉았고, '할머니'는 다른 방으로 가는 마야의 뒤를 좇았다. 나는 에튀드의 마지막 반복구로 들어갔다. 템포를 두 배로 올리고 연속되는 3도 화음을 암청색과 보라색으로 바꿨다. 나는 안개이자 비이자 번개였다. 내가 가장 좋아하는 부분, 주제의 변주가 A플랫장조에서 시작한 다음 초현실적인 반음계가 굽이쳐 흐른 뒤에 G샤프단조로 해결되는 부분이 끝나갔다. 댐퍼 페달을 살짝 밟으면 마치 누군가의 기억이 최후의 강물 속으로 씻겨 내려가는 일종의 정화 의식을 수행하고 있다는 느낌이 든다.

"어느 고양이가 죽었냐?" '할머니'의 목소리가 다른 방에서 들렸다. "둘 다 죽은 것 같네, 마야! 네가 이 고양이들을 죽였구나! 아, 레포렐로는 그냥 자는 거네. 역겨운 짐승 새끼. 돈 조반니*는 아직 따뜻해, 도와줘…… 애가 뭘 삼켰어…… 새잖아…… 이 식탐 덩어리 후레자식…… 살 수 있을 거야! 변태 같으니라고! 내가 너한테 애 이름을 돈 조반니라고 지으면 안 된다고 그랬어, 안 그랬어? 넌 내 말은 듣지도 않았잖아. 그런 이름을 지으니까 애가 처음부터 끔찍하게 죽을 팔자가 된 거야."

---

* 레포렐로는 돈 조반니의 하인으로, 둘 다 모차르트의 오페라 「돈 조반니」의 등장인물이다.

"엄마, 돈 조반니는 자기가 초대한 석상한테 살해당해요. 그건 오페라 부파*라고요."

"내가 석상한테 살해당할 때도 어디 웃나 보자. 배은망덕한 애 새끼 같으니! 내가 아들만 있었어도! 오페라 부파라 이거지! 권위자이신 타바코프 교수한테 십 년 동안 첼로 레슨을 받고—아, 그분 정말 교양 있는 분이었어! 선각자셨지!—소피아 음악원에서 일 년이나 공부했는데, 지금 네 꼴은 뭐냐? 아무것도 아니잖아. 이 꼴 봐라. 카티야? 약 먹었니?"

"먹었어요, 엄마! 덕택에요!"

'무당벌레'가 가죽의자에 푹 쓰러진 채 눈을 감고 말했다.

나는 다시 처음으로 돌아와서 한 번 더 연주를 시작하고, 또 연주하고, 또 연주했다. 낭비할 시간이 없었다. 나는 내셔널 홀에서 열린 학년말 콘서트가 끝난 뒤 거리로 돌아와—담배를 피웠던가? 확실히 그랬다—걷고 있었다. 홀에서는 탁월 등급의 학생들이 메달과 표창장을 받기 위해 무대로 올라왔고 선별된 그룹의 학생들이 교사들이 작곡한 멍청한 작품을 돌아가며 연주했다. 무조로 이루어진 막대한 양의 산酸이 무대로부터 쏟아져 나와 우리의 뇌를 부식시켰다. 지모바 교장은 청산가리라도 삼킨 것처럼 보일 정도였다. 아이디어는 어찌나 빈곤하고 비뚤어진 야망은 어찌나 넘치던지! 그들에게는 잘 어울렸다. 그들의 가증스러운 초

* opera buffa, 18세기에 생겨난 희극적 오페라.

라한 현실에 다는 초라한 장식, 그들의 간장 색깔 나는 파충류 같은 육체에 어울리는 파충류 같은 피부 말이다. 그러다 마침내 나 혼자 남았고, 나는 텅 빈 거리를 걸으며 활짝 꽃핀 보리수 나무에서 풍겨오는 냄새로 축축해진 따스한 밤공기를 들이마셨다. 초여름이었고, 나는 막 7학년을 통과한 참이었다. 일곱 성인 교회에서 한 블록 떨어진 라콥스키 거리의 꽃가게 근처에 서 있는 이리나가 눈에 띄었다. 그녀는 검은 드레스를 입고 검은 스타킹에 검은 구두를 신고 있었다. 바이올린 케이스도 들고 있었다. 그녀도 무대에서 연주한 학생 중 하나였기 때문이었다.

"나 따라온 거니?"

그녀가 갑자기 몸을 돌려 내 얼굴을 보며 물었다.

절대 아니지. 서커스 좋아해? 전혀.

그 순간 아래층에서 벨이 울리더니 부엌으로 통하는 문이 거칠게 열렸고, 마야가 유치원 선생 특유의 전문적인 히스테리가 실린 목소리로 선언했다.

"아니가 왔어!"

부엌문이 쾅 닫히더니 재빨리 또 열렸다.

"걔 엄마는 없네!"

마야가 확언했다. 아니의 어머니는 여우 꼬리로 몸을 감싼 야수였고, 그녀가 나타나면 거대한 세 여성의 섬세한 체계는 언제나 무력해졌다.

"카티야?" '할머니'가 다른 방에서 소리쳤다. "네가 문 열어줘

라. 네 쓸모없는 학생들…… 아주 평범하고 하등 도움 안 되는 시골뜨기 중 하나니까 말이다. 거대한 야망에 안 어울리는 부적응자가 걔들의 본질이지. 걔들이 왜 날이면 날마다, 달이면 달마다 우리집에 제 몸을 질질 끌고 오는지는 내 소관이 아니고."

"엄마, 거리에 있는 사람들한테 다 들려요!"

"난 평생 동안 그것들의 가증스러운 헛소리를 들어왔다!" '할머니'가 계속 말했다. 이젠 고래고래 소리를 지르고 있었다. "그것들에게 저희들이 원숭이인 주제에 종마처럼 군다고 말하란 말이야! 사방이 귀머거리야. 우린 귀머거리의 시대에 살고 있고, 걔들은 이제 귀도 없이 태어나. 그게 바로 현대 문명이지."

"알았어요, 엄마, 제가 간다고요!"

'무당벌레'가 기가 꺾여서 대답했다. 하지만 그녀는 여전히 의자에 앉아 있었다. 나는 계속 3도 에튀드를 쳤다. 벨이 다시 울렸고, 마야가 무거운 발걸음으로 비뚤배뚤 계단을 내려가 자물쇠를 하나, 둘, 세 개 풀고 사슬도 뺐다. 거대한 세 여인은 도둑을 두려워했다.

"안녕하세요?"

아니의 들뜨고 낭랑한 목소리가 들렸다. 마야는 한 마디도 하지 않았다.

"아!" '할머니'가 계단 꼭대기에서 소리쳤다. "또 너냐! 내가 널 곧 보게 될지 궁금해지기 시작했다. 우린 안녕 못 해, 못 하고. 차마 입 밖에 낼 수도 없는 비극이 일어났거든. 돈 조반니가 새를 삼켰어. 아주 끔찍한 광경이었지. 하지만 살아났다. 내가 살렸어. 침실로 가라. 음계 연습으로 손 풀어. 카티야가 곧 갈 거다. 네귀에도 들리겠지만 딸애는 지금 콘스탄틴과 새 작품을 연습하는 중이야. 완벽하게 치는 데 겨우 일주일 걸렸다. 콩쿠르가 다음 주 일요일이거든."

나는 다시 혼자 남았다. 방은 전보다 더 어두워진 것 같았다. 곧 에레보스가 다가와 모든 추함을, 모든 걱정과 근심을 자기 가운 아래 숨길 것이다. '무당벌레'는 옆방에서 베토벤의 소나타 5번 C단조 2악장의 주 성부를 부르고 있었고, 아니는 그 곡을 변비에 걸린 코끼리처럼 우아하게, 타조처럼 지혜롭게 연주하고 있었다. 저렇게 빨리 쳐서 어딜 가려고? 악구도, 호흡도, 체념도 없었다. 이 아다지오 몰토 악장은 오로지 체념에 관한 음악이었다. 그 곡은 세상과 자아를 뒤에 남겨두고 떠나 빛, 공허, 무중력으로 들어가는 것에 관한 음악이었다. 아니가 할 수 있는 최선은 '무당벌레'의 노래를 듣고 곡 속에 담긴 이야기의 논리를 모방하는 법을 배우는 것이었다. 우린 모두 가망 없는 흉내쟁이들이었다.

손가락이 너무 피로해서 더는 이것들이 하는 짓을 통제할 수가 없었다. 나는 반음계적 3도 화음의 미궁에 갇혀 좁은 오솔길을 오르내리고, 헛디디고 떨어지다 처음 시작했던 장소에 도로 돌아오고 있었다. 하지만 나는 곧 자유로워질 터였고—커다란 벽

시계가 아홉시를 치고, 마야가 부엌에서 나와 보르시치*가 준비됐음을 알리면—음악으로 꽉 찬 머리와 불타는 손을 안고 밤 속으로 사라질 것이다. 이미 머릿속에 길도 그려놓았다. 음악학교로 올라간 다음(나는 누가 연주하나 그냥 들여다만 볼 요량이었고, 아마도 1번 체임버 홀 바깥 계단 맨 밑에 앉아 스타인웨이에서 흘러나오는 매끄러운 소리를 듣고 최근 학교에서 일어난 사건들에 대해 수위와 수다를 떨 터였다), 차르 시스만 거리로 내려가 러시아어 학교, 일곱 성인 교회, 기차역 방향에 있는 라콥스키 거리, 그리고 차르 시메온 거리를 지나가는 것이다…… 어쩌면 이리나와 마주칠 수도 있다. 그녀가 늦은 밤에 산책을 나오기로 마음만 먹는다면. 혹은 새 학교에서 사귄 새 남자친구와 키스하는 모습을 볼 수도 있다. 이리나가 이미 새 학교로 전학을 가서 새 남자친구를 사귀었다면.

그리고 아마도 늦게, 아주 늦게, 모두 잠들고 모든 신호등이 노란색으로 깜박일 때, 나는 벤치에 앉아 담배에 불을 붙인 다음, '무당벌레'가 미국인과 달아나고 내가 영재들을 위한 소피아 음악학교에 서식하는 재칼들의 자비를 바라는 처지가 되면 대체 내 인생을 어찌해야 할지 생각하려 애쓸 것이다.

* borscht, 야채와 고기를 큼직하게 썰어 넣는 러시아 식 수프.

17장

쇼팽, 즉흥환상곡 C샤프단조

1981년 12월

살레르노에서 우리는 알베르고 이탈리아라는 이름의 별 두 개 짜리 호텔에 묵었다. 호텔은 시내 중심가의 가장 높은 곳에 있었 고 바다도 멀지 않았다. 12월이었지만 날씨는 화창하고 따스했으 며, 소피아의 어떤 봄보다도 포근했다. 밤에 내 룸메이트와 나는 3층 방의 작은 발코니에 앉아 우리 아래를 지나는 자동차와 사 람들을 지켜보았다. 아침에는 산들바람에 흔들리는 야자나무와 부두 위의 갈매기 떼를 봤다. 모든 게 새로워 보였다. 해초와 아 몬드 냄새가 호텔 로비에 걸려 있었다. 화장실의 구리 파이프에 서는 오르간 같은 소리가 났다. 가게 셔터가 하나씩 열리는 소리 는 연속된 글리산도를 연습하는 현악 섹션 같았다. 하늘은 진하 게 푸르렀다. 빵가게에서는 신선한 크루아상의 달콤한 냄새가 흘

러나왔다. 해질녘에는 객실 벽을 통해 여인의 감미로운 목소리가
새어나왔다.

남부 이탈리아 사람들은 죄다 노래를 불렀다. 정말 신기했다.
자전거를 탄 늙다리 할머니도, 포카차 빵을 들고 가는 전문직 남
자들도, 스쿠터를 탄 십대들도, 옆 건물 레스토랑의 요리사도, 빵
굽는 사람도, 나무 상자에 굴, 홍합, 오징어를 넣어 하루에 두 번
씩 배달하는 어부들도 모두 노래를 불렀다. 인사도 노래로 하고
작별도 노래로 했다. 웃는 동안에도 노래를 했다. 심지어 자동차
사고가 날 때조차도 노래를 했는데, 대부분은 강력한 테너와 알
토의 레치타티보로 마르카토*를 똑똑 찍어가면서 내용을 전달했
으며, '아르' 발음을 굴림으로써 가게 창문을 흔들고 교통을 멈췄
다. 음악이 도보 아래와 바다 속에서 부글거렸고, 성난 화산처럼
지구 깊은 곳을 뒤흔들었다.

내 룸메이트는 열여덟 살이었고, 내 나이의 정확히 두 배였다.
그는 성인부에서 경쟁하려고 살레르노로 왔다. 스케르초와 발라
드와 초절기교 연습곡과 헝가리안 랩소디 같은 겁나는 무기들을
몽땅 다 싸들고 왔다. 이탈리아를 여행하고 국제 피아노 콩쿠르
에 참가할 자격을 얻은 소피아 음악학교의 세 번째 학생은 이사
벨라라는 이름의 열두 살 소녀였다. 그녀는 벽으로 둘러싸인 뒷
마당을 면한 2층 방에서 엄마와 함께 지냈다. 이사벨라는 정말

---

* marcato, 음 하나하나를 강조하여 똑똑하게 나타내라는 나타냄표.

키가 컸다. 사실상 거인이었다. 긴 금발이 허리까지 내려왔고 얼굴은 작고 창백했는데, 바보스러울 정도로 완고하고 무서우리만치 공허한 표정 때문에 미인에서 아슬아슬하게 비켜나 있었다. 이사벨라는 나와 같은 그룹에서 경쟁하려고 왔지만 이미 콩쿠르 우승자처럼 굴었다. 멧돼지와 기린의 혼혈 같은 그녀의 어머니는 화장실에 갈 때조차 밍크코트를 벗지 않았는데, 내가 자기 딸한테 배워야 한다고, 왜냐하면 이사벨라는 천재이며 정상에 오를 것이기 때문이라고 주장했다. 소피아에서 살레르노로 가는 기차를 타는 내내 그녀는 이사벨라의 필적할 데 없는 재능과 우월한 기질에 대해 나불거리느라 쉴 줄을 몰랐다.

"내가 너한테 보여주는 것에 집중하렴, 콘스탄틴, 왜냐하면 언젠가 넌 이사벨라만큼 뛰어난 음악가와 같은 선생 밑에서 함께 있어서 행운이었다고 느낄 테니까. 이사벨라, 아가야, 프렐류드 10번, 47소절, 왼손."

이사벨라가 그 부분을 노래했다.

"내가 뭐랬니? 이제 83소절, 오른손. 잘했다. 이제 95소절, 왼손, 이번엔 거꾸로!"

콩쿠르 1차 예선 날, 내가 일어났을 때 문 아래에 다음과 같이 적힌 쪽지가 끼워져 있었다.

"콘스탄틴, 선의로 하는 말인데, 아침 여덟시에 이사벨라가 자기 레퍼토리를 연습하는 모습을 볼 수 있도록 널 우리 방에 초대하마. 시간이 된다면 네 조그만 작품도 연습할 수 있을 거야. 늦지 말고 오렴!"

나는 호기심에 불타올랐다. 이사벨라가 객실에서 어떻게 연습을 할 수 있기에? 걔 어머니가 호텔에 피아노를 배달하도록 했을까? 나는 재빨리 옷을 입고 정확히 여덟시에 이사벨라의 객실 밖에 섰다. 아무 소리도 들리지 않았다. 이사벨라가 아직 연습을 시작하지 않은 모양이었다. 나는 노크하고 문을 열었다.

"쉬이잇! 쉬이잇! 조용!"

이사벨라의 어머니가 자기 옆 침대에 앉으라고 손짓했다. 나는 그 말에 따랐다. 구두 열 켤레가 문 옆에 줄지어 있었고, 열두 벌 혹은 그보다 더 많은 드레스가 온 방에—창틀, 천장의 선풍기, 화장실 문—걸려 있었다. 반쯤 먹은 사과, 향수병, 마스카라가 묻은 화장 솜도 눈에 띄었다. 이사벨라는 창문 옆 테이블에 앉아 있었다. 검은 벨벳 스커트에 나비 모양 리본이 달린 하얀 실크 셔츠를 입고 피아노 건반이 인쇄된 긴 종이를 격렬하게 두드리고 있었다.

"제발 조바심내지 마라! 네가 우리 애 정신을 흐트러뜨리고 있잖니!"

"안 그랬어요!"

이사벨라는 클라이맥스로 오르고 있었다. 그녀의 뺨은 발갛게 빛났고 긴 머리칼은 좌우로 출렁였으며 콧구멍에서는 불길이 나오고 있었다. 그녀가 왼손을 탁, 탁, 탁 두드리며 수채물감으로 그려진 건반을 곰 같은 펀치로 공격했다. 오른손이 틱, 틱, 틱 흩날리자 종이 위 하얀 건반이 구겨졌다. 오른발로는 쿵쿵 소리를 냈다. 나는 즉시 알아채지 못했다. 카드보드지 위에 페달도 그려져 있었던 것이다. 순금 색깔이었다.

우리는 마지막 화음을 듣지 못했다. 거리에서 경적 소리와 노랫소리가 한꺼번에 들려왔기 때문이었다. 하지만 마무리는 인상적이었다. 극적인 손놀림, 가쁜 숨소리, 폭발하는 듯한 얼굴 경련이라니. 이사벨라의 어머니가 펄쩍 뛰어오르더니 박수를 치기 시작했다. 나도 뒤를 따랐다. 그러고 나서, 그녀가 진정되고 바깥의 경적 소리가 멈추자, 그녀는 도로 자리에 앉더니 말했다.

"브라보, 이사벨라, 브라보! 처음부터 다시 시작하자. 이번엔 감정을 더 많이 넣어서!"

내가 콩쿠르에서 우승한 뒤에도 이사벨라의 어머니는 내 연주에 대해 계속 가르치려 들었다. 여전히 내가 자기 딸에게서 배울 게 많다고 주장했다. 그녀가 옳았다. 사실 이사벨라의 도움이 없었다면 우승을 할 수 없었을 것이다. 종이 피아노 위에서 연주하는 이사벨라의 이미지, 그녀의 감정이 담긴 공허한 소리, 볼품없는 허영심, 번지르르한 열정이 내가 피아노를 연주하는 방식을 영원히 바꿔놓았다. 그날 살레르노에서 무대에 오를 때, 나는 위대한 음악 작품 각각에는 밖으로 나와 자기 얘기를 하기를 기다리는 유령들과 신들, 영웅들과 악당들이 깃들어 있음을 깨달았다. 유일한 문제는 우리가 그것들을 우리의 왕국으로 초대할 방법을 모른다는 것이었다. 음악가들이란 한 발 옆으로 비켜서서 작품에 숨겨진 힘이 지휘권을 갖게 놔두기엔 지나치게 건방지고 자기도취적이었다. 가끔, 오로지 가끔, 행성들이 우연히 일직선으로 정렬될 때, 연주자와 청중이 신과 합치할 때 기적이 일어난다. 담는 그릇이 되기, 외국어를 말하는 신탁자가 되기, 예언하기, 이야말로 위대한 연주자의 진정한 역할이었다. 소질이란, 음악 자체가 되어 하찮은 인간적인 감정이 끼어드는 걸 허용하지 않는 용기였다.

18장

쇼팽, 마주르카 1번 B장조, op.56

1988년 11월 27일

    나는 보타이가 싫었다. 그걸 매면 끈에 매인 개가 된 것 같았다. 복장 전체가 불편했다. 흰 실크 셔츠, 검은 재킷에 검은 바지, 검은 구두. 이건 또 다른 교복일 뿐이었다. 그래도 최소한 나는 4층에 내 방을 갖고 있었고, 아래층에서 벌어지는 서커스와 거리를 둘 수 있었는데, 거기서는 채점표를 들고 첫줄에 앉아 있는 높으신 분들과 예스맨들, 음악가 떼거리들, 쇼팽 권위자들, 밝은 붉은색 립스틱을 바른 할머니들, 기관원들, 선생들과 따분해하는 대학생들이 1번 체임버 홀에서 로비로, 심지어는 거리로 쏟아져 나왔고, 그들이 사실상 교통을 마비시켰다. 그러고 나면 다른 참가자들이 나타나 로비를 서성거리며 경쟁자들에게 경멸적인 시선을 찔러댔다. 대략 삼십 분 안에 행사진행자가 내 방 문을 두드

353

리면서 아래층으로 내려가 연주 준비를 하라고 요청할 터였다. 하지만 아직 시간이 많이 남아 있었다. 지금 나는 자유롭게 '무당벌레'의 악보를 슥슥 넘겨보고 예전에 한 번도 들어본 적 없던 곡들, 풀죽은 서주와 전지적인 가을 같은 주제, 그리고 숨이 멎을 듯한 구조에 유니콘과 마차와 아이들의 얼굴이 다채로운 나선을 그리며 섞여 들어가는 회전목마 같은 중반부의 B장조 마주르카처럼 몹시도 아름다운 곡들을 즉석에서 치는 즐거움을 누리고 있었다. 죄다 꿈이었다. 콩쿠르도 두려움도 완벽에 이르는 것도. 반시간 안에 모든 것이 이 마주르카의 회전목마와 똑같이 빙글빙글 돌기 시작하고, 도자기 같은 눈동자와 높으신 분들과 「흑건」과 「백건」이 뒤섞이리라. 그런 다음 나는 무대에서 내려와 여전히 명한 채 풀죽은 서주와 창백한 노란빛으로, 청소년기의 상실로 돌아갈 것이다. 콩쿠르는 그런 것이고 이미 알고 있었다. 꼭 통과해야 하도록 확실히 정해진 세 단계가 있었다. 준비 단계, 계시를 기다리는 단계, 무대를 내려가는 단계. 두 번째와 세 번째 단계에서 일어나는 일은 미스터리였다. 일단 무대에 오르면 나는 자의식을 잃고 깊은 최면상태로 빠져들었다. 내가 뭔가 말을 했다 해도 알지 못했다.

나는 국립도서관 지붕에 앉아 있는 까마귀와 갈까마귀들을 창문으로 바라보았다. 내가 에튀드를 주파할 준비가, 녹턴에서 유리 부는 직공이 될 준비가, 발라드 2번의 종결부에서 사납기 그지없는 4도 음정을 두드릴 준비가, 결국에는 쓰러질 탑을 짓는 동안 스케르초의 반복구에서 스스로를 고조시킬 준비가 다 되었는가? 무대 위에서 어떤 소리를 낼지 상상하려 애쓰는 것은 구역질과 공황상태의 전율을 수반하는 파괴적인 준비운동이었다. 피아노 연주에 대한 생각을 완전히 멈춰야 했다. 그럴 수 있는 유일한 방법은 직접 연주를 시작하는 것이었다. 나는 마주르카를 다시 치기 시작했다. 초반의 단조가 무르익으면서 장조로 바뀌었고, 나는 이내 낯선 도시의 좁은 거리에서 길을 잃었다.

"콘스탄틴! 다음이 네 차례야. 가자!"

비안카의 목소리였다. 교장이 그녀를 행사진행자로 간택했던 것이다. 나는 문으로 걸어가다 재빨리 야마하로 돌아갔다. 분명히 뭔가 정말 중요한 걸 잊어버렸기 때문이다. 오늘 아침에 학교에 올 때는 아무것도 안 들고 왔다. 뭘 잊어버릴 수 있나? 물론 있었다. 손목에 차고 왔던 바딤의 은제 시곗줄.

"잠시만 멈춰봐."

우리가 계단통에 도착했을 때 비안카가 말했다. 그녀는 날 가까이 끌어당기더니 셔츠의 컬러를 바로잡고 보타이를 똑바로 매준 다음 내 머리를 매만졌다.

"됐다! 인사하는 걸 잊지 마. 잘할 거야!"

나는 주머니에 손을 찔러 넣은 채 계단을 천천히 내려갔다. 나는 수위에게 고개를 끄덕였다. 그는 호기심에 가득한 신입생들이 콘서트홀을 엿보지 못하게 하려고 필사적으로 노력하고 있었다. 나는 나 자신이 어찌 할지 궁금한데. 평소처럼 쉰여섯 개의 팔찌를 찬 '큰까마귀'가 바로 눈에 띄었다. '올빼미'는 음향학 선생 밴코프와 같이 중앙 오른쪽에 앉아 있었다. 밴코프의 넓고 반짝이는 대머리가 다른 사람들 위로 우뚝 서 있었다. 네고드닉은 무서울 정도로 밝은 금발을 한 철학 선생 페코리니 옆에 앉아 있었다. 심지어는 피로즈킨 대령마저도 연주회장에 찾아와 자기의 퇴화된 귀를 에튀드와 스케르초와 발라드와 폴로네즈의 융단폭격에 노출하기로 결심하고 있었다. 이리나가 오지 않으리란 사실은 알았다. 설사 그녀가 원한다 하더라도. 그녀는 옛날 반 친구들이 자기를 깔보는 걸 받아들이느니 절벽에 바로 몸을 던질 것이다. 정말 보고 싶었던 사람은 일리야 삼촌이었지만, 그는 올지 안 올지 확실히 말하지 않았다. 자기 존재가 나를 예민하게 할까봐 두렵다면서.

거대한 세 여인은 1번 체임버 홀의 문 바깥에 모여 서서 골똘히 음악을 듣고 있었다. 심지어 마야조차 신경과민처럼 보였다. 그녀는 이마 위로 드리우는 잿빛 금발을 한 움큼씩 잡아 계속 넘기다가, 마치 누군가 갑자기 뒤에서 자길 공격할까 두려워하는 것처럼 깜짝 놀라 뒤를 돌아보았다. '무당벌레'는 오른손 관절을 깨물면서 뾰족한 하이힐을 응시하고 있었다. 모피 컬러가 달린 긴 갈색 울 코트를 입은 '할머니'는 참가자들과 선생들을 조롱하고 있었다.

"누가 이 얼간이들보고 쇼팽을 연주하라 그랬니? 지난번에 봤을 땐 걔들 다 인형을 갖고 놀던데!"

'무당벌레'가 그녀의 갈비뼈를 팔꿈치로 찌르며 쉿 하는 소리를 냈다.

"엄마! 점잖게 좀 굴어요! 우린 공공장소에 있다고요!"

"진실을 말하는데 뭐 어때서! 봐라! 저게 도대체 뭐냐? 이 여자애는 악절을 수천 조각으로 토막을 냈잖니. 죄다 틀린 데서 숨을 내뱉는데 무슨 익살극이냐고! 좋아. 내가 닥치마. 내가 쇼팽을 전혀 이해하지 못하는 거지. 저 눈물 쏙 빼는 슬라브적 감상성 전체가 아주 신경을 박박 긁고 있잖아. 괴테가 말하길……"

"엄마!"

나는 관리인 마리아를 지나쳐 갔다. 그녀는 바닥을 닦고 온갖 군데 흩어져 있는 빈 플라스틱 컵을 줍고 있었다. 그녀의 핏발이 서고 취한 눈이 콘서트홀 입구를 두려운 듯 흘끗거리고 있었다. '백조' 이고르는 지나치게 큰 군용 바지에 무릎까지 내려오는 속이 다 비치는 낡은 파란색 스웨터 차림이었다. 그는 복도를 왔다 갔다 하면서 바닥의 타일 개수를 세고 있었다. 56, 57, 58, 하고 중얼거리면서 스타인웨이에서 나오는 모든 음들을 흡수하며 코끼리 같은 몸을 부르르 떨었다. 그는 진실로 음악을 들을 줄 아는 유일한 사람이었으며, 아마도 어느 정도는 자기가 내 피아노 선생이라고 생각할지 몰랐다. 이고르는 내 연주를 보러 왔지만 군중 속에 서 있을 수는 없었다. 높으신 분들 때문에 무척이나 신경이 거슬렸고, 도자기 눈동자들이 불규칙하게 깜박이는 꼴을 보자니 심각한 소화불량이 일어났으며, 둥근 원을 그리며 빙빙 도는 콘서트 열광자들의 우두머리들로 인해 어지럽고 메스꺼웠던 것이다.

가죽으로 팔꿈치를 덧댄 체크무늬 재킷과 짧은 스커트를 입은 소녀가 주의를 끌었다. 그녀는 등을 내 쪽으로 돌린 채 계단통에 서서 12학년 오보에 연주자 야보르와 얘기를 하고 있었다. 이리나인가? 그녀가 이리나처럼 보인다고 맹세라도 할 수 있었다면 좋으련만. 그녀의 머리칼, 손짓, 자세, 손. 야보르가 웃길 때 그녀가 그의 팔을 잡는 방식, 그녀가 요정 같은 귀 뒤로 자기 머리를 넘기는 방식, 목에 생긴 바이올린 흉터. 하지만 아니었다. 이리나는 돌아오지 않을 것이다.

이리나가 쫓겨난 이후 나는 점점 더 그녀에게 집착하게 되었다. 어디서나 그녀를 보았고 매일 밤 그녀의 꿈을 꾸었으며 매일 오후 연습 시간 사이마다 그녀가 살던 거리를 오르내리며 이리나 혹은 그녀의 어머니를 볼 수 있길, 그들이 살았던 아파트 건물을 찾을 수 있길 바랐다. 나는 세르디카 거리의 모든 집과 건물에 들어가 편지함에 적힌 이름을 모두 읽었다. 누가 바이올린을 연주하지 않나 기다리면서 엄청나게 담배를 피워댔다. 그녀는 여전히 연주하고 있지 않겠는가. 이리나가 연주를 멈추고 다시는 바이올린을 잡지 않을 리가 없었다. 바이올린은 그녀의 영혼이었다.

"정신 똑바로 챙겨!" '할머니'가 소리 지르며 내 등을 후려쳤다. 나는 균형을 잃고 휘청거렸다. "긴장했냐? 뭐가 문제라고 저렇게 구부정하게 걸으면서 움츠러드냐!"

"제발, 엄마, 얘 그냥 좀 놔둬요. 집중해야 한단 말이에요."

'무당벌레'가 폭발했다.

"이제 와서 집중하기엔 너무 늦었어." 마야가 우물거렸다. "지난 십일 개월 동안 집중했어야지."

나는 바닥에 있는 모자이크 정사각형의 개수를 셌다. 한 줄이 스무 개, 다른 줄이 서른다섯 개였다. 스타인웨이에 앉아 있는 여자애가 1번 발라드의 종지부에 이르렀다. 때가 왔다. 내가 여기 왜 있는지 되새겼다. 쇼팽을 당연히 연주해야 하는 방식으로, 정직하게, 자멸적으로, 치명적인 낙담을 담아, 야망을 완전히 거두어버린 채 연주하자. 귀족적인 재치와 기사도를 담아, 사심 없는 경건함을 담아, 아름다움에 대한, 감각의 무상함에 대한 가장 심오한 지식을 담아 연주하자.

비안카가 내 이름을 불렀다. 내가 서 있는 곳에서 그녀의 검정 드레스와 검정 타이즈를 신은 다리가 흘끗 보였다. 모두 박수를 쳤다. 나는 무대로 올라가 피아노 앞에 앉았다. 바딤의 시곗줄을 건반 구석에 놓았다. 비안카가 지난 5월에 줬던 사랑의 쪽지를 생각하자 잠시 정신이 산란해졌다. 나는 연주를 시작했다.

마침내! 최후의 화음이 울렸다. 이제 잠깐 멈추고, 자신을 추스르고, 깊이 인사한 다음, 계단을 내려가 출구로 향한다. 눈이 멀 것 같은 빛, 환하게 웃는 얼굴, 박수, 소리치는 사람들, 모든 것이 흐릿해진다. '무당벌레'가 내 팔꿈치를 잡고 군중에게서 재빨리 채

갔다. 내가 잘했는지 물어봐야 했다. 음을 잘못 치진 않았나요? 악절을 끝까지 생각했나요? 연주에 대한 기억이 전혀 나지 않았다.

"네가 네가 아닌 것 같았어."

'무당벌레'가 나를 정문 밖으로 밀어내 닥터스 가든으로 데려가면서 말했다. 닥터스 가든에서는 '할머니'와 마야가 기대에 차 나를 기다리고 있었다.

"훌륭했어. 곳곳에서 무척 세심하고, 정확하고, 일종의 기계처럼 연주했지만 이상하게도 무척 감정적이었어. 나한텐 정말 새로운 소리처럼 들려서 내가 아는 콘스탄틴 같지 않더라. 하지만 좋았어. 심사위원들도 좋아하는 것 같았고. 그리고 청중들은……설사 네가 상을 못 받아도 청중들은 네가 무엇을 할 수 있나를 봤고, 네가 최고였음을 알 거야."

우리는 길을 건너는 도중에 멈춰서 차가 지나가도록 했다. 그때 갑자기 더 갈 수 없었다. '할머니'의 얼굴을 마주할 수 없었고, 그 뒤에 이어질 외과의사 같은 분석, 마디별로, 주제별로, 호흡까지 다 건드릴 분석을 참고 들을 수가 없었다. 그건 너무했다.

"음악에서 최고가 된다는 것 따윈 없어요."

나는 '무당벌레'에게 그렇게 말한 다음 길을 따라 걷기 시작했고, 차들 한가운데로 들어갔다.

"무슨 말인지 알아."

'무당벌레'가 그렇게 말하고 날 안으려는 순간 전차 한 대가 우리를 치지 않으려고 옆으로 비켜섰다.

"너 내가 여길 떠나서 결혼한다고 나한테 화났구나. 하지만 네가 이해를 못 하는 거야. 난 널 위해 이러는 거란다. 널 미국에 데려갈 거야. 두고 봐. 절대 널 버리지 않을 테니까!"

그녀는 거짓말을 하고 있었다. 나는 카티야가 거짓말을 한다는 사실을 알았다. 그녀는 마침내 행복을 찾았다. 그 미국인하고 뒹구는 중이니까. 나는 그녀를 비난할 수 없었다. 할 수 있다면 누가 이곳을 안 떠나겠는가? 그림자를, 붉은 밤하늘을, 먼지 낀 거리를. 바딤과 나, 우리는 잘 지내리라.

19장

쇼팽, 피아노 소나타 2번 B플랫단조, op.35
3악장 장송행진곡 「렌토」

1988년 12월 14일

타는 목탄 냄새, 서리가 내린 갈색 낙엽, 산성 물질로 이루어진 조각난 구름들, 젖은 자갈에 흠뻑 잠긴, 안개 낀 어두침침한 겨울 아침이었다. 심지어는 부패하는 시체 냄새도 슬쩍 났는데, 아마 닥터스 가든의 덤불 아래 죽은 고양이라도 누워 있는 모양이었다. 발끝으로 서면 집시 구역 어딘가에서 불타오르는 타이어의 흔적을 추적할 수 있으리라. 메아리는 짧고 과장되어 있었으며, 지나가는 차들의 소리는 천으로 싼 듯 뭉툭하게 들렸고, 발자국은 갑자기 자취를 감췄다. 여덟시를 알리는 넵스키 성당의 종소리가 불규칙한 파동을 그리며, 죽음처럼 팽팽히 긴장된 일련의 음정 속에서 테너와 알토에 베이스가 충돌하며 도시로 퍼졌다. 갈까마귀들이 나무와 전차용 전선 위에 떼 지어 모여 있었고, 얼음장 같은 바람에 오보리쉬트 거리의 나무에 붙어 있는 공연 포스터가 천천히 나부꼈으며, 살얼음이 낀 웅덩이에는 푸르스름한 기운이 감도는 회색 불빛이 깜박였다. 마치 오늘은 태양이 우리 발밑에서 떠오르기라도 할 것 같았다. 우리는 '황무지'에 모여 담배를 뻑뻑 피워대고 트리플 숏 에스프레소를 나눠 마셨다. 세상의 끝에 다다른 기분이었다. 주변의 집에는 금이 갔고, 발밑의 땅이 무거운 한숨을 쉬었으며, 강철 맨홀에서 뿜어져 나온 유황 연기가 지하에서 올라온 포도덩굴처럼 인도를 스멀스멀 기어가며 학교에 도착한 학생들의 발목을 휘감고 있었다. 납빛 하늘이 도시를 짓누르면서 지붕의 안테나들을 짓뭉개고 점토 타일을 부쳤으며, 얼어붙은 옷들로 무거워진 빨랫줄을 뚝 부러뜨렸다. 거리의 개들은 무슨 일이 일어날지 알았고, 헤카테의 긴 옷 아래 숨으려고 그림자처럼 재빨리 달리고 있었다. 다들 교복과 콤소몰 타이와 검은 구두 차림이었다. 나만 가방 하나를 메고 있었다. 지모바 교장에게 줄 조그만 깜짝 선물을 들고 왔기 때문이다.

"그년은 죽어도 싸!"

알렉산더가 극적인 베이스 레치타티보로 노래했는데, 그 모습이 장례식에 참석한 동방정교회 수사와 무척 흡사했다. 그는 똑같은 구절을 계속 반복하면서 아침 내내 상상 속의 무덤 위에 담뱃재를 털고 있었다.

"성부, 성자, 성신의 이름으로 말하는데, 다른 사람들도 곧 내 말에 따르게 될걸!"

"난 개인적으로 그 여자한테 유감없는데." 작은 키 때문에 '그루터기'란 별명이 붙은 안경잡이 드럼 연주자가 말했다. "그럭저럭 괜찮은 교장이었어."

"괜찮았지." 야보르가 동의했다. "그 여자랑 문제가 생긴 적은한 번도 없어."

"이리나라는 이름, 생각은 나냐?" 내가 그들에게 말했다. "좆같은 얼간이들."

"이리나는 그저 최근의 경우일 뿐이야." 알렉산더가 날 지원했다. "'올빼미'는 걔 이전에도 수많은 생명을 파멸시켰다고."

"이리나야 제 신세 제가 조진 거지." 야보르가 웃으며 말했다. "게임을 똑바로 하려면 똑똑해야 해."

"네가 하고 있는 게임이 뭔데?" 내가 그에게 물었다. "재능은쥐뿔도 없는 아들 게임?"

이미 세 명이 주먹다짐을 예상하고 나와 야보르 사이에 벽을만들었다. 알렉산더가 내 쪽으로 바짝 다가왔다. 여차하면 내 팔을 잡아 말리기 위해서였다.

야보르가 담배를 끄고 교복 재킷을 벗었다.

"너 아무래도 내가 이리나랑 떡을 쳐서 니들의 조그만 바흐 듀오를 깼다고 질투하는 모양인가 보다? 인생이란 게 그리 낭만적이질 않아, 그치? 특히나 네가 매번 한 발 늦을 때는 말이지."

알렉산더가 내 편에서 공격할 준비를 하고 앞으로 나섰다. 하지만 10B반의 통통한 피아노 전공 페테르와 '그루터기'가 야보르의 팔을 잡고 멀찍이 데려갔다. 그들이 거리로 나왔을 때 야보르가 그들에게서 어찌어찌 벗어나 내내 서 있던 지점으로 돌아왔다.

"너 1등상 받을 자격이 충분했어." 12학년인 바이올린 전공 마리아가 마치 애도의 말이라도 전하듯 내게 말했다. "내가 뒷자리 쪽에 앉아 있었는데……"

나는 아무 말도 하지 않았다. 그냥 담배만 피웠다. 오늘은 특별한 날이었고 나는 그들이 이날을 망치도록 놔두진 않을 터였다. 그들은 몰랐을 뿐이었다. 내가 지모바 교장을 죽인 사람이 이리나라도 말한다 해도 그들은 믿지 않을 터였다. 난 그 광경을 봤다. 이리나가 두 달도 안 돼 '올빼미'의 폐를 먹어치울 암의 씨앗을 뿌리는 모습을. 내겐 너무 명백한 일이었다. 이리나가 늙은 꼭두각시를 침묵시켰다. 안드로포프 동지의 만년필에서 마지막 잉크 한 방울까지 다 뽑아냈고, 산 자와 죽은 자에게 진보의 이름으로 함께 행진하라 간청하는 오각별의 팔을 꺾었으며, 매끈한 유물론적 우주의 톱니바퀴를 녹였다. 유클리드의 법칙을 자기 목소리의 음조에 복종시켰다. 그녀는 시간의 신비에 야행성 조류를 끌어들였다. 집에서 죽어가던 '올빼미'의 귀에 이리나의 저주가 울렸을까? 그녀는 이리나의 십자가를 계단통으로 차버렸던 일을 기억했을까? 이리나의 단단한 손가락이 자기 가슴을 파헤치던 걸 느꼈을까? 용서해달라고 애원했을까? 그녀는 성스러운 음악을 들었을까, 아니면 그저 귀먹은 경험론자의 화강암 같은 침묵만을 들었을까? 하지만 나는 오늘 그녀를 경멸하려 학교에 오진 않았다. 나는 파랗고 빨간 옷을 입은 작은 군인들이 관용 볼가 영구차 뒤에 줄지어 서고 학교가 침묵에 빠지면 나름의 방식으로 그녀에게 경의를 표할 생각이었다. 오늘은 어떤 음악도 울리지 않을 것이다. 모든 수업과 실습 시간이 미뤄졌다. 4층에서 내린 긴 검은색 조기가 학교 앞에 매달려 있었다. 모두 묘지에 갈 예정이었다. 질투심 많은 그분께서 자신의 창백하고 핏기 없는 노예 중 하나를 맞이하고자 자기 궁전의 문을 열었다.

알렉산더와 나는 '하이에나'가 우리를 찾고 있을 거라 걱정하며 학교로 돌아왔다. 하지만 기우였다. 담임은 정문 바깥에 서서 청음 교사 떼거리들에게 재롱을 떨고 있었다.

"바로 지난주만 해도 지모바 동지는 인생의 절정이었던 것 같았는데 말이에요! 정말 쌩쌩했잖아요. 교칙을 작성하고, 회의에 참석하고, 수업도 하고. 누구도 이상한 낌새를 못 챘다고요. 아무도! 병세가 어찌나 빠르고 급하게 악화되던지 의사한테 가보지도 못했어요! 그분은 우리 모두의 어머니 같았어요. 그래요. 인정 많은 분이었고 활력과 낙관주의로 가득한 분이었지요. 완벽주의자였어요. 예술의 후원자이셨고! 오, 재능 있는 아이들을 얼마나 사랑하셨는지 몰라요. 그애들에게 최고의 악기와 기회를 제공하기 위해 지치지도 않고 일하셨는데!"

네고드닉은 우산에 기대서 자기 나름으로 지모바의 부고 기사를 읽고 있었다. 흑백으로 인쇄된 기사 위에는 열성적인 기관원처럼 보이는 '올빼미'가 손에 펜을 들고 책상 뒤에 앉아 있는 사진이 찍혀 있었다. 헌신적인 어머니, 사랑스러운 아내, 나무랄 데 없는 교사이자 사심 없는 교장이었으며 이례적으로 세 번이나 훈장을 수상한…… 언제까지나 우리 가슴 속에 남아 있을 것이며…… 인민과 당에 봉사한 프롤레타리아의 빛나는 예로…… 안녕히 가시길!

밴코프는 울고 있었다. 머리칼 한 올 없는 그의 두개골은 울로 짠 베레모 아래 감춰져 있었다. 체육 선생은 장례 행진을 조직하는 책임을 맡았다. 안경에 김이 서려 있었고, 목멘 소리로 지시를 내렸다. 피아노 선생들은 모두 검은 드레스를 입고 맨 앞줄에 섰다. 다음에는 현악기 선생들, 그 뒤에는 금관과 목관 선생들이 섰다. 나는 선생들이 선 줄 뒤의 세 번째 줄, 10학년과 11학년들이 있는 곳에 자리를 잡았다. 스테파니는 내 바로 뒤 9학년 줄에 있었다. 그녀의 어머니가 다락에서 코트걸이로 내 등을 부러뜨리려 했던 뒤로 그녀와 나는 서로 재미를 본 적이 없었다. 지금 그녀를 보자 구역질이 났는데, 죽은 새의 부고 기사를 신경질적으로 홀끗거리다 길 잃은 고아라도 된 듯 절망적으로 낙심하며 안개를 빤히 바라보는 태도 때문이었다. 비안카의 눈도 빨갰다. 나는 주위를 둘러보았다. 이반과 슬라브, 쌍둥이, 안젤과 두 명의 마리아, 대령, '쥐얼굴'과 그녀의 학생들까지, 거의 모두가 비탄에 젖어 있었다.

"눈이라도 내렸으면," '하이에나'가 내 뒤에서 말하고 있었다. "훨씬 견딜 만했을 텐데!"

사람들이 가슴에 검정 근조 리본을 핀으로 꽂은 꼴이 마치 도

살용으로 표시된 양들 같았다. 인간에게는 숨겨진 기관, 그러니까 보이지 않는 두 번째 심장이 있어서, 그것 때문에 명령에 따르고, 증오에 선동되고, 상급 기관을 위해 살인하고 거짓말하며, 자기 인간성을 버리고, 자신들을 괴롭혔던 이를 애도하는 게 아닐까? 그들은 벌써 다 잊어버렸다! 언어란 마법 같은 것이라 충분히 잘 닫혀 있는 문들을 열지 않도록 조심해서 사용해야 한다고 우리에게 가르쳤다는 이유 때문에 '올빼미'에게 해고당한 4학년 문학 선생은? 매달 가장 재능 있는 학생을 암살하고, 매일매일 인간성을 말살하는 짓거리들을 하고, 독을 품을 말을 지껄이고, 사람들을 꼭두각시처럼 부리고, 증오에 가득 찬 말을 쏟아놓은 일은? 시골뜨기 같은 손과 사악한 눈은? 바딤과 이리나는?

12월의 안개 속에서 바들바들 떨며 영구차가 오길 기다리면서, 나 역시 검정 근조 리본을 교복 재킷 왼쪽 깃에 꽂아야 했다. 내 셔츠와 피부를 찌르는 바늘이 뼛속까지 파고들고, 더 깊이 들어와 심장에 다다랐는데, 바늘 끝에는 독이 발려 있어서 피가 묽어지고 의지가 다 빠져나가는 느낌이었다. 결국 나 또한 그들과 동일한 인간이었다. 수집된 나비처럼 주인의 웅장한 검은색 캔버스에 핀으로 꽂힌 하데스의 신민 말이다. 내가 이 쇼를 즐기기 시작하는 건 시간문제일지 모른다.

쿠르츠바인 교감이 학교에서 나와 군중 앞에 서 있던 체육 선생과 만났다.

"화환은 어디 있지? 왜 학생들이 꽃을 다 들지 않은 겁니까?

난 전교생이 꽃을 들길 바란다고요!"

체육 선생이 학교로 뛰어갔다. 화환과 꽃은 1번 체임버 홀의 무대에 쌓여 있었다. 장미, 카네이션, 국화, 튤립, 관목들이 무덤을 다 덮을 정도로 많았다. 나는 그 꽃들을 콘서트홀 밖으로 나르는 임무에 즉각 자원했다. 비안카, 야보르, 알렉산더도 합류했는데, 알렉산더는 자기가 국가의 모범 시민이고 애도하는 척하는 걸 무척이나 좋아했다. 꽃들이 일단 인도로 옮겨지자 색깔과 최면을 유발하는 향기가 사라지다니 참으로 이상한 일이었다. 암적색 장미는 죽은 사람의 정맥 같은 색깔로 변했고, 오렌지색 튤립은 보기 싫은 희미한 겨자색이 되었다. 벌레가 들끓는 흙과 오래된 호숫가에 자주 출몰하는 조류가 썩어가는 냄새가 뚜렷하게 들어찼다.

야보르와 나는 검정 밴드가 맨 위 오른쪽 가장자리를 가로지르는 지모바 교장의 커다란 초상화를 철제 정문을 지나 인도로 옮겼다. 물론 야보르가 옳았다. 나는 이리나에게 화가 났고 질투를 느꼈으며, 콩쿠르에서 우승하지 못했다는 데 분노했다. 아마 모두 내 잘못일 것이다. 아마 나는 이리나와의 관계를 파괴한 방식으로 내 연주도 망쳤을 것이다. 내 껍질 속에 숨고, 더 나은 미래를 거부하고, 내 고독 안에서 흥청망청하면서. 내 안에는 내가 손대는 모든 걸 망치고 내가 욕망하는 과일을 부패하게 만드는 썩고 악마적인 무언가가 있을 것이다. 행복과 성공은 날 두렵게 했다. 마음 깊은 곳에서 나는 실패하기를, 가장 낮은 땅으로 가라앉길 바랐는데, 왜냐하면 실패가 날 정화하고, 내가 질서를 따르지 않았다는 사실을 증명하고, 내가 추한 세상과 그 세상의 유혹적인 특권을 거부했음을 증명하리라고 내 존재의 밑바닥에서부터 확신했기 때문이다. 이거야말로 넝마를 걸치고, 집도 없이, 더럽게, 면도도 안 하고, 보이지 않는 적과 그림자와 중얼거리며 논쟁을 벌이고, 좋아 죽겠다며 가끔 히스테릭하게 웃어대고, 마침내는 실존적 여정의 대상으로부터 자유로워지고 마는 주정뱅이에 광인이자 자칭 예언자라 하는 자의 철학이 아니겠는가. 나는 단지 그들 뒤에 딱 한 발 떨어져 있었을 뿐이다. 나는 나보다 앞서 산 많은 이들과 마찬가지로, 포기하고 해안에 그냥 계속 서 있기가 그리 힘들지 않다는 걸 알았다. 결국 인생이란 무엇인가. 이쪽 구석에서 저쪽 구석으로 옮기는 발걸음, 중간에 상영을 시작해 경고 없이 별안간 끝나는 영화 아닌가. 자신이 내린 결정에 상관없이, 명령과 제복과 환경에 상관없이 어찌어찌 통과하게 되는 것 아닌가. 어째서 나는 비안카를 비롯한 다른 사람처럼 될 수 없었을까? 나는 왜 시작과 끝을, 중간을 구성하는 실제적이고 중요한 것들을 믿지 못했을까?

넵스키 성당의 종이 아홉시를 알렸다. 영구차가 조만간 주차할 것이다. 비안카가 꽃을 더 가지러 돌아가고 있었다. 나는 로비에서 그녀를 가로막고 내 꽃을 줬다.

"이게 마지막이야."

나는 그렇게 말하고 돌아섰다.

"묘지에 안 가지?"

그녀가 나무라듯 물었다.

"안 가."

"그럼 안 될 것 같은데. 담임선생님께 내가 뭐라고 말해야 하냐고."

"아무 말 하지 마. 내가 없어도 모를 거야. 우느라 바쁘잖아."

비안카는 고개를 내저음으로써 내 냉소주의가 진짜로 질색이라는 점을 알려줬다. 안된 일이었다. 진짜로. 우린 그저 애초부터 잘 지낼 수가 없었던 것뿐이었다.

나는 계단을 뛰어올라갔다. 비밀 장소에 가서 담배를 피우고 싶어 죽을 지경이었다. 에스프레소 한 잔만 들고 갈 수 있다면! 하지만 너무 큰 소망이었다. 지하층 뷔페식당은 닫혀 있었다. 2층. 3층. 거의 다 왔다. 4층. 나는 너무 큰 소리로 헐떡댔지만 건물에 아무도 없을 거라고 확신하고 있었다. 갑자기 문이 큰 소리를 내며 열리더니 관리인이자 '올빼미'가 아끼던 스파이였던 마리아가—마치 미망인처럼 검게 차려입었고, 머리에는 검은 스카프를 쓰고 있었다—내게 달려들었다. 그녀는 내 손을 붙잡고 두려움과 혐오가 뒤섞인 얼굴로 내 눈을 바라보았다.

"네 여자친구가 그분을 죽였어! 다른 사람은 몰라도 난 알아! 그년이 죽였다고! 오래된 저주를 사용했지. 역겨운 집시년. 아주 옛날에 딱 한 번 그걸 들은 적이 있어. 그 악마에게서 떨어져. 내 말 알겠어? 그년은 모든 걸 파멸시킨다고. 전부 다!"

나는 앞으로 다가섰고, 그 바람에 마리아는 4층 피아노 연습실 복도 쪽으로 뒷걸음쳤다.

"내 여자친구가," 나는 할 수 있는 한 사악한 목소리로 말했다. "당신에게 전할 말이 있다더군요."

나는 그녀를 벽에 밀어붙인 다음 머리통을 뚫을 기세로 똑바로 바라보았다.

"그애가 당신에게 이렇게 말해달라네요……"

나는 그녀를 잡고 있던 손을 놓고 한 걸음 물러섰다. 마리아는 격렬하게 고개를 흔들고 있었다.

"그애가 말하길……" 나는 계단통으로 통하는 이중문 한쪽을 닫은 다음 그녀를 손가락으로 가리켰다. "언젠가……"

나는 문에서 나온 다음 다른 쪽 문도 닫았다. 나는 마리아가 반대편에서 언젠가 뭐? 라고 말하길 기다렸다. 하지만 그녀는 말하지 않았다. 아무 소리도 들리지 않았다. 나는 근조 리본을 떼버렸다. 그것 때문에 숨이 막혔다. 근데 어디다 버려야 하나 생각했다. 땅에 그냥 던질 수는 없었다. 그건 벌 받을 짓이었다. 변기! 나는 리본을 지하세계로 돌려보낼 터였다. 나는 5층 화장실로 가서 리본을 변기에 버리고 그 위에 오줌을 쌌다.

"무례하게 굴 생각은 없습니다만, 지모바 교장." 나는 큰 소리로 말했다. "그래도 이렇게 할 수밖에 없네요."

나는 시계를 봤다. 이러다간 쇼를 놓치게 생겼다. 나는 나선 목재 계단을 올라가 내가 좋아하는, 서쪽에 면한 세 번째 다락방으로 달려갔다. 거기에는 차이카 업라이트 피아노와 큰 채광창이 있었다. 방은 잠겨 있었다. 망할 놈들! 발로 걸어차자 한 번에 빗장이 부서졌다. 나는 교복 재킷을 의자 위에 내던지고 가죽 가방을 열어 쇼팽의 피아노 소나타 악보를 꺼내 악보 받침대에 올려놓았다. 그런 다음 피아노 윗뚜껑을 홱 뒤집어올려 공명판이 숨을 쉴 수 있도록 하고 나서 내 가방 맨 밑바닥, 패딩 아래 숨겨놓은 담뱃갑을 뒤졌다. 서쪽 벽을 따라 이어진 가열 파이프 덕에 채광창 아래에 있는 방은 따뜻했다. 젠장! 성냥을 안 가져왔어! 완벽한 순간이 망쳐졌다. 정말 말도 안 되게 완벽할 텐데. 안개, 느릿한 메아리, 따뜻한 방, 피아노, 밑을 지나가는 행진…… 나는 의자 위에 올라가 채광창을 금속 막대로 받친 다음 지붕으로 빠져나갔다. 학교 사람들이 모두 여전히 인도에 서서 늙은 새가 나타나길 기다리고 있었다. 쿠르츠바인이 고르곤들과 에리니에스에 둘러싸인 채 의심의 여지없이 대단히 중요한 뭔가를 토의하고 있었다. 완벽한 순간을 연출하고 싶다는 집착을 충족시키려고 발각될 위험을 무릅쓴 채 계단을 내려가 성냥 두어 개를 가져온다면 멍청한 짓이겠지? 확실히 멍청한 짓일 거야. 나는 재킷을 잡고 1층까지 빙글빙글 내려갔다. 계단을 앞뒤 없이 뛰어 내려가다 발목을 접질렀다. 수위는 푸른색 앞치마 위에 검은 리본을 단 채 칸막이방 밖에서 서성거리고 있었다.

"너 여기 있으면 안 되는데."

그가 말했다.

"성냥 좀 주세요. 진짜 필요해요." 내가 사정했다. "제발요. 생사가 걸린 문제라고요."

그 늙은 공산주의자는 음악에 대해서는 잘 몰랐지만 생사가 걸린 문제라면 굉장히 잘 이해했다. 그는 칸막이방 문을 열고 성냥갑에서 불을 붙이는 부분의 종이를 약간 찢은 다음 성냥개비를 다섯 개 셌다. 그러는 동안 프로메테우스다운 위엄도 잃지 않았다. 나는 절뚝거리며 계단을 올라 다락방으로 돌아가 채광창을 내다보았다. 아무것도 바뀌지 않았다. 늙은 새가 유행이라도 따르는지 늦게 오고 있었다. 나는 피아노에 앉았다. 뭘로 시작할까? 너무 호감 가지도 않고, 너무 시끄럽거나 빠르지도 않은 것, 프렐류드나 인터메초가 좋겠지. 안단테 정도면 될 거야. 모차르트의 D단조 환상곡은 어떨려나? 진짜 느리게. 음 하나하나를 음미하면서. 피아노 위에 손을 올리자 양귀비가 핀 들판 같은 시작 부분의 아르페지오, 벨벳 같은 감촉의 리듬, 첫 번째 주제가 지고 있는 죄업, 하강하는 화음이 내리는 판결이 보였다…… 나는 감히 곡을 시작할 수 없었다. 이 순간을 망칠 터였다. 사티의 「짐노페디」는 어떨까? 너무 달달하고 지나치게 너그러웠다. 그렇다면 이게 있었다. 드뷔시의 프렐류드 1권 중 2번 「돛」. 안개, 얽매이지 않은 기억들, 자유로운 생각들, 시든 꽃들, 황폐한 풍경. 잘되지 않을 것 같았다. 너무 싱겁고, 너무 얄팍했고, 너무 비인간적이었다. 배경이 되는 이야기도 없었다. 나는 지붕으로 올라가 다리를 꼰 채 도기 타일 위에 앉았다. 차라리 연주 안 하는 편이 더 나았다. 영구차가 영영 안 오면 어쩌나? 밴코프는 거리 한가운데 서서 넵스키 성당 방향을 보고 있었다. 그가 위를 올려다보기만 하면 내 모습을 쉽게 발견할 수 있을 것이다. 하지만 놀랍게도 대부분의 사람들은 지붕도, 구름도, 심지어는 하늘도 올려다보길 귀찮아했다. 한자리에 서 있기가 피곤해진 선생들 몇몇은 팔에 커다란 화환을 안은 채 인도를 왔다 갔다 하기 시작했다. '하이에나'는 늙은 새의 초상화 액자를 담당하고 있었다.

잠깐! 저기 온다! 아래 보이는 사람들 모두가 거리로 달려 나가 영구차를 눈으로 확인했다. 나는 성냥에 불을 붙이고 담배 끝을 통해 불꽃을 쭉 빨아들였다. 멋졌다. 오로지 그녀만을 위해 마련된, 선팅한 창문과 길게 뻗은 몸체의 반짝거리는 검정 관용차 볼가. 비록 그녀는 이미 안드로포프 동지와 여타 공산주의 미라들과 손을 잡고 저세상으로 통하는 강을 건너야 했지만 말이다. 볼가는 학교 정문 옆에 주차했고, 사람들은 모두 화환과 꽃과 포스터와 초상을 든 채 차량 뒤에 줄을 서기 시작했다. 쿠르츠바인은 연설을 적은 폴더를 쥐고 있었다.

물론 이건 전부 쇼였다. 영구차가 도시 맨 끝에 있는 묘지까지 가는 내내 그들이 진짜로 뒤따라 걸을 수는 없었다. 늙은 새가 영재들을 위한 소피아 음악학교를 마지막으로 방문하는 동안 동행하기 위해 추위 속에서 십 분쯤 행진하다가 전차나 버스에 올라탄 다음 묘지에서 늙은 새와 다시 만날 터였다. 귀엽지 않은가 말이다! 손을 붙잡고 볼가의 유리창을 만지면서 자기들이 얼마나 마음을 쓰고 있는지 보여주려 하다니. 오직 피로즈킨 대령만

375

이 거기서 벗어난 듯했다. 그는 시작도 끝도 신속한 것이라 믿었다. 이 모든 한숨과 울음보가 그의 궤양을 악화시키고 있는 게 틀림없었다. 나는 피아노 가장자리에 담배를 내려놓고 쇼팽의 피아노 소나타 악보에서 B플랫단조 장송행진곡을 펼쳤다. 볼가의 엔진이 그르렁대는 소리가 아래에서 들렸다. 그들이 준비되자 나도 준비됐다.

장송행진곡을 연주하는 데는 보통 두 가지 방법이 있다. 하나는 긴급함을 담아, 동시에 전장으로 향하는 군부대의 세부 사항에는 눈을 감은 채 빠르게 연주하는 방법이다. 다른 하나는 공개 처형에 참석한 광대처럼 엉뚱한 허풍과 비딱한 극적 행동을 담아 느리게 연주하는 방법이다. 아, 그런 방법이 곡을 얼마나 심하게 학살하는지, 듣다 보면 일주일은 토하고 싶어졌다. 장송행진곡에 대한 내 시각은 완전히 달랐다. 나는 조직화된 군중이 추는 크레틴병 같은 리듬을 음악의 영역에 들인다는 생각을 혐오했다. 피아노 연주는 고독한 행위였다. 서커스가 아니라. 하지만 물론, 장송행진곡을 완전히 이해할 수 있기 전에는, 심지어는 피아노를 어떻게 치는지 알았다고 말할 수 있기 전에는, 걷는 방법을 알아야 한다. 각 보폭의 실존적 무게를, 분위기를, 투명함을, 의지를, 수백만 가지의 걷는 방식 각각을 정의하는 현존을 알아야 한다. 나는 하루에 열 시간을 연습하는 것보다 소피아의 거리를 걸으면서 피아노를 연주하는 법을 더 많이 배웠다. 어떤 의미에서 모든 음악은 이 가장 기본적인 움직임을 표현하는 것 아닐까. 모든 음악 작품은 여기에서 저기로 가는 산책, 모험, 여정이 아닐까.

"그냥 걸으면 돼."

'무당벌레'와의 첫 번째 레슨에서 내가 바흐의 푸가를 연주하려 하자 그녀가 말했었다. '무당벌레'가 내게 한 가장 중요한 충고였고, 그후로 나는 쭉 걸어왔다. 이는 나의 비밀스러운 연습이었다. 장송행진곡을 치기 위해 나는 천천히, 하지만 너무 느리지는 않게 걸어갈 터였다. 주의를 끌고 싶지는 않았기 때문이다.

볼가가 출발했다. 행렬이 거리로 이동했다. 널 위한 곡이야, 이리나. 나는 그렇게 생각하며 장송행진곡의 시작 화음을 쳤다. 음악이 12월의 안개를 뚫고 막대로 받친 채광창과 파이프 안에서 울려 퍼졌다. 사람들이 길을 걷는 내내 내 연주를 들을 수 있을까? 그러길 바랐다.

나는 마치 신문을 사러 가는 것처럼 무심히, 담배를 입에 물고, 12월의 노란빛을 띤 회색 태양이 내 눈썹과 뺨과 입술을 무디게 만드는 와중에 창문이란 창문은 모두 들여다보고 길에 깔린 자갈들 하나하나를 감정하듯이 장송행진곡을 걸었다. 서두를 일도, 참석해야 할 중요한 일도 없었다. 중요한 사건은 벌써 벌어졌다. 그다음에는 그저 형식적인 일이 뒤따랐을 뿐이다. 미망의 본성을 받아들이길 꺼리는 사람들에게 사물들이 어떻게 무에서 솟아오르는지, 그것들이 어떻게 변하여 흔적 없이 사라지는지 설명하는 일이.

장화음이 이렇듯 모든 2박과 4박에서 울리는 G플랫 장3화음처럼 불길한 소리를 낸 적은 결코 없었다. 번갈아 등장하는 두 개의 화음 사이에서 어둑한 빛이 번쩍였고, 불명료한 흐름이 원래의 조성 속에 깃들어 있는, 반질반질 윤이 나는 화강암 같은 다섯 개의 플랫 위로 흘렀다. 하지만 저 아래 세상에 대해 슬퍼하거나 두려워할 일은 전혀 없었다. 긴 잠은 유혹적이었다. 저세상으로 가는 강이 손짓했다. 저 멀리 어딘가에서 공지사항을 알리고 있는 것은 튜바일까? 튜바에게 질문하고 있는 것은 높은 옥타브의 교회 종일까? 그런 다음 바로 위 옥타브에서 같은 질문, 단 하나의 질문을 메아리처럼 되풀이하고 있는 것은 프렌치 혼일까? 아니었다. 그저 바람, 지나가는 자동차 소리, 나무에 앉은 갈까마귀들의 울음, 소피아 대학 정문에서 네 개의 출입문을 열고 있는 이카루스 버스*의 한숨 소리에 불과했다. 안개가 닥터스 가든 위에서 순간적으로 흩어지면서 태양이 외로운 대리석 기둥과 훼손당한 석관 위를 비추게 되었을 때, 이는 사라진 영혼들의 업적을 치하하려는 것이 아니었다. 그보다는 우리와 우리의 알려지지 않은 고향 사이의 거리를 상기시키는 것이었다. 왼손의 트레몰로가 무거운 사실을 돌리고는 출입구를 재빨리 닫아버렸다. 장송행진곡이라는 이름의 환상곡이 흐르던 중간에.

나는 지붕에 올라가 다른 담배에 불을 붙였다. 거리는 텅 비어 있었다. 곧 늙은 새는 땅속으로 내려가리라. 연설이 행해지겠지.

* Ikarus bus, 헝가리에서 제조된 버스.

무덤 파는 일꾼들이 밧줄을 챙기고, 삽으로 둔덕을 만들고, 그 위에 붉은 오각별을 올려놓겠지. 선생들과 학생들은 둘러볼 것이다. 동쪽 산의 주름진 덮개 뒤에서 깜박이는 빛을. 소비에트 주택 계획의 연장처럼 보이는 직사각형의 묘지가 끝없이 줄지어 늘어선 광경을. 생기 없는 나무와 시든 해바라기가 핀 들판을, 기울어진 전봇대와 늘어진 전선들을, 서쪽의 칠흑 같은 지평선을. 쿠르츠바인은 길을 이끌면서 출구를 향해 맨 앞에서 행진할 것이다. 그녀는 사무실로 돌아와 연말 콘서트와 훈장과 새로운 교칙에 대한 계획을 짤 것이다. 모든 것이 예전처럼 계속될 것이다. 그럼 나는? 나는 쇼팽의 피아노 소나타 2번의 첫 악장을, 새 에튀드를, 새 스케르초를, 새 발라드를 연습하기 시작할 것이다. '무당벌레'는 미국으로 떠나기 전에 가능한 한 내게 물질적인 지원을 많이 해주고 싶어했고, 내 피아노 경력을 자기 어머니에게 맡겨놓았다. '무당벌레'는 내가 졸업하고 나면 미국으로 부르겠다고 약속했다. 내가 해내야 할 일은 오로지 졸업이었다.

20장
쇼팽, 피아노 소나타 2번 B플랫단조, op.35
1악장 그라베-도피오 모리멘토

1988년 12월 26일

마침내 모든 것이 하얗게 되었다. 매년 학교의 낙수받이 주변에 열리는 고드름의 맛을, 손가락이 따끔거리기 시작할 때까지 맨손으로 눈을 뭉치는 감촉을 내가 얼마나 갈망했는지 모른다! 부츠 아래서 눈이 뽀드득 소리를 내고, 지붕 가장자리에서 녹는 얼음의 물방울이 목으로 곧장 떨어질 때 나누는 키스는 더 맛있었다. 내뿜는 숨결이 보이면 사람들은 더 인간처럼 보였다. 인도에 주차된 못생긴 차들도 마침내 파묻혔다. 파란색 전차가 북극의 껍질에 싸인 채 범퍼에는 거대한 고드름을 달고 불빛을 깜박이며 학교를 조용히 휙 지나갔다. 가판대의 신문들은 얼어붙은 채 누워 있었고, 집시들이 파는 꽃들은 단단한 수정으로 변했다. 수천 개의 맨홀에서 올라오는 증기가 주정뱅이들과 거리의 개들과 고양이들에게 온기를 주었다. 도시의 폐가 지하로 숨어들었다. 닥터스 가든은 솜으로 만든 담요에 덮여 사라졌다. 연못 근처의 배수관이 터졌고, 매끄럽고 투명한 얇은 얼음막이 낙엽, 밤, 초승달 모양의 씨앗 껍질, 포플러 열매 같은 가을이 남기고 간 보물들을 전시했다. 곰과 멧돼지로 변장한 이웃집 과부들은 삽으로 눈을 떠내지 않은 인도를 비틀비틀 오가며 빈 병들로 탕탕 소리를 냈고, 모스크 옆에 있는 미네랄온천에서 나는 뜨거운 유황수를 매일매일 복용하여 영원히 살겠다는 결단을 내렸다. 기관원들은 성급하게 눈을 밟으면서 폐결핵으로 죽어가는 병사들처럼 기침을 하고 악담을 퍼부어댔다. 악기와 무거운 악보를 짊어진 음악학교 학생들은 스케이트를 신고 계단을 내려오듯이 천천히 조심스럽게 앞으로 움직였다. '백조' 이고르는 러닝 셔츠, 울 스포츠 재킷, 줄무늬 파자마 바지에 맨발로 슬리퍼를 신고 학교로 뒤뚱뒤뚱 오고 있었다. 나는 이고르의 패션에 좀 더 경의를 표하기 위해 정문 옆에 멈춰 서서 그를 기다렸다. 그는 날 보자 기쁜지 다가오면서 끙 하는 신음소리를 내고 손가락을 만지작거렸다. 나는 그가 다음 학기에 내가 공부해야 할 실내악 작품에 대해 나와 얘기하고 싶어할 거라고 생각했다. 어쩌면 이고르는 나와 팀을 이룰 수 있는 진짜 재능 있는 친구를 소개해줄 수도 있을 터였다.

"천국의 새가 우리 위에 다시 내려앉았네. 난 내가 어디로 가는지조차 모르고 내 발이 멋대로 걸으면 그 뒤를 따르지만, 추위 따윈 신경 쓰지 않아. 난 내 운명에 매인 개에 불과하거든. 난 사표를 냈으니 역겨운 개새끼들이 수리하길 희망한단다."

"그 아홉시 실내악 수업이요?"

내가 말을 꺼냈다.

"뭐 그런 거지. 재능이라고는 쥐뿔도 없는 12학년생 둘인데 아주 끔찍하다. 브람스의 첼로 소나타 위에서 돼지처럼 천천히 바비큐가 되겠지. 아, 몰라."

그는 철제 대문을 겨우 지난 다음에 몸을 돌려 날 막았다.

"근데 너는 어딜 가니?"

"피아노 레슨 있어요. 제 콘서트가 사흘 뒤거든요." 나는 나무건 학교 벽이건 어디든 다 걸린 큼지막한 빨간색 포스터를 가리켰다. "보러 와주셨으면 좋겠어요."

이고르는 당혹스러운 듯 보였다.

"아무도 너한테 말을 안 해줬냐? 그 사람들 네 운명을 어젯밤에 봉인했다. 다 끝났다고. 끝이야! 난 네 편에서 항의했지만 누가 내 말을 듣겠냐? 난 실패한 뚱보 피아니스트일 뿐인데. 처음엔 바딤, 다음엔 이리나. 이제 너라니. 도대체 무슨 해가 이래! 최소한 넌 조용히 쓰러져선 안 된다. 그렇게 쓰러지면 파멸이야. 추락이라도 한 것처럼 땅에 구멍을 파야 한다. 정말이야. 그 사람들이 나도 쏴버렸고, 나는 거의 태양에 도달했다. 무척 높이 날아올라서 영원한 정원을 볼 수 있었지……"

"무슨 말씀을 하시는 거예요?"

내가 그의 말을 가로막았다. 별안간 믿을 수 없을 만큼 왜소해지고 외로워진 느낌이 들었다. 마치 몇 년 전 유치원에서 벽을 보고 몇 시간씩 서 있으라는 말을 들었을 때처럼.

"어젯밤에 네가 '하이에나'라고 부르는 여자가 교원위원회에 네가 최근 저지른 비행들을 제출했다. 1번 체임버 홀에서 늘 열리는 그거 말이다. 널 퇴학시키는 문제로 투표를 했고. 거의 만장일치였다. 카티야와 나만 유일하게 반대표를 던졌지. 지금 너는 땅이 꺼질 것 같은 기분이 들 거라고 확신한다만, 절망하면 안 된다. 학교에서 쫓겨나는 건 정말 신나는 일이야! 내가 유황 타는 냄새를 맡고 있나? 그 사람들은 분명 또다시 사악한 누군가를 쫓는 중일 거야. 기쁨이라는 악마여! 네가 이렇게 끝난 걸 두고 유감스럽거나 슬프다고 말할 수는 없겠다. 넌 건방지게 살았고 특혜를 지나치게 누렸어. 뺨을 한 대 맞을 필요가 있었단 말이다. 그런 굴욕이 네 목소리, 네 억양에 깊이를 줄 거야. 네 생각을 정리할 수 있을 테고, 작품 전체를 한 호흡에 연주할 수 있는 핵심을 보여주겠지. 마치 거장처럼 말이다. 넌 쓰러져야 한다. 그들은 자기들이 살고 싶어서 널 희생시켜야 하고. 나쁜 새끼들! 난 아무것도 할 수 없었어. 이유가 궁금하겠지. 네 담임은 아마 교장의 마지막 유언을 수행한 것 같다. 지모바는 네가 죽길 바랐고, 다들 그걸 알았거든. 하지만 걱정 마라. 문제 될 건 전혀 없어. 한 장소에서 쫓겨나는 순간은 다른 곳으로 들어가는 순간이기도 하니까. 그러니 네가 몰락한 자들의 땅에 온 걸 내가 환영할 수 있게 해다오. 거기선 이상한 안개가 시야를 흐리고, 멀리서 불길이 타오르며, 넝마를 입은 절름발이 발레리나들이 배경에 있는 난쟁이 악단이 연주하는 「브란덴부르크 협주곡」의 천국 같은 소리를 향해 절뚝거리며 경주를 하지…… 너도 이제 그 사람들 중 하나야. 무소륵스키의 난쟁이가 여기도 있는 거지. 그는 사실 키가 무척 커. 너도 키예프의 대문 옆에서 **피로즈키**를 먹는 그를 볼 수 있을 거야. 사무엘 골드베르크는 자기 나름대로 리모주 시장에서 마트료시카를 팔고 있고, 그러는 동안 고성에서는 닭으로 이루어진 합창단이 「죽음의 노래와 춤」을 부르고 있지.* 하지만 너도 그들을 모두 보게 될 거야. 네 손에 시간이 남아돌 테니까. 그러니 이렇게 말해야겠지…… 축하한다!"

'백조' 이고르가 건들거리며 걸어갔다. 그의 슬리퍼가 뒤꿈치를 탁탁 때리면서 등 뒤에 눈을 튀겼다. 그럴 리 없어. 나는 생각했다. 이고르는 언제나 그런 식으로 말했다. 그는 미쳤다. 내가 그런 식으로, 어떤 경고도 없이 학교에서 쫓겨날 리가 없었다. 어떤 경고건 들었을 것이다.

농구공 때문에 깨어져 검정색 접착테이프로 엉성하게 막아놓은 1층 체육관 창문 옆에 선 채, 나는 건물을 빠져나온 습하고 따뜻한 공기를 느꼈고, 내가 기억할 수 있는 한 오래도록 영재들을 위한 소피아 음악학교를 규정했던 수백 가지 냄새들을 감지했다. 피아노와 오래된 바이올린 케이스의 냄새, 깨끗한 교복과 표백한

* 「키예프의 대문」, 「리모주 시장」, 「죽음의 노래와 춤」은 모두 무소륵스키의 작품이다.

리놀륨 바닥 냄새, 라디에이터 위에 놓인 숄과 장갑 냄새, 지하층에서 구워지고 있는 돼지고기를 갈아 만든 샌드위치와 치즈 냄새, 분필과 잉크와 연필 냄새, 책상과 칠판과 지도와 테라초 계단에 튄 더러운 비눗물 냄새. 대위법과 합창과 실내악 냄새도 났다. 작곡 냄새도, 최고의 속도로 연주한 음계 냄새도, 베토벤의 후기 현악 사중주를 다같이 서둘러 연주하는 열다섯 살짜리 애들의 냄새도 났다. 아침 아홉시였는데도 학교 창문 모두에 불이 켜져 있었다. 학교 안은 따뜻하고 포근했다. 방마다 음악이 있었다.

뭘 해야 할지 모른 채로 나는 정문에 발을 디딘 다음 운동장을 지나 건물로 가서 오른쪽 복도로 향했다. 수위는 자기 칸막이방에서 담배를 피우며 신문을 읽고 있었다. 나는 창문을 두드렸고 수위는 창문을 연 다음 로비를 훑으며 우리밖에 없음을 확인했다.

"진짠가요?" 목소리가 떨리는 걸 억누르려고 힘껏 노력하며 내가 물었다. "그 사람들이 날 정말 내쫓았나요?"

"그랬다." 수위가 담배연기를 내 얼굴에 뿜으며 대답했다. "분명히 네 담임한테 나름대로 이유가 있었겠지. 넌 그렇게 나쁜 앤 아니었는데. 다른 녀석들보단 확실히 덜했지. 난 네가 피아노 치는 것밖에 못 봤으니까. 이제 넌 빨리 자라게 될 거다. 일자리를 얻으려고 노력해봐라. 얘기할 사람이 필요하면 언제든 여기 오고. 연습실로 가는 계단도 지나가게 해주마. 하지만 저녁 여덟시 이후에 오면 안 돼. 내가 골치 아파질 수 있거든. 그 사람들이 또 규칙을 깐깐하게 하면 난 건물에 들어오는 모든 학생을 검사해야 한단다. 내 연금이 그렇게 적지만 않았으면 나도 인사하고 그냥 떠났겠지. 안 그러면 왜 내가 이 나이까지 주야로 일을 하겠니?"

나는 숨을 꾹 참고 이를 악물었다. 울지 않을 거야. 나는 수위와 악수를 한 다음 계단을 뛰어올랐고, 복도를 대걸레로 닦고 있는 관리인들의 시선을 피하며 4층까지 갔다.

나는 42번 연습실 문에 기대어 방음재와 목재 문틀 사이의 구부러진 부분에 귀를 갖다 댔다. '무당벌레'가 쇼팽의 피아노 소나타 2번의 1악장을 혼자서 연주하고 있었다. 열정적이었지만 절망의 기운이 느껴졌고, 빛과 색채로 이루어진 거대한 몸체를 창조하다가 모든 걸 땅 밑에 묻어버리는 연주였다. 나는 그녀의 모습을 완벽히 그릴 수 있었다. 그녀는 무게를 전부 실어 앞으로 몸을 기울이고 있을 테고, 손가락은 악마적인 힘으로 충전되어 건반 위를 날아다니고 있겠지만 자기 손가락이 피아노 현에 가하는 엄청난 텐션에는 아무 신경도 안 쓰고 있을 터였다. 오른발은 두려워하고 주저하며 댐퍼 페달이 피를 흘리게 하고 있을 테고, 여기저기에서 약간의 배음만을 허용할 것이고, 눈은 매순간 벌어지는 사건들이 실행되는 모습을 면밀히 살피고 있을 것이다. 누구도 그녀보다 이 소나타를 더 잘 연주하지 못했다. 그녀가 맨 첫음에서부터 소스테누토 악절에 이르기까지 내내 모래성을 쌓아올리는 방식, 주제를 변주하고, 양손에 줄지은 셋잇단음표를 몽유병에 걸린 양 내달리고, 그러다 마지막에 가서 모든 것을 용해시킬 E플랫 7화음의 출현을 예감하며 연달아 몸을 떨고 기외수

축이 일어난 듯 숨을 가쁘게 쉬는 방식.

나는 문손잡이에 손을 올려놓았다. 하지만 '무당벌레'가 느낄 분노와 실망, 그녀의 슬픈 눈과 떨리는 얼굴을 생각하자 뒷걸음칠 수밖에 없었다. 그녀가 날 도울 방법은 이제 없었다. 우리의 유대는 깨졌다. 그녀는 자기 길을 가고 나는 내 길을 갈 것이다. 그게 나았다. '무당벌레'는 이미 나라는 존재가 빠진 계획을 세웠다.

나는 바딤의 은시곗줄을 손가락에서 풀어 문손잡이에 슬쩍 놓아두었다. '무당벌레'가 2번 소나타 연습을 마치고 문을 열면 고리가 땅에 떨어질 테고, 그럼 그녀는 시곗줄을 집어들 것이다. 그녀는 이게 무슨 의미인지 알 것이다.

처음으로 나는 계단을 뛰어올라가 다락으로 가서 에튀드와 발라드, 혹은 프렐류드 안에서 나 자신을 잊으려는 충동을 느끼지 않았다. 더 이상한 것은 내가 사실 안도감을 느꼈다는 점이었다. 어쩌면 바딤이 퇴학을 당해 학교를 걸어 나가는 동안 그를 미소 짓게 한 감정일지 모른다. 그런 의미에서 바딤, 이리나, 그리고 나는 승리한 것이다. 우리는 결코 스스로를 다시 증명할 필요가 없다. 새로운 세대의 음악가들이 스포트라이트를 요구하면서 결국에는 모두 자신의 중요성을 상실하게 되는 반면, 젊어서 최고일 때 죽은 우리는 영원히 패배하지 않은 채로 남게 되리라. 우리는 전설이 될 것이다. 아닐 수도 있겠지만.

나는 계단을 달려 내려가 운동장으로 뛰쳐나갔다. 눈이 멀 것 같은 흰 눈, 갈까마귀들, 거리를 지나는 전차들. 모든 것이 무척이나 평범해 보였다. 나만 갈 곳이 없었다. 난 완전히 혼자였다. 기댈 친구도 없었다.

아무 목적 없이 거리로 나가려는데 갑자기 포스터가 기억났다. 그걸 학교 곳곳에 걸어둔 채 떠날 수는 없었다. 포스터에는 커다란 검은색 글자로 적힌 내 이름이 뻔뻔스러울 정도로 야심만만한 프로그램 밑에 적혀 있었다. 쇼팽 발라드 1, 2, 3, 4번. 6곡의 에튀드 작품번호 10. 피아노 소나타 2번. 나는 나무에 핀으로 박혀 있는 포스터를 떼기 시작했다. 처음에는 포스터를 깨끗하게 제거하려고 했지만—그러면 고이 접을 수 있었으니까—그러다 점점 더 좌절하게 되면서 그냥 너덜거리게 찢어댔다. 나무에 붙은 포스터를 다 떼고 나서 나는 외벽에 붙은 포스터를 찢기 시작했다. 모두 열두 장이었다. 마지막 포스터가 로비에 걸린 채 남아 있었다. 나는 숨을 꾹 참고 다시 건물로 들어갔다. 어쩌다 이런 지경까지 온 걸까? 내 포스터를 내가 직접 떼다니. 이거야말로 아마 궁극적인 굴욕일 터였다.

"뭐하는 거니?"

누군가 내 뒤에서 소리를 질렀다. 비안카였다. 바이올린 케이스를 들고 있었다. 10학년들은 부전공 악기를 필수로 골라야 했고, 그녀는 벌써 악기를 택했다. 나는 첼로를 잡을 생각이었는데.

"못 들었어?"

나는 그렇게 묻다가 비안카가 지금 무슨 일이 벌어지는지 전혀 모른다는 사실을 깨달았다.

"뭘?"

"어, 난 더 이상 연주 못 해. 관절염 진단을 받았거든. 몇 달 동안 손을 들고 물건을 집는 게 정말 힘들었어. 연습은 지옥 같았고. 의사 말로는 치명적일 수 있대. 일 년이나 이 년 안에 셔츠도 못 입게 될지 몰라."

"그게 진짜야?"

그녀는 경악하며 내 손을 보았다.

"진짜라니까. 하지만 알다시피 아직 희망이 있어. 학교에서 날 벨린그라드에 있는 요양소로 보낸대. 거기서 석 달 동안 진흙에 손을 싸고 다니는 거지. 일종의 의료용 진흙인가 찰흙인가 그런데 관절염에 특효인가봐. 누가 알겠어. 다시 연주할 수 있을지."

바로 그때 마젠이 눈에 띄었다. 우리 반에서 프렌치 호른을 연주하는 쌍둥이 중 하나. 그의 전문가적인 의견 없이는 어떤 토론도 마무리될 수 없었다.

"넌 여기 있으면 안 돼지." 그가 재빨리 다가오며 말했다. "넌 더 이상 이 학교 학생이 아니잖아. 진즉에 내쫓았어야 했는데."

나는 그 개새끼의 얼굴을 주먹으로 치고 싶었다. 최소한 한 번은 나 자신을 위해 일어서야 했다. 하지만 난 아무 짓도 하지 않았다. 나는 마지막으로 남은 포스터 찌꺼기들을 이미 종이로 가득 찬 가방에 넣고 밖으로 나갔다. 비안카는 울고 있었다. 최소한 누군가는 울고 있었다. 나는 울지 않았다.

21장
브람스, 발라드 op.35, no.2

1989년 1월 21일

  나는 지하실 복도에 있는 커다란 철제 세면대에서 머리를 감은 뒤, 대도 폐피가 내가 일들을 다 정리할 때까지 잠시 쓸 수 있도록 해준 바퀴벌레가 들끓는 작은 방으로 돌아왔다. 하지만 사실 정리할 일도 없었다. 지난번에 부모와 대판 싸운 뒤 나에겐 더이상 집도 없었고 부모도 없었다. 그들은 날 다시 보고 싶지 않다고 했다. 나도 그들을 보고 싶지 않았다. 끝이었다. 난 학교에서 쫓겨났다. '무당벌레'는 미국으로 떠났다. 기묘한 건 내가 자유를 느끼고 있다는 사실이었다. 화가 나고 분하기도 했지만 자유로웠다. 나는 자기 삶을 직접 꾸린다는 데, 아무에게도 대답할 필요가 없다는 사실에 만족했다. 사실 선택의 여지가 여전히 있긴 했다. '하이에나'는 내가 학교 당국의 결정에 항소를 제기할 수 있고, 심지어는 복학도 가능하다는 사실을 알려왔다. 첫째, 내가 공개 사과를 하고, 둘째, 입학시험을 다시 치르고, 셋째, 한 학년을 다시 다닌다면 말이다. 하지만 난 그들의 게임을 할 생각이 없었다. 그들에게 사과할 의무가 없었다. 그들이 전교생이 보는 앞에서 내게 모욕을 가하도록 놔두지도 않을 터였다. 다시 연주를 하지도 않을 것이다. 그게 내 복수였다. 나는 소중한 것을, 절대 모방할 수도 대체할 수도 없는 것을 소유하고 있었다. 그들이 몹시 원한 그것은 사라져버렸다. 내가 파괴해버렸다.

나는 철제 간이침대에 누워 인도가 내다보이는 작은 격자창을 바라보았다. 나는 하루 종일 끝없이 이어지는 신발들의 행렬을 지켜보았다. 모카신, 눈장화, 하이힐, 테니스 신발, 군화, 갈로시. 어머니들은 유모차를 밀었고 늙은 부인들은 쇼핑백을 끌었다. 학교에서 겨우 네 블록 떨어진, 그리고 닥터스 가든에서는 겨우 몇 발 떨어진 곳에 있다는 사실이 이상했다. 내가 뭘 했건 간에 항상 결국에는 똑같은 옛 거리를 걷고 있는 듯했다. 나는 시계를 봤다. 다섯시 이십분이 돼가고 있었다. 작곡가 조합의 콘서트는 여섯시였고 내 버튼업 셔츠는 아직 마르지 않았다. 나는 셔츠를 지하실 복도에 있는 난방용 배관에 올려두었다.

'무당벌레'의 결혼식이 지난주에 열렸다. 그녀는 총대주교 공관 근처의 작은 비잔틴 풍 교회에 길고 부푼 흰색 드레스를 입고 미국인의 손을 잡은 채 도착했는데, 황량한 1월의 날씨에도 불구하고 기뻐 어쩔 줄 모르는 듯 보였다. '할머니'와 '무당벌레'의 언니가 슬픔에 잠겨 뒤를 따랐다. 그들은 배신감을 느끼고 있었다.

"내일 우리집에 와. 새 곡 줄 게 있으니까." 사원에 들어가기 직전에 '무당벌레'가 날 한쪽으로 끌어당기며 말했다. "이틀 뒤에 난 필라델피아 행 비행기를 타. 하지만 널 남겨놓고 가진 않을 거야. 우리 어머니한테 음악 지도를 받고 있으렴. 내가 미국에서 준비를 다 마치면 우리는 다시 만날 거야. 그러면 우리가 중단한 그 지점부터 계속 이어갈 수 있어. 내일 오겠다고 약속해! 학교에서 널 퇴학시킨 뒤로 네 걱정을 안 한 날이 없었어. 말해봐, 가출했다는 거 진짜야? 네가 부모님께 얼마나 큰 고통을 줬는지는 알고 있니? 다시 돌아와서 연습 시작할 거라고 약속해! 술 마시지 말고! 내일 아홉시야!"

그녀는 내가 무대에 오르기 직전에 늘 하던 대로—절박하게, 절망적으로, 마치 날 최전방에 총알받이로 내보내는 양—내 손을 꽉 잡았다. 신부가 그녀에게 고개를 끄덕이면서 계속 앞으로 걸어가라고 청했다.

"끝이 안 좋을 거다." '할머니'가 마야와 내게 웅얼거렸다. "두고 봐. 하지만 누가 내 말 따위 듣겠냐."

"엄마! 그만해요!"

'무당벌레'가 그렇게 소리치며 등을 돌렸다. 그녀는 아름다웠고 삶으로 충만한 듯 보였다. 그녀는 자유를 찾았고, 갈까마귀들도, 마녀들도, 어떤 불길한 전조도 지금 그녀를 막을 수는 없었다. 아마도 자유를 찾는 데 그녀에게 남았던 가장 큰 장애물은 바딤과 나였으리라. 우리는 그녀가 타르타로스의 덫에서 해방되기 전에 피아니스트의 삶을 끝내야 했다. 우리는 '무방벌레'의 첫사랑이었지만, 우리의 사랑은 어둠과 위험으로 가득했다. 우리는 그녀의 발목을 잡으려 했지만 그녀는 저항했다. 우리는 흠 하나 없는 음계와 아르페지오로, 최면으로 이끄는 목소리와 순수한 악절들로 그녀를 유혹하려 했다. 우리는 열정이라는 독니를 막 발견한 두 소년이 가진 젊음의 냄새와 경솔함으로 그녀를 꼬드기려 했다. 하지만 '무당벌레'는 대신 왕자님을 기다리기로 했던 것이다.

나는 따뜻한 버튼업 셔츠를 입고 아버지의 군용 코트를 걸친 다음 맹꽁이자물쇠로 지하실 문을 잠갔다. 의사당 쪽을 통해 일곱 성인 교회로 갔는데, 음악학교를 지나지 않기 위해서였다. 내 머리는 여전히 젖어 있었고, 전차 선로 건너편 케이크 가게의 일몰에 젖은 창문을 흔들어대는 싸늘한 저녁 바람을 맞자 정화되는 듯한 기분이 들었다. 내 부츠가 살얼음을 깨는 소리가 공원에 메아리쳤고, 그 소리에 꾸벅 졸던 과부들과 비둘기가 놀랐다. 등치가 뒤틀리고 쇠약해진 늙은 버드나무가 있었는데, 마치 보이지 않는 습격을 피하기라도 한 것처럼 부러진 나뭇가지들이 주변에 난폭하게 내던져져 있었다.

라콥스키 거리를 건너는데 교회 종소리가 여섯 번 울렸고—2도와 7도가 화려하리만치 암울하게 결합한 그 소리를 듣자 해골로 가득 찬 지하 납골당에서 무릎을 꿇고 기도하는 정교회 신부의 이미지가 떠올랐다—별안간 내 마음은 오직 한길로밖에 갈 수 없는 필연적인 미래에 대한 인식에 압도당했다.

나는 그 포스터를 '무당벌레'의 결혼식에서 돌아오는 도중에 음악학교 바깥과 작곡가조합에서 보았다. 작년에 졸업한 오페라 가수 에바 모스코바는 옛 친구였다. 성악으로 진로를 바꾸기 전에는 '무당벌레'와 몇 년 동안 피아노를 공부했다. 밤늦은 연주회가 끝나고 나면 나는 종종 그녀의 집으로 함께 가서 차를 마시고 고주망태가 된 그녀 어머니에게 녹턴을 연주해줬다. 나이차도 있고 서로 라이벌이었음에도 불구하고 그녀와 나는 꽤 잘 지냈다.

프로그램에는 바흐, 비제, 푸치니, 슈베르트, 드뷔시의 작품이 포함될 예정입니다. 나는 에바가 음악원에서 일 년 동안 자기 목소리를 어떻게 다듬었는지 궁금했다. 아마 얘기를 나눌 사람이 필요했을지도 모른다. 혹은 어쩌면 열 번도 넘게 연주했던 야마하 그랜드피아노의 소리를 듣고 싶었는지도 모른다. 어쨌거나 난 늦었다. 나는 국립극장 바깥에 있는 꽃가게에 들러 장미 한 송이를 샀다. 페피가 영어 고등학교 꼬맹이들에게서 갈취한 돈 몇 푼을 빌려주었었다.

나는 추위와 진창으로 변한 눈도 까맣게 잊어버린 채 시계를 차고 비닐 장판 주변에 앉아 있는 체스광들과 분수대가 있는 공원을 가로질러 걸었다. 작곡가조합의 유리문 밖에서 담배를 마저 피우려고 빈둥거리다가 음악학교 선생과 학생들과 마주칠 수도 있겠다는 생각에 갑자기 불안해졌다. 날 알아보지 않을까? 아마도 아닐 것이다. 이제 난 유령이었다. 내 얼굴이 낯설 것이다.

나는 안으로 우르르 들어가는 한 무리의 사람들을 위해 문을 붙잡아줬다. 나는 그들의 얼굴을 보지 않고 옷만 봤다. 베이지색 레인 재킷과 회색 바지, 보라색 스웨터와 검정 스커트, 하이힐과 모카신, 군화와 군복. 우리는 목재 패널과 얇은 철제 미닫이문으로 만든 좁은 엘리베이터에 끼이듯 몰려 탔다. 숨을 멈추고 장미를 찌부러지지 않게 보호하고 있는데, 바로 내 옆에 서 있는 젊은 군인의 옆얼굴이 무척이나 친숙하다는 사실을 깨달았다. 나는 돌아서서 군인의 얼굴을 더 잘 보려고 했지만 내 뒤에 서 있던 여자가 투덜거리며 항의했다. 이 사람 누구더라? 그가 날 잠깐이라도 돌아보면 기억날 텐데. 군인이 벨트에 찬 단검 손잡이가 내 배를 세게 누르고 갈비뼈를 찔렀다. 엘리베이터가 멈추자 보라색 스웨터를 입은 여자가 철문을 옆으로 밀면서 열었고, 우린 전부 콘서트홀로 돌진했다. 피아노 반주자가 피아노용으로 편곡한 바흐 칸타타의 시작 마디를 패기 없이 처리하는 소리를 듣자 경악스러웠다. 나는 군인에 대해서는 까맣게 잊은 채, 길고 하얀 새틴 드레스를 입은 아름답고 키 큰 에바가 그랜드피아노 앞에 서서 주먹을 꽉 쥐는 모습에 온통 정신이 팔렸다. 그녀는 싸울 준비가 돼 있었다! 나는 재빨리 맨 끝 줄에 앉아 옆자리에 있던 프로그램 노트를 집었다. 긴 공연이 될 예정이었다. 에바는 공연이 끝나면 너무 지친 나머지 관례적으로 하는 공연 뒤풀이도 건너뛰고 싶을 터였다.

나는 프로그램 노트를 살피다가 내 바로 앞자리에 서 있는, 엘리베이터에서 만난 군인을 보았다. 그는 군모를 팔에 낀 채 놀란 얼굴로 날 응시하고 있었다. 바딤이었다. 오래전 사라진 비르투오소. 그는 피로해 보였다. 짧게 깎은 머리와 불타는 눈. 나는 그를 끌어안고 싶었지만 그때 에바가 노래를 시작했고 바딤은 자리에 앉아야 했다. 하지만 우리는 잠깐 동안 손을 맞잡았고, 그의 손은 따뜻하고 믿음직스러웠다. 나는 바딤의 연주, 힘차게 쓸어내리던 음계와 아르페지오, 호흡, 거대한 존재감을 기억해냈다. 그의 신성한 손이 사람을 죽이는 훈련을 받았다는 생각에 고통스러웠다. 나는 에바의 노래나 반주자의 연주에 거의 집중을 하지 못했고, 공연의 나머지 시간 동안 그에게 묻고 싶은 질문들을 정리하느라 바빴다. 언제 그를 징집한 걸까? 그에게 뭘 시켰지? '무당벌레' 소식은 들었을까? 의무복무가 끝나면 피아노를 다시 칠 계획이 있을까? 음악원 입학시험은 어떻게 됐고? 나는 공연과 박수가 이어지는 내내 간신히 자신을 억제했고, 다시 한 번, 두 번 박수가 울리고 나자 사람들이 에바의 환상적인 노래를 축하하기 위해 달팽이가 경주하듯 꾸물꾸물 무대로 갔다. 나는 그저 바딤을 옆으로 끌어당겨서 이렇게 말하고 싶을 뿐이었다. 다 말해줘! 알고 싶어! 왜냐하면 난 지옥 같은 삶을 살았거든! 하지만 인사가 도통 끝나질 않았다. 에바는 우리 둘의 뺨에 입을 맞췄고 우리는 답례로 그동안 무척이나 아껴놓았던 찬사를 바쳤다. 그런 다음 우리는 로비로 가서 에바가 옷을 갈아입는 동안 기다렸다. 마침내 우리 둘만 남게 되었다.

"만나서 반갑다." 바딤이 내 어깨를 잡고 내 얼굴과 긴 머리칼을 뜯어보며 말을 꺼냈다. "중요하게 할 말이 있거든."

"학교 얘기야? 아니면 카티야? 지난주에 미국 갔다는 얘기 들었어?"

나는 정확한 단어를 고르려고 애쓰며 숨도 쉬지 않고 말했다.

"물론 들었지. 사실 결혼식에 가려고 했는데 주둔지를 떠나도 좋다는 허가가 안 났어. 너한테 할 말이 있는데 단 둘이 남을 때까지 기다리는 게 좋겠다. 일단 에바가 뭘 하자고 하나 보자."

"두 사람 좀 보게!" 에바가 향수와 아이라이너와 꽃들의 소용돌이 속에 도착하며 소리쳤다. "넌 돌 밑에서 기어나온 사람 같아! 그리고 넌 군인이 됐고! 단검도 찼어! 누가 생각이나 했겠어…… 내가 진짜 피곤하긴 하지만, 너희가— 이거 진담이야—나한테 짧게 연주 한 번 해주면, 우리가 카티야에게 배웠던 좋았던 옛 시절처럼 말이야, 너희랑 한잔 하러 갈 거야. 여기 문 옆에 업라이트 한 대 있네. 이리 와! 연주해달라니깐."

나는 대충 끝낼 생각으로 왼손의 16분 음표들을 붓놀림처럼 뭉개면서 쇼팽의 3번 프렐류드를 내가 할 수 있는 한 가장 빠르게 시작했다. 하지만 혼돈과 도시의 아우성 속에서 새로운 태양처럼, 우리를 치료하러 온 순수한 태양처럼 떠오르는 주요 주제를 듣자 내키지 않던 마음이 소멸되었고, 나는 모든 음과 색채를 즐길 수 있도록 속도를 낮추기 시작했다. 연주 없이 어떻게 하루라도 견뎌왔던 걸까? 나는 내 한심한 자아보다 훨씬 커다란 무언가와 연결될 수 있는 수단을 갖고 있었는데도 침묵하는 길을 택했다. 나는 나 자신을 이해하지 못했다. 나는 무엇도 이해하지 못했다. 곡을 다 치고 바딤에게 자리를 양보할 때까지 나는 울지 않으려고 무척 애를 쓰고 있었다. 바딤은 브람스의 발라드 2번을 연주하기로 했는데 그로서는 당연한 일이었다. 나는 피아노로부터 한 발 물러서야 했다. 빛이 너무 밝았다. 오른손의 느릿하고 유동적인 옥타브 때문에 벌거벗은 기분이 들었던 것이다. 바딤이 날 죽이고 있었다. 나는 방음막을 만들어 그 안에 숨었다. 이제 바딤은 그걸 찢어 조각내고 있었고, 히프노스*의 어두운 금을 입힌, 브람스의 강력하면서도 첨탑처럼 우뚝 솟은 화음으로 로비 바닥과 이음매를 으스러뜨리고 있었다. 나는 비틀거리며 창가로 가서 라콥스키와 구르코 거리의 분주한 교차로를 내려다보았다. 지나가는 전차를, 수업이 끝난 뒤에도 몇 시간씩 배회하는 고등학생들을, 부다페스트 레스토랑 간판의 붉은 네온 불빛 글씨들을 보았다. 폐가 타들어갔다. 담배가 필요했다.

"브라보!"

에바가 박수를 치며 소리쳤다. 하지만 바딤은 남의 일인 양 굴며 재빨리 묵직한 군용 코트와 모자를 집어들었다. 그때 수위가 계단 위에 나타나 담배를 피우는 나를 보고는 나가라고 소리를 질렀다. 바딤이 내 쪽으로 오는 수위를 제지했고, 그는 감히 바딤

* Hypnos, 그리스 신화에 나오는 잠의 신.

을 밀쳐낼 엄두를 내지 못했다.

거리로 나오자 에바는 우리를 이끌고 한 블록을 돌아 연기학교의 교수들과 학생들이 자주 찾는 바로 데려갔다. 우리 셋은 문가 테이블에 앉아 와인 한 병을 주문했다. 에바는 거기 있는 사람들을 다 아는 듯했다. 바이올린으로 군가를 연주하는 남자, 바텐더, 기억나는 대사들을 서로 읊어대는 젊은 배우들.

"그래서," 에바가 말을 꺼냈다. "언제 제대하니? 그다음엔 뭘 할 거야? 음악원에 진학할 생각이 있어?"

"생각중이야." 바딤이 대답했다. "당장은 검정고시를 칠 거야. 내년 봄에 제대하면 음악원에 도전해보려고. 안 될 거 있나? 제대로 할 줄 아는 게 피아노 연주뿐인데."

"너는?" 에바가 날 봤다. "넌 포기한 거니? 그런 거야?"

"아냐. 당연히 아니지."

나는 담뱃재가 넘치는 재떨이와 테이블 위의 와인 얼룩을 내려다보며 말했다. 패배자가 된 기분이었다. 이리나는 자기 적성을 찾았다. 그녀는 지금 촉망받는 가수였다. 바딤도 음악을 관두지 않았다. 카티야의 옛 제자들 중에서 나만 바닥을 쳤다. 최근 내 인생의 야망이 미치는 범위는 대도 페피 같은 애들이 벌이는 파티에 쏘다니고, 손에 잡히는 대로 아무거나 마셔대며, 할머니의 냉장고를 습격하고, 키노의 새 앨범인 「혈액형」을 미친 듯이 듣는 데까지 이르고 있었다.

"네가 음악원에 입학하면 얼마나 재미있을까!" 에바가 계속 말했다. "너 내 반주자가 되는 거야. 같이 콘서트도 하고! 바딤도 거기 있겠지. 얘는 나중에 오케스트라와 라흐마니노프의 협주곡을 하게 될걸!"

"고마워, 얘들아."

나는 끝까지 꽉 채운 와인 세 잔을 한 잔 한 잔 털어넣었고, 에바는 그 광경에 경악을 금치 못했다. 그런 다음 나는 불붙은 담배를 집어들고 바를 나갔다.

바딤이 라코프스키 거리 반대편에서 날 따라잡았다. 단검이 벨트에서 짤랑대는 소리를 내고 있었다.

"오늘 이리나를 보러 갔어." 그가 내 뒤에서 소리쳤다. "내내 네 얘기만 했다고."

"그래?"

나는 되받아치고는 계속 걸어갔기 때문에 그의 말이 지닌 중대한 의미를 알아채지 못했다. 바딤은 날 계속 따라와야 하는지 망설였다.

"걔가 널 사랑한대. 여전히 널 사랑한다고 했다고."

나는 멈춰서 돌아보았다.

"이해가 안 가네. 왜 네가 이리나랑 얘길 하는데? 걔는 어떻게 찾았고?"

"우리 어머니끼리 오랜 친구야. 나도 이리나를 내내 알아왔고. 말을 했어야 했던 것 같네. 그애는 항상 나한테 비밀을 다 털어놨어. 낙태도, 너와의 관계도. 난 무슨 일이 있어도 널 판단하거나 비난하고 싶지 않지만, 내 생각에 이리나한테 일어난 일은 너와 관계가 많아."

"바딤, 걔한테 일어난 일은 너랑 나한테 일어난 거랑 별 차이가 없어. 우린 몽땅 퇴학당했다고!"

"이리나는 수학고등학교 뒤에 있는 정신병원에 감금돼 있어." 바딤이 조용히 말했다. "퇴학당하고 며칠 뒤에 자살을 기도했고. 걔 어머니가 모두 비밀에 부쳤지. 그래서 네가 그 얘길 못 들었던 거야."

"어떻게? 내 말은, 그러니까 어떻게 자살을 시도했냐고?"

"손목을 그었어. 욕조에 있는 걸 할머니가 발견했고."

현기증이 났다. 어두운 루비빛 하늘이 눈송이 회오리바람에 말려 빙글빙글 도는 것 같았다.

"다 내 잘못이지, 아냐? 난 내 인생을 아주 엉망으로 만들었고 내내 내 생각만 했으니까."

"그렇지 않아, 콘스탄틴. 이리나에겐 늘 문제가 있었어. 하지만 걔는 지금 친구가 필요하고, 내 생각엔 다른 누구보다 널 필요로 하는 것 같아. 매일 아침 열시에서 열한시 사이에 면회 신청을 할 수 있어. 만약 수간호사가 들여보내지 않으면 간호사한테 브랜디한 병이나 꽃다발을 가져다줘. 무슨 말인지 알겠지? 이리나가 머리를 다 밀고 커다란 줄무늬 파자마를 입었다고 놀라지 말고. 전기충격 요법이랑 다른 치료법을 받고 난 뒤엔…… 예전보단 훨씬 잘하고 있으니까."

"만약 이리나가 날 보고 싶지 않다고 하면?"

"보고 싶어해. 전에도 연락을 하려고 했는데 네 부모님은 네가 어디 있는지 모르시더라. 들어봐. 에바를 기다리게 하고 싶진 않아. 너 진짜 바보처럼 굴었어. 그러니 돌아가. 하지만 이해해. 나도 너 같은 기분을 많이 느끼거든. 나도 내가 누군지 더 이상은 모르겠어."

"미안해. 요즘은 일이 다 꼬여. 그렇더라고."

우리는 포옹했다. 바딤이 내 성냥갑을 빌려 담배에 불을 붙였다.

"마지막으로 하나만." 그가 가려는데 내가 물었다. "이리나 어머니의 주소 알아?"

"세르디카 거리 12번지. 3층. 카라바쉐비라는 이름을 찾으면 돼. 우편함은 들어가면 왼쪽에 있어."

나는 닥터스 가든으로 향했다. 눈은 그쳤고 인도에는 희고 얇은 담요가 깔려 있었다. 이리나가 계단을 내려가면서 손가락을 아래로 향하던 모습이 내 마음에 불을 붙였고 내 생각을 어리석은 소용돌이 속으로 몰아넣었다. 나는 이리나를 그녀 자신에게서 구할 수 있었다. 하지만 그녀가 날 사랑했다면 왜 내게 말하지 않았을까? 왜 우리는 그런 게임을 계속하고 몇 번이고 서로에게 상처를 줬을까?

페피의 지하실로 돌아가기에는 머리가 너무 명했다. 운명이었다. 이런 식으로 일어날 일이었다. 나는 콘서트에 가야 했고 바딤의 바로 뒤에서 엘리베이터를 타야 했다. 나는 퇴학당해야 했다. 이리나는 자살 시도를 해야 했다. 그녀는 전기충격 치료를 받아야 했다. 이제 마침내 이리나와 나는 함께할 터였다. 아마도 우리의 만남은 엄청난 고통과 끝없는 반음계의 시련을 겪은 뒤 맨 마지막에는 모든 것이 유예되는 몇몇 야상곡처럼 뒤늦은 절정이 되리라.

22장
바흐, 바이올린 소나타 5번 F단조, BWV1018

1989년 1월 22일

　도나우 거리에 있는 정신병원은 허물어져가는 회색 3층 빌딩이었고—외관상 정부에서 운영하는 유치원과 그리 다르지 않았다—시든 장미와 라일락 덤불이 웃자란, 울타리 쳐진 안뜰에 인접해 있었다. 창문에는 모두 창살이 쳐져 있었다. 수간호사가 문을 열기를 기다리는 사람은 열 명쯤 됐다. 그날 아침은 유난히 맑고 따뜻했다. 한겨울의 봄 같은 아침이었다. 나는 무척 초조했다. 들어가고 싶지 않았다. 저 끔찍한 건물에 미치광이들과 함께 갇힌다는 생각만으로도 토할 것 같았다. 내 옆에 서 있던 여자는 내가 성냥으로 담뱃불을 붙일 때 손이 떨리는 걸 알아차린 모양이었다. 내 등에 팔을 얹고 걱정 말라고 얘기했기 때문이다.

　"보이는 것만큼 나쁘진 않아요. 요리사도 괜찮고. 그 사람이 만드는 보르시치 냄새가 여기서도 나죠?"

나는 고개를 끄덕였다. 나는 여자에게 내가 진짜로 두려운 것은, 저 안에 있는 사람들과 내가 아무 차이도 없다는 사실이라고 말할 수 없었다. 난 우리의 비루하고 조작된 현실에 대한 통제권을 모두 포기하는 것이 전혀 어려운 일이 아님을 알고 있었다. 감기에 걸리는 거나 매한가지였다. 면역력이 약할 때 바이러스를 옮기는 사람과 접촉하면 이내 죽은 자들에게 말을 걸게 되리라. 물론 그건 말도 안 됐다. 이리나는 미치지 않았다. 그녀는 이 세상 전체에서 가장 정상적인 사람이었다. 그래서 그자들이 이리나를 가둔 것이다. 미친 쪽은 그들이라는 사실을 상기시켜줬기 때문에. 난 그녀에게 선물이라도 하나 줄 수 있길 바랄 뿐이었다. 빈손으로 나타나기는 싫었다. '올빼미'가 그녀의 목에서 낚아채 계단으로 차버린 것과 비슷하게 생긴 은색 십자가 목걸이를 좋아할까? 하지만 그런 걸 살 돈이 충분치 않았다. 그저 담배와 내가 갖고 있는 바흐의 바이올린과 하프시코드를 위한 소나타 악보 복사본밖에는 줄 수 없었다. 비록 그녀에게 어떤 소지품도 허용되지 않을지도 모르지만. 그런데 이리나에게 뭐라고 한다? 시설에서 빠져나오도록 돕겠다고? 나온 다음엔 어디로 가나? 사실 그건 중요하지 않았다. 공원에서 살면서 벤치에서 잘 테니. 우리는 텅 빈 전차 뒤에서 사랑을 나눌 것이다. 무료 콘서트를 구경하고 밤에 몰래 음악학교에 들어가 소나타를 연주할 것이다. 우린 일심동체가 될 테고, 열아홉 살이 되면 결혼할 것이다.

하얀 철문이 열렸고, 수간호사—흰색 앞치마에 갈색 스타킹, 하얀 샌들을 신은 못생기고 늙은데다 머리칼은 파란 악어였다—가 사람들을 들여보내기 시작했다. 그녀는 분명 내 꼴을 좋아하지 않았다.

"무슨 일로 온 거니?"

내 앞에서 문을 닫을 준비를 하며 그녀가 말했다.

"누나를 보러 왔어요."

악어는 그 말에 넘어가지 않았다.

"난 너 같은 애들을 잘 안다." 그녀가 얼굴을 찡그리며 말했다. "우리 환자가 네 친척이라는 사실을 입증할 수 있는 서류를 봐야겠어. 시 당국 서기의 사인과 도장이 찍혀 있는 서류 말이다. 그러니 이제 가봐."

"하지만 서류가 없는걸요!"

나는 흐느끼며 눈물을 쏟았다. 내 의지로 이렇게 많은 액체를 만들어낼 수 있다는 사실이 자랑스러웠다. 나는 불과 십 초만에 내 셔츠 컬러를 흠뻑 적셨다. 배우를 했어야 했는데.

"제 누나, 그러니까 이복누나는 사생아예요." 나는 건물 안으로 밀고 들어온 다음 접수대 옆을 조금씩 지나가며 계속 말했다. "누나는 혼외자녀라고요. 아버지는 집시였는데 어머니가 절 낳기 이 년 전에 그 사람을 만났어요. 이리나는 자기 아버지 얼굴도 모르고요. 누나가 태어나고 얼마 안 있어 죽었거든요. 세르디카 극장 앞 로터리에서 전차에 치여 인도 위로 떨어졌어요. 그때

뉴스를 들어보셨을 거예요. 진짜 무서운 이야기였거든요. 진짜로. 신문에 다 났으니까. 몸이 반으로 갈라졌는데도 아무도 구급차를 안 불렀어요. 집시라는 이유로. 정말 부끄러운 일이었어요! 하지만 그분은 그런 상황에서도 유언장을 쓸 힘이 남아 있었어요. 잠시 의식이 남아 있었으니까요. 그래요, 이 유언 때문에 저희 가족이 함께 살아야 하는 거죠. 그런데 이리나는, 반집시라는 이유로…… 차별에…… 사람들은 수군거리고…… 우리한테는 쉬운 일이 아니었어요."

악어 간호사는 당황한 눈치였다. 아침 열시, 모든 환자들이 쌀쌀한 안뜰에 나와 방문객들과 뒤섞이는 동안, 그날의 첫 커피를 마시면서 이런 얘기를 들을 거라고는 예상하지 못했을 테니까. 하지만 그녀는 내 신분증을 보여달라고 했고, 내가 쓸데없는 짓을 하지 못하도록 신분증을 자기 주머니에 넣었다.

나는 이리나를 바로 알아보지 못했다. 내가 본 사람은 다양한 단계의 정신적 부패가 일어나는 심각하게 망가진 열 명이 넘는 이들이었고, 다들 자기 몸보다 큰 줄무늬 파자마와 하얀 샌들 차림에 병원에서 제공한 싸구려 담요를 두르고 있었다. 여자들은 몸을 앞뒤로 흔들었고 남자들은 소리를 지르고 웃어댔으며, 몇몇은 서성거리고 다른 사람들은 그냥 병원 벽에 시선을 못 박고 있었다. 간호보조사들이 환자들을 감독했고 쇠약한 사람들을 부축했다. 안뜰 타일 대부분이 깨져 있었다. 꽃병은 비어 있었다. 바싹 마른 포도덩굴이 벤치에 용접된 철제 차양에 걸려 있었다. 항아리를 든 건장한 여자의 조각상이 중앙에 서 있는 대리석 분수대에는 낙엽과 잔가지가 넘쳐흘렀다. 나는 안뜰 맨 끝에 홀로 멍하니 앉아 있는 이리나를 발견했다. 무릎을 꽉 붙이고 있었고 배꼽위로 두 팔을 꽉 끌어안듯 조이고 있었다. 머리는 바짝 깎여 있다. 바딤이 경고한 대로였다. 입술에는 누가 면도날로 입을 긋기라도 한 듯 상처 딱지가 수없이 앉아 있었다. 나는 내가 왔다고말하지 않았다. 그냥 옆에 앉아 그녀가 내 존재를 알아챌 때까지기다렸다.

"좀 늦었네."

마침내 이리나가 말했다. 그러면서 웃으려고 애썼다.

"여기 오는 데 시간이 좀 걸리긴 했지."

내가 대답했다. 나는 손을 뻗었지만, 이리나는 내가 자기 손목에 죽 새겨진, 철조망에 긁힌 듯한 보라색 선을 발견했다는 사실을 알아차리고 재빨리 내 손을 밀쳐냈다.

"너 진짜로 네가 여기 오면 모두 나아질 수 있다고 생각하는거니?" 그녀가 긴장한 목소리로 천천히 말했다. "바딤이 와보라고 했지, 그렇지? 네 발로 여기 왔을 리가 없어."

"네가 어디 있는지 몰랐어! 이리나, 날 봐! 널 사랑해서 여기온 거야."

그 격렬한 말이 내 입 밖으로 크게 튀어나오는 소리를 듣자, 나는 별안간 거짓말쟁이가 된 기분이었다. 이리나를 사랑하지 않아서가 아니라 그녀가 절대 날 믿지 못할 거라는 사실을 알아서였다. 너무 늦었다. 하지만 나는 더 노력했다.

"두 달 넘게 널 찾아다녔어. 너한테 무슨 일이 있었는지도 네가 뭘 하고 있었는지도 몰랐다고. 이런 식으로, 그러니까 우리 사이에 아무 일도 없었다는 식으로 계속 갈 수는 없어. 학교도, 경쟁도 신경 안 써. 우리 둘 다 퇴학당했으니까. 우린 서로밖에 남은 게 없다고. 새 삶을 시작할 수 있어. 함께 행복해질 수 있다고."

"하지만 난 이제 달라졌어. 안 보여? 그들이 날 병들게 했어. 날 파괴했다고. 나랑 같이 뭘 어쩌겠다는 건데? 난 환자야! 날 간호하고, 밥을 먹이고, 약을 줄 거야? 머리도 깎아주고? 난 죽었어! 이미 죽었다고. 넌 지금 내 시체를 보고 있는 거야."

그녀는 파자마 소매로 눈을 훔친 다음 훌쩍임을 멈추려고 숨을 꾹 참았다. 파란 머리의 악어가 병원 문간에 나타났다. 이리나는 곧바로 그녀에게 희미한 미소를 지으며 괜찮다는 듯 손을 흔들었다.

"넌 아무 문제 없어. 넌 아름다워. 젊고 예민하고 생명력이 넘쳐. 언젠가 이 모든 게 그저 나쁜 꿈 같을 거야. 내가 널 돌봐줄게, 그래, 널 여기서 빼내서 남들이 뭐라건 같이 사는 거야. 같이 소나타도 연주하고. 우리 함께 모두 잘될 방법을 찾게 될 거야."

이리나가 몸을 앞으로 숙여 땅에서 포도나무 잔가지를 집어 올리더니 떨리는 손으로 그걸 잘게 잘게 쪼갰다. 내가 몸을 숙여 눈을 보려 하자 그녀는 내 얼굴을 보는 것조차 거부했다. 나는 그녀에게 키스하고 싶었다. 그녀의 입에서 빠져나오는 따뜻한 숨결이 만드는 작은 구름을 손으로 감싸 잡고 싶었다.

"요즘 묘지 생각을 계속 해." 그녀가 잠시 후 말했다. "무덤은 정말 평화로운 곳이야. 안 그래? 모든 고통과 질병에서 자유로워진 사람들을 위한 보금자리지. 너도 모든 게 어떻게 끝나는지 다 알면서 왜 걱정하고 싸우고 그래? 묘지에서 쉬는 사람들이 진짜로 행복한 사람들이야. 그 사람들은……"

"이리나, 그만해!" 나는 그녀의 허리를 끌어안으며 애원했다. "그건 네가 약하다고 느껴서 그래. 이건 나약함이 속삭이는 소리야. 널 저세상으로 꾀어내는 소리라고. 하지만 네가 곧 다르게 생각하리란 걸 난 알아. 마음은 수많은 화음을 연주할 수 있잖아. 단화음, 장화음, 7도화음, 감화음, 증화음. 네 마음은 그걸 크게도 조용하게도 연주할 수 있고, 빠르게도 느리게도 연주할 수 있어. 절정으로 올라가 카타르시스를 느낄 수도 있다고. 그냥 마음이 연주하는 대로 놔두고 어떤 판단도 내리지 말고 음악을 들으면 되는 거야. 네가 해야 하는 일은 그거야."

"십 분 남았다."

간호보조사 중 하나가 우리를 지나치며 말했다. 그녀가 날 의심스러운 눈길로 가늠하고 있었다. 나는 이리나의 허리에서 손을 뗀 다음, 손을 녹이려고 입김을 불었다. 태양이 구름 뒤로 숨자, 안뜰은 차가운 바람에 사로잡혔다. 바람이 나뭇잎과 포도덩굴 잔가지를 흩뜨렸고, 환자들의 파자마가 부풀어 올랐다.

"넌 이해 못 하고 있어. 이런 생각을 하길 거부하니까." 이리나가 말했다. "일생 동안 우리는 죽을 운명에서 탈출할 방법을 찾고 영원을 얻고자 애쓰잖아. 일종의 불멸 같은 거지. 하지만 사실 가장 완벽한 불멸은 탄생 이후에 우리 각각에게 이미 할당된 거야. 내 말이 틀려? 이 영원은 절대적인 거라서 슬픔도 모르고 언어도 모르고 의식도 없어. 누가 영원히 기억하고 싶겠니? 누가 자기 머릿속에서 날마다 돌아가는 이 거대한 우주를 지키고 싶겠어? 더 나은 보상을 요구할 수도 있는데."

"이리나? 제발 한 번만 날 봐! 다시는 널 버리지 않을 거야, 약속할게!"

"오 분 남았다. 모두 들어갑시다!"

간호보조사의 목소리가 들렸다.

이리나는 일어서서 뒤쪽 입구로 갔다. 나는 그녀를 따라갔다. 1층 자기 사무실 창문에서 내내 우리에게 눈을 떼지 않고 있던 악어 간호사가 안뜰로 걸어 나와 우리 쪽으로 다가왔다.

"저 여자한테 뭐라고 말했니?"

이리나가 물었다.

"네가 내 이복누나고 아버지가 집시랬어. 아버지는 세르디카 극장 앞에서 전차에 치여 죽었다고. 저 여자가 내 신분증을 가져갔어."

이리나가 킬킬거렸다. 나는 그녀의 눈에서 불꽃을 튀기는 낯익은 장난기를 봤다.

"뭐, 최소한 우리 아버지가 집시라는 부분은 사실이네."

우리는 악어 간호사를 지나쳐 건물로 들어갔다.

"너희 둘 어디 가는 거니?"

수간호사가 우릴 따라붙으며 물었다.

"너희 둘이 같이 병실로 올라갈 수 없다. 내가 뭐라고 생각하는 거니? 도로표지판? 너희 둘이 뭘 할지 내가 모른다고 생각하는 거냐?"

"제발요!" 이리나가 사정했다. "제발요, 얘는 제 동생이에요. 일찍 입대하게 돼서 이 년은 못 볼 거라고요!"

"안 돼!"

악어 간호사는 완강했다. 이리나가 한 발짝 앞으로 나가더니 불쑥 그녀를 끌어안았다.

"이제 제 가족이시잖아요." 이리나가 간호사의 어깨 너머로 비명을 지르다시피 말했다. "딱 오 분만요. 얘는 곧 갈 거예요."

수간호사는 우리가 그녀를 따라 계단을 오르는 동안 계속 의심스러운 눈길로 돌아보았다. 3층에 도착해 긴 복도를 따라 걷는 동안 나는 제일 먼저 화장실에서 나는 끔찍한 냄새를 알아챘다. 다음으로는 어떤 문에도 손잡이가 없다는 사실이었다. 문을 열거나 닫으려면 간호보조사를 불러야 했다.

"오 분 뒤에 문을 열러 돌아올 거야."

수간호사가 하얀 앞치마 주머니에서 문손잡이를 꺼내 흔들며 말했다.

우리는 수간호사가 복도 아래로 사라질 때까지도 기다리지 않았다. 이리나는 누가 불시에 들이닥치지 못하게 등을 문 쪽에 대고서는 내 셔츠와 바지 단추를 풀었다. 나는 그녀의 파자마 셔츠 단추를 풀고 파자마 바지를 바닥으로 끌어내렸다. 나는 그녀의 입술이 어쩌다 그렇게 됐는지 감히 묻지 못했다. 그녀는 키스할 때마다 고통으로 눈을 찡그렸지만 얼굴을 뒤로 빼지는 않았다. 오래된 리듬이, 바흐의 바이올린 소나타 5번 라르고 악장의 8분의 6박자가 다시 우리 위로 내려앉았다. 피아노와 바이올린이 다른 언어로 다른 이야기를 들려주고 있었다. 하지만 말은 중요하지 않았고, 말의 의미도 중요하지 않았다. 철제 침대와 붉은 잉크로 숫자가 적힌 하얀 시트와 창살이 쳐진 창문과 금간 회색 벽과 리놀륨 바닥이 사라졌다. 주머니에 문손잡이를 넣고 다니는 간호보조사들이 사라졌다. 뒤뜰에 있는 정신병자들의 아우성이, 울타리를 따라 심은 초라한 포플러나무들이 사라졌다. 우리는 2번 체임버 홀로 돌아가 손을 잡고 바흐의 소나타를 걸었다. 우리가 누구고 누구였는지에 대한 생각이 전혀 없이 아다지오와 알레그로와 라르고와 비바체를 지나갔다. 우리는 솔직하게 연주했다. 끝에 다다랐기 때문이었다. 우리를 기다리는 미래도 없었고 우리를 떼어놓을 과거도 없었다. 한순간, 오로지 음악만 있었다. 그러자 이리나가 물러서 사라지며 그림자의 세계로 돌아가기 시작했다. 그녀는 절망적으로 나를 붙잡았다. 이리나의 눈이 불타고 있었다. 손가락은 나약했고 핏기라곤 없었다.

"내 바이올린을 가져다줘." 그녀가 속삭였다. "우리집으로 가서 할머니한테 네가 날 데려갈 거라고 말씀드려. 할머니는 너에 대해 다 알아. 이해하실 거야. 엄마는 여전히 일을 나가고 있는데 다섯시까진 안 돌아와. 잘된 거지. 네가 아파트에서 절대 바이올린을 못 갖고 나가게 할 테니까. 날 여기 가둬놓고 싶어하는 사람이 엄마야. 의사들이 내 사고방식을 바꿀 수 있을 거라고 믿거든. 날 병들게 한 사람이 그 여잔데. 중요한 것을 죄다 빼앗아 갔는데, 맙소사, 난 그 여자가 싫어! 나한텐 관심도 없으면서 그냥 날 휘두르고 싶어만 해. 아빠가 살아 있어서 그 여자가 나한테 하는 짓을 봤다면…… 아빠는 절대 날 이런 식으로 대하지 않았어. 서둘러! 옷 좀 챙겨오는 것도 잊지 말고. 드레스, 타이즈, 속옷. 신발도. 너 날 여기서 나가게 도와줄 거지, 맞지? 너 정말로 날 사랑하는 거지, 그렇지? 우린 더 이상 게임을 하는 게 아냐. 이번에는 진짜라고. 약속하지?"

"약속해."

"그 사람들이 또 내 뇌를 튀기는 걸 원치 않아. 나갈 준비를 하고 있을게. 뒷마당 돌벽을 뛰어넘을 수 있어. 벽 반대편에서 옷이랑 바이올린을 들고 기다리고만 있어. 8월 11일 거리에 있는 아파트 건물에 붙은 뒷마당으로 들어오면 돼. 어떤 마당인지 잘 찾아야 해. 지난달에 담을 넘어 여길 도망친 여자애가 있었는데 하루 만에 잡혔어. 우린 똑똑하게 잘할 거야. 아무도 못 찾는 곳으로 네가 날 데려갈 테고. 이제 가! 엄마가 집에 오기 전에! 한 시간 안에 나도 나갈 거야. 나한테 보내는 신호를 기다릴게."

나는 두 번 생각하지 않았다. 그녀의 계획은 완벽해 보였다. 이리나의 아파트까지 달려가 할머니에게서 물건을 받은 다음 병원까지 돌아오는 데 필요한 시간은 정확히 한 시간이었다. 나는 이리나에게 키스한 다음 그녀의 눈물을 닦았다. 그런 다음 이리나가 옷을 입는 걸 도와주고 나서 문을 세게 두드렸다. 우리는 점점 더 커지는 수간호사의 발 소리를 들으면서 손을 맞잡고 서로의 눈을 보았다. 이리나의 짧은 머리, 상처투성이 입술, 관자놀이를 에워싸고 있는 가느다란 쪽빛 정맥, 눈 아래 뜬 검은 초승달을 보자 믿을 수 없을 만큼 슬펐고 화가 났다. 심지어 목에 있던 바이올린 자국도 사라졌다. 도대체 그녀에게 무슨 짓을 한 거야?

간호사가 손잡이를 집어넣어 문을 열었다. 나는 몸을 돌려 이리나를 한 번 더 봤지만 작별인사는 하지 않았다. 안녕이라고 하면 진짜 마지막인 것처럼 들렸다. 난 곧 돌아올 것이다. 나는 간호사를 따라 복도를 지나 계단을 내려갔다. 아무도 우릴 막지 않았다. 해야 한다면 수간호사를 때려눕힐 것이다. 그녀는 자기 권력의 무기인 은빛 문손잡이를 돌리며 건방지게 돌아다니는 꼴만으로도 얻어맞아 쌌다. 의사들과 간호사들 모두 묶여서 뻣뻣한 플라스틱 인형이 될 때까지 마취제를 주입당해 마땅했다. 누가 그들에게 나의 이리나를 가둘 권리를 줬나? 그애는, 맙소사, 열일곱이었다. 삶과 죽음, 의미와 허무 중 하나를 택하기에 충분한 나이였다.

혹은 그렇지 않다면? 나는 숨을 고르고 담배에 불을 붙였다. 나는 병원에서 열 블록 떨어진 곳에 있었고 블록 수만큼 많은 모스크도 지나쳤다. 마치 경찰에게 쫓기는 것처럼 있는 힘껏 뛰어왔다. 갑자기 이리나의 계획이 완전히 정신 나간 것처럼, 잘해봐야 안이한 것처럼 생각됐다. 수간호사가 문을 닫기 전, 이리나의 얼굴에 떠오른 표정에 담긴 무언가에 내 손끝이 두려움으로 얼어붙었다. 도대체 내가 어떻게 이리나의 할머니를 설득해서 손녀의 바이올린과 옷이 든 가방을 건네받을 수 있단 말인가? 모든 게 막막했다. 그녀의 할머니에게 뭐라 말하나? 이리나를 시설에서 빼내겠다고? 그녀는 내 뺨을 후려친 다음 경찰을 부를 것이다. 박박 깎인 이리나의 머리는 어찌된 걸까? 그들은 아무 이유 없이 사람의 머리를 깎지 않았다. 운 좋게 폐피의 지하실까지 갈 수는 있을지 모른다. 그런 다음엔?

하지만 이런 식으로 생각해서는 안 됐다. 우리의 이야기는 왈츠와 녹턴에서처럼 러브스토리였다. 달콤하게 종지를 맺을 것이다. 우리는 함께할 것이다. 그게 유일하게 말이 되는 계획이었다. 다른 것들은 모두 지옥에 떨어졌다. 우리의 경력. 우리의 음악. 우리의 청소년기. 내겐 운명을 바꿀 한 시간이 있었다. 한 시간 뒤에 이리나와 나는 새 인생을 시작할 것이다.

나는 이리나의 아파트에 도착해 3층으로 뛰어올라갔다. 문밖에서 나는 멈췄다. 끔찍한 예감이 날 사로잡았다. 이게 쉬울 리가 없어. 주체할 수 없이 몸이 떨리기 시작했다. 그 자리에서 바로 이리나를 데리고 도망갔어야 했다. 바이올린을 가지러 오질 말았어야 했다. 모두 속임수였다. 하데스는 다시 한 번 제 목적을 이룰 것이다. 돌아서는 게 아니었다. 그녀 얼굴을 보지 않았어야 했다. 전설을 기억했어야 했다.

나는 담배에 불을 붙이고 몇 모금 빤 다음 벨을 눌렀다. 귀를 문에 대고 안에서 나는 소리를 들었다. 하지만 낮게 윙윙거리는 소리만이 들려올 뿐이었다. 냉장고 소리일 성싶었다. 할머니는 집에 없는 모양이었다. 나는 다시 벨을 눌렀고, 이번에는 문이 열리고 닫히는 소리와 발소리를 들었다. 나는 담배를 위쪽 층계참에 털고는 마음을 다잡으려 노력했다. 무슨 말을 할까? 당연히 새빨간 거짓말이지. 뭔가 빨리 생각을 해내야 했다. 설득력 있는 이야기를. 내가 믿음직스럽게 보이기만 하면 그녀도 믿을 것이다.

문이 빼꼼히 열렸다. 검은 드레스와 검은 카디건을 입은 이리나의 할머니가 복도를 슬쩍 내다보았다. 난 그녀를 학교에서 자주 봤다는 사실을 깨달았다. 내 연주도 몇 번 보러 왔을 것이다.

"아파트를 잘못 찾은 것 같은데."

할머니가 그렇게 말하며 문을 닫으려 했다.

"저 이리나의 남자친구예요."

나는 그렇게 말하고 앞으로 나섰다.

노부인은 잠시 망설이더니 한숨을 쉬며 날 안으로 들였다. 나는 할머니를 따라 부엌으로 가 그녀가 빼준 의자에 앉았다. 할머니가 분주히 커피를 끓이는 동안 나는 방을 둘러보며 하나하나 모두 기억하려고 애썼다. 크림색 태양 무늬가 그려진 겨자색 벽타일, 오븐 문이 부서진 낡은 스토브, 정사각형 손잡이가 달린 정부 제조 일반형 냉장고, 비뚤어진 하얀 부엌 찬장, 최후의 술탄이 재위하던 때부터 쓰던 것 같은, 구리로 된 거대한 터키 식 커피 그라인더, 벽에 걸려 있는 차르 시절 단검, 갈색 리놀륨 바닥, 아마도 이리나가 매일 밤 앉아 숙제를 하다가 둥근 창문 너머로 모스크와 옛 유대인 구역의 타일 붙인 지붕들을 보곤 했을, 크기를 조절할 수 있는 식탁.

우리는 터키 식 커피를 저으며 말 없이 서로를 보았다. 어떻게 거짓말을 한다? 이리나의 눈은 할머니를 닮았다. 호박색, 녹색, 회색이 소용돌이치는 눈. 할머니가 분명 이리나의 아버지의 어머니라는 사실이 떠올랐다. 그녀는 집시였다.

"학교는 어쩌고?"

그녀가 물었다.

"저번 달에 쫓겨났어요."

"반항아가 또 나셨군. 그럴 줄 알았다. 음악 연주로는 성에 안 찼던 거지. 넌 국내 최고의 선생들과 공부하는 걸 원치 않았던 거야. 너희 세대에는 뭔가 썩어빠진 게 있어. 언제나 불행하다면서 자기 잘못을 남 탓으로 돌리지. 어째서 너와 이리나는 해서는 안 될 일들을 저지르기 전에 겨우 몇 년을 참질 못했던 거지? 왜 조용히 지내고 규칙을 따를 수 없었던 거냐고?"

"저기요." 나는 작은 에스프레소 컵을 꽉 쥐면서 말을 꺼냈다.

"솔직히 말할게요. 저는 보통 거짓말만 하지만 이번엔 달라요. 저 이리나를 사랑해요. 이리나를 시설에서 빼내서 제 집으로 데려가도 좋다는 허락을 받고 싶어서 온 거예요."

"네가 집이 어디 있다고." 그녀가 경멸하는 미소를 지으며 대답했다. "이 할망구한테 허풍 떨 생각은 마라. 네가 어디서 왔는지 안다. 어디로 갈지도 알지. 네 길은 여기서 아주 멀리 떨어진 곳으로 이어져 있다. 이리나와 이 도시에서 아주 멀리 떨어진 데로 말이다. 앞으로 일이 어떻게 될지 모두 말해줄 수 있다. 네 부담을 덜어줄 수 있어. 너도 네 영혼 깊은 곳에서는 무척이나 부담스러워하고 있다는 사실을 나만큼이나 잘 알고 있지. 강력한 발톱이 네 심장을 파고들어서 넌 보는 눈도 판단력도 잃어버렸어. 여기……"

그녀는 카디건에서 검은 실을 돌돌 말아 뽑다가 1미터쯤 뽑자 이로 끊었다. 그런 다음 엄지와 검지를 침으로 적시고는 두 손가락 사이에 실을 끼워 당겼다.

"받아라."

그녀는 그렇게 명령하고는 조그만 검정 공처럼 될 때까지 내 손바닥 위에서 실을 문질렀다.

"이제 이걸 양손으로 당겨서 매듭을 아홉 개 만들어라. 네 개는 방향을, 두 개는 해와 달을, 두 개는 과거와 미래를, 하나는 알라신을 뜻하는 거란다."

"전 이런 거 안 믿어요."

내가 말했다.

"하지만 당연히 넌 믿어. 이게 네가 여기 온 이유다. 난 널 보내려 했지만 네가 들어오겠다고 고집을 피웠지. 그러니 이젠 내 말대로 해라. 내가 매듭을 태운 다음 너와 이리나를 이 덫에서 풀어주마. 넌 자유롭게 네 운명을 다시 선택할 수 있어. 어서 해!"

이리나의 할머니가 성냥갑을 준비하는 동안 나는 매듭을 매려고 애쓰기 시작했다. 나는 부엌에 걸린 시계를 봤다. 한시가 다 돼가고 있었다. 아마도 이리나는 내가 왜 이렇게 오래 걸리는지 궁금해하고 있을 것이다. 이 늙은 집시가 날 돌로 만들기 전에 여기서 나가야 했다.

"잘했다."

할머니는 그렇게 말하고 내게서 끈을 받아들어 손가락 사이로 다시 당겼다. 갑자기 그녀의 얼굴이 어두워지고 손이 떨리기 시작했다. 그녀는 창문으로 들어오는 빛 속에서 끈을 붙잡고 다시 한 번 천천히 손가락 사이로 실을 당겼다.

"이 할미랑 장난하자는 거냐?" 그녀가 화를 냈다. "매듭을 안 지었잖아! 거짓말쟁이 같으니! 신께서 이 오만한 짓거리를 벌하실 거다!"

"했어요! 진짜 했다고요."

나는 일어서서 그녀에게서 끈을 낚아챘다. 끈을 자세히 살펴보고 손가락 사이로 비벼도 봤다. 그녀 말이 맞았다. 매듭이 없었다. 하나도.

"다 풀어졌어요! 진짜로 할머니 말씀대로 했다고요. 어찌된 일인지 모르겠어요. 다 풀어졌어요!"

늙은이가 미친 듯 일어나 의자를 바닥에 쾅쾅 찍더니 나를 난폭하게 문 쪽으로 밀었다.

"네가 악마를 데려왔구나! 감히 우리 이리나에게는 손끝도 대지 마라! 꺼져버려. 다신 돌아오지 마! 너와 바이올린이 그애의 영혼을 가져갔어! 얼마나 활기찬 애였는데! 지금 이렇게 변한 꼴을 보라고! 남자친구들, 낙태, 네가 그애를 완전히 파멸시켰어! 그따위 연습이 죄다 무슨 소용이라고! 그애 옆에 바이올린을 갖다놓질 말았어야 했어. 애비가 그렇게 고집을 피우더니만. 이젠 아무도 우릴 못 도와. 의사도. 바이올린 선생도. 그 검은 야수를 가져가. 우릴 그냥 놔두라고!"

"할머니는 이해 못 하세요!" 나는 복도에서 그녀에게 소리쳤다. "병원이 이리나를 죽이고 있어요! 걔는 음악가라고요! 다른 사람이 될 수가 없어요! 바이올린이 없으면 죽은 거나 다름없단 말이에요! 그애의 영혼을 빼앗아서 하얀 앞치마와 주사기를 가진 악마들에게 넘긴 쪽은 당신들이야! 난 이리나에게 바이올린을 돌려주고 이 지긋지긋한 데서 빠져나갈 수 있도록 도와줘야 해요. 그러니 그딴 마술 쇼로 날 멈출 생각은 말라고!"

"경찰을 부를 거야!"

나는 그녀를 밀치고 아파트 안의 문을 하나하나 열기 시작했다. 이리나의 방은 거실 끝에 있었고, 창문은 벽으로 둘러싸인 마당에 면해 있었다. 나는 옷장을 열어 옷을 뒤졌다. 양말, 타이즈, 속옷, 브래지어. 스커트, 스웨터, 향수병. 늙은 집시가 날 밀면서 뺨을 때리려고 했다. 나는 노인을 침대로 밀었지만 그녀는 발을 헛디뎌 바닥으로 넘어졌다. 바이올린은 서랍장 위에 있었다. 나는 케이스를 열어 악기를 비롯해 모두 다 있는지 확인한 다음 이리나의 책가방에 옷을 쑤셔 담고 문으로 향했다. 나는 할망구가 어디 부러진 데는 없는지 보려고 잠시 멈춰 서서는 이 늙은이를 살펴보긴 해야 하나 고민을 했지만, 그녀의 저주와 비명이 날 쫓아냈다. 나는 도둑처럼 계단을 뛰어 내려갔다. 아파트 문을 닫지도 못 했다. 건물 입구에서 거리에서 날 따라왔던 우유배달부 노인과 마주쳤다. 그는 이리나의 바이올린을 들고 거리를 달려가는 날 지켜봤다. 골목을 돌자 바닥에서 꿈틀거리던 이리나의 할머니에 대한 기억이 사라졌고, 나는 내가 옳은 일을 했다고 확신했다. 이리나의 어머니와 할머니는 다른 세상에서 온 사람들이었다. 그들은 이리나의 불행을, 희망과 꿈을 결코 이해하지 못했다. 이리나와 나는 저주로부터, 지옥의 상징으로부터, 의사들로부터, 선생들로부터, 우리 발목을 잡으려는 꼭두각시들로부터 자유로워질 것이다. 우린 음악을 알았다. 우린 달랐다. 우린 언제나 용서받을 것이다.

나는 이리나가 가르쳐준 대로 이웃한 거리를 통해 시설로 접근했다. 병원의 뒷마당 벽에 인접한 마당이 있는 아파트 건물을 찾기는 어렵지 않았다. 겨우 삼십 분 늦었다. 나는 바이올린 케이

스와 이리나의 가방을 얼어붙은 장미덤불에 숨긴 다음 높다란 벽
돌담에 기대 있는 호두나무에 올라갔다. 정신병원 마당은 비어
있었다. 이리나가 어딘가에서 날 보길 바라며 담 위에 올라가 손
을 흔들기는 어려웠다. 사실 아예 모습을 드러낼 수가 없었다. 간
호보조사가 경찰에 전화할 것이기 때문이다. 나는 그저 나무에
올라 정신병원의 뒷문을 감시하며 이리나가 나타나길 기다릴 뿐
이었다. 그녀는 우선 트인 장소로 나와야 한다는 사실을 알 만큼
은 똑똑했다.

　나는 대답을 얻을 수 없는 질문과 편집증적인 시나리오로 스
스로를 고문하며 한 시간을 기다렸다. 이리나가 내가 여기 도착
하기 전에 일찍 나온 거라면 어쩌지? 마음을 바꾼 거라면? 정말
아픈 거라면? 내가 심지어 그녀의 상처를 더 심각하게 만드는 것
은 아닐까?

　다시 한 시간이, 또 한 시간이 지났다. 날이 어두워지기 시작했
다. 담배는 다 피웠고, 발가락, 손가락, 얼굴은 추위 때문에 감각
이 없었다. 곧 이리나의 어머니가 집으로 돌아와 내가 저지른 짓
을 볼 것이다. 아니면 벌써 다 본 다음에 간호보조사들에게 딸을
감시하라고 경고했을지도 모른다. 경찰이 날 찾고 있을 수도 있
었다. 바이올린을 훔친 것은 웃어넘길 일이 아니었다.

　병원 뒷문이 열리고 이리나가 파자마에 하얀 샌들 차림으로
나타났을 때 난 모든 희망을 잃어버렸던 참이었다. 나는 즉시 담
으로 뛰어올라가 손을 흔들었다. 이 거리에서는 그녀의 얼굴이

잘 보이지 않았지만 그녀의 뻣뻣한 자세를 보자 뭔가 진짜 잘못됐다는 느낌이 들었다. 왜 저기 그냥 서서 아무것도 안 하지? 그녀는 마치 환영 같았다. 창백하고, 생명이 없고, 보이지 않는 힘에 조종당하는 환영.

"여기야!"

내가 소리쳤다. 그녀는 여전히 움직이지 않았다. 본부 사무실의 전등이 켜지면서 여자로 보이는 형체가 커튼을 닫았다.

"뛰어!"

나는 담 위에 앉아 그녀를 재촉하며 여차하면 내려가 그녀의 손을 잡을 준비를 했다. 이리나는 한 걸음 뒤로 물러서더니 문에 몸을 기댔다. 그녀는 보라색이 감도는 검은 하늘에 뜬 초승달을 올려다보고 있었다. 멀리서 웅얼거리는 것 같던 소리가 이윽고 소란스러워지면서 서너 명의 목소리가 서로의 목소리를 덮으며 소리를 질러댔다. 병원 불이 더 켜졌고, 그림자들이 2층과 3층의 창문을 빠르게 지나갔다. 목소리들이 점점 더 가까워지면서 나는 그들이 뭐라 말하는지 들을 수 있었다. 그들은 이리나를 찾고 있었다. 나는 담에서 뛰어내려 뜰을 가로질러 이리나에게 달려가 그녀가 벽을 오르도록 돕는 데 시간이 얼마나 걸릴지 계산하려 애썼다. 문제는, 일단 그녀가 담을 넘으면 내가 병원에 갇힌 신세가 된다는 사실이었다. 담은 너무 높았고, 담 안쪽은 서둘러 올라가기엔 너무 미끌미끌했다. 이리나는 이제 날 보고 있었다. 뭔가말을 하고 싶어하는 것처럼 보였다. 그녀는 검지로 아래를 가리키더니 내게 손을 흔들었다. 그런 다음 건물 안으로 들어가 문을 닫았다.

심장이 터지려 했다. 이게 도대체 무슨 뜻일까? 그녀는 '올빼미'가 자기를 학교에서 내쫓았을 때 했던 것과 똑같이 손가락을 움직였다. 하지만 이건 달랐다. 자기는 그냥 병원에 남아 있겠다고 내게 말하는 걸까? 작별인사? 아니면 한밤중까지 기다려달라는 얘길 하려던 걸까?

나는 기다렸다. 일 분 일 분이 영원히 이어지는 것 같았다. 병원 정문으로 가서 억지로 밀고 들어갈까 고민하는 동안 삼십 분이 지났다. 간호보조사 전부를 상대할 수 있을까? 갑자기 끔찍한 의심에 사로잡혔다. 만약 그녀가 저 아래 세계를 가리킨 거라면? 토할 것 같은 기분이 들었다. 나는 바이올린 케이스와 책가방을 들고 아파트 건물을 통해 거리로 달려 나왔다. 오른쪽으로 돌고, 다시 오른쪽으로 도는 동안 의식이 가물거렸다. 뭘 하려고 했는지 기억이 나질 않았다. 어떻게 여기 왔는지도 생각이 안 났다. 하지만 이 모든 것을 전에 본 적이 있음을 알았다. 막 넘어가는 일몰에 등을 돌리고 줄지어 있던 포플러나무들, 철제 울타리, 앞 범퍼가 뒤틀리고 정지등이 파손된 채 병원 밖에 주차돼 있던 소련제 구급차, 작업복과 러시아 식 털모자를 쓰고 추위 속에 서서 담배를 피우며 발로 타이어를 건드리며 살펴보던 구급차 운전사.

"무슨 일인가요, 동지?"

내가 물었다.

"그냥 출동 요청 받은 거다."

운전사는 간단히 대답하고 타이어에서 떨어졌다.

"제 형이 저기 있거든요…… 최근에 군에서 제대했는데……
오랫동안 간질 발작에 시달렸어요. 그래서 저기서 뭔가 사고가
일어났나 해서요."

"사고라고 하긴 좀 그렇고. 여자애 하나가 자살했다. 내 동료가
안에 불려갔는데 이미 늦었더라. 여자애 어머니도 안에 있단다.
병원 사람들이 그 여자에게 진정제를 놨지. 매일 일어나는 일이
다. 특히 겨울과 봄엔 이런저런 이유로 더 그렇고. 애들은 인생을
단순하게 사는 법을 배워야 해. 그게 내가 하고 싶은 말이란다.
썰매라도 타. 우리가 애들일 때 하던 짓이 그거야. 담배를 엄청나
게 말아 피우고 썰매를 탔지. 간단한 거야, 얘야. 복잡할 거 없어."

운전사는 담배에 다시 불을 붙이려고 말을 멈추고는 내 손에
있는 바이올린 케이스를 보고 고개를 끄덕였다.

"저 안에 있던 여자애도 바이올리니스트였다. 너처럼. 최소한
그 사람들 말론 그렇다더라."

나는 꼼짝도 않고 병원 3층의 열린 창문을 바라보았다. 저 창
문의 의미는 뭘까? 문. 탈출구. 경계의 여신, 교차로의 여신, 존재
하는 것과 소멸하는 것 사이에 있는 공간의 여신 헤카테가 수호
하고 있는 문턱. 헤카테의 개들은 지금 어디 있을까?

나는 구급차 주위를 서성이면서 병원으로 쳐들어가 마지막으
로 한 번만 이리나를 만나게 해달라고 요구하고 싶은 충동과 싸

웠다. 내가 이리나에게 작별 키스를 하도록 그들이 놔둘까? 그녀의 손을 잡은 다음 그녀가 여전히 들을 수 있는 동안, 그녀가 여전히 가까이 있는 동안에 그녀의 귀에 속삭이도록 놔둘까?

바닥이 없는 검은 구멍이 내 가슴 한가운데에서 입을 벌려 내 심장, 감각, 하늘과 별들 모두를 삼켜버리고 있었다. 근원적인 무에 흡입되어 언제든 사라질 것 같은 기분이 들었다. 내 육체는 우주의 바람에 펄럭이는 종잇조각에 지나지 않았다.

나는 바이올린 케이스를 옆구리에 낀 채, 울면서, 쓰레기통을 걷어차면서, 한밤이 되도록 도시를 방황했다. 다 내 잘못일까? 그랬다. 이리나의 할머니에게 손녀를 병원에서 빼내겠다는 의도를 밝히지만 않았더라면, 그때 바이올린을 훔치지만 않았더라면, 생각할 수 있는 가장 비합리적이고 어리석은 짓을 저지르지만 않았다면, 이리나는 살아 있을 터였다. 우리는 폐피의 지하실에서 와인을 마시고 있을 터였다. 하지만 그녀의 어머니가 병원으로 달려왔고 모든 걸 파멸시켰다. 내가 그녀에게 그런 짓을 할 수 있게 만든 것이다. 내가 이리나에게 어머니와 나 중 하나를 택하라고 강요했던 것이다. 그녀는 결국 복수를 택했다. 아니, 어쩌면 내가 완전히 잘못 알고 있는지도 모른다. 나는 이리나를 전혀 이해하지 못했는지도 모른다. 이리나가 진짜 천재였던 반면 나는 재능 없는 그저 그런 개새끼였는지도 모른다.

나는 총대주교 광장의 선술집에서 라키야 두 병을 사서 일곱 성인 공원을 지그재그로 지나 교회 계단에 앉았다. 내 심장을 멈추고 날 여기서 벗어나게 하기에 두 병이면 충분할까? 나는 첫 번째 병을 따서 단숨에 들이켜기 시작했다. 40도짜리 알코올이 내 몸 속의 오솔길을 태웠고 내 눈을 따갑게 했다. 나는 계속 마셨다. 술을 넘길 때마다 내 머리, 손, 발이 점점 커졌다. 달콤한 증기가 내 몸을 풍선처럼 팽창시켰다. 곧 나는 두둥실 떠서 거리와 지붕 위로 날아가리라.

양초와 유향이 타는 냄새가 교회에서 흘러나와 나를 달랬다. 안에서는 심야 예배가 진행중이었다. 나는 신부가 제단을 돌아 금으로 된 향로를 흔들고 성경 기도문을 암송하는 모습을 지켜보았다. 교회 안으로 기어들어가기는 무척 쉬웠다.

하지만 나는 구원받고 싶지 않았다. 그저 카론*이 이리나의 목에 찍혀 있는 바이올린 자국을 알아보았을지 알고 싶을 뿐이었다. 그녀는 저 아래에서도 나머지 사람들과는 다르리라. 그들도 그 사실을 대번에 알아챌 것이다.

나는 두 번째 병을 따 입에 갖다 댔다. 그리고 화음이 최종 해결되기 전까지 절망이 뿌리 깊게 자리를 잡은 감7화음의 회색빛 황량한 들판에서, 으뜸음 아래 내 기억을 하나씩 묻었다.

* Charon, 그리스 신화에 나오는 삼도천의 나루지기.

23장

무소륵스키, 닭발 위의 오두막(바바 야가)

나는 우레 같은 박수 소리를 들으며 잠에서 깼고, 이 소리가 죽은 자들이 사후 세계에 온 걸 환영한다며 치는 박수가 아니라 뚱뚱한 간호사가 내 위에 올라탄 채 무릎으로 갈비뼈를 누르며 온 체중을 실어 내 뺨을 난폭하게 후려치는 소리라는 사실을 바로 깨닫지 못했다. 내가 누워 있는 방 전체가—손은 철제 침대 프레임에 묶여 있었고 점적주사가 꽂혀 있었다—난폭하게 앞뒤로 기우뚱하는 것 같았고, 창문 옆 아기 침대 위에 누워 있는 조그만 남자에게 달린 황소처럼 생긴 귀가 눈에 띄었다. 그러자 나는 '백조' 이고르가 내가 퇴학당한 다음날 예언한 대로 무소륵스키의 「전람회의 그림」 속 등장인물이 현실에 나타난 듯한 착각에 빠져들었다. 그러니까 나 자신이 닭발 위의 오두막에 어린이를 잡아먹는 바바 야가*와 함께 있고, 그 마녀가 날 주먹으로 두드리며 육질을 부드럽게 하고 있는데, '난쟁이'는 등을 대고 누워 있고, 하얀 달걀 속에 들어 있던 수많은 병아리가 복도로 튀어나와 손에 주사기와 쥐똥만 한 먹이를 든 채 춤을 추고 있는 환상에 사로잡혔다.

"얘 드디어 눈 떴어요!" 바바 야가가 소리를 지르며 내 맥박을 짚었다. "이름이 뭐니? 부모님께 연락해야 돼. 이름이 뭐냐고!"

"몰라요."

나는 대답했다. 기억이 안 나서가 아니라 콘스탄틴이란 이름을 한 번에 발음할 수 없을 것 같아서였다. 눈을 깜박이기도 힘들어 죽을 지경이었다.

"오, 잘한다, 또 이런 애야! 나는 또 내가 한 일이 전혀 없기라도 한 것처럼 보고서를 써 올려야 한다고!"

바바 야가는 으르렁거린 뒤 쿵쿵대며 방을 나갔다.

"디코프 선생님, 잠시 시간 좀 있으세요?"

그녀의 목소리가 복도에 울렸다.

"특별 절차를 따라야 해요. 4C호실 남자애가 자기 이름을 기억 못 한대요."

나는 벨트에서 손을 풀려고 했지만 그래봤자 정맥에 꽂힌 주삿바늘이 더 아프게 박힐 뿐이었다.

---

* Baba Yaga. 러시아의 숲속에 사는 요괴. 말라서 뼈와 가죽만 남은 노파의 모습을 하고 있다.

"썅!"

나는 담요를 걷어차며 소리쳤다. 나는 줄무늬 파자마 하의를 입고 있었다.

"벌써 훨씬 나아진 것 같구나."

누군가 방 뒤편에서 말했다. 고개를 돌리자 오십대쯤 되는 남자가 보였다. 회색 장발에 턱수염을 길렀고, 침대에 앉아 접은 신문지에 연필로 뭔가 낙서를 하고 있었다.

"너 어젯밤에 사람들을 진짜로 겁줬다. 다들 네가 가망이 없다고 생각했지."

"나가고 싶어요." 나는 한 마디 한 마디 똑바로 발음하려고 애쓰며 말했다. 내 혀는 간肝만큼이나 부어 있었다. "여자친구가 죽었어요. 나도 죽어야 돼요."

남자는 신문을 내려놓고 안경테 너머로 날 보며 짓궂게 웃었다.

"진심이냐? 어쩌 나한테 꾸며내는 얘기 같다만."

"맹세해요, 진짜예요."

"그렇다면 그 사람 없이는 살 수 없는 사람의 인생을 두고 맹세할 수 있니? 그러니까 애완견이나 선인장보다는 중요한 사람 말이다."

"그런 사람 생각 안 나요."

나는 내가 아는 모든 사람들의 이름을 알파벳순으로 죽 훑어보고 나서 잠시 뒤 패배를 인정했다.

"그 사람 없이는 못살 것 같은 사람이 있는지 모르겠어요. 이리나만 빼고요. 하지만 걔는 자살했어요."

"그럼 그건 진심이구나! 나는 네가 라키야 두 병을 홀랑 비우고 그 중 하나로 일곱 성인 교회 신부의 머리를 깨부수고 한 건 그냥 재미로 그랬나 싶었는데! 내가 확실히 잘못 봤군."

"병으로 신부님 머리를 깼다고요?"

나는 놀라서 그 말을 따라했고, 그러자 되살아난 기억이 머릿속으로 쏟아져 들어왔다. 날 깡패라고 부른 신부와 실랑이를 벌이다 병을 휘두른 일이 이제야 기억이 났다. 심지어 신부의 턱수염을 잡고 안 놔주겠다고 했던 것도 생각났다.

"이런 식으로 계속 살고 싶지 않아요. 내가 그냥 지옥에 가서 끝장날 수 있게 신이 있었으면 좋겠어요."

"그렇구나!" 남자가 흥분해서 말했다. "음, 너한테 이런 말을 하긴 싫다만, 사실 신은 존재하지 않는단다. 있다면 보고가 됐겠지. 반면 네가 부주의하게 머리를 다치게 한 사람은 진짜 신부가 아니다. 천박한 기관원이지. 난 확실히 안다. 세상 경험이 좀 있거든. 문제는 그 소위 신부님께서도 어젯밤에 피로고프 병원에 입원하셨고, 지금 바로 아래층 복도에 있는 방에서 휴식을 취하고 계신다는 거란다. 이제 너와 잠시 얘기를 나누고 싶어하시는 파란 제복의 중요 인사들께서 여럿 올 것 같아 걱정이구나. 사실, 이건 나한테 드는 생각인데, 넌 지금 당장 탈출구를 마련해야 하지 않을까 싶다."

"어떻게요?"

나는 화가 나 소리쳤다.

"병원 침대에 묶인 꼴로 그냥 창문을 날아갈까요?"

"아니. 나한테 정중히 부탁할 수 있잖니. 이 벨트를 풀어주실 수 없는가, 이렇게 말이다. 그런 다음 내가 어떻게 하나 기다리는 거지. 아마 나는 거의 확실히 알겠다고 할 거고."

나는 내 말상대를 불신의 눈으로 바라보았다. 이상한 사람이었다. 어떤 일에도 당황하지 않을 사람으로 보였다.

"그런데 여기서 뭘 하시는 거예요?"

"아. 난 한 달에 한두 번 정도 피로고프 병원을 방문하는 걸로 유명한 사람이지. 사실 좀 좋아하긴 해. 아무도 병원 사람들이 뭘 하는지 몰라. 만약 네가 다리가 부러져 여기 오면 그들은 다른 쪽 다리를 부러뜨린단다. 네가 신경쇠약에 걸리면 그 사람들은 맹장을 잘라내지. 알코올 중독으로 입원하면 모르핀을 주고."

"그럼 제 벨트를 풀어주시겠어요?"

"뭐, 안 될 거 있나."

남자는 일어서서 병원 슬리퍼를 신고는 내 침대로 왔다. 그는 먼저 주삿바늘을 꽂은 부위에 붙여놓은 반창고를 뗐다. 그런 다음 재빨리 바늘을 뽑고 다시 반창고를 붙였다.

"여기서 어떻게 나가는지는 아니?"

내 구세주가 벨트를 풀어주며 물었다.

"사실 잘은 몰라요."

나는 그렇게 대답하고 일어섰다. 방이 위아래로 흔들렸다. 병원 건물에 닭다리가 달린 것 같았다. '난쟁이'가 누워 있던 창문 너머로 정부에서 운영하는 주유소가 보였다. 주유소는 낡아빠진 가판대에서 담배를 사려고 기다리며 줄을 서 있는 간호사들과 구급차로 북적였다. 얼음으로 반짝이는 자갈이 깔린 널찍한 대로가 맨 바깥쪽 도시 지역을 반으로 나누고는 정상에 눈이 덮인 서쪽 산의 언덕으로 사라졌다. 해가 막 지려는 참이었다. 얼마나 정신을 잃고 있었을까? 내 개성의 좋은 부분을 완전히 지워버릴 정도는 될 성싶었다. 초보자가 된 기분이었다. 새로 실수를 저지르고 다시 실패할 것 같았다. 피아노 연주를 시작한 뒤로는 그렇게 느낀 적이 없었는데.

"서둘러라!" 남자가 문에서 날 불렀다. "기다려! 수간호사가 누구랑 얘기중이다."

그는 내가 위험한 임무를 맡기에 적합한 사람인지 가늠해보려는 것처럼 나를 위아래로 훑어보았다.

"그래, 네 사연은 뭐냐? 부모가 이혼했냐? 국내 관광을 도느라 장밋빛 어린 시절이 작살났어?"

"아뇨. 전 그냥 음악가예요."

"아. 더 나쁘네. 진짜 최악이야. 좋아. 가!"

우리는 들것과 휠체어와 뚱뚱한 간호사들과 비틀거리며 화장실을 들락거리는 환자들을 헤치며 복도를 따라 걷기 시작했다. 모든 것에서 소독용 알코올, 요오드, 쉰 붕대의 악취가 났다. 계단에 거의 다 왔는데 갑자기 이리나의 바이올린이 기억났다.

"왜 그래?"

"제 바이올린을 두고 갈 수는 없어요. 그렇겐 못해요."

"야, 야!" 내 공범자가 턱수염을 쓸며 소리쳤다. "갈수록 태산이군. 그럼 돌아가자. 디코프 선생 진료실을 살펴봐야겠다."

바바 야가가 간호사실에서 나와 복도 반대편 4B호실로 들어가는 동안 우리를 못 봤는데 이건 기적이었다. 진료실 밖에는 수많은 환자들이 줄을 지어 기다리고 있었다. 내 공범자는 침착하게 문으로 곧장 다가가서는 노크도 안 하고 걸어 들어갔다.

"검사를 방해해서 죄송합니다만, 선생님, 하지만 제가…… 아, 여기 있다. 쇼팽 연주회가 십 분 뒤에 시작을 해서 연습을 해야 하거든요! 선생님께서도 4층 암병동으로 보러 와 주셨으면 좋겠어요."

"나 어땠니?"

공범자가 미소를 지으며 물었다.

"쇼팽은 바이올린 곡을 작곡한 게 없어요."

"으윽! 우리 진짜 큰일 났다!"

바바 야가가 4B호실에서 나오는 동시에 그는 속도를 냈다.

"누가 저 사람들 막아!" 그녀가 우리 뒤에서 소리쳤다. "구내를 떠나도 좋다는 허가를 안 받았어!"

즉시 하얀 껍질을 뒤집어쓴 무소륵스키의 병아리 두 마리가 우리를 멈추게 할 작정으로 계단으로 가는 문을 막았다. 내 공범은 조금도 주저하지 않고 버려진 들것을 잡아 최고 속도로 그들에게 돌진했다. 미치광이를 상대하고 있다는 사실을 깨달은 간호사들이 옆으로 비켜섰고, 그러는 동안 공범은 들것을 공성용 망치 삼아 접이문을 때려 부순 다음 찌그러진 금속으로 일으킨 아비규환 속에서 계단으로 곤두박질쳤다. 나는 그 뒤를 바짝 따라가다가 들것 밑바닥 쟁반에서 튀어나온, 주사기와 앰플이 든 크고 둥그런 금속 용기에 걸려 나동그라졌다.

"옷은 어떡하죠?"

1층에 도착했을 때 내가 물었다.

"새 걸로 가져갈 거야."

공범이 선언했다. 이제 그와 나는 마치 커피라도 마시러 나온 사람처럼 차분히 걷고 있었다.

"어디서요?"

"당연히 옷장에서지."

그는 '연구소'라고 적힌 표지판이 있는 방문을 열고 방이 비었는지 살핀 다음 안으로 들어갔다. 나는 문 뒤의 작은 옷장을 샅샅이 터는 그를 지켜봤다. 바지 두 벌에 겨울 재킷 두 벌. 우린 만반의 준비가 되어 있었다. 그가 파자마 상의를 막 벗기 시작하는데 방 안쪽의 다른 문이 열리더니 녹색 옷을 입은 남자 둘이 약병과 서류철을 들고 안으로 들어왔다. 나는 더 이상의 지시를 기다리지 않고 곧장 정문 출구로 돌진했다.

"다른 쪽으로!"

내 공범이 소리쳤다.

나는 전속력으로 되돌아와서는 연구실 직원 중 한 명이 쭉 뻗은 손을 피하면서 미로 같은 복도를 뛰기 시작했다. 내 공범은 어디로 가야 하는지 정확히 아는 것 같았다. 층계를 내려가서, 터널로 들어간 다음, 뒷문으로 나왔다. 우리는 뒷마당을 가로지르고 거리를 건너 맨 처음 눈에 띈 아파트 건물로 숨어들어갔다. 우리는 조용히 옷을 갈아입고 나서 파자마를 지하실에 버렸다.

"이름이 뭐니?"

현재 회색 울 코트에 검은 바지를 입고 하얀색 병원 슬리퍼를 신고 있는 남자가 물었다.

"콘스탄틴이요."

나는 그렇게 대답하면서 새 갈색 윈드브레이커 지퍼를 채웠다.

"난 자니다."

그가 손을 내밀며 말했다.

"난 땅 밑에 살아."

24장
무소륵스키, 지하묘지

1989년 10월 10일

나는 따뜻한 파이프에 등을 대고 누워 천장에 매달린 철망에 갇혀 희미하게 빛나는 전구를 바라보고 있다. 발끝은 어둠을 향해 두었고 머리는 출구 통로 쪽으로 놓았다. 지상에서는 가을 재킷을 입은 아이들이 육군 공원 가운데 서 있는 거대한 첨탑 주변에서 서로를 쫓아다녔고, 리볼버와 기관총과 주석으로 만든 깃발을 든 채 공중으로 뛰어오르는, 청동으로 만든 소규모의 소련 병사 파견대가 그 모습을 지켜보았다. 여기 땅 아래에서는 수백만 갤런의 가압 온수가 거대한 두 개의 파이프를 통해 질주했다. 파이프는 각각 두 사람이 잘 수 있을 만큼 넓었고, 한숨, 휘파람, 외침, 글리산도를 부는 플루트, 가볍게 현을 퉁기는 베이스, 심지어는 바이올린에다 가끔은 팀파니 솔로까지 첨가된 영원한 협주곡을 작곡하고 있었다. 내 옆에는 담요 위에 다리를 꼬고 앉은 자니가《조국의 최전선》지난호에 실린 십자말풀이를 풀고 있었다. 물론 그의 진짜 이름은 자니가 아니었다. 이 빌어먹을 나라를 통틀어 자니라는 이름을 가진 사람은 하나도 없다. 그는 지하 묘지 입구에서 그리 멀지 않은 난방 파이프 꼭대기를 차지했고, 컴컴한 선로를 차를 타고 횡단하고 싶은 사람들에게 레버로 작동하는 닳아빠진 수동차를 빌려주는 일을 하고 있었다. 나는 자니 뒤에 앉아서 그가 자칭 카론 역할을, 지하 무덤의 고위 사제 역할을 하는 모습을 보길 즐겼다. 자니는 관객이 절실하게 필요했고, 나는 듣는 데 재능이 많았다. 그는 자기 친구들에게 나를 '음악가'라고 즐겨 소개했다. 그게 나름 이국적이란 사실을 알았다. 음악가는 여기 내려온 적이 없었다. 자니는 '화가'였다. 지하 묘지에 있는 사람들은 모두 전직 딱지를 달고 있었다. 전등이 들어오는 구역 맨 끝, 그러니까 선로가 칠흑 같은 두 개의 터널로 갈라지는 곳에 사는, 치아가 하나도 없는 철학자도 있었다. 엔지니어는 입구 바로 옆 파이프 밑에서 잠을 잤다. '배우'도, '간호사'도, '파티 매춘부'도, '화학자'도, '고고학자'도, 옛 동료들이라는 한 떼의 주정뱅이들도 있었다. 주정뱅이들은 남자 둘에 여자 둘이었는데, 별명이 '니케포루스 황제*'인 또 다른 고고학자를 찾아 밤낮으로 걸었다. 지하 묘지에는 이외에도 많은 사람들이 있었고, 그들 중 몇몇

---

* Imperator Nicephorus, 니케포루스 1세. 동로마 황제로, 불가리아 원정중에 전사했다.

은 숙박을 하거나 파티를 할 장소를 찾아왔고, 다른 이들은 그냥 놀러 왔다. 때로 익숙한 얼굴도 봤다. 영어 고등학교에 다니는 여자애, 파티에서 본 남자. 대도 페피도 얼굴을 비추었는데, 가끔 사악한 쌍둥이들을 대동하기도 했다. 나는 가끔 여자애를 수동차에 태운 다음 담뱃불로 길을 비추며 어둠 속을 쏘다녔다.

나는 여전히 이리나의 바이올린을 갖고 있었지만 쇼팽의 에튀드와 스케르초, 발라드, 소나타가 들어 있는 내 가죽 가방은 영영 잃어버렸다. 지난 1월 피로고프 병원의 알코올 중독자 병동에서 탈출할 때 두고 왔던 것이다. 나는 여기서 봄과 여름을 보냈고, 이제 다시 추위가 찾아왔다.

소피아 아래의 지하 미로는 광대했다. 이론적으로는 중앙난방 시스템 터널, 하수구, 주요 정부 사무실을 핵 대피소에 연결해놓은 거대한 지하 통로를 보며 방향을 찾으면 도시의 어느 지점에건 닿을 수 있었다. 이를테면 자니는 자기가 대피 터널을 통해 터널 위에 있는 웅장한 무덤에 수십 번은 몰래 들어갔다고 주장하기까지 했다. 나 또한 미라가 누운 관 옆에 빈 맥주병을 놓고 왔다는 자니의 주장을 믿었다. 여전히 크게 논쟁 중인 사안이긴 하지만. 트로이 전쟁에 대한 자니 나름의 해석에 따르면, 아름다운 헬레네는 오래전에 죽어 솜으로 꽉꽉 채워진 채 도시 중앙의 무덤에 안치되어 있었다. 아카이아인들은 여전히 일종의 전쟁을 수행중이지만 왜 싸우는지, 누구와 싸우는지를 잊어버렸다. 프리아모스 왕의 군대는 지하에 흩어진 채 신들이 자기네 편으로 돌아

서기를 기다리고 있었다.

"제일 이상한 게 뭔지 아니?"

그가 십자말풀이에서 눈을 안 뗀 채 내게 물었다.

"뭔데요?"

"가장 이상한 건 말이다, 궁극적으로는 모든 사람이, 심지어는 가장 위대한 독재자나 가장 사악한 범죄자들조차도, 숭배할 만하다고는 절대 말 못 해도 무척 호감이 가는 사람들이라는 사실이란다. 아냐, 아냐, 그렇다니깐! 그 사람들이 쇠막대로 네 뒤통수를 후려칠 수도 있겠지만, 그렇다고 네가 그 사람들을 좋아하는 마음을 억누를 수는 없을걸. 혹은 우리 안에 타고난 무언가가 있겠지. 어쩌면 우리는 무슨 일이 벌어지건 간에 타인을 좋아하도록 굳어져버린 사람들인지도 몰라. 우린 우리들의 적을 좋아하고, 비참한 사람과 추한 사람을 좋아하고, 심지어는 우리 어머니도 좋아한다 이거지! 이런 경우가 참 갑갑하네. 오, 이게 아니네! 이거 네 전공이다. 여섯 글자로 된 헝가리 작곡가."

"버르토크요."

"훌륭해. 저기 관광객 무리가 오네. 호기심이 많아 보이는 타입인데 난 질문에 대답할 기분이 아냐."

남자애 둘과 여자애 둘로 이루어진, 교복을 입은 고등학생 네 명이 수동차로 다가와서 커다란 레버를 살펴보았다. 레버는 엄청 세게 위아래로 당길 때는 수동 액셀러레이터 기능을, 동작이 억제돼 있을 때는 브레이크 기능을 했다. 잠시 뒤 그들은 자니와 내가 파이프 위에 앉아 있음을 알아챘다.

"급한 출장이냐, 야유회냐?"

자니가 엄숙한 목소리로 우렁차게 고함을 쳤다.

"야유회요."

남자애 중 하나가 대답하고는 질문이 좀 우습다는 사실을 깨달았다.

"그럼 꺼져." 자니가 명령했다. "우린 금요일엔 문 닫는다. 그리고 학교 수업 시간엔 여기 내려와선 안 돼. 너희 엄마들이 허락하지 않을 텐데. 너희들 분명 누가 지껄인 신비로운 수직 통로 얘기 듣고 온 거겠지. 공원 관리인이 삽이랑 빗자루랑 쓰레기통을 쌓아두는, 체육부 맞은편 헐어빠진 철제 오두막으로 통하는 문 말이다. 그래서 그 문도 찾아보고 지하에서 무슨 일이 벌어지는지도 보자고 결심했을 테고. 그렇다면 잘못 찾아왔어. 그러니 학교로 돌아가."

"누구 맘대로 이 수동차가 아저씨 거래요?"

여자애 중 하나가 물었다. 거무스름한 피부의 미인으로, 그녀를 보자 갑자기 이리나와, 바흐 소나타를 연주할 때 그녀가 날 흘끗대던 눈길이 떠올랐다.

"다들 내 거라던데? 가는 것도 자유고 걸어서 지하 묘지를 탐험하는 것도 자유다. 하지만 경고하는데, 해골이랑 돌연변이랑 아카이아인들이랑 기타 수많은 불쾌한 것들이 있다. 그것들이 현실에 대한 너희의 믿음을 흔들고 심지어는 너희들을 죽일 수도 있을걸. 책임은 니들이 지는 거야. 어두운 데서 길 잃고 나서 도와달라고 비명이나 지르지 마. 난 오늘 할 일이 있으니까."

네 명의 학생들은 서로 지분거리고 킥킥대며 어두운 터널을 향해 걷기 시작했다. 하지만 '철학자'가 속옷과 군용 코트 말고는 아무것도 안 걸친 채 하수도 아래의 짧은 여행을 마치고 밝은 곳으로 나와 담배를 피우며 알아들을 수 없는 헛소리를 중얼거리는 광경을 보자 몸을 돌려 조용히 출구 통로로 달려갔다. 자니가 히죽거렸다.

"여섯 글자로 된 이집트 대통령. 수에즈 운하를 국유화했다······ 나세르."

고맙게도 자니는 집에서 도망쳐 나와 부랑자들과 함께 사는 짓의 위험성을 두고 한 번도 설교한 적이 없었다. 내게 정말로 필요 없는 족속은 날 파멸에서 구해내고 싶어하는 사람이었다. 난 내가 있는 곳에서 잘 지냈다. 곧 열여덟 살이 된다. 다들 열여덟 살에는 온갖 걸 봤으리라. 여기서 할 일이 또 뭐가 있겠나?

지하 묘지에 들어와 첫 한 달 동안 나는 망연자실한 상태로, 내 일부는 더 이상 살고 싶지 않기를 바라고, 또 다른 일부는 이게 죄다 악몽이고 어느 날 잠에서 깨어나 집에 돌아와 있는 자신을 발견하게 되기를, 혹은 42호 연습실이나 다락의 연습실 중 하나에서 다음 공연을 연습하고 있는 자신을 발견하게 되기를 바라며 보냈다. 가끔은 '무당벌레'가 마음을 바꿔 소피아로 돌아와 바딤과 나를 이 진창에서 끌어내 바른 길로 인도할지 모른다는 생각까지 했다.

다 지난 일이었다. 이제 내가 다시는 연주하지 않으리라는 걸 안다. 다 끝났다. 누구도 날 구해주지 않을 것이다. 누구도 신경 안 썼다. 나도 역시 신경 쓰지 않았다. 사실 나는 여기서 훨씬 행복했다. 권력의 지팡이를 휘두르는 사람들로부터 떨어져 있어서, 내 라이벌들과, 밝은 미래를 만드는 공장에서 떨어져 있어서.

하지만 나는 무소륵스키의 「전람회의 그림」의 악보를 연구하며 많은 시간을 보냈다. 지난 5월에 음악학교를 들른 다음 국립 도서관에서 훔친 것이었다. 나는 「전람회의 그림」에 있는 열다섯 곡을 오랫동안 검토했고, 만약 피아노 앞에 앉는다면 전곡을 외워서 연주할 수 있었다.

몇 시지? 저녁이었다. 지하 묘지가 방문객들로 가득 차기 시작했다. 파이프가 쉭쉭 소리를 내며 신음했고 전구들이 깜박였으며 공기에서는 젖은 시멘트와 섬유 유리, 그리고 오줌 냄새가 났다. 곧 대도 페피가 쌍둥이와 함께 집에서 담근 라키야를 들고 올 테고 우리는 당연히 취할 것이다. 자니 역시 멀쩡한 상태로 잠들 수는 없었다. 러시아어 고등학교에서 온 학생들 무리가 수동차를 가져갔고 자니는 우리가 그걸 찾아와야 할 거라며 걱정을 했다. '철학자'는 바지와 재킷을 입은 다음 역사적 진실의 의미에 대해 고고학자 세 명과 논쟁을 벌이고 있었다.

"역사는 존재하지 않아!"

그가 소리를 질렀다. 손이 떨렸고 수척한 두 다리가 마치 발가

락 끝으로 균형을 잡기라도 하는 양 앞뒤로 움직였다. 나는 무소
륵스키의 악보를 손에 들고 누워서 이리나를 생각하지 않으려 애
썼다. 하지만 그것 말고 뭘 생각한단 말인가? 나는 늘임표와 크레
센도, 이탈리아어 약어와 음, 플랫과 샤프, 제자리표를 포도송이
처럼 과하게 쌓아올린 대들보를 열심히 들여다보았다. 심지어 이
러시아 거장이 실수를 저지르지 않았다는 점을 확신하기 위해 매
마디에 있는 음의 음가를 합산하기까지 했다…… 이렇게 모든 속
임수를 동원했음에도 내 마음은 땅 위를 헤맸다. 차르 시스만 거
리, 의사당과 국립 미술 아카데미 사이에 있는 작은 공원, 그리고
더 멀리 나아가 닥터스 가든, 마당의 대리석 분수대와 철제 대문
이 있는 음악학교까지. 나는 나무에 붙인 사망한 사람들의 이름
을 읽었다. 지모바의 부고 기사가 가장 컸다. 수식하는 말과 애도
하는 사람의 목록도 가장 길었다. 사람들이 건물로 몰려가고 있
었고, 1번 체임버 홀의 여덟시 콘서트가 곧 시작할 터였다. 이고
르의 학생들이 짤막한 실내악 작품을 줄줄이 연주할 테고 열시가
되면 쿠르츠바인에게 배우는 여자애들 몇이 스크랴빈을 연주할
것이다. 하지만 1층은 중요한 곳이 아니다. 중요한 일들은 위층
에서 벌어진다. 어두운 복도와 빈 교실에서, 도서관에서, 화장실
에서, 다락의 비밀 통로에서. 음악과 열정에 홀린 사람들이 피난
처를 찾는 곳 말이다. 나는 거기서 편안함을 느꼈다. 에레보스에
게 감싸여, 성스러운 화음의 구체에 보호받으며, 외로운 바이올
린 소리에 인도되어, 푸가의 흠결 없는 대위법에 정화되어. 그곳

은 내 성소였다. 그러다 모든 게 변했다. 내 퇴학과 이리나의 자살 이후 내게선 소질이, 내 연주를 특별하게 만들었던 빛나는 불꽃이 사라졌다.

"자냐?"

자니의 목소리가 터널 반대편의 어둠 멀리서 들리는 것 같았다.

"그런 것 같네요." 내가 말했다. "요즘은 잠들려고 밤을 새요. 아침에 일어나면 내가 진짜 잤는지 그런 척했는지 궁금해요."

"나도 똑같다. 근데 오늘밤은 자는 척도 못하겠구나. 허리 때문에 죽겠네. 네 친구 절대로 쌍둥이랑 안 오던데. 걔들 위험해, 그 여자애들 말야."

갑자기 지하 묘지의 모든 소리들이 들렸다. '철학자'의 맹렬한 기침, 선로 위에서 깨지는 병, 파이프에 생긴 균열에서 새어나오는 가압증기, 벽을 따라 아래로 흐르는 물. 나는 자리에서 일어나 자니가 매트리스 위에서 고통으로 꿈틀거리는 모습을 봤다. 긴 머리에 청바지를 입고 시끄럽게 농담을 한다는 등의 경범죄 위반으로 경관들에게 수없이 얻어맞는 바람에 그의 허리는 심각하게 손상을 입었다. 예전에 그는 국립 예술 아카데미에서 강의했었다.

"저기, 수동차로 드라이브하고 싶지 않니?" 자니가 아래쪽 파이프에서 내려가면서 미끄러지듯 착지했다. "사람이 안 다니는 길에 있는 걸 좀 보여줄게. 특별한 것들이지. 하지만 친구들을 거기 데려가지 않겠다고 약속해야 한다. 지금 새벽 두시쯤 된 것 같네. 여섯시까지는 돌아올 거야. 언제?"

자니가 녹슨 금속봉과 회중전등을 들고 앞에 앉았다. 나는 그 뒤에 서서 바이올린 케이스를 어깨에 멘 채 커다란 레버를 시소처럼 밀고 당겼다. 처음 우리는 동쪽, 국립도서관 방향으로 향했고 그런 다음 분기선에서 왼쪽으로 틀어 북쪽 무덤 방향으로 가기 시작했다. 지하 통로는 따뜻하고, 어둡고, 조용했다. 이따금 빈 와인 병 위에 앉은 쥐나 사람 모양을 한 버려진 담요가 우리 눈에 띄었다. 자니에 따르면 라콥스키 거리 바로 아래쪽인 선로 구역으로 접근하자 레일이 얕은 물속에 잠겼고, 우리는 은빛이 도는 불투명한 강 위를 미끄러져가기 시작했다. 물 표면에서 증기가 피어올랐고, 공기는 흙과 사향 냄새가 희미하게 섞여 달콤해진 뚜렷한 유황 냄새로 가득했다. 내가 쇼팽의 발라드 2번을 다락에서 몇 시간이고 연습하는 동안 땅 아래를 흐르고 있다고 느꼈던 강이 바로 이거였을까? 그렇다면 자니의 정체는 뭘까? 그가 진짜로, 이승을 하직한 사람들의 영혼들을 기억의 모래밭, 수선화가 핀 물가 너머로 수송하는 운명의 뱃사공이라면 어찌되는 걸까? 그는 고개를 숙이고 앉아 있었다. 긴 회색 머리가 갈색 코트에 달린 후드에서 쏟아져 나오고 있었다. 아무 말도 하지 않았고 뒤도 돌아보지 않았다. 그는 기억을 갖고 있는 최후의 인간이었다. 내가 그를 위해 바이올린을 연주하면 귀를 기울일까? 예전에 오르페우스를 데려갔던 것과 마찬가지로 나를 저세상으로 데려가줄까? 나는 이리나의 존재를 느낄 수 있었다. 그녀는 여기 있었고 바이올린을 돌려받고 싶어했다.

더 멀리 항해하자 물이 선체로 흘러들어왔고 내 부츠와 양말을 적셨다. 하지만 나는 노젓기를 멈추지 않았다. 오히려 강물의 따뜻한 애무를 반기고 은빛 본질에 치유되기를 갈망하며 노를 더 세게 끌어당겼다. 모든 얼룩, 색깔, 소리가 용해되어 씻겨 내려갈 때까지 물에 완전히 잠기고 싶었다. 가장 높은 폭군인 자아에 대한 기억 또한 사라졌고, 이 장소에서는 향기 없는 하얀 꽃만이 자라나며 시간의 흐름을 표시할 터였다. 잊기, 이보다 더 간단한 치료법은 지금껏 없었다. 나는 모든 것을 넘겨줄 준비가, 가장 소중한 기억을 맨 처음 넘겨줄 준비가 되어 있었다. 그 기억들이 나를 가장 심각하게 상처 입혔기 때문이다. 나는 이리나와 손을 잡고 걸었던 신비로운 오솔길을 건너 바흐의 바이올린과 피아노를 위한 소나타를 넘겨줄 것이다. 나는 쇼팽의 녹턴 4번 주위를 빙글빙글 도는, 색채와 얼굴과 캐러멜처럼 변한 빛줄기의 회오리바람에 싸인 파리의 회전목마를 손에서 놓아 보낼 것이다. 나는 9번 프렐류드 E 단조의 지혜를, 불면의 밤이 지나고 해가 뜨기 직전에 힘들게 얻은 지혜를 포기할 것이다. 모든 가능성, 모든 질문, 모든 대답이 소진된 후 끌어낸 지혜를. 나는 즉흥환상곡에 저장된 사랑의 화살을, 가슴 저림을, 첫 키스의 달콤함을 털어버릴 것이다. 나는 3번 스케르초 안에서 날아가는 커다란 새의 깃털을 남김없이 뽑아버릴 터였다. 마침내 나는 벌거벗고, 텅 빈 채, 정화되어, 새로운 이름과 얼굴을 받아들 준비를 하고 그림자들의 어머니 품으로 뛰어들 것이다.

우리는 노를 저어 로마 시대 기둥으로 보이는 조각들이 진흙에 박혀 있는 옛 아치를 지났고, 그런 다음 터널이 둘로 갈라지고 벽들에는 이끼가 무성한 교차로와 마주쳤다. 물을 애타게 찾는 손 같은 나무뿌리가 천장에 매달려 있었다. 자니는 내게 멈추라는 신호를 보낸 뒤 긴 쇠막대를 강물에 찔러 넣어 이형 이음매를 왼쪽으로 밀었다.

여기서 항해가 처음 멈췄다. 라콥스키 거리 부다페스트 레스토랑 아래 있는 핵 대피소. 우리는 철제 사다리 밖에 배를 정박시킨 뒤 장갑을 두른 대피소의 타원형 문을 올라갔다. 문은 잠겨 있지 않았다. 우리는 빨간 비상등을 따라 휴게실로 갔다. 휴게실은 의자, 테이블, 소파, 그리고『우리 시대의 영웅』,『어머니』,『죽은 혼』,『강철은 어떻게 단련되었나』같은 빤한 제목의 책들과 더불어 개시와 전략에 대한 체스 교본 전집이 꽂혀 있는 책장 두 개가 구비된 좁은 회랑이었다. 예상대로였다. 미국인들이 섬세하게 포장한 네온 빛 선물을 우리의 도시 위에 떨어뜨리면 우리는 땅 아래로 내려와 체스를 두는 것이다. 모두 달인이 될 터였다. 절대 틀릴 수 없는 논리로 미국인들을 무찌르겠지.

자니는 저장고로 들어가 생선 통조림 두 개와 크래커가 든 자루를 들고 바로 돌아왔다. 우리는 조용히 그걸 먹은 다음 담배를 피웠다. 어쩌면 우리가 세상의 종말을 위해 따로 마련해둔 이런 방에 처음 피난을 온 사람들일지 모르겠다는 생각이 들었다. 좀 일찍 왔을 뿐이었다. 거짓말들의 경주를 끝낼 음악은 조심스럽게 편성을 마쳤다. 악보도 다 나왔다. 음악가들도 자리에 앉았다. 이제 지휘자가 우리에게 신호만 보내면 되는 것이다.

우리는 배로 돌아와 다시 땅 밑의 강을 따라 노를 저었다. 강이 끝나자 바퀴로 계속 갔다. 레일이 끝나자 걸었다. 자니는 우리가 어디로 가고 있는지 말해주지 않았다. 놀라운 일이 벌어졌다. 우리가 마침내 출구 통로에 도착해 사다리를 올라 단단한 나무문을 열었을 때, 나는 우리가 무덤에 도착했다고 확신했다. 하지만 나는 거울들로 장식된, 신발로 꽉 찬 커다란 방에 들어와 있었다. 길 건너편 국립문화궁전 꼭대기에 달린 스포트라이트가 바닥에서 천장에 이르는 창문을 통과해 모든 거울들을 밝게 비추고 가게 안을 반사된 후광으로 채우고 있었다.

"여기서 뭘 하는데요?"

나는 의자에 푹 주저앉아 담배를 피우고 있는 자니에게 물었다.

"물론 신발을 신어봐야지!"

자니는 그렇게 말하고 내 쪽으로 스니커즈 한 켤레를 던졌다.

새벽 다섯시에 경찰들이 아무것도 모른 채 가게를 지나쳐 가는 상황에서 새 신발을 고르고 있자니 이상했다. 우리는 도시 한가운데에 있었지만 어떤 의미에서는 여전히 지하 묘지 안에 있었다. 가게는 밖에서 잠겨 있었다. 우리는 오직 지하로 통하는 통로를 통해서만 나갈 수 있었다.

25장

쇼팽, 에튀드 C단조, op.25, no.12

나는 대학으로 향하는 군중들과 함께 표류했다. 학생들이 책상을 모두 거리로 들고 나와서 거대한 바리케이드를 쌓아 차량을 차단하고 군인들이 탄 무장 차량이 국회 광장 너머로 이동하는 걸 막았다. 쇠몽둥이, 병, 부러진 의자 다리로 무장한 학생들이 바리케이드를 쌓은 곳에 임시로 만든 작은 입구를 지키면서 자기들 보기에 적합해 보이는 사람들만 통과시켰다. '붉은 쓰레기'로 의심받는 사람들, 특히 나이 든 사람들은 마구 떠밀리고 돌팔매질을 당했다. 나는 입구를 지난 다음 대학 운동장 밖에서 장작으로 쓰이며 불타오르고 있는 수많은 교과서로 몸을 덥히려고 걸음을 멈췄다. 나는 바닥에 떨어져 있는 『과학적 공산주의』1, 2부 같은 학술 서적을 집어들어 불에 던졌다. 11월 말이었고, 눈이 내리지 않았는데도 무척 추웠다. 붉은 난쟁이는 동독에서 철의 장막에 균열이 생기기 시작하고 나서 자리에서 물러났다. 도시 전체가 서서히 멈췄다. 수업은 연기되고 병원은 문을 닫고 정부기관과 공장은 폐쇄되었으며 가게는 약탈당했다. 버스와 전차 기사들은 자기 차량을 길 한가운데 놔두고 달아났다. 주유소에 기름이 떨어졌고, 자동차들은 인도로 뒤집혔으며 관용 볼가 자동차는 불에 타서 박살이 났다. 시인들과 예술가들은 무덤 앞에 텐트를 세운 다음 단식투쟁을 벌였다. 경찰은 사람들을 두드려 패느라 분주했다. 군대는 전권을 위임받으며 새로 등장한 붉은 난쟁이가 내릴 차후의 지시를 기다리고 있었다. 공기에서는 낙엽 타는 냄새와 최루탄 냄새가 났다. 음악원 남학생 몇 명이—베이스 연주자, 색소폰 연주자, 드러머—대학 계단 꼭대기에 있는 녹청이 생긴 두 개의 사자 조각상 사이에서 재즈를 연주하고 있었다. 나는 여전히 가는 곳마다 이리나의 바이올린을 들고 다녔다.

나는 다시 연습을 시작했다. 음악학교에 아무도 없을 때 연습을 했고, 거길 쳐들어갈 때마다 집처럼 편안한 기분이 들었다. 에튀드 연습이 용무였다. 특별한 목적도 욕망도 없었다. 그냥 연주가 좋았다. 자니 패거리와 지하 묘지에서 보낸 열 달은 일종의 요양 생활이었다. 파이프에서 새어나오는 따끈한 증기가 악몽을 달랬다. 수동차를 타고 조용히 터널을 돌아다니면서 막다른 길과 교차로에 대해 엄청나게 배웠다. 이제 가장 키가 큰 난쟁이가 쓰러졌고, 거리는 성난 젊은이들로 그득했으며, 나는 커다란 거짓말이 끝나는 방식에 깃든 잔인함을 생각할 수밖에 없었다. 그 거 짓말들은 진실과 불가피하게 충돌했다기보다는 거기에 넘어간 모든 이들을 질질 끌고 가다가 내부에서 폭발하고 말았다.

이 모든 것이 약간 늦었다. 이리나는 죽었다. 그녀와 나는 이미 나름의 반란을 일으켰었다. 우리는 꼭두각시들에게 소리를 지르고 책들을 불태웠다. 볼가에 돌을 던졌다. 거짓된 현수막과 성명을 비웃었다. 꼭두각시들의 명령에 도전했고 처벌을 감수했다. 우리 자신보다 더 아끼던 것을 포기했다. 그러고 나서 이리나는 나보다 더 멀리 가버렸다. 그녀는 다른 누구보다도 멀리 가버렸다. 그녀는 교장을 죽인 다음 뒷문으로 무대를 빠져나갔다. 그녀가 죽음 안에서 안전하다고, 시간을 벗어나 종말 직전의 순간에 나름의 방식으로 영원 안에서 보존되었다고 생각한다면 어떨까. 그런 생각은 그녀를 애도하는 사람들을 유혹적인 은빛 강가에서 멀리 떼어놓는 비밀, 심지어는 금지된 진통제였다. 의도된 침묵으로서의 죽음, 으뜸음을 향해 마지막으로 돌아가는 배음과 최후의 카덴차를 연주하는 심장박동의 속삭임에 공명하는 영원한 늘임표.

나는 불에서 떨어져 군중 속으로 뛰어 들어갔다. 열두시 십분이었다. 세상이 끝난다 해도 누군가는 시간을 엄수해야 한다. 내겐 여전히 할 일이 하나 남아 있었다. 일 년 전에 했어야 하는 일이었다. 오래 걸리지 않을 것이다. 기껏해야 삼십 분 정도. 나는 모스크로 출발했다. 거기서 한시에 일리야 삼촌과 터키 식 커피를 마시기로 돼 있었다. 일리야는 미소 지으며, 하지만 꽤나 조심성을 품은 채로 이 지진 활동을 눈여겨보고 있었다. 그는 당장은 이 일을 축하할 생각이 없었다. 그는 가장자리에 서서 눈앞에 펼쳐지는 사건들을 인내심 있게 지켜보고 있었다. 언제나 불가지론자인 그는 역사의 새로운 번역을 너무 빨리 믿지 말라고 경고했다. 격변은 바보들을 낳는다. 재앙은 가짜 예언자들을 낳지.

썍썍거리는 커다란 소리가 들리더니 뭔가 내 뒤를 쳤다. 나는 바닥에 넘어졌다. 총에 맞은 것 같았다. 주위에 연기가 피어올라 이 사태를 설명했다. 최루탄에 맞은 것이다. 누군가 방독면을 건네줬다. 아마 핵 대피소에서 약탈해왔을 것이다. 나는 그걸 재빨리 쓰면서 학교에서 군사훈련을 받았다는 사실에 감사했다. 나는 눈물범벅에 침을 질질 흘리면서 연기의 중심에서 기어 나왔다. 그런 다음 일어나서 한 떼의 학생들과 함께 서로 부딪히지 않으려 하면서 도망갔다.

그곳은 전쟁터였다. 경찰과 학생들이 진짜로 싸우고 있었고, 근처에서 자동화기가 불을 뿜고 있었으며, 소년들이 피투성이 얼굴로 바닥에 쓰러져 있었다. 이 모든 것 한가운데에서 노란 연기가 신화적인 형상처럼 피어올랐다. 회색 프롤레타리아 정장을 입고 옆구리에 가죽 가방을 낀 채 사람들에게 교편을 흔들어대고 있는 사람은 나의 옛 역사 선생 네고드닉이었다. 그는 학생들에게 제발 이성을 찾으라고 호소하고 있었다.

"내가 진짜 혁명이 뭔지 말해주겠다!"

그는 우유를 담는 나무 상자에 올라가 균형을 잡은 채로 목이 메고 기침을 하며 경련을 일으키는 와중에도 소리를 질러댔다.

"트라키아인 검투사 스파르타쿠스가 기원전 73년에 노예 군대를 이끌고 압제자에게 맞선 것이 진짜 혁명이다! 1789년의 바스티유 감옥 폭동과 봉건제 폐지, 그것이 진짜 혁명이다! 프롤레타리아 독재와 착취의 종말, 그것이 진짜 혁명이다! 누구도 다시는 빈자에게서 빼앗아 부자에게 주지 않을 것이다! 우리는 탐욕스런 군주가 와서 우리의 보물을 강탈하는 사태를 허용치 않을 것이다! 여기 말고 이 세상 어디에 평등이 있는가? 여기 말고 이 세상 어디에 진정한 우애가 있는가?"

나를 빼곤 아무도 그에게 관심을 기울이지 않았다. 우리의 역할이 갑자기 이렇게 바뀌다니 믿기질 않았다. 지금 그에게 역사를 가르치고 있는 사람은 우리였고, 그는 날짜와 지명도 암기할 수 없어서 뻗대는 학생이었다. 나는 선생 앞에 서서 방독면을 벗었다. 그가 날 보길 바랐다. 날 기억하길 바랐다. 하지만 그는 그러지 못했다. 그럴 수가 없었다. 그는 날 한 번도 본 적이 없는 사람처럼 빤히 바라보았다.

놀랄 일인가? 당연히 아니었다. 시간 안에 시간이 있다. 현재는 과거 속에서 다시 찾아오고, 영혼을 잃어버린 사람들은 다시 영혼을 잃어버릴 것이다. 거짓말한 자들은 다시 저주를 받을 테고, 사랑하기엔 너무 나약한 자들은 예전에 그랬듯 그림자로 변할 것이다. 지옥은 우리를 기다리며 멀리 있는 땅이 아니었다. 지옥은 골목을 돌면 바로 나오는 장소, 우리가 구원을 연습하기 위해 몇 번이고 다시 찾는 장소였다.

역사 선생은 돌아갔다. 그는 음악학교 53호실로 돌아갔다. 거기서 세계의 정치 지도 앞에 선 다음 억압받는 자와 가난한 자들을 방어해야 한다고 10학년 학생들에게 호소하고 있었다. 우리 모두 처음으로 돌아갈 때가 왔다. 화강암빛 하늘과 뚱보 기관원의 붉은 꿈으로, 텔레비전의 진정제 같은 깜박임으로, 공공질서를 지키는 청동 병사들에게서 은은히 빛나는 루비 빛깔의 불꽃으로, 깃발들과 소련 난쟁이들의 초상들로, 행진하는 꼭두각시들이 맞추는 박자로, 영재들을 위한 소피아 음악학교의 어두운 복도로. '백조' 이고르는 옆구리에 바흐의 소나타 악보를 낀 채 벌써 일곱 성인 광장을 가로지르고 있었다. '올빼미'는 전차에 앉아 안드로포프 동지에게서 받은 만년필에 검은색 잉크를 채우고 있었다. '무당벌레'는 남편과 갓난쟁이 아들을 떠나 집으로, 어머니와 언니에게로, 고양이에게로, 낡은 피아노로 돌아오고 있었다. 피로즈킨 대령은 정부에서 인가받은 9밀리 마카로프에 실탄을 채우고 아내에게 작별 편지를 쓴 다음 훈장을 나무 상자에 집어넣고 있었다. 그는 지름길을 택할 생각이었다. 밴코프는 닥터스 가든에서 자기 옆을 지나가는 교복 차림의 여자애들을 훑어보며 평가하고 있었다. 알렉산더는 '황무지'에서 담배를 피우며 누구라도 나타나길 기다리고 있었다.

나는 렙스키 기념비, '무당벌레'의 낡은 집, 수학 고등학교를 거쳐 세르디카 거리로 향하는 중이었다. 색 바랜 분홍색과 오렌지색의 차양이 다양하게 달린, 가장 낡은 동네의 무너져가는 건물들이 작은 발코니와 도리아 식 기둥과 이가 빠진 벽돌 아치와 깃털에 덮인 철제 난간으로 날 맞이했다. 손가락으로 액자 모양을 만들어 안뜰을 바라보면서, 나는 죽어버린, 오래전에 황폐해진 도시의 세피아빛 정물들을 재빨리 찍었다. 아직 화사한 가을 옷을 입은 채 낡은 벽의 자취를 지키고 있는 떡갈나무와 호두나무, 털실로 짠 듯 두터운 덩굴로 위장막을 친 박살난 창문, 판자로 막은 문, 이끼 낀 우물. 녹슨 자동차, 거대한 볼트, 멸종된 생물의 뼈대처럼 땅에서 툭 튀어나온 수수께끼 같은 기계. 올이 풀린 카펫, 커튼, 망각된 대재앙을 증언하기라도 하듯 나뭇가지와 비뚤어진 안테나에 걸린 신발. 하지만 도시는 완전히 죽진 않았다. 군중의 아우성과 바리케이드의 연기에서 멀리 떨어진 곳에서, 사람들은 책과 오래된 음반이 꽂힌 책장이 놓인 거실에 앉아 도스토옙스키의 소설을 다시 읽고, 브란덴부르크 협주곡을 듣고, 차가운 커피를 마시면서 러시아인과 독일인과 오스만 제국 사람들과 십자군과 콘스탄티누스의 군대와 트라키아의 신들이 남긴 먼지를, 올림포스와 레테의 모래강변에서 쉼 없이 솟아오르는 먼지를 충실히 들이마시고 있었다.

12번 에튀드에서 C장조가 잠시 중단되는 순간의 핵심에 있는 메시아적인 후렴, 즉 두 손이 정반대 방향으로 움직이는 와중에 선율이 마치 태풍의 눈 한가운데에 있는 물이 담긴 그릇처럼 하

457

나도 손상이 가지 않는 이 부분은, 내 마음속에서는 주피터의 종 같은 힘으로 미-레-파-미라고 울리는데, 그때 한 옥타브 위에서 울리는 충실한 메아리는 최후의 평결을 내리면서 현재라는 수정을 내리눌러 불변의 다이아몬드로 바꿔버린다. 어떤 상황에서도, 심지어는 가장 소란스러운 혁명에서조차도, 사람은 시간의 바퀴에 글자가 새겨지는 소리를, 우리 없이도 계속되는 웅웅거리는 소리를 들을 수 있다.

세르디카 거리에 도착하자 나는 아파트 3층 12호실로 올라가 '카라바쉐비'라는 이름이 적힌 문에 귀를 갖다 댔다. 안에는 사람들이 있었다. 나는 바닥에 바이올린 케이스를 내려놓고 벨을 눌렀다. 그런 다음, 모든 문과 벽에 압정으로 붙어 있는 부고 기사 속에서 나를 응시하는 어린 소녀의 완고한 시선에서 눈길을 돌리고 계단을 달려 내려갔다.

옮긴이의 말

데이브 브루백 쿼텟이 1959년 발표한 음반 「Time Out」에는 'Take Five'라는 곡이 있다. 광고에도 자주 삽입된 덕에 재즈에 큰 관심이 없는 사람도 피아노의 뒤뚱거리는 리듬에 맞춰 알토 색소폰이 부드럽게 주제를 불기 시작하면 "아, 이거 알아요."라며 무릎을 탁 친다. 달콤하고 편안한 이 곡에는 묘한 긴장감이 흐르는데, 그건 이 곡이 제목대로 4분의 5박자여서다. 정박의 비트에 맞춰 몸을 움직이는 데 익숙하다 보니 4분의 5박자는 아무래도 불편하다. 러닝머신에서 뛸 때 듣기에도 적합하지 않다. 하지만 낯선 박자에 천천히 적응하다 보면, 주위의 시간이 다르게 흐르는 걸 느낀다. 바삐 놀리던 발걸음의 리듬을 새삼 다시 생각하게 된다. 평소 눈에 띄지 않던 것들이 보일지도 모른다. 그걸 '엇박

459

의 감각'이라 부르면 어떨까.

『분더킨트』를 번역하는 동안 이 엇박의 감각을 종종 떠올렸다. 이 소설에는 성장소설과 성장영화에 자주 써먹는 요소들이 고루 등장한다. 억압적인 사회, 갑갑한 학교, 별처럼 빛나는 재능을 지닌 주인공, 주변부의 소년소녀들, 헌신적인 스승, 사악한 적대자들, 치명적인 결과를 불러일으키는 어긋난 사랑 등. 그러나 이야기가 흘러갈수록 이 요소들은 우리의 기대와는 다른 박자를 타며 자기만의 스텝을 밟는다. 마치 각자의 음악에 맞춰 춤을 추는 사람들이 모인 거대한 무도회장처럼. 주인공 콘스탄틴의 삶은 자신이 원하는 방향으로 흘러가지 않는다. (아마도) 독자들이 원하는 방향으로도 흐르지 않는다. 어느 지점에 이르러서는 정말 이렇게 끝나야 하나 하는 생각이 든다. 그래서는 곤란하지 않겠는가, 조금은 숨통을 틔워도 나쁠 게 없지 않나 안타까워진다. 하지만 다른 식으로 마무리되었다면 번역이 끝난 뒤에 지금까지도 소설을 되새기지는 않았을 것 같다.

작가로서 그로츠니가 보여주는 인상적인 균형감각은 콘스탄틴의 좌절을 억압적인 사회와 환경의 탓으로만 돌리지 않는 데 있다고 생각한다. 콘스탄틴은 빼어난 재능이 있지만 그 재능이 모두를 눈멀게 할 만큼 찬란하지는 않다. 그를 수렁에 빠뜨리는 사건들 중 몇몇은 온전히 자신이 자초한 것이다. 그는 거칠기에는 지나치게 순진하고 교만하기에는 스스로를 너무 잘 알며 잔인하기에는 너무 여리다. 그는 냉소와 통찰력을, 용기와 만용을, 사랑과 욕정을 계속 혼동한다. 지극히 십대답다. 콘스탄틴의 그런 인간적인 미숙함이 소설에 짙고 특별한 음영을 새긴다. 다른 세상에서였다면 콘스탄틴은 그럭저럭 소년기를 돌파한 뒤 고독하고 까칠하지만 성실한 음악가로 살아갔을 수도 있다. 하지만 소설 속 1987년의 불가리아는 말 그대로 칼날 같은 사회인지라 아차 하는 순간 뎅겅 베이기 십상이다. 그곳에서 자유를 숨 쉬기 위해서는 물 밖에 나온 물고기가 헐떡거리듯이 필사적이지 않으면 안 되었을 것이다. 다른 누구보다도 스스로에게 정직하고자 애쓰는 어린 예술가에게 그것은 피아노 연습보다 더 힘든 과업이 아니었을까.

소설 속에서 콘스탄틴은 끊임없이 음악에 대해 이야기한다. 그럴 때마다 피아니스트로서 전문적인 훈련을 받은 작가의 자의식이 소설이라는 가면을 벗어던지고 있다는 인상을 받는다. 작가의 머릿속을 투명하게 들여다보는 듯한 실감은 그 덕분일 것이다. 작가=콘스탄틴은 매 레퍼토리를 치밀하게 설명하고 묘사하면서 쇼팽과 바흐의 음악이 자신에게 갖는 의미를 치열하게 탐구하고 열정적으로 설파한다. 마치 피아니스트의 '이미지 트레이닝'을 언어로 옮긴 듯 생생하게 펼쳐지는 대목들의 생명력을 고전음악을 전공하지 않은 역자가 적절히 옮겼는지 걱정이다. 록 뮤지션 엘비스

코스텔로는 "음악에 대해 글을 쓴다는 것은 건축에 대해 춤을 추는 것과 같다."고 말한 적이 있다. 그가 건축에 대한 열정적인 춤을 추고 있는 이 소설을 읽는다면 뭐라고 할지 궁금하다.

끝으로 소설의 배경 이해에 조금이나마 도움이 되길 바라며 불가리아 공산당의 간략한 역사를 덧붙인다(이하의 내용은 김학준의 『혁명가들』(문학과 지성사, 2013)에 서술된 내용을 요약한 것이다). 발칸반도 동부에 위치한 작은 나라 불가리아는 14세기 이후 내내 터키의 지배를 받아왔으며, 1908년 입헌군주국 체제로 독립하게 되지만 1차 세계대전에서 독일과 오스트리아-헝가리 제국의 편에 섰다가 패하면서 정치적으로 혼란한 상황에 처한다. 1919년 게오르기 디미트로프의 주도하에 불가리아 공산당이 창설되지만 디미트로프는 국왕 보리스 3세에 의해 체포되어 독일로 추방된다.

2차 대전에서 불가리아는 또 줄을 잘못 선다. 나치 독일에 협력한 것이다. 소련은 이를 구실 삼아 1944년 불가리아를 무력으로 점령한다. 소련을 등에 업은 디미트로프는 1947년 총선거를 통해 새롭게 출범한 불가리아 인민민주주의공화국의 초대 총리로 선출되어 불가리아 공산당이 지배하는 일당 독재체제를 완성시켰다. 디미트로프와 불가리아 공산당은 동유럽 공산국가 중 소련의 노선에 가장 충실했으며, 소련은 그 보답으로 원조를 아끼지 않았다. 디미트로프는 1947년 병으로 세상을 떠났는데, 불가리아 공산당은 국립 디미트로프 기념관을 짓고 거기에 미라로 만든 그의 유해를 안치했다. 소설에서 콘스탄틴이 계속 언급하는 '웅장한 무덤'이 바로 이 기념관이다. 1989년 베를린 장벽이 무너진 뒤 불가리아에도 개혁개방의 바람이 불었고, 사람들은 디미트로프의 미라를 기념관에서 꺼내 화장시키고는 소피아의 중앙 공동묘지에 안치했다. 이후 기념관은 집회장소, 공연장소, 때로는 공중변소로도 사용되다가 1990년대 중반부터는 역사적 인물들과 영웅들을 기념하는 신전으로 쓰이고 있다고 전해진다.

2014년 3월
최민우

최민우

소설가이자 번역가, 음악평론가. 서울대학교 서양사학과와 한국예술종합학교 연극원 서사창
작과 전문사 과정을 졸업했다. 2002년부터 대중음악과 관련된 글을 쓰기 시작했고, 대중음악
웹진 웨이브(weiv)의 편집장을 지냈다. 2012년 계간 《자음과모음》 신인문학상을 받았고, 크
리스 비틀스의 『고양이들』, 『제인 오스틴의 연애수업』을 우리말로 옮겼다.

초판 1쇄 인쇄 2014년 3월 25일
초판 1쇄 발행 2014년 4월 1일

지은이 니콜라이 그로츠니
옮긴이 최민우
펴낸이 김선식

경영총괄 김은영
마케팅총괄 최창규
책임편집 박여영 **디자인** 문성미 **크로스교정** 김현정
콘텐츠개발2팀장 김현정 **콘텐츠개발2팀** 박여영, 백상웅, 문성미
마케팅본부 이주화, 윤병선, 이상혁, 박현미, 백미숙, 반여진
경영관리팀 송현주, 권송이, 윤이경, 김민아, 한선미

펴낸곳 다산북스 **출판등록** 2005년 12월 23일 제313-2005-00277호
주소 경기도 파주시 회동길 37-14 3, 4층
전화 02-702-1724(기획편집) 02-6217-1726(마케팅) 02-704-1724(경영관리)
팩스 02-703-2219 **이메일** dasanbooks@dasanbooks.com
홈페이지 www.dasanbooks.com **블로그** blog.naver.com/dasan_books
종이 월드페이퍼(주) **출력 · 인쇄** 현문 **제본** 광성문화사 **후가공** 이지앤비 특허 제10-1081185호

ISBN 979-11-306-0266-0 (03840)

· 책값은 뒤표지에 있습니다.
· 파본은 구입하신 서점에서 교환해드립니다.
· 이 책은 저작권법에 의하여 보호를 받는 저작물이므로 무단 전재와 복제를 금합니다.
· 이 도서의 국립중앙도서관 출판시도서목록(CIP)은 서지정보유통지원시스템 홈페이지(http://seoji.nl.go.kr)와
  국가자료공동목록시스템(http://www.nl.go.kr/kolisnet)에서 이용하실 수 있습니다. (CIP제어번호 : CIP2014008546)